NF文庫
ノンフィクション

勇猛「烈」兵団ビルマ激闘記

ビルマ戦記Ⅱ

「丸」編集部編

潮書房光人社

三八式歩兵銃をかつぎ、擬装をこらしてビルマの密林をすすむ日本軍の兵士たち。泥沼と化した道に足をとられてあえぎ、空腹にたえながら、ひたすらに行軍した。

訓示をうける日本兵たち。戦局が逼迫するにつれて、その内容は非情さをました。ある日、林田守正兵長は中隊長によばれ、劣悪なる状況下にもかかわらず担架運びを命じられた。

インパールへ通じる補給路をうめる英軍の輸送部隊の車両。英軍は陸続と輸送をおこない、物量にものをいわせて、必死で攻防する日本軍を圧倒していったという。

装軌車修理班の手によって整備される九七式中戦車――前線のため、敵襲の危険に身をさらしながらも、総員で手ばやく作業がおこなわれ、つぎの戦闘にそなえた。

転輪の整備をおこなう修理班員。第15軍野戦自動車廠装軌車修理班長の加藤正善大尉は、故障車を発見するや修理車を展開して、みずから油まみれになって作業をおこなった。日本軍の戦車は鋼鈑が薄く、敵の対戦車砲やM3戦車の火砲に抗するすべもなく火ダルマとなってしまうほど、兵器の優劣は格段の差があった。加藤大尉は戦車兵を見送るとき、武運と奮戦を祈らずにはいられなかったという。

〝双胴の悪魔〟P38ライトニング。最低速度で降下してくるので、爆音に気づかず掃射されてしまうことが多く、加藤大尉たちも幾度か危機におちいった。

荒れた軍道上を行くトラックの隊列。左方は九七式中戦車。加藤大尉は車両11両、総員20名をひきいて、困難な渡河作業をくりかえし、ようやく後方へと向かった。

第15師団第１野戦病院付の春本武明曹長。陸軍病院武昌分院に勤務していたとき、腸チフスによって生死をさまよったが、親身もおよばぬ看護により、約３ヵ月後に退院することができた。転勤後、偶然にもその白衣の天使たちと再会し、帰還する彼女たちのために餞別をかきあつめたという。写真中は、手厚い看護をうける負傷兵。

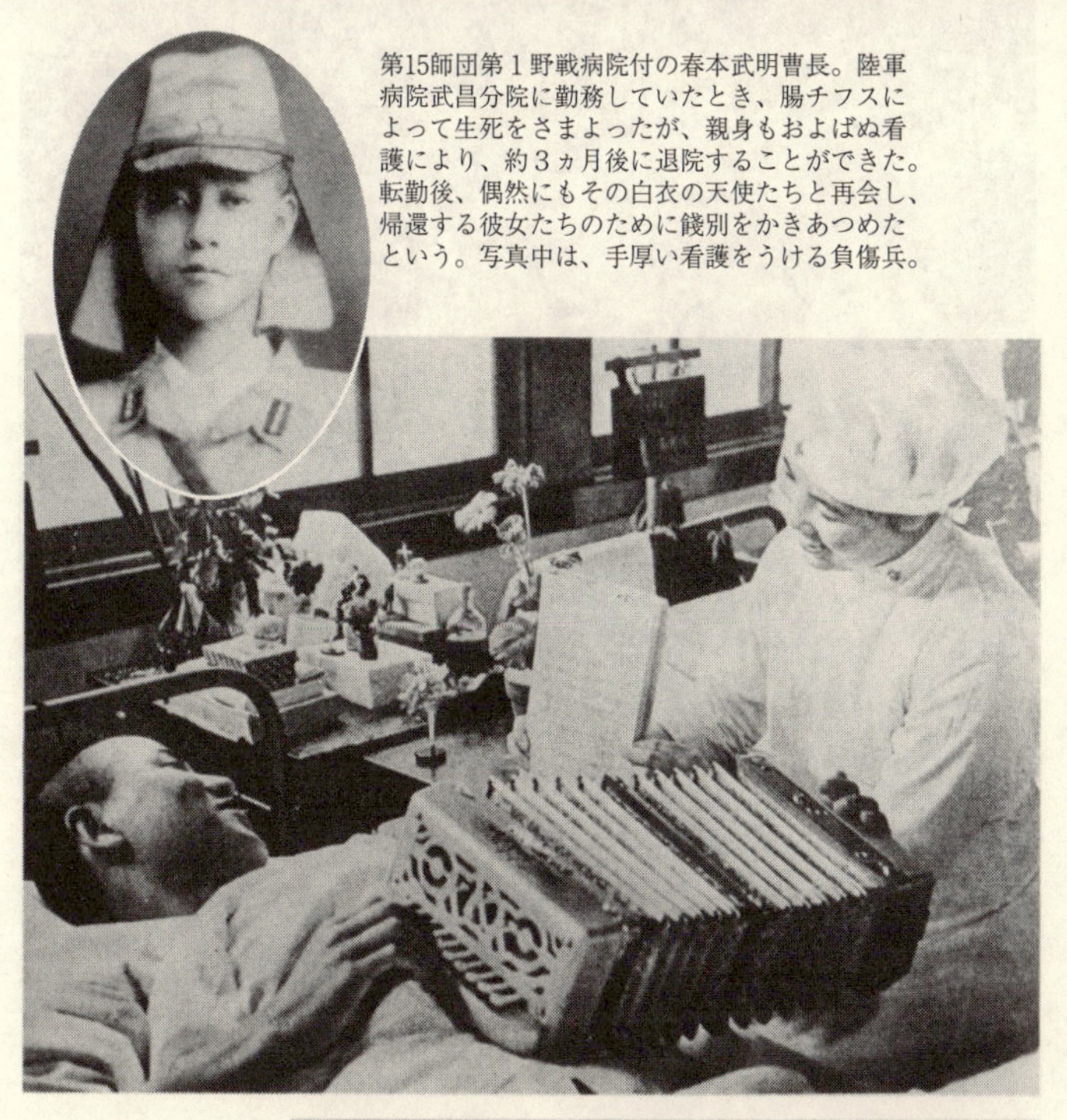

インパール北方より、ぞくぞくとビルマ領内の日本軍にせまる英地上軍。春本曹長たちは、間一髪で敵の攻撃をさけ、山上に向かうことができた。眼下には敵の戦車が驀進し、赤十字マークをつけた患者車がつづいて行くのが見えたという。

蛇行する山腹を隊列をくんですすむ日本軍トラック部隊。春本曹長は患者を後送するため、トラック40両を指揮して、ゲリラにおびやかされつつ300キロを走破した。

焦土と化した祖国に帰りついた復員兵たち。終戦をむかえた春本曹長たちは、投降兵としての身分待遇をうけ、英軍の監視下におかれることになった。昭和21年6月、浦賀港に帰還すると、召集解除となって、戦友と訣別の握手をかわした。

中央に座っているのが宮崎繁三郎中尉。第31歩兵団長として先鋒をつとめ、コヒマを占領した。激戦のなかでも部下を思いやる情のあつい武将で、名指揮官だった。

昭和17年10月、ビルマの第18師団司令部——左側が牟田口廉也中将。第15軍司令官としてインパール作戦にのぞみ、なんとしてもこの戦いに勝とうと躍起になった。

田川正雄兵長。隊長から作戦間の報道を命じられ、カメラをうけもった藤田兵長とともに行動した。重量が40キロをこえる背負袋が両肩にくいこみ、ときおり肩をゆすりあげながら、渡河点へと向かって黙々と歩きつづけたという。

折りたたみ式の機動艇でインパール戦線をめざし、渡河する日本兵。田川兵長たちは夜陰に乗じてチンドウィン河をわたることになった。舟に乗り込んだ20人ほどは、みなおし黙り、うずをまく流れの音だけがひびき、緊張した時間がすぎていった。

英軍は狭隘複雑な山峡の攻防戦に有力である迫撃砲を多用した。弾道は大きく曲弧をえがいて、山かげや凹地などにひそむ日本軍の頭上に落下した。突然、腹の底をえぐるような衝撃がしたかと思うと、田川兵長はなぐりつけられたような強烈な爆風をうけた。ふと見ると、すぐとなりにいた藤田兵長がふきとばされ、姿が見えなくなってしまったという。

＊口絵写真提供／著者・雑誌「丸」編集部

『勇猛「烈」兵団ビルマ激闘記』 目次

勇猛「烈」兵団ビルマ激闘記

密林の底に英霊の絶叫を聞いた

勇猛「烈」軍団ビルマ敗走記／地獄の戦場全報告――林田守正

1　非情なる使命

軍命令にそむいてコヒマをすてた烈兵団の兵隊——私たちは、頭からかぶった雨滴のしたたる破れ携帯天幕を泥山道にひきずり、飢えと空挺部隊の先まわり（退路遮断）に脅かされながら大アラカン山脈（ミンタミ山系南部）を下り、街のない国境の町フミネにたどり着いた。

兵器、弾薬、衣類、そして病院まであるという頼みのフミネで私たちが手にできたものは、一人一合二勺のつづれ米だけであった。私たちの落胆は大きかったが、ひさしぶりにおがんだ白い米粒のせいもあって、〈ふる里にもどった〉そんな安堵感に似たものを感じていた。そのとき、ジャングルのなかのキャンプは、防空壕も掘り終わらないうちに重戦闘爆撃機隊の猛爆撃をうけ、ビルマ国内カバウ河谷へと雪崩（なだ）れた。

患者たちはチンドウィン河に沿ってカレワに下り、私たちは河谷に入るとすぐに左に折れ、チンドウィン河西岸に防衛線をつくるため、シッタン方面へ向かった。手足にまとわりつく蔦蔓をかきわけ、ぬかる河谷を這い、三人四人と肩を組んで氾濫した急流を渡り、空き腹によろめく足をひきずりながら、はじめての集落らしい集落テヤッコンに入った。

テヤッコン集落は小ジャングルにはさまれた草原のはずれ、岸に茅の茂る川辺の、丸太の柵にかこまれた六十戸ほどの村だった。村人はビルマ族の農夫たちだが、裸同然の私たち敗走兵の暴虐をおそれて、姿をかくしていた。

女、子どものいない村はあじけなく、うつろにわびしかった。それでも、人や家を忘れてひさしい私たち落武者は、縁先まで垂れている木の葉葺きの軒先に未練がましくしがみついている雨だれ、いまにも降りかかってきそうな屋根裏のすす、住んでいた家族たちの手脂足脂がしみて赤くなっている丸竹の床、竹の柱、竹の壁、竹の窓などにのこされている生活のあらゆる傷痕から〈家〉というものを味わい、思い出そうとしていた。


私が集落の西口分哨勤務を命じられた日は、半年もつづく雨季が明けるには、まだ二ヵ月以上もあるのに雲が切れ、青空が目に痛いほどだった。分哨から西へ、人の背丈の倍ほどの雑木林が左右に広がり、その雑木林をさえぎって草原の帯が細長く走っていた。

おかしなほどに平穏な一日が終わりにちかづいた夕刻、分哨からは見えないが、草原の向こう、連隊本部のいるナシマ集落が、いきなり重戦闘機五機の爆撃をうけ、つづいて繰り返しの銃撃をうけた。

分哨に当てている二階建てのような民家の高床下に立って西の空を眺めていると、音もなく垂直に立ち昇る黒煙に、朱く輪郭もあざやかに止まっている夕陽が、妖しく、美しい。満州の〈赤い夕日〉ではない。〈血染めの日の丸〉を見るような美しさに胸がしめつけられ、視線が凍った。

そのとき、地面を這って来る重戦闘機が一機、私の目のなかに飛び込んできた。ナシマ集落には爆撃のあと銃撃までくりかえしたし、日没も近い。新型の重戦闘機とはいっても、このテヤッコン集落まで攻撃する余力は持っていないはず――そう思い込んで、よそごとのように夕陽に見とれている油断を見すかして、銃撃をかけて来たのだ。

「壕にはいれえッ」

立哨兵に叫びながら、私は北庭の小さなバナナ畑に走り、覆いのない防空壕にとび込んだ。悪感のはしる生暖かい溜り水に膝まで浸り、つぎつぎに襲ってくる銃撃のたびに、超々低空飛行の風圧で揺れる頭上のバナナの大きな葉のざわめきに肝を冷やしながら、敵機の去るのを待った。

重戦闘機隊の行儀のよい一列旋回の銃撃は、三回で終わった。壕を這い出して見まわすと、集落のあちこちから黒煙が、夕凪の空に垂直に立っている。あれこれをつつんだ天幕を肩にして退避を急ぐ兵隊、大声で命令や指示をわめきながら走る下士官の姿が、家なみの間に急がしく現われては消えていった。

そんな喧騒も、数分後には、空虚のなかに取り残された黒煙だけがときおり芋虫のように蠢（うご）めき、立ちつづけているだけだった。分哨の存廃と、これからの任務についての指示をうけるために、私は司令所に当てられている民家に走った。が、日直司令将校も連絡兵も姿を見せない。分哨にもどり、独断で分哨の解散を告げ、兵隊を各自の隊に帰した。

　銃を片手に宿舎の民家にもどったが、ここも退避ずみで空家同然。隣家の木の葉葺きの屋根と竹編みの壁から、油煙をふくんだ赤黒い焔が噴き出し、渦を巻いている。屋根組みの太い竹が火焔を吹きつけられ、ときおり途方もない爆裂音をあげる。

　煙につつまれた宿舎の高床に駆け登った。ぺちゃんこのザックが一つだけのこっていた。私はザックを肩にすると高床を跳び降りた。その拍子に、

「えらそうなカッコウをして、勝手なもんだ」

と、飛び出した自分のひとり言に、自分が驚かされた。

　両側に高床の農家がつづくメイン・ストリートの牛車道を集落の北口ちかくまで来ると、路上にぺたりと坂田一夫兵長の担架が置かれていた。気丈者の坂田兵長は両目を力いっぱいに開いていたが、呼吸は乱れ、声が出せない。重戦闘機の太い銃弾が右肺を貫通し、呼吸のたびに濃い血液がむくっむくっと噴き出し、右の胸の上いっぱいに盛り上がっていて、すさまじい。無為を責める目を担架兵に向けると、

「担架を動かさないで、このまま死なせてくれ、と兵長殿がいわれるものですから……」

　担架運びの若い現役兵は、運ぶべきか、このまま死なせるべきかで、こまりはてていた。

「右だ。心臓からは遠い。がんばるんだ」

　私の気休めにもならない言葉に、坂田兵長は、くせの上唇をちょっとだけ右に吊り上げ、

あきらめと孤独の笑くぼでこたえた。私は、この場をどう処理してよいのかわからず、つづける言葉につまった。

「これくらいのケガで、死ぬもんか」

こんな、ありきたりのせりふをのこして、隊が退避しているという集落外の竹林に向かった。

日が暮れた。退避先の竹林の暗闇のなかで、じっとりと泌み上がって来る落葉の湿りに寝返りをくりかえしながら、私は、今日の敵重戦闘機の銃弾を下腹にうけ、脱糞して戦死した前川健上等兵のことを思っていた。

前川上等兵は、坂田兵長やフミネで爆死した木岡上等兵と同年兵で、インテリの見本のように誠実な補充兵であった。私は昭和十三年の五月、日支事変のおりに召集された第二乙種合格の補充兵役の兵隊で、今回は二度目の応召である。いうならば、補充兵役ではじめて召集された彼らの先輩で、彼らの心の動きや体力・体調などについては、だれよりも承知しているつもりでいた。

だから、コヒマではまったくの無能ぶりを暴露しただけでなく、いつも戦友たちの厄介者だった私だが、コヒマからの退却途中で一時的に小康をとりもどしたとき、落伍しそうになっていた木岡上等兵を蔓で引いたり竹の杖で押したり、酷なまでにして隊列に入れて来た。その木岡上等兵は、国境フミネに着くと、あっけなく爆死した。

おなじ指揮班員だった前川上等兵は、たどりついたはじめての集落、このテヤッコンで敵

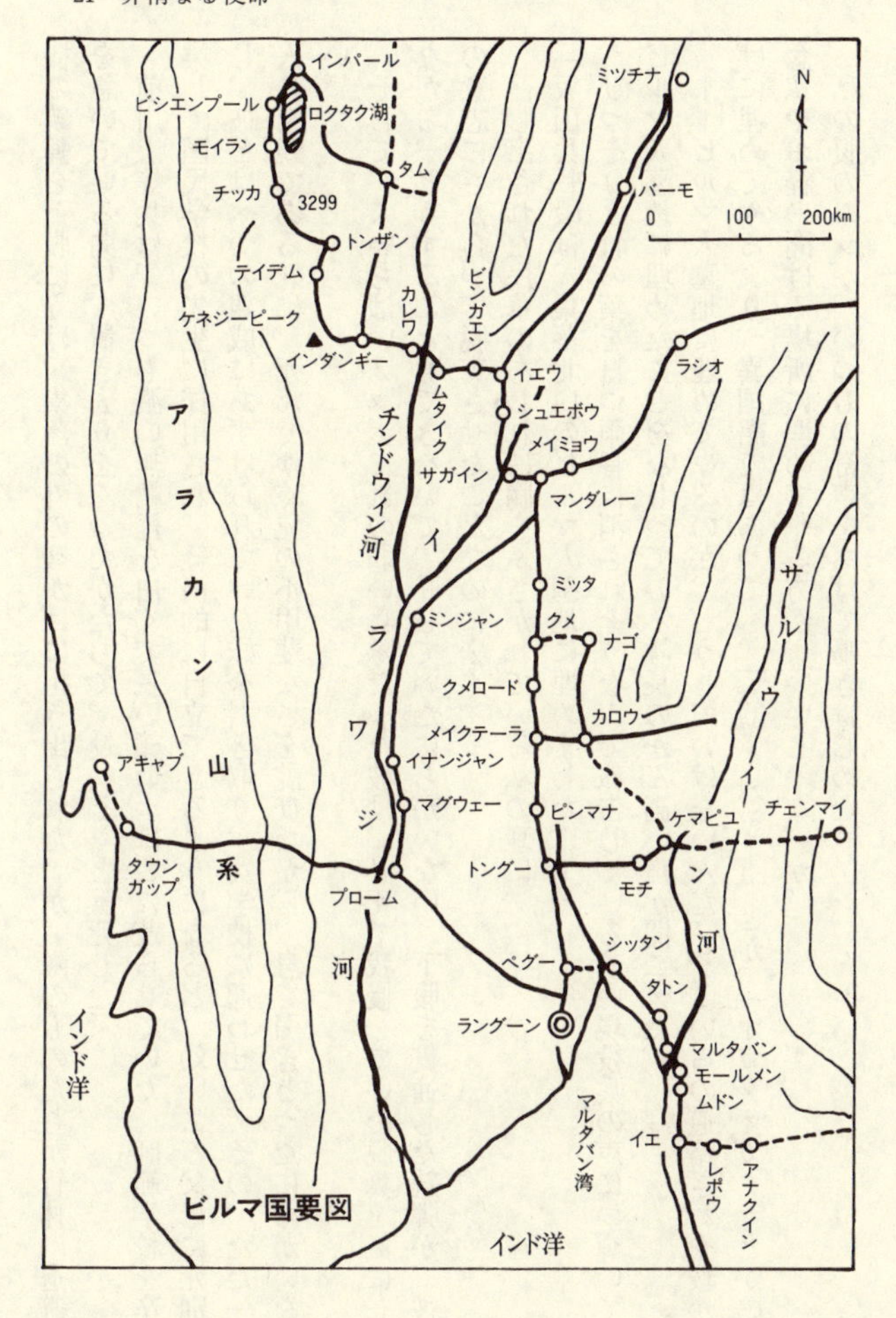
インパール
ビシエンプール
ロクタク湖
モイラン
チッカ
3299
タム
トンザン
テイデム
ケネジーピーク
インダンギー
カレワ
ビンガエン
ミッチナ
バーモ
N
0　100　200km
ムタイク
イエウ
シュエボウ
メイミョウ
サガイン
マンダレー
ラシオ
チンドウィン河
イラワジ河
アラカン山系
ミッタ
クメ
ナゴ
ミンジャン
クメロード
カロウ
メイクテーラ
サルウィン河
アキャブ
イナンジャン
マグウェー
ピンマナ
ケマピュ
チェンマイ
タウンガップ
プローム
トングー
モチ
シッタン
ペグー
タトン
ラングーン
マルタバン
モールメン
ムドン
イエ
レポウ
アナクイン
マルタバン湾
インド洋
インド洋
ビルマ国要図

機の銃弾を下腹にうけ、集落の外の薮かげに担ぎ出された。が、隊のものたちが竹林に退避を急いでいる間に、置き去りをくったかたちで、ひっそりと戦死した。

前川上等兵は、いつも濃い無精髭を白くて長い顔いっぱいに茂らせていた。師範学校を卒業して国民学校の先生に採用され、経済的に自立できるようになると、幼いころ父母に死別し、彼とはべつの親戚にあずけられていた妹を引き取り、女学校に通わせた。その、ただ一人の肉親である妹に、死んでゆく兄の不甲斐なさを詫びながら、息を引きとったにちがいない。

そして、人いちばいノッポで気の弱い兵隊だった彼は、必死で我慢していた脱糞を気にしながら、どうすることもできないで、恥じていたにちがいない。下腹を貫通した銃弾が、彼の意志にさからって脱糞させたことなのに……。

召し出された民草のあわれに胸をふさがれている私の耳に、

「坂田兵長殿は、集落北口のビルマ人墓地に埋めました……」

ひっそりと竹の葉を打つ雨音に消されそうな声で報告している若い現役兵の声につづいて、ビルマ人墓地に埋めたことをなじっている隊長のかん高い声が聞こえた。

――ビルマ人墓地に埋めてやるのが、どうしていけないんだ。そこいらの道路ぎわや薮かげに埋めてやるより、異国語ではあっても、「パヤーパヤー」とか、「オガタオガタ」とかの念仏やお経の聞ける場所に埋めてやる方が、いいじゃないか。

私の腹のムシが、いつもの奇声をあげて鳴きはじめた。

つぎの朝。私は隊長によびだされ、きのうの敵重戦闘機隊の銃撃で右膝の皿を飛ばされた石場為夫兵長を、「病院まで担架輸送せよ」と命令された。

「シッタンに病院があるはずだ。もし撤収していたら、つぎの病院か患者収容所をさがして行け。敵の追撃は予想以上にはやいから、病院も後退を急いでいると思われるが、たとえラングーン、タイ、仏印まででも、かならず病院か患者収容所に運び込め……」

私に〈もっとも兵隊らしくない兵隊〉と銘打ってくれた陸軍士官学校出身の隊長の笑いをふくんだ言葉は、重く、非情だ。

私たち五人の担架輸送兵の別れの〈捧(ササ)ゲ銃(ツツ)〉に正確な挙手の礼を返した隊長は、ひと握りの米、一滴の消毒薬の配慮もくれず、さっと隊長専用の天幕のなかに入った。

私は覚悟をかためていたつもりだったが、すげなくも突き放されたとの思いが、胸から押し上がり、喉にひっかかって痛み、目もとが熱くなった。

――コヒマからの大アラカン越えでは、雨と飢えと疲労のために、担架をかついだものもかつがれたものも、みんな倒れた。アナタはそれを見あきるほど見て来ているのに、それでも担架をかつげと命令する。

だれもが生きたい。けが人や病人たちには、自分の死が目の前に見えているだけに、なおのこと生きたいという思いが強いだろう。それは、狂いたいほどのものであるかもしれない。だが、担架をかつぐものにとっても、自分の生命(いのち)以上のものはないのです。

自分の体ひとつでさえ養いきれないでいるいまの私たちに、一粒の米もあたえず、痩せた体を雨に打たせ、栄養失調のひょろひょろ腰と傷の絶えない跣とで、未知の泥沼道や山坂を、「担架ヲ担イデ急ゲ」と命令する。それは、「死ニ向カッテ急行セヨ」とおなじコトバです。「貴様たちは好き勝手なところで、好き勝手に野たれ死にせよ」と、命令をしてもよいのですか――。

支離滅裂なエゴイズムの言いぐさだ、とわかっている。それでも私のなかのエゴイズムは、止めようもなく噴き出しつづける。

兵隊にとって、脳ミソの存在はじゃまである。わざとではなくても、私は脳ミソを回転させるようなことをしていたから、担架運びを命令されたのかも知れない。

補充兵三人、予備役召集兵一人の担架兵と七人の歩行患者をつれて、昼ちかい霖雨の草原へと竹林を出た。石場兵長をのせた生木の急造担架をかつぐ四人の顔は、表には出せない思いにこわばり、行く手の牛車道は、草原を巨獣が二本の爪でひっかいたように、わだちも厳しく曲がりくねっていた。

退却中の戦場には、すべてのものが、きのうはあっても、きょうはない。裸同然の私たち兵隊が、地図や磁石を持っているはずはない。ただ、きびしい戦場がいつの間にか身につけてくれた動物的な勘だけがたよりである。

――来るときが来た。

私はほぞをかため、担架の先頭に立った。

昼をすぎて、きのうの銃爆撃で焼け落ち、まだくすぶっているナシマ集落に着いたが、焼けのこりの一軒もない。寺の焼け跡らしい、焼けただれて反り返ったトタン板が、幾重にも折り重なっていた。連隊本部の所在は知れず、移動先の表示ものこされていない。

隊を離れるときには、いかにも申しわけなさそうにうなだれていた歩行患者たちは、連隊本部がいるはずだったナシマ集落での食糧補給ができないとわかると、道をそれて右手の小ジャングルに分け入り、山鳥を撃ち、そのたびに喊声をあげる。前線をはなれた安堵、解放感の歓声であろうか。手のひらを返したように活気づき、気ままな行動をとる。そんな彼らへのいきどおりを呑み込むと、喉ぼとけがコクンと音をたてて鳴いた。

私は彼らへの無関心をきめ、担架の歩きやすい道をもとめて先行した。草原をすぎると薮のなかだ。道はわだちのいちだんと深い一本道。ナシマでは青空さえ見せてくれた天気はくずれ、担架運びの難行がはじまった。

平安朝時代の牛車を思わせる大きな木製車輪で、長雨でゆるんだ地面を深くえぐったわだちが、踏み出すはだしをすくう。担架をかついでいる四人のうちだれかが足をすくわれてひざまずくと、担架の上の石場兵長は投げすてられたように地面に投げ出され、息を詰め、うめき声をころし、大粒の涙をポロポロ落とす。

「すまん、すまん」

包帯に滲み出た血の紅がひろがってゆく。

「車ん跡に足がすべり込むんだ。痛いときゃ、『イタイッ』ち、おらんでくれ（叫んでくれ）なッ」

「う、ううん……たのんます」

石場兵長は、精いっぱいでこたえる。

雨がひどくなった。コヒマで手に入れた敵の一人用天幕には、ゴム膜がサンドウィッチ状にはさみ込んであるので、水をとおさない。石場兵長の唯一最高の財産であるその敵の天幕を、担架いっぱいにかぶせてやる。

からみ合っている蔦蔓（つたかずら）でおおわれた薮のトンネル道に入ってから、担架の右前棒をかついでいる長野勇造一等兵の足のすくわれる回数が多くなった。長野一等兵はテヤッコンでの敵機の銃撃で戦死した坂田兵長や前川上等兵と同期の補充兵で、数すくない中学校出身の兵隊の一人である。彼の両眼は赤くただれているだけでなく、絶望的な退却のせいか、気力をまったくなくしている。わだちに足をすくわれると、一滴の根性も見せずに、ガクリ両膝をついて座りこむ。そのたびに石場兵長は頭から地面に投げ出され、固く閉ざした瞼の奥から涙をにじませ、唇を嚙んでこらえている。

帯革（バンド）で石場兵長の胴を担架にしばりつけ、長野一等兵を後棒にまわした。が、彼は、わざとのようにわだちに足をはめたり滑らせて、担架を覆えしつづけた。それでも、コヒマでは雄叫びをあげて戦った担架兵のだれひとりも、彼をとがめようとはしない。

かつがれている石場兵長とかついでいる四人に、ひと言でも元気づけの言葉をかけてやらねばと私は気負ってみたが、言葉にはならない。いまなにかを口に出せば、心の外に追いやろうとしている「自分たちに運命づけられている死——担架行の末路」にふれることになりそうで、おそろしかった。

「しょんべん（小便）がしたい」

担架から投げ出されそうになって何度目かの乗りなおしをしたとき、石場兵長は担架の上で上体をおこし、用足しの姿勢をとろうとした。が、蔓で編んだ担架の床に尻がめり込み、上体が後ろに倒れそうになった。両脇からささえたが、かんじんのモノが出せない。とっさの思いつきで、竜舌蘭の堅くて長い葉をさがしだし、石場兵長を寝かせて葉の元をあてがわせ、葉の先端が担架の外に出るようにした。

「すまんです……すまんですなあ」

石場兵長は、半べそ面を天幕に埋めて用をたした。小便が細長い葉の上を流れはじめると、葉は中ほどで腰が折れ、あふれそうになった。あわてて差し出した私の手に、石場兵長の温かい液体がもれた。そのぬくもりが、肉親のぬくもりに思えて心地よかった。

道先案内のために先行していたはずの私は、役立たずになっていた。わだちの両側は深い薮で、蔓性の草や木たちが、密生している灌木をつたって這い上がり、頭の上いっぱいにかぶさっている。薮の中の牛車道は視野をふさがれ、二本のわだちがかろうじて道の存在をしめしているだけだ。

ころび、座り込む長野一等兵にかわって、私が担架の前棒についた。それでも、二十歩か三十歩のうちにはだれかが足をすべらせ、そのたびに担架をかえしそうになった。だが、石場兵長を投げ出すことはなくなった。足をすべらせたものは、

「ごめん、ごめん」

と、あやまり、石場兵長は、

「すまん……な。すまんです……な」

を、くりかえした。

雨がひどくなった。担架に先行していた歩行患者たちは、姿も声も見せなくなった。

五時ころ、大薮のトンネルをぬけ、草原に出た。ここで道は二つにわかれ、病院があるはずのシッタンへの道は右に折れていたが、集落があると思えた正面の森に向かった。右に折れると、またも深い薮がつづき、担架を泊める集落があるとは思えなかったからだ。

山すその深い森のなかから覗いている民家の屋根を見つけ、担架を草の上に降ろさせてから、

「今夜は、森の集落に泊まる。オレはここから隊にもどり、担架兵の増援をもらい、今夜中に森の集落にもどる……」

と、切り出した。賛成だとも反対だとも、だれもいわなかった。私は長野一等兵に、担架につくように命じ、来た道をテヤッコンへと引き返した。

隊では、炊さんが終わったところだった。隊長の天幕にすすみ、声をかけて入ろうとすると、当番兵がけげんな顔で隊長の不在を告げた。私はとまどったが、さいわい、指揮班のテントの前で人事係の長身の神田勇曹長に出会った。こんな時刻に、こんな場所に現われてい

る私が、曹長にとってはよほど意外なことだったらしい。棒立ちになったまま、さげすむ目で私を見すえた。私は自分に鞭打って、

「長野勇造一等兵は目がわるいうえに、気力がありません。長野一等兵がわだちに足をすくわれて座り込むたびに、石場兵長は地面に投げ出され……それでも、辛抱はしていますが……もう一人だけ、担架兵をください」

と、うったえた。

神田曹長は、白い眉間にしわをよせた。天幕のなかの下士官や兵隊たちは私に背を向け、ときおり、どす黒く日焼けした疲労の顔を、じろりと振り向けた。そのたびに、侮蔑で暗く尖がった白い視線が、ピシッピシッと音をたてて私の胸に突き刺さった。

天幕のなかの戦友たちにとって、雨に濡れた泥んこ姿の私は、〈死への呼び出し人〉である。私はやりきれない孤独感におそわれ、このまま担架に引き返したい衝動にかられた。が、忍んだ。石場兵長の泣きべそ面が、汗と雨とがごっちゃになって流れ、顔さえ拭くことができないで担架をかついでいる四人の充血した目が、食いしばって血の吹き出ている唇が、そして、担架と共倒れになっている私たち六人の近い将来の姿が、私を踏みとどまらせた。

降りつづく雨のなか、一口の白湯の接待、もとめた包帯とヨードチンキの一片一滴さえもらえず、私と増援の小田兵長は、わだちの暗闇道に足をすべらせ、ころび、泥んこダルマになって、担架の待っている森の集落へいそいだ。

担架の待っている森の集落に着いたのは、夜半をとうにすぎてからだった。農家の高床の

下に焚火が勢いよくはじけ、すぐそばの担架の上には、石場兵長が無精髯のなかの口をゆがめ、眉をよせて眠っていた。雨に濡れて腕や胴に張りつく泥んこの襦袢・袴下をむしり取るようにして脱ぎ、褌一本になると、炊いてくれていた飯盒飯に、二人してむしゃぶりついた。飯盒飯の四分の三は、明日のために残さなければならなかった。それでも、焚く火は大きくはじけ、たぎる白湯を飯盒の蓋にうけてふうふう吹きながらすすると、喉をやき、胸のしこりを漱ぎ落とし、心のしんまで温めてくれた。

２　死の執行吏

朝。空は低く、霧のような雨が舞いながら、流されるように降っていた。世間はまだうす暗かったが、一気にシッタンまで担架をすすめることにした。

——途中は山と谷川とジャングルだけで、集落も山小屋らしいものは一軒もない。しかし、早発ちすれば、担架でも一日で行ける。

と、泊まり合わせた連隊本部の連絡兵から聞いたからだ。

歩行患者たちは隣家に、先着特権の高床上を占領していた。彼らは担架が出発するころになってようやく目をさまし、あるものは出発準備にかかり、あるものは胡座をかいて、早発ちする私たちを見おろしていた。私は彼らに、「先に行くぞ」のことばも口に出せなかった。

担架は山すそに沿って二キロメートルほどすすみ、山に入った。とたんに、覚悟していたものとはまったく桁(けた)ちがいの困難にぶちあたった。乾季には流れが干上がって川は川床道になり、旅人を助けてくれるのだが、雨季には岩をかむ渓流に一変し、人間の入山をこばむ。しかし、雨季がもっとも深いときでも、谷川が溢(あふ)れることはない。谷川は必要以上に山肌をけずり取って小渓谷をつくり、両岸、すくなくとも片岸に、人間ひとりが通れるゆとりをつくっておいてくれている。川幅がすこし広くなっているところでは、小さな岩原や砂利の浅瀬づたいに遡(さかのぼ)ることができた。だが、それは、山に入って最初の一キロメートルのことで、渓谷はたちまち本性の険しい面相を剝(む)き出し、担架の前進を頑固にはばんだ。

浅瀬は姿を消し、奔流は岩を嚙み、しぶきを渓谷いっぱいに舞い上げる。左岸はえぐり取られて根をさらした木々が渓流に倒れ伏し、枝葉を奔流のなぶるにまかせている。右岸の崖と流れとの間に、二十度ほどの斜面が三メートル幅でのこされている。担架の前後にはそれぞれ一人、低くなっている右側――流れに近い側を三人がかりにして、流れに沿って担架をすすめる。

こうして担架をすすめれば、たとえだれかが足をすべらせても、石場兵長を流れに投げ出すことはない。でも、だれかが足をすべらせるたびに、帯革(バンド)で胴と片股を担架にしばられている石場兵長は、低いうめき声をもらし、牛のように堪えている。

大きな雨粒が木の葉を打ち、はげしく音をあげはじめると、渓谷いっぱいにかぶさっている木々の緑が、重い雨にとかされて渓谷をおしつぶし、息苦しい情景になった。地表に洗い出された木の根が、障害物競争の網のように足にからみつく。伸び放題の下枝は、火消しの鳶口のようにちょっかいをかける。担架の前進速度は、速度というにはあまりにも遅いものになった。

網のようにからまる木の根地帯をすぎた曲がり角に、幅三メートルもある砂地が二十メートルほどつづいていた。担架をおろし、さて一ぷく。その一ぷくのよもぎタバコもない。担架の石場兵長にかぶせている天幕を、頭の部分だけ持ち上げて小枝でささえ、冷たい空気を、せめてもの贈りものにする。

私たち六人は、褌までずぶ濡れの腰を、しぶく岩の上におろした。奔流の冷たく痛いほどの衝撃が、熱っぽくきしむ足腰に心地よいひびきをあたえてくれる。霧となって舞い上がって降りかかる水しぶきは、頭のてっぺんから首、胸、胴へ、そして腹の奥にこびりついている恨みつらみの滓(かす)にまでしみ入り、溶かし、洗い流してくれる。

石場兵長が、まことに申しわけないといいたげな弱い声で、私をよんだ。私は奔流に打たれ、水しぶきを浴びることに夢中で、石場兵長に小便をさせるのを忘れていた。大急ぎで担架にもどり、かぶせたままにしていた天幕といっしょに馬匹用の毛布を足もとからめくり、昨夜の集落で鈴木上等兵がつくってくれた竹筒の水道管をあてさせた。

「すまんです、すまんですなあ……」

石場兵長は小便を流しながら、鬼瓦のように頑丈な顴骨がかくれるほどに茂らせている無精髯のなかから、似ても似つかないか細く泣く女の子のような甘ったれ声でくり返した。

さいわい、膝の包帯は雨に濡れていない。にじみ出していた血は黒くかたまっていて、新しい出血の跡はない。

「ケガんとこが、かいい……」

ちびた笑いのヒゲ面が、小さくうったえた。

「もうすこし辛抱しろ。晩までにゃ、シッタン病院に着くからな」

包帯を解いてみたかった。傷口が腐り、うじを湧かせているのでは、と気になる。しかし、へたに包帯を解いてうじを湧かせるようなことになっては、生死にかかわる大事だ。

森の集落にのこしてきた歩行患者たちが、休みもとらずに、渓流の岩に腰をおろしている私たちを見下ろしながら追い越して行く。

「死んじょる、死んじょる」

水ぎわに行き倒れている腐敗寸前の戦友を、ひょうきんに、踊るようにしてよけ、しっかりした足どりで山の急斜面をジャングルのなかへ登って行く。担架には禁句になっている〈死〉という言葉を投げかけて……。

おどける余裕をもって登って行く歩行患者たちの後ろ姿を目で追っていると、

〈なんのために、どういうわけで、オレたちだけが死の担架行を強いられなければならないのだ〉

と、またしても、恨みつらみがせり上がってきた。

――戦友愛とは、ともに死ぬこと。人間愛の完遂とは、隣人のために約束されている

〈死〉に向かって自分を追い込むこと。人間とは、本能的に「生きのびたい」と願うもの。強制されたり、負債としての人間愛、そんな愛は、〈愛〉であるはずがない。

さほど遠くない将来の死を予定されている私の脳ミソが、空転・逆転・狂奔しはじめた。

――天皇の赤子を、たとえ一銭五厘の一兵卒であっても、無駄死にさせてはならない。だから、隊長は担架輸送を命令する。命令することによって、隊長は自分に負わされている責務からのがれることができる。では、命令された兵隊はどうなるのだ。兵隊とは、隊長の責任のがれのために忍従を強いられなければならないのか。兵隊にとって、上官の命令は「生命がけのもの」だ。隊長はこのことを承知しながら、それでも命令を下しつづけるのか。

小銃を渓流の深みに投げ捨てさせ、各人手榴弾二発――敵あて一発、自分あて一発の最終武装になると、気合いも新たに、担架にとりついた。

担架にとり憑かれた私たち六人にとって、担架を運ぶことが、生きていることのすべてになっていた。自分が生きのびるためにはまず、担架を病院に運び込むことである。だが、いまはただそれだけのための担架運びではなくなっていたのだ。忍従、祖国愛、人間愛、そうしたもののためにではない。よろこびにも似たもう一つの理由にならない理由、生きる張りが私たち六人のなかに生まれていたのである。石場兵長の半べそ面――信じきり、たよりきっているヒゲ面が、理屈なしに、私たち六人をそう変えさせてしまったらしい。

渓流の両岸は、見上げる断崖。道は渓流をそれ、密林の三十度をこえる急斜面をジグザグに登っている。道ではない。退却を急いだ歩行患者たちが踏み分けた足跡である。

長方形に固定されている担架にとって、急斜面に密生している木々と、ところかまわずにからみつく下枝や蔦蔓の隙間を縫いながら登ることは、不可能にちかい作業である。担架の前棒と後棒にそれぞれ二人の一列縦隊に入り、左右の担い棒にわたした蔓を、駅の弁当屋のように首のうしろで肩にかけ、踏み分け小道に飛び出している木の枝や根株を手がかりに、かけ声をかけ合って、一歩ずつ登る。

長野一等兵に四人分のザックを背負わせ、道路偵察に出した。私は三人分のザックを背負って先頭に立ち、担架の前棒に結びつけた蔓をひいた。総がかりで担架をかつぎたいのだが、ジャングルはそれをゆるしてくれない。二十メートル登っては息を入れ、四十メートルすんでは先頭の蔓ひき役を交替した。

太く荒い雨つぶが激しくジャングルをたたきつけ、山道はたちまち奔流に変わった。それでも、木の枝や洗い出された木の根、踏み跡のくぼみを手がかり足がかりに、しゃにむに登りつづける。不平や不満を口に出す余力は、もうだれにも残っていない。ただ、ジャングルと急坂に挑み、昼食も忘れて真正面から押しすすむ。

たぶん午後二時前、道路偵察に出たまま連絡のなかった長野一等兵が、三かかえもある大木の浮き上がった太い根の上に腰をおろし、木偶（でく）のように担架を待っていた。

「三十メートルぐらい先に、ものすごい断崖がありますよ。担架は、とても登れんです」

という。登れないのなら、腰をすえていないで、知らせにもどってくれたらいい。そうしてくれれば、べつに登れるかも知れない道を捜すこともできたのに、と腹が立つ。ともあれ、担架を休ませ、私は一人で偵察に出た。

六十度はある断崖が、目の前を仁王立ちに立ちはだかっている。仁王様の脛毛のように露出している木の根や、ところどころで滑り落ちそうに生え残っている灌木の枝につかまり、体を手繰り上げるようにして這い登る。しかし、登攀を助けてくれている倒れた灌木や露出している木の根は、担架にとっては障害物以外のなにものでもない。

断崖の上まで二十分。思ったほどの高さではない。担架が登れそうな直線コースをと見下ろしてみたが、見出せるはずもない。だが、登らなければならない。担架が登れそうなコースを物色しながら、崖をすべりおりた。

「晩めしの分も食べよう」

だれの飯盒もたちまち空になった。全員、褌一本になった。新しく伐り出した長い蔓を担架の両前棒に一本ずつ結びつけた。長い蔓をひく先導役に二人がつき、前棒と後棒に二人ずつが一列に入って、Y字隊形をつくった。山に入るまではH形、その後はL、I、Y字形と隊形を変えてきたことに気づき、ちょっとだけ、おかしさが私を喜ばせた。

先導の二人は、蔓の先端を自分の胴か、できたら木の幹に巻きつけて引き上げの態勢をかためる。担架の四人は、爪先で窪みをさがしだして足場をかためる。

「イチッ、ニッ、サアン」

先導の二人は体を前にたおし、腹這いになって断崖にへばりつき、胴に巻いている蔓をひく。前棒の二人は担架を持ち上げ、後棒の二人は押し上げる。かためていたはずの足場はにべもなく崩れ、すべり落ちて、担架の四人は担架の下でペチャンコの四つん這いになっただけである。それでも担架は十センチほど持ち上がり、そのすきに三十センチほど繰り出されていた。先導の二人は、必死で蔓を引きつづける。その間に、担架の四人は、担架の重みと肩の蔓にからまれて自由を失った腕と、とらえどころのない足場のせいでペチャンコになっている体を最短時間でたてなおし、三十センチ前進の確保をはかる。

「イ、イタイッ」

　石場兵長の悲鳴には、どうかまってやりようもない。

「痛かろうが、どうしようもないんだッ」

　私は自棄にちかい叫び声で、石場兵長を叱りつけていた。担架の両棒をしっかりとにぎりしめた両腕を立てて体を浮かせ、右膝坊主をかばっていた石場兵長は、

「オネガイシマス……」

と、泣きべそ面を天幕の下に深く埋めた。泣き面は見せたくなかったのであろう。が、担架に取りつかれ、下敷きになって唇をかみしめている担架兵たちの顔のほうが、いまにも泣き出しそうな気配だ。

　一寸きざみに、尺取虫のようによじ登った。尺取虫は後足を確保してから前にすすむ。担架にも後足が四本あったが、確保はゆるされなかった。全身泥にまみれ、汗と雨とが体についた泥を洗い落とそうとしてくれる。六人は、裸の全身を崖にぶっつけ、這う、すべる、ふんばる、せり上げる——いつ果てるとも知れないあがきを必死でつづける。

四つん這いのまま、汗と泥の顔を崖の赤泥土にすりつけていると、出征してから一年以上もたったガダルカナル島帰りのサイゴンで、出征直後に生まれたとの便りのあった、まだ見たことのない自分の娘に、強く頬ずりをしている幻想にとらわれ、あふれる涙を赤泥土にすりつけて、ぬぐっていた。そして、そんな自分がかわいそうに思え、そのかわいそうな自分を、もう一人の自分があわれと思いやっていた。それでも、私は、頬ずりをつづけていた。担架を繰り出すたびに、石場兵長のおし殺した悲鳴が天幕の下からもれ、私たちの胸は痛んだ。だが、慰めやはげましの言葉をかけるゆとりはだれにもない。無慈悲、無頓着をよそおい、「イチッ、ニッ、サアン」「イチッ、ニッ、サアン」とかけ声を合わせ、ひく、持ち上げる、押す——一歩前進二歩後退としか思えない登攀を、夢中、がむしゃらにつづけた。

断崖の三分の二ほど登ったころには、かけ声が出なくなっていた。それでも、二、三十センチ登っては三十センチ以上もすべり落ちる作業をつづけた。それは、後退しているとも知らずに死力をつくし、もだえている蟻地獄におちた蟻のあわれにも似ていた。

涙——ことばのない嗚咽、汗と泥と雨のなかの苦行はおわった。断崖の上に立ち呆ける私たち六人には、ひとことの慰め、おたがいの健闘への讃辞、よろこびの言葉の交換もない。石場兵長は天幕の下にもぐったまま顔を出さず、天幕は慟哭に震えつづけていた。

五時はとうにすぎていた。単身だと二十分で登れた断崖に、担架は三時間以上もかかっている。降りそそぐ雨をシャワーにして、両手、顔、首、胸、胴、足へと、泥土と汗と涙とを洗い流した。そして、あらためて着るずぶ濡れの襦袢・袴下の冷たさを、肌でうけとめた。

今日中にシッタンに到着することはあきらめた。

断崖から先は、広葉と針葉の小柄な木が混合密生しているゆるい下りだ。雨は小降りになってくれたが、設営、薪ひろい、炊さんなどの時間を考えると、多くはすすめない。

私は露営地をもとめ、ザックを四つ背負って先行した。

高さは身長の三倍ほどだが、枝が傘状に広く垂れているヒマラヤ杉の下に杭を打ち、地面から三十センチの高さに担架を据えた。二人は水くみ、二人は薪集め、二人は下枝と下草を薙いで仮寝の場所をつくり、石をさがしだして炊さん用カマドをつくった。

雨はあがってくれたが、ジャングルの日暮れは早駆けで、ブヨと蚊の大軍が猛襲撃をかけて来た。何百万、何千万とも思える虫どもの羽音が木の葉を震わせ、枝から幹へ、そして木々へとつたわってジャングル中を唸らせた。そうしておいて、私たちの手、足、顔、首、胸、背中から頭髪のなかにまで襲いかかる。痛さと痒さとで気が狂いそうだ。煙くはあるが、できるだけ担架に寄せて煙の多い焚火をたき、どうやら吸血鬼どもの襲撃をくいとめた。

炊さんがはじまって、石場兵長が天幕の下から顔を出してくれた。六人は快活で石場兵長の顔を迎え、隊を出てからはじめての明るい話し声が、ブヨや蚊どもの羽音を制圧した。

晩飯は制限なしということにした。岩塩だけの菜ではあるが、フウフウ吹きながら頬張る米の飯はうまい。だが、制限なしといっても、今夜の飯盒一杯は明日の昼までの分であることを、だれもが承知していた。それを承知のうえで、飯盒の半分、あるものはそれ以上も食べた。

「おまえが両足いっしょに滑らしたときゃあ、オレん背骨が折れてしもうたかと思うた」

「ポキンと、木が折れる音が聞こえたもんね」

と、冗談もとんだ。

「石場兵長、よう辛抱したなあ」

石場兵長は、私の景気づけの言葉にはこたえず、

「膝坊主んとこが痛いごと、かいいごとある。包帯がしまりすぎちょるかも知れん。ちょっとだけ、ゆるめたら悪かろうか」

と、例の甘ったれ声をだした。

私は担架のそばに寄ってひざまずき、天幕を足元から、ゆっくりとめくり上げた。五人もいざり寄って、石場兵長の右足と私の顔とをかわるがわる覗き込んだ。

——どんなことになっていても、口に出してはいかん。

五人に目で合図を送り、包帯に手をかけた。

「痛いときゃ、イタイッち、おらべよ」

黒く血が焦げついている包帯を、時間をかけ、ゆっくりと剝がしながら解いていった。傷口を中心にして膝坊主の一帯がざくろ色に腫れ、包帯がきつく食い込んでいた。包帯を解き終わると、ポッカリこぶしほども開いている傷口に、十二分に血液を吸い込んだガーゼが、あわびのようにしがみついている。私は傷口のまわりを、そおっと撫でるように指先で掻い

てやった。

「あッ。ア、ア、ああ……」

石場兵長は、たまらなくもだえた。掻く手を止めると、

「もっと右」

「うえ、上ッ」

とあまえた。

傷口のまわりを掻いてやりながら傷口の状態を丹念に観察していた私は、血液で黒くかたまっているガーゼの上に〈白いもの〉を見つけ、息をのんだ。私は自分の目をうたがい、針金でつないだメガネを片方ずつたぐり上げると、傷口にくっつくほどに近づけた。そして、なによりも恐れていた〈もの〉をガーゼの上に確認した。

うじ、蛆——である。

栄養失調、マラリア、下痢（やがては赤痢）。彼ら三つのモノは、たがいに呼び寄せ合う仲間である。一つの病は他の病を呼び寄せ、他の病はもう一つの病を呼び寄せて兵隊の血を吸い、肉を食らい、生命の最後のひとしずくまで吸いとり、行き倒れさせる。

そうした行き倒れの生命が、この世からあの世へ渡ろうとするとき——肉体は生きているが、生命はとうに肉体から抜け出していると思えるとき、どこから、どう誘い合わせて来るのか蠅の大集団がやって来て、眉毛や頭髪の生えぎわに、翁の面のように白く卵を生みつける。やがて残されていた肉体生命が肉体から離れ去るのを待ちかねて、白い卵はうじになる。

こうして、彼らうじどもの恐るべき大活躍がはじまる。

蝿、それは〈死の通告人〉。それは〈死出の化粧〉である。たとえ多少の時間差はあっても、うじは兵隊を干からびさせ、かならず死界へ連れ去る〈死の執行吏〉である。

うじにたいする防衛線をより堅く、より確実なものにするために厚く巻いた包帯の上に、シャツや靴下などのボロ布を、むれるほどに巻いていたのに、〈死の執行吏〉が這っている。

私はだれにも気づかれないように、わざといたずらっぽく、うじを指先ではじいた。

「イタッ、イタイッ」

「すまん、すまん」

うじを取ってやりたかった。ガーゼの下がどうなっているのかも、たしかめたかった。

「かゆいのは、なおりかけている証拠だ」

気のとがめを笑いでごまかし、ゆっくりと包帯を巻きなおしてやりながら――早朝出発。

強行軍の腹をかためた。


眠るまえに、六人は焚火をかこんで、濡れたもの――シャツ、ズボン、巻脚絆、靴までを焚火で乾かした。コヒマで手に入れた私自慢の敵の軍靴は、甲が切りさかれている。平べったくできている靴に、甲高の私の足は入らないからだ。

自慢の靴を脱いで、驚いた。断崖をすぎたころから足首のあたりが妙にかゆいとは気づいていたが、足首から先――足の甲も腹も、指先までがベトベトに溶けている。水虫にやられたのだ。かゆい。焚火にあてるとチカチカ痛い。立ってみようとしたが、もう立てない。座ったままで上着を剝ぎとり、ズボンを脱いで焚火にかざした。

「上着」とか「ズボン」などというと聞こえはよいが、軍隊で「襦袢」とよんでいるシャツ（肌着）と「袴下」とよんでいるズボン下（股引）のことである。コヒマ攻略のために北西ビルマのセンガンを出発するときには、新品の軍衣袴（軍服上下）、襦袢、袴下、軍靴が支給され、手製超特大のザック（背囊）には地下足袋までつけていた。しかし、一ヵ月あまりの大アラカン山脈越えで、はがれて口をあけた靴底を蔓でしばりつけ、辛抱に辛抱をさせて履きつづけた。が、アスファルトで舗装されたインパール街道に出たとき、ご苦労を謝し、谷に投げ、葬ってやった。

地下足袋に履きかえ、足の軽快さをいいわけにしていたが、雨が降りはじめると、山道に滑って役に立たなくなり、だれもがそうしたようにはだしになった。たまたま押収した敵の軍靴のなかに、小さすぎて履けるものがいないのをさいわいにもらいうけ、甲をさいて履きつづけ、はだしの連中をうらやましがらせてきたシロモノである。

インド進攻前のセンガンで支給された新品軍衣袴も、インパール街道に出たときにはズタズタのボロボロになっていた。こうして、いつ処分したともなく、だれもが襦袢・袴下だけのおんボロ姿になっていた。底のある革靴を履き、目立つほどには破れていない襦袢・袴下を身につけている私は、まだまだましも上位である。担架をかついでいる五人にしても、軍服の原型をとどめているものを身につけているものはもちろん、革の靴を履いている私ほどの身なりをしているものは、一人もいない。

雨上がりのしとった下草の上に体をころがすと、ジャングルの闇の静けさが、過労にほてる体を冷(ひ)やっこくつつんでくれた。

焚火が小さくなると、狙いすましていたようにヤブ蚊どもが襲いかかってきた。そのたびにだれかが寝返りをうち、枯木と生葉のついた小枝を、焚火につぎたした。

3　破れ靴下

担架をかついで三日目。みずみずしい青葉のかさなりを透かして朝の陽光(ひかり)が清く、高かった。あわてて起き上がったつもりが、

「ア、アッ」

横倒しに、私は片尻餅を地面にたたきつけていた。水虫でただれた足一面に張っていたうす膜が、立ち上がろうと踏んばった拍子にパリッと音をたてて裂け、痛みが頭のてっぺんまで突っ走った。

五人が出発準備をしている間に、破れ靴下をザックの底から取り出して履き、立木にしがみついた。が、立ち上がれない。私は破れ靴下の上に、破れシャツの片われを巻きたした。

それも無駄。だが、遅れた出発はとりもどさなければならない。破れシャツも靴下も剝ぎ取り、

「ヤアッ」

絶叫の気合いをかけて立ち上がった。心なくもこぼれ落ちる涙つぶを、「ヤアッ」「ヤアッ」とかけ声で振りはらい、木から木へと泳ぎ渡りながら道路偵察をかねて担架に先行した。木から木へと倒れかかり、しがみつくそのたびに、かけ声はいつしか、

「おやじ、ようッ」

「かあさん、ようッ」

「さち子おッ」

「きさ子おッ」

と、肉親へのよびかけに変わっていた。

「おやじ、ようッ」とよぶと、酒を飲みすぎて胃を切り取られたしかめ面（づら）の大男が、大分（おおいた）名物のやせうま（手製うどんの一種）のタネを、老いた機械工の骨ばった指先で器用に裂き、たぎり立つ鉄鍋にほうり込んでいる——そんな親父の丸坊主姿が、浮かんで消えた。

「かあさん、ようッ」とよぶと、雑木林を伐（き）りひらいた芋畑で、モンペ姿がいかにもよく似合う母の頰張った笑顔が、すげ笠の下から、私の顔を覗き込むようにして見上げた。

「さち子おッ」とよぶと、福岡連隊のうす汚れた面会所で、大きなお腹（なか）に巻いた帯の結びに手をまわして、まだ温かい回転焼の包みを取り出し、ニコリッ、いたずらっぽい頰笑みとい

っしょに差し出した。営門監視兵の目こぼしの原因になった下腹をなでながら……。

「きさ子おッ」とよぶと、写真で見たコロリしまった足を椅子の上に突っ立てて、両掌を私の顔に――メガネを取ろうと差し出した。

肉親をよびもとめ、ジャングルの中のゆるく傾斜した小道を、木から木へとつたいながら下っていると、思いもしなかったあの人この人の名前が、つぎつぎに飛び出しはじめた。そして、そのたびに、あの人この人の癖のある表情や仕草が、垂直に伸びている木々や深い下草の間から現われて、消えた。口惜しいのでも、うらめしいのでもないのに、どうしてか涙つぶだけが落ちつづけ、下草にとまっていた朝露にとかされて、消える。曲がり曲がってゆっくりと下る山道は、ときおり短い上り坂をまじえながら、飽かずにつづく。

昼。三メートルの高さの常緑広葉樹が密生して、暗く、じめじめとうっとおしかったジャングルを抜け出した。天空を仰ぐと、うそのように涯しなく澄みとおっている碧空が、ジャングルとジャングルとの隙間に細長く、小学校の廊下のようにつづいていて、まぶしい。そのまぶしさを、私たちは、よろこびといっしょに何度も何度も胸いっぱいに吸い込んだ。そして、目の前に広がっている茅の大海原の広さに、あらためて目を見開いた。

茅の海原を前に、昼飯の飯盒をカサカサ鳴かせていると、途方もなく広がっている茅の大海原の見えない向こうから、緑に染まった風が、川の流れの清らかなアルトを、よろこびと希望のハーモニーを添えて届けてくれた。

茅の湿原に足を踏み入れたとき、

「イタイッ」

と跳び上がった私は、鈍い音をたてて尻から倒れていた。溶けてドロドロになった足の甲を、倒れていた茅の鋸葉で思いっきり引っ掻かれたのだ。破れ靴下を取り出し、足の甲が布でかぶさるようにうまくはいた。これは大成功だ。茅の葉で直接に足の甲を引っ掻かれず、痛みがほんのすこしですんだ。

身長の倍以上もある茅の海底にもぐって、うねる茅の天井を見上げながら歩いていると、自分が、モーゼの出エジプト記のなかの一人――自由をもとめ、奇蹟の水壁に導かれて海を渡る奴隷たちの一人に思えた。だが、いますすんでいるこの茅のうねりの下は、歩いても歩いても、ぬかる単一の無風地帯で、照りつける太陽に気化を強制された湿地の水蒸気が、茅の天井にはね返されて飽和の極限をこえ、担架を蒸しつづけた。

持ち越されている一昨日（おととい）から昨日（きのう）、今日にかけての疲れで、全身がむくんだように気だるい。担架は睡魔にとりつかれ、歩くことさえが、はるか彼方の意志――かすかな、しかし精いっぱいの意志の行為である。

担架をかつがされている長野一等兵は、言葉には出せない不満を口のなかでブツブツ唱えながら、相も変わらず足をすべらせては担架を覆そうとしている。私は、文句をつけ、気合をかけてやらねばと思うのだが、どう自分にいいきかせてみても、その気力が目ざめてこない。からっぽの脳ミソの上を銀白色の双胴偵察機が一機、高く茅天井のはるか彼方の白雲を突き抜け、幻想の世界の白い羽矢のように、尾をひいて飛んで行った。

直線にしてもたっぷり一キロメートル以上はある茅の大海原の海底旅行が終わった。そのとき、三十メートル幅の砂原が、垂直に照りつける太陽光線を輝白にはね返して、もうろうとさまよっていた私の目を、痛いほどに刺した。

輝白の砂原の向こうには、白く濁った川水が右から左へ、気負い込んで流れていた。流れは左手で台地に突き当たり、台地をえぐって黒肌を露出させてから右へ大きくUターンしていた。

担架に取りつかれているいまの私たちには、遠い未来も近い将来もない。目の前のひとこと、担架輸送に全知全体力をそそぐ。そのなかに、自分たちだけに通じるよろこびと生命(いのち)を感じている。それがすべてであり、それだけで充分である——そう思えている。

七人分のザックも積み込んだ担架を褌一本の肩に、かけ声を合わせ、流れに突進した。

砂原に足を踏み込んだとき、私はまたも奇態な悲鳴をあげて跳ね返り、異様な尻餅のにぶい音を上げて茅の上に倒れていた。砂が靴下の破れ穴をくぐり、ドロドロの足の腹に焼きついたのだ。大急ぎで靴下の破れ穴を甲にまわして足の腹をまもり、担架を追った。

担架は流れの中ほどで立ち往生し、流されそうになっていた。私は見かけ以上の急流を両掌でかきわけ、泳ぐようにして担架に追いつくと、前棒の二人の間に割り込み、両腕で二人の胴をしっかりと抱き寄せた。そうしておいて、一人一人の足の運びをたしかめながら、

「右ッ……左ッ、右ッ……左ッ」

と、号令をかけた。

右棒が一歩踏みだす。その拍子にゆれてかえりそうになった担架が安定するのを待って、左棒が一歩踏み出す。水かさはやっと臍までだが、どう足を踏んばってみても、川床の砂は足の腹をくすぐりながら崩れ去り、踏んばる足のバランスを、足裏からすくい取る。

三十メートル幅の流れに、思わぬ苦戦を強いられて渡りきると小さな丘で、またも茅の茂みだ。茂みのなかの押し分け小道は、尖った岩の頭をやたらと突き出していて、はだしをつまずかせる。小さな窪みに溜まっている生あたたかい泥水は、痛められたはだしをすくい、担架を揺らす。この押し分け小道のいやがらせモノは、尖った岩の頭や溜り水だけではなかった。担架にとってもっともいやな苦行を、いやおうなく強いるモノがいた。

これまでは、たまにしか目にはいらなかった兵隊の行き倒れ死体が、十メートルに一つは左右の茅のなかに腐敗し、屍臭が鼻を突き抜けて後頭部に刺さり、万に一つの生命を念じている私たちの胸をしめつけた。頭からすっぽりとかぶった破れ天幕の下から、泥にまみれた両足首だけを出して硬直しているもの、シャツのボタンをちぎれさせるほどに腹がふくれ、大の字になって、うす桃色の腐水の糸を引かせているもの、眼、鼻、口、腹、すべてをうじ虫どものするにまかせているもの……。

丘を越えて川原に出た。崖に突き当ってUターンした川は急に川幅をひろげ、流れは春めいたさざ波になごんで、両岸の砂原は六十メートル幅にも開けていた。

向こう岸の砂原の先は、芝生のような草原につづいて茅と小灌木とがまだらな茂み。左手は背の高い森、右手は茅の湿原が流れに沿ってつづいている。澄みとおった碧空には、川の流れを映し出すように白雲が浮かんでいる。砲声も喧噪も死体も、ここにはない。流れの音と波打つ茅のざわめきが静けさを浄(きよ)め、あるもののすべてを、もっともっとすき透る静けさに浄めぬこうとしている。

白く乾いた砂原におろした担架を中にして、倒れ込むように頭をならべ、六人は仰向けになった。目玉だけで空の涯しない碧(あお)を追っていると、担架をかついでから今日までのあれこれが、私たちにはまったくかかわりのない遠い世界の出来事のように、現われて消え、消えては現われ、茅のなかで屍臭を放っていた戦友の姿で、行き止まった。

「ぱ、く、おーん」

川下の砂原で休んでいた亡者部隊のような独歩患者の一群が、思い思いに奇声を張りあげた。そして、自分の出した奇声に驚き、片手に飯盒、もう片方の手で小枝や竹の杖を振り回しながら、茅の茂みへ走った。戦場の恐怖、無惨、絶望に心が肉体から離れ、生ける屍の群れとなって彷徨(さまよ)っているのであろうか。

「爆音だあッ。か、く、れ、ろうッ」

肉体のなかに取り残されているただ一つのことば「爆音」を、茅のなかから叫びつづける。が、乾いた白砂のぬくもりの上で、なかば眠りのなかにいる私たちは、だれも動かない。

と、左手の高い森のてっぺんを引っ掻くようにして戦闘機が一機、つづいて一機、機体を左にかたむけ、私たちの腹の上を川下へとかすめた。反射的に跳ね起きた私たちは、一斉にごぼう剣をぬいて茅を薙ぎ、担架にかぶせ、干していた物を両脇に抱え込むと、茅の中に飛び込んだ。そして、耳をすました。

——戦闘機は旋回して、もう一度やって来るにちがいない。

戦場が身につけてくれた勘が、そう私にささやきかけた。

砲撃、銃撃、戦車、トラック、飛行機など、音を出すもの、見えるものであればなんでもよい。その音や動きによって、それらのものが、どれくらいの規模で、なにをどうしようとしているのかを反射的に見当つけさせてくれる勘である。その動物的に本能化した勘が命じるままに、間髪をいれずに行動を起こす。ただそれだけで、長く、きびしい戦場を私は生きてきた。

戦闘機は大きく左旋回し、前回とおなじに左手の森のてっぺんをかすめた。私たちは号令をかけられたように首を茅の中にちぢこめ、耳レーダーの指令にしたがい、目玉で戦闘機を追った。戦闘機は機体を極端に左にかたむけたまま、超々低空で川下へ飛んで行った。その一瞬、上体を機体から乗り出すようにして地上をうかがっているパイロットの黒いシルエットが、私の眼に焼きついた。

戦闘機は銃撃をしないで飛び去った。担架にかぶせた茅を取りはらい、だるっこくバラバラに抜け落ちそうな五体を、あらためて砂の上に投げ捨てた。指示も合図もいらない。六人は担架をはさんで一列横隊、臍を一直線上につらねて天日にさらした。

——パイロットが上体を乗り出すようにしてまで覗き込んだ、その下には？

睡魔のとりこになりそうな半導体の脳ミソを、私は必死で回転させた。そして、上体をおこし、靴下が足の腹をかばっていることをたしかめてから、ひとりで川を渡った。

草っ原をすぎ、茅と灌木とが雑居している茂みを一キロメートルほど掻きわけてすすみ、茅のまばらな草原に出た。その向こうに、樹海をさえぎって左右へ一直線に走っている自動車道を見た。私は感動に胸がつまり、アスファルト舗装の二車線道路の滑らかく細長い文化構造物に、見ほれた。

川原にもどると、見てきたシッタン街道を告げた。石場兵長は瞳をうるませ、五人の眼は活きかえり、出発準備はてきぱきとすすんだ。干しておいたガラクタ――ザックから褌まで、なにもかもが乾ききっていて、肌に心地よい。

いよいよ担架をかつぐときになって、すぐ川上の砂原で眠りつづけている一人ぽっちの兵隊がなぜか気にかかり、私はわざわざ出かけて天幕をめくり上げた。彼は、持ち物の全部をそこらの砂の上や茅の上にひろげ、破れ天幕を頭からすっぽりかぶったまま、私たちがこの川原に着く以前からずうっと、戦闘機の来襲にもかまわず眠りつづけていた。

頬の落ちた骨細の小柄な二十四、五歳の兵隊が、褌一本だけ。そのくせ、なぜか一等兵の階級章を縫いつけた戦闘帽をキチンとかぶり、平和――満ち足りたおだやかな顔で眠っていた。本当に眠っていた。それは、永遠に覚ることのない眠りであったが、つい先ほどまでは生命があって眠っていたのにちがいない。いまは、生命だけがそっと肉体から抜け出し、かすかな頬笑みをのこしている。

まるで撒き散らかしたように、そこらじゅうに干してある一等兵の財産は、汗と泥に臭うボロ切れシャツ、つづれた巻脚絆、煮しめたようなネルの腹巻、米を入れるつもりだったらしい泥が染みて茶褐色になっている木綿の空袋が一つ、それだけ。

私は天幕をもとにもどしながら、一等兵の頰笑みに向かって、不可解にたいする恐懼の注目の礼をし、担架にもどった。

石場兵長は担架の上で顔をそむけ、もどって来た私の顔を見ようともしなかった。

「さあ、出発だ。病院まで一気に突っとばすぞッ」

突拍子もない私のカラ元気の大声に、四人は担架を肩にした。

4　死霊の森

川を渡り、茅と小灌木とがまだらな茂みをもうすこしで抜け切ろうという木の根っこに立膝を両手で深々とかかえこみ、うつろな目を空に向けたままの歩行患者山城壮一一等兵がいた。彼は、担架を迎えに来たのだといい、

「歩行患者班は、きのうの日暮れ前にシッタン患者収容所に着きました。軍医殿の診察をうけたんですが、指一本も触れてくれないんです。薬も病舎も米の配給もありません。あれは病院じゃないです。病人の捨て場所ですよ。隊にいたほうが、よっぽどよかったです」

と、標準語調でねちっこくしゃべりはじめた。

「収容所は左手の背の高い森のなか……」

と聞き出すと、服装をできるだけキチンとして、正門から乗り込むことにした。

「正門からじゃあ、まわり道になります。自分が近道を知っちょります……」

山城一等兵は、一変した川すじ弁でこう言いはったが、取り上げなかった。第一線戦闘員の誇りが、それをゆるさない。まわり道をする理由は、これだけで充分である。

インパール街道以来のアスファルト舗装のシッタン街道に出ると、担架行はうそのようにはかどった。左へ二キロメートルほどすすんで、

「ここが、病院の正門に行く入口です」

と教えられ、街道の左側の森の中の、トラックがやっと通れるほどの凸凹道の下道に折れた。湿気にむせる森を四百メートルほどすすんだ左手の奥に、丸木の柱に木の葉葺き(テッケ)の建物が見えた。建物へ折れる道路わきの門柱がわりの立木に、下手な毛筆で書かれた小さな板きれが打ちつけてあり、「シッタン陸軍病院」と、どうにか読みとれた。

立木の正門から入って行った。枝葉をたっぷりとつけている楊梅(やまもも)に似た大木の下が小広場。広場のど真ん中に担架をおろし、病院本部らしい木の葉葺きの建物に、私は一人で入っていった。

建物のなかは暗さと広さだけが目立ち、診察室も治療室も薬局らしい部屋も見あたらない。衛生兵の休息所兼仮眠所らしい奥の左すみに丸竹をならべただけの六畳ほどの竹床。竹床の

前の土間に食卓兼用の植え込み長机がある。その手造りの長机の上の煤(すす)だらけの大きなニューム薬缶をかこんで、衛生兵が六人、立ち話をしていた。

衛生兵たちの眼が一斉に私に向き、上等兵が急ぎ足でやって来た。私は自分の任務を告げ、石場兵長の戦傷を説明した。上等兵は不動の姿勢で傾聴し、のこりの衛生兵たちも立ち話をやめ、私の申し出を見守った。

私はなくした戦闘帽のかわりに、負傷したときの応急用包帯である三角布を頭に巻き、のびるにまかせた顎ひげを黄門様然とたらしていた。階級章は、いつどこでなくしたのかさえ記憶にない。襦袢とよぶ肌着と袴下とよぶズボン下だけの一張羅大礼服にはだしだ。腰には穴だらけの帯革(バンド)をしめ、敵の軍靴を下げている。物入れがわりに着けている薬盒（弾丸(たま)入れ）が、とくに彼らを驚かせたらしい。国境フミネの爆撃で、縦横・左右に大小の穴が貫いていたからである。

戦闘の過酷さ凄惨さは、つぎつぎに退って来る患者たちの姿をとおして想像もし、聞いてもいただろう。だが、雨と飢えとに敗れ、それでも戦いつづけねばならず、戦いぬこうと意志する最前線――コヒマ帰りの歩兵戦闘員のナマの姿に接しようとは、後方勤務になった彼らには、思いもよらなかったことにちがいない。しかも、裸同然になるまでの辛苦のなかで、あえて傷ついた戦友を生木の手製担架で運び込んだ戦友愛にたいして、おそれと感動をうけたのかも知れない。

「すぐに軍医殿をよんで来ます」

衛生上等兵はあらたまった挙手の礼をすると、駆け足で屋外に走り出た。担架長であり、石場兵長をよびすてにする私を、軍曹かそれ以上の下士官と思ったらしい。

のこされた衛生兵たちはおそるおそる私に近づき、腰をおろす場所をつくってくれた。が、私は腰をおろさず、彼らの頭のてっぺんから足先へと見おろし、足先から頭のてっぺんへと舐めるように見上げた。そしてもう一度、ゆっくりと見おろしていった。あまりにも恐懼感激（?）している彼らの不動直立と、息をつめて開いたままの目玉に、

――後方勤務のやつらをからかってやるか。

ふいっと、そう思いついたからである。そうすれば、石場兵長の入院、後送などがすこしでもうまくゆき、私たちは担架から解放されるかもしれないと考えたのだ。

看板はたしかに「病院本部」である。私のまわりに立っている兵隊たちは衛生兵にちがいない。だが、ここは病院ではない。衛生兵たちの立ち話は、患者たちの容態についてや、治療や看護をどうしたらよいか、ではない。敵はどこらあたりまで来ているか、病院閉鎖はいつになるのか、森にあふれている患者たちをどう処分するのか、であるにちがいない。そしていま、最前線の戦傷者をかついで来た戦闘員のおんボロ勇姿（?）を目前にして、

――最前線の歩兵が、戦傷者を患者輸送隊の手を借りずに運び込むようでは、敵がすぐ近くに迫っており、病院の閉鎖、後退が遅すぎではないだろうか。「病院ヲ閉鎖シ、撤退セヨ」の軍命令が、どこかで迷い子になっているのではあるまいか。

との思いをめぐらせているにちがいない。

ここでも、戦場の兵隊特有の勘がはたらき、私は反射的に行動をおこしていた。ゆっくり、じっくりと、彼らの正装を頭の上から足先へ、足先から頭のてっぺんへと、念を入れて見おろし見上げるのを繰り返した。

――いいものを着ているなあ。星章も顎紐もついている戦闘帽、表布(おもてぬの)のある襟、そろいのボタン、階級章までついている軽軍衣、光る牛皮の帯革、尻あてのついていない軍袴、ふちどりされている巻脚絆、靴底に打ってある鉄鋲が一と足ごとに音をたてる軍靴、貴様たちは上等兵か兵長か知らんが、わが帝国陸軍には、貴様たちのような服装をしている兵隊がまだいたんだなあ。

もの珍しそうに見上げ見おろし、一歩さがって、さらに見上げ見おろしつづけた。

気おくれさせるのに充分効(き)き目があったことを、やり場にこまっている彼らの目の動きから見て取ったところで、

「担架を前の広場に待たせたままだ。面倒をみてもらえんだろうか」

静かに、しかし、陰にこもった声とものごしとで申し入れた。衛生兵たちは前の広場に飛び出した。そこで、生木(なまき)の担架と天幕、私以上に異様な服装(いでたち)の五人の兵隊を見て、一瞬たじろいだ。

衛生兵たちは気をとりなおして担架にちかづき、かけてある天幕に気負けしまいとめくり上げ、患者――石場兵長の顔をのぞき込んだ。出ばった頬骨にヒゲぼうぼうの面構えではあるが、意外と元気なのに安心したらしい。

しばらくは、軍医を待つ間の手もちぶさただ。ひとりが大きなニューム薬缶を持ち出し、手分けしてお茶を接待してくれた。もちろん内地製の茶ではない。パパイヤか楊柳の葉でつくった茶であろう。だが、ふちの欠けた土製茶碗ですする熱いお茶は、喉を焼きつけながら胃の腑に落ち、五臓六腑にしみて故里の香りを思いおこさせ、私たちをむせばせた。

楊梅（やまもも）に似た大木の密生している間を見えかくれに、軍医が駆け足でやって来た。軍医が石場兵長の眼を診（み）、脈を診ている間に、軍医に付き添って来た衛生伍長が包帯を解きはじめた。石場兵長は自分の目で、膝の傷がどうなっているかを確かめようと、両腕を担架の両棒で突っ張り、上体を起こした。私は、あわてた。ついさっきまでのずるい態度をわすれ、みなが驚いたほど迅速、強引に石場兵長の両肩をおさえて寝かせた。うじを見せたくなかったのだ。

ガーゼの取り替え程度の治療をすませると、新品にちかい将校服をまとった青年軍医は、強い語調で、

「よしッ、引き受けた。患者はすぐにさがらせよう」

と明言し、衛生伍長に小声でなにやら指示をあたえると、早々に森の奥へ走り去った。

「病院は後方に退っています。ここは、夜間、患者を工兵隊の舟で後送するための患者集合所にすぎません。薬はないといっていいし、のこっている衛生兵は十人たらずです。ですから、森にあふれている患者たちの面倒はみてやれません。しかし、石場兵長は第一線直送の戦傷患者ですから、特別の最優先、舟が来しだい、今夜にでも後送します」

そして、

「一般の患者には、米の配給はありません。軍医殿が指定された正規の入院患者——いまは、前線で爆撃や銃弾をうけた六名ですが、一日七勺の米をもらっています。石場兵長は第一級戦傷患者ですから、一合二勺もらえます。しかし、副食物の配給はありません。ごらんのとおり、担架を運ぶ兵隊もいませんし、患者のために炊事をしてやれる兵隊もいません。ですから、患者の付き添い兼担架兵要員として兵隊を一人、できましたら二人のこしてください……」

と申し出て、付き添い兵は正規の患者なみの配給米がもらえ、患者に付き添って後送されることをつけくわえた。

私は五人を振り返った。どの顔も残留付き添いを望んでいない。いや、明らさまに拒否していた。

これからさき、私たちはチンドウィン河を渡り、行く先不定の本隊をもとめ、地図なし、食糧なしで、森深い雨のジビュー山中をさまようであろう。そしてその旅は、幾十日もつづくにちがいない。しかも、敵機の動きや砲声を見わけ、聞きわける勘だけがたよりの旅になるであろう。さいわい、旅の途中で敵の斥候隊や空挺部隊に遭遇しなくてすんだとしても、私たちのうちのだれかが、あるいは全員が、飢餓と病気で行き倒れるだろう。なのに、願ってもない安全地帯への脱出のチャンスを、だれひとりつかもうとしない。

理由は明白だ。この森には死臭が充満し、死霊たちが彷徨(さまよ)い、正気の人間には堪えられない妖気につつまれている。患者に付き添って後送されるとしても、途中で中継される患者収容所は、どこも、この森同様、死霊たちにとり憑かれたジャングルの中にちがいないのだ。石場兵長は、私に付き添ってほしいと洩らしたが、私には、戦場よりも死霊のほうが恐ろしかった。そのくせ、

——長たるものが、ここまで担架を運んでくれた戦友を、ほうり出すことは許されることではない。

と、自分にいいわけをしていた。

長野一等兵に付き添いをいいわたした。心もとなかったが、担架輸送中、たびたび、

「歩行患者としてあつかってもらいたい」

と、もらしていたからだ。長野一等兵は私の命令にとまどいを剝き出しにしたが、今夜にでも後送されるのだからと、強引に承服させた。

今夜は歩行患者のキャンプに泊めてもらうことにし、「よろしく」の挨拶を衛生伍長にしたあと、私の足を診てくれまいか、とたのんでみた。水虫で一面にただれている泥足のあちこちから血が吹き出しているのを見ると、衛生兵たちは、あらためて私の顔と服装とを見なおした。衛生伍長は薬嚢をのぞき込んで小首をかしげていたが、ヨードチンキの小壜を取り出し、壜のまま差し出した。

「足をよく洗ってから、兵隊に足をおさえさせて塗ってください」

彼は、使いさしではあるが、ほかに薬らしい薬はなく、これでも特別例外の施薬です、と

つけくわえた。

歩行患者のキャンプまで四百メートル。二抱え三抱えもある大木の間を縫って、よちよち歩いた。水虫の痛みが気になりはじめると、ひとり歩きがやっとだ。

患者収容地——森の中の患者たちは二、三人から六、七人でグループをつくり、一人用携帯天幕を継ぎ合わせて木の下枝に張り、その下で寝たりあぐらをかいたりしていた。あぐらをかいている患者たちのなかの何人かが、通りすぎる私たちを見上げているが、視線には、思考力や生命力という〈力〉は、まったくない。

マラリアの高熱で頭をおかされているのか、それとも絶望のために発狂しているのか、ひとりが後頭部から噴出させるような奇声を張り上げた。森はその奇声をこだまさせて怨みの唸り声に変え、森中に充満させ、身震いをおこさせた。

死霊たちに支配された森の中に、中隊の歩行患者たちは破れ天幕二枚を継いで片屋根に張り、全員が同居していた。雨が降れば頭を入れ、降らなければそこらにころがっている、というふうである。私たちは、歩行患者の天幕の隣りに下草を薙いで、担架輸送の苦行から解放された体をころがした。

日が傾き、敵機が帰るのを待って、患者たちの炊さんがはじまった。私は、鈴木上等兵がくんできてくれた飯盒の清水で足を洗い、水虫でドロドロになっている足首から爪先へと、自分の手で、ヨードチンキを一気に塗った。その強烈をきわめる痛みに、目も口もひし曲げてのたうち、そこらあたりの雑草どもを根こそぎ掻きむしり、土の香りを胸いっぱいに吸い込んでむせた。

目を細くあけてみた。こらえきれずににじみ出た涙つぶに、炊さんの焰は、無気力の暗闇世界に住む魔性たちの紅く長い舌のゆらめきのように、白い煙は吐く息のように樹々の裾を這って行くのが映って、身震いがおきた。

大アラカン山脈を退っていたころ、裸の病兵が、「休憩」と自分だけの号令を自分でかけ、前掛けにしていた携帯天幕のかけらを、ぐるりと尻にまわして雨の泥道わきに腰をおろし、男の一物をむき出しにしたまま、退却をいそぐ戦友たちを見上げていた目と、さっき私たちを見上げていた森の患者のうつろな目とが、ぴたりかさなり合って、闇の中空に広がって行った。そして、絶望と呪咀とが変化(へんげ)した奇声と、訴えどころのない嗚咽とに共鳴して、森いっぱいに鎮(しず)まっていた死霊たちをよびおこしはじめた。

ときを得て目を覚ました死霊たち——中空にさまよう〈英霊(せんゆう)〉たちは、暗闇の森の樹々の間を上下左右に飛び交い、動けずにいる私に取り憑こうとしているようで、恐ろしさに、身も心も凍った。

「バ、ク、オーン」

敵機来襲をつげる歩哨の叫び声に、目がさめた。死霊たちの夜はとっくに去り、すがすがしい朝の陽光が、幾重にもかさなり合っている木の葉の隙間をくぐって、チカチカ緑を降りそそいでいた。が、森はまだ眠ったままだ。

衛生兵が二人、生木の六尺棒を杖に、棕梠縄の束を腰にぶらつかせ、ものなれた急ぎ足で患者たちの天幕の間を縫い、樹々の裾を朝霧でぼかされている森の奥へ、消えて行った。

「ああやって、ゆんべのうちに死んだ兵隊をさがしているんですよ。死体があると縄をかけて六尺棒でかつぎ、森の奥にある四角い大きな穴に投げ込むんです。ほら、沢庵漬の大根を漬け込むでしょう。あれですよ」

眠っているとばかり思っていた歩行患者の山城一等兵が、体をころがしてきて私の耳に口をあて、重大事でも密告するようにささやいた。

担架から解放された深沢、小田、鈴木の三人は目をさまし、出発準備に顔をほころばせていた。もう一人の担架兵黒木誠一等兵は、森の患者のなかにいた元の分隊長・三橋軍曹の希望もあって、歩行患者の仲間にうつっていた。

コヒマ、インパール街道沿いの死闘以来、飢えと疲労と雨とは、爆撃と砲弾のスコールを降らせるイギリス軍以上に私たちを痛めつけた。退却中の大アラカン山脈での飢えと疲労とは極限をこえ、病人でない兵隊、すくなくとも栄養失調でない兵隊は一人もいないのだ。

立ち上がろうとした私は、またしても腰から倒れていた。水虫でドロドロに溶けていた足の表面に張っていたうす膜が裂け、血が噴き出した。下枝を落として私のために杖をつくってくれた鈴木上等兵がとんで来て、私をうつ伏せに寝かせつけ、両足を膝から曲げて馬乗りになり、動けなくしておいて、ヨードチンキを塗ってくれた。膜の裂け目からしみ入る強烈な痛みに、私は息をつめ、奥歯を鳴らして下草を掻きむしり、涙と鼻水とを口、喉につまらせてもだえた。

出発を一日だけのばしてほしいと私は提案し、三人は同意してくれた。深沢兵長は石場兵長の見舞いに、小田兵長と鈴木上等兵は糧秣受領の交渉のため、兵站倉庫に出かけた。昼間の糧秣受領は夜にはいって三人の手で強行され、白米二斗（約三十リットル）を獲た。昼間の交渉が予測どおり不首尾におわると、兵站倉庫付近の地形や建物、歩哨などの配置を見取って帰り、夜を待って泥棒を強行したのである。

翌朝、私はありったけのボロ布を水虫の足に巻き、うす膜の裂ける痛みを堪えて立ち上がった。病院本部建物のすぐ裏にある入院病棟——竹の柱に竹の床、木の葉葺き片屋根の壁なし、自転車置場のような病舎に立ち寄って、石場兵長を見舞った。なか一日をおいただけなのに、頑丈そのものだった石場兵長の頬は欠け、頬骨が濃いひげのなかからしゃしゃり出て、完全な病人になっていた。

「めしは食いよるか？」

「食わしち、もらいよります」

付き添いに不満があるらしく、浮かぬ顔だ。

「ゆうべは舟が来ませんでしたが、今夜は来るはずですから……」

と、衛生伍長は弁解し、かさねて石場兵長の最優先後送を約束してくれた。

いよいよ別れを告げるとき、用意してくれていた昨夜の戦果の米のなかから五合ほどを入れた乾パン袋を、そうっと毛布の下に入れた。

「配給の米がもらえないときには、生のままでもいいからかじるんだ」

だれの目にも見つからんようにな——は、言外にふくめた。石場兵長は目蓋を閉じ、小さな子どもがするようなコックリをして、米の袋といっしょに私の掌を握りしめ、ちびた笑みをそらした。

5 チンドウィン河

死霊漂う森の木の下道を街道に向かって百五十メートルほど進むと、小さな丸木橋がある。橋の上でひと休みをかね、水筒の水を補給する。川幅は三メートルほど、流れはやっと一メートル幅だが、澄み透った水が音を立てたいほどの速さで流れている。

橋からすぐ川しもの小さな砂地に、後送してくれるはずの舟を待っている歩行患者が四人いた。四人は、それぞれの思いにしたがって、木の葉にふさがれている天空を仰いで寝そべり、腹ばい、両足を投げ出して座っている。四人は今日という日と自分という生きものとを、もてあましているようだ。

水ぎわにたたずんで、流れの一点を顔を突っ込むようにして飽かず見つめている、痩せて手足の関節の骨の突出が目立つ兵隊がいる。その向こう隣りには、流れに顔を入れたままの兵隊がいる。いや、この髯ぼうぼうの兵隊は死体だ。

橋に近く、なぜか全身がふやけたように白い肌の裸の兵隊がひとり、猫の額ほどの孤立した砂の洲で、両足を流れに向かって投げ出し、細い股の間をじいっと覗き込んでいる。ずいぶんと間をおいて、皺と骨ばかりの焦げた右手を、ゆっくりと陰部に持っていこうとした。もうすこしで手がとどくかというとき、白い肌の体が丸ごと、ゼンマイの切れた機械人形のように、コトンと仰向けにころんだ。

——おわった。

ずいぶんと時間がたって——たぶん、二分間ほどたって、動かないはずの白肌兵隊の肩が、ピクリと動いた。そして、スローモーションの映画のようにゆっくりと、上体をおこした。白肌兵隊は股の間を覗き込み、時間をたっぷりかけて右手を陰部に持っていこうとし、もうすこしかというところで、コトンと仰向けにころんだ。

——おしまいッ。

ずいぶんと間をおいてから、こんども超スローモーションで起き上がり、まどろっこい右手を、ぜがひでも陰部に持っていこうとする。雌竹のように細い股の奥に湧かせたうじを取ろうとしているのだろうが、その思いが、「執念」のかたまりとなって私に襲いかかり、恐ろしい。

白っぽく色あせた破れ天幕のかけらと、着ているといえばそうかも知れないつづら襦袢一枚。手折ってそのままの小枝の杖。投げ捨てたように散らばっているへこんだ空飯盒と中子（副食皿）。これが、彼の全財産だ。

生きる。ただそれだけのために、全精力を出しつくしてもなお蠢(うごめ)く兵隊(もの)の集積地――死霊に取り憑かれている民草どもの集まるこの森に押し寄せ充満している恐怖に追われて、街道に向かった。

ビロード生地の樹海を細い平形彫刻刀で一気に切ったようなシッタン街道には、人影の一つもない。形もなく透明に燃える太陽だけが、中天に白く鎮(しず)まっている。停止した無の世界でないことの証(あかし)に、遠くで砲声が一つ。そして、また一つ。

足の痛みは、歩いているうちにうすらいでくれた。裂けるところは裂け、痛覚が麻痺したらしい。兵站倉庫の森の入口で、鈴木上等兵が顎をピョコピョコと突き出して、ニヤリッと笑ってみせた。大アラカン山脈を退却中の生死をかけた泥棒合戦にくらべると甘っちょろい、とでもいいたそうだ。私たち四人のザックの中には、それぞれ五升（約九リットル）ほどの白米が入っており、ささやかな重みだが、心地よい。

患者担送の任務をはたし、明るく生気に満ちているはずのシッタン街道は、きびしかった。街道をはさんで直立密生している大樹の下には、新しいもの、古いもの、着ているもの、裸のもの、天を仰いでいるもの、伏せているもの、横になっているもの――さまざまな姿の死体が二メートルとは間をおかずに横たわり、屍臭が鼻をつき、胸を刺した。昼飯にしたいのだが、死体には慣れっこになっているつもりでも、同席する気にはなれない。屍臭がすくないと思えた樹かげをえらんで腰をおろし、飯盒の蓋をとった。

筑豊の小炭坑で坑外夫をしていたという補充兵の小田一則兵長＝両親・兄弟ともになし、二十六歳。火野葦平と河童地蔵で知られている若松市（現・北九州市若松区）の吏員だった鈴木昇平上等兵＝補充兵役、二十五歳。それに広畑製作所の製図屋だった私＝三十歳、兵長。三人は意識して明るくふるまいながら、飯盒飯に丸竹の箸を突き立てた。

今日からは、命令されたとおりに左右すればそれでこと足りたきのうまでとは違う。自分の判断力と体力とをたのみに、まったく予測のできない旅をつづけなければならない。その旅は、死への怖れにつながってはいるが、わずかながらも万に一つの生存への希望にもつながっている。

重荷をおろした、そんな明るさを誇張してみたかったのだろう。

「よう、死んでやがる」

召集令状をもらってから甲府ぶどう園の娘と結婚したという深沢牧夫兵長が口に出した。だが、会話にはならなかった。あるものは傷つき、あるものは病魔にとりつかれて戦線をはなれ、やっとたどり着いたシッタンの渡舟場を目の前にして倒れた戦友たち——天皇の赤子、郷土の勇士、父母妻子や同胞(はらから)の誇りであるはずの若い兵隊たち。その兵隊たちの、あまりにも思いを越えた数多くの行き倒れ死体のなかにいると、表には出せなかった彼らの思いと、私たちの近い未来像を見せつけられ、念をおされているような思いとに、だれも口に出せなかった言葉、〈死〉である。

腰をおろしている街道脇から二メートルと離れていない大樹の根っこの深い草むらに、ボロ布のかけらさえ身に着けていない純白にうるんだ人骨が一体あった。私は水筒の水をラッパ飲みにしながら、この寝姿そのままの純白人骨に頭を向けて、ゆっくりと仰向けに倒れ、両足を空中に立てた。水虫の熱気がぼおっと、他人のもののように足の腹から股、胴をつたって脳ミソを熱くした。

——うじを湧かせ、白骨になって草に埋れているオレ。すぐそばの高い樹の枝からオレの白骨を見おろしているもう一人のオレがいる。枝の上のオレが、あわれなヤツと思いながら、白骨のオレを見下ろしつづけている。枝の上のオレのほかには、オレの白骨を見向いてくれるものはいない。白骨が土に還るまで、何十年、何百、何千年待っても。

と、思う。

——いや、いまは、白骨への思いを走らせることよりも、足の腹の熱気のほうが、問題ではないのか？

と、自分にいい聞かせる。

やわ肌に一太刀浴びせた刀痕のような街道を、両側から押し潰しそうに迫っている高い森が、プツンと切れた。左右にはてしなく茅原が広がり、その入口に廃墟があった。

街道は樹海といっしょに消え、シッタンの街は跡かたもない。ひょろひょろと、黒く、気まぐれに立ち残っている何本かの焼けぼっ杭が、死霊にとりつかれ、森の小川べりでうじを取ろうとしていた兵隊の執念の墓標に見える。その不気味さが悪感になって、炎天に焦がされている背すじを駆けのぼった。

太陽がかたむき、敵機が帰るのを待って、シッタンの廃墟に足を入れた。街すじの跡も家の跡もない。凸凹荒地があるだけだ。破壊するものはなにもなくなっているのに、破壊を破壊するためのしつこい銃爆撃が、連日くりかえされているらしい。新旧大小さまざまな爆弾の炸裂した黒い爆裂の穴跡が、戦果を競い合い、むなしさを誇示し合っている。

そして、それらの爆裂跡の巨大な蟻地獄の内と外とをとわず、足の踏み場もなく日本兵の新旧死体が倒れ、伏し、ころび、折り重なっている。胴が切れ、足が飛び、腕が逆さに曲がり、脂(あぶら)でテラテラにふくれ……思いもできなかったさまざまな姿で……。その数はかぞえようもないが、どうしたことであろう。屍臭がまったくない。

街跡(まちあと)を抜けて河ふちに出た。渡舟場らしい場所を見つけたが、桟橋はこわれたままで、人の気配はない。目の前のチンドウィン河は長雨にあふれ、褐色の濁流は押し流してきた木や草むらやゴミやアクタをもてあそび、渦に巻いて呑み込んではき出している。夕陽の赤に混濁し、狂乱している河の形相のすさまじさに言葉もなく、見つめる。

焦げた肌に川風が冷たい。川下で火の粉の柱が噴き上がった。今夜の渡河点を知らせているらしい。茅と葦とが七・三に叢(むら)をつくっている湿っぽい河原を、水虫の足をかばいながら、のろしに向かってくだる。と、それでなくても痛む足首をいきなりとられ、私は声をあげて前にのめった。葦の茂みの下から這い出した兵隊が、両手で私の足首にしがみついている。

「水を、ください」

彼は、体力を消耗しきったかすれ声でうったえた。私は腰の水筒を抜いて手わたした。彼は両手で水筒を受け取り、むせびながら二口だけ飲みくだしてから、水筒を頭の上におしいただいて、返してくれた。

「もっと飲んでいいぞ」

「いいえ、いいんです。きのうの晩に、飲んだきりだったものですから……」

「歩けるのか？　舟までつれて行こう」

「いいえ、いいんです。わたくしは、まだ這えます。今夜中には、渡れると思います」

「食っていないんだろ？」

「いいえ、いいんです。籾を二合持っています。火で焙ってかじります」

舟までつれて行こう、と何度もさそったが、彼は、「いいえ、いいんです……」をくりかえし、辞退しつづけた。栄養欠乏で腰が抜け、骨と皮だけの手でここまで這って来れたことさえが不思議なのに、これからさきも、自力で後退をつづけるつもりらしい。そして、けっして他人さまにご迷惑をおかけすまい、と堅く心にきめているらしい。私たちの水筒で彼の水筒を満水にし、「助かります」の細いが心いっぱいのことばを葦の茂みの下に聞きのこして、渡河点に向かった。

病院あつかいの戦傷患者と兵站部関係のものたちは、エンジンつきの折りたたみ舟で河を下った。歩行患者と私たち追及兵は、村民のあやつる七人乗りの丸木舟で対岸に向かった。月に光る濁流と丸木舟を呑み込みそうな渦巻きに胆を冷やしながら舟べりを握りしめていると、遠くから小銃の発射音が一発、ポーンと聞こえてきた。歩行患者が自分のいることを舟に知らせているのだろう。と、また一発。そして、手榴弾の重い炸裂音が一発。渡河点の河原を突っ切った向こうの林のなかかららしい。

私は、水筒の水をあたえた兵隊と別れて百メートルも行かぬうちに遭った、もう一人の兵隊を思い出した。帯剣もつけず、雑嚢だけを後生大事に下げていた青竹杖の兵隊が、

「手榴弾を一発でいいですから、わけてください」

よろよろ腰で私の前に立ちふさがり、動かない。私は彼と目を合わせたまま、動けなかった。彼は、歩けなくなった戦友（歩行患者）たちのために、自爆用の手榴弾を求めて来たのだ。睨み合いをしばらくつづけてから、私は無言のまま彼の横をすりぬけた。

一キロちかいチンドウィン河の向う岸に着いた。舟を降りると、またも葦の茂る湿地に膝までぬかりながら、二十分ほどで小さな集落に出た。

全部で四軒きりの民家には、高床（たかゆか）の上下に、歩行患者たちがうごめいていた。炊く米を持たないのに火を焚いているもの、得意気に飯盒の中を細竹でかきまわしながら、なにやらを煮ているもの、あるはずのない食べ物をもとめてさまよっているもの……彼らは例外なく無言で、動作はにぶい。

悪感が背すじを走る集落を通りぬけて五百メートル、またも湿原だ。星明かりだけでよくわからないが、河岸から集落までの湿地とはけたちがいに広く、はるかにつづいているらしい。

湿原の畔での一夜が明けた。ヨードチンキが効いたのだろう、足のドロドロは消え、水虫は足の腹に小さくまだらに残っているだけなのに驚き、元気づけられた。

湿原の水の深さと、水底にあるはずの牛車道をさがしだすために、三メートルほどもある竹杖を各人一本ずつ用意した。だが、それだけでは、湿原の泥水の下にかくされている井戸や小川にはまる危険からはのがれきれない。蔓を伐り出して四人の胴を連結し、ザックを頭の上にくくりつけると、チンドウィン河があふれてできた大湿原に突入した。

よどんでなま温かい水が膝から臍、胸を越えて顎の先を洗うかと思うと、小さな陸地の小川には、澄みとおった水が音をたてて流れていた。水晶を液体にしたように透明に輝くこの小川の水は、いったいどこから来て、どこへ流れを急いでいるのであろう。

あまりの透明さに足を止め、故里への思いを走らせながら、腰の水筒をぬいて水を入れようとする私を、先頭の鈴木上等兵が大声で制止した。彼の長い竹杖の指す流れの先に、川下に頭を向けた兵隊が、うつ伏せに沈んでいた。もう幾日も水に浸っているのであろう、白くふやけた襟足から黒く長い頭髪を、水藻のように美しくたなびかせていた。

これまでに見てきた行き倒れ死体は、どれも、白くたぎる太陽と熱風と雨とうじに、あるいは禿鷹や烏たちにもてあそばれていた。だが、この川床に伏せている死体は、不腐の秘薬を塗られてギヤマンの寝棺に納められたエジプトの名ある貴婦人を見るような妖しい美しさで、清純は〈死〉へと誘う妖精の媚体に見えた。

根っこをたっぷりと水に浸されている灌木林の立木はまばらで、ときたま見かける無人の高床民家が姿を見せる。この無人の民家は、どれも、この広大な湿原を司っている。〈液体水晶を流している小川の妖精〉たちの館らしい。

なまぬるく臭う濁水が胸に迫る常緑樹の疎林のなかでは、湿原との戦いに敗れた兵隊たちの死体が、あちこちに漂っていた。彼らは、私たち御一行様をお出迎えするために、ゆっくりと流れ寄って来た。小川の妖精の館に案内するつもりらしい。私たちは流れ寄るお出迎えたちを拒絶するために、水底の安全をたしかめた長い竹杖の先で、そっと押しやった。その竹杖の先ににぶい手ごたえをのこして、音もなく浮遊する同胞は、

「さようなら、さようなら。故里のみなさんによろしく。さようなら」

と、声のない「さようなら」を送りながら、さからう気配もなく去って行く。静かに……。

臍をぬらす溜り水を掻き分けてすすむ葦のなかの迷路では、三メートル以上にも伸びた葦におおわれた細い水路をいっぱいに漂う同胞の死体の群れに行く手をはばまれた。その死体の群れのなかから、昨夜、川の向こう岸の茅原を這っていた兵隊の姿が立ち上がって私に迫まり、困惑させた。

彼は、あまりにも頑固すぎる正直さと、生命にたいする執着とのあいいれない二つのものを、同時にやりとげようとしているようだ。そんな兵隊の姿に、あらためて胸がしめつけられて痛み、彼のために、そっと口にだして祈った。その祈りは、私のまわりに浮かんでいる同胞たちのためのものでもあると思っていたら、死の思いにとらわれている私自身へのものだと気づいて、かき消そうと、あわてた。

昼をすぎて、たぶん二時ころ、四キロメートルにわたる大湿原〈屍の沼〉を脱出できた。地を這うツツジに似た小灌木におおわれた丘の中腹で、褌が乾く間のひと休み。体を仰向けて、いそがしく流れる白雲を目玉で追いながら、じっくりと〈生〉をかみしめた。

再発した水虫でドロドロになった足をひきずり、四十分ほどで丸太の柵にかこまれ、観音開きの木戸を持った二十戸ほどの集落についた。ビンロー樹と茨の茂みのなかのこの集落も、生気をぬきとられた歩行患者たちであふれていた。そんな集落を避け、三百メートルほど手前の疎林で野宿ときめた。

深沢、小田、鈴木の三人は手分けして、薪を集め、集落から井戸水を運んで来て炊さんにかかった。私は自分の手でヨードチンキを水虫の足に塗り、腹這ってもだえていた。歯をギリギリ鳴かせて草の根株に爪を立て、あお臭い土に頰ずりをしていると、大湿原の中のかぞえきれない浮遊死体、四散し折りかさなっていたシッタンの集積死体、街道の両側につづいていた白骨死体、砂原で眠っていた戦闘帽の死体、それらの死体の一つ一つが、それぞれ秘めている思いを、先を競って私に訴えてきた。私はたまらず、足の痛みにことかりて寝返りをうちつづけた。

「バクオーン」

群れをつくった獣たちの遠吠えに似た叫び声が聞こえたとき、集落は重戦闘機隊の攻撃をうけていた。小田兵長と鈴木上等兵が炊さんを止めてもどってきた。二人はザックをさかさにして中のものをはたき出して小脇にすると、中腰をもう一つ低くして被爆中の集落に突進した。一足おくれて深沢兵長が、爆撃をうけて土煙りにおおわれ、旋回銃撃をうけている集落のなかに突っ込んで行った。私は腹這ったまま、目をつぶった。

小半どきがすぎた。集落は黒煙をあげていた。三人は、間をおいて、一人ずつちがった方向から足音をしのばせて帰ってきた。三人は、私のザックも空にして四つならべ、三人のザックの中から白米を私のザックにすこしずつ移しはじめた。四つのザックがおなじ重さになったのを確かめてから、炊さんにもどった。なにごともなかったように……。

軍が占領地で発行している紙幣、軍票は、タバコの巻紙にもならない紙切れだ。米だけが何よりも貴いもの――生命(いのち)そのものである。こんなときに、思いもしなかった大量の白米を拝(おが)んで、生気と歓喜(よろこび)が顔や動作にこぼれ出てしまうのは、どう止めようもない。

三人は被爆中の集落に突入すると、住民が日本兵たちから必死に守りつづけてきた米倉から、米を失敬してきたのである。そこにいた日本兵や住民が一人のこらず逃げ出した直後、爆撃と銃撃がつづいているなかを米倉に侵入し、米をザックに掻き入れ、集落から離脱しなければならなかった。

爆煙のなかでの米倉さがしは容易ではない。ことが成功し、集落を離脱するときに、住民にはもちろん日本兵の目にもとまってはいけない。それよりなにより、爆弾は集落の住居や米倉などといっしょに、自分をも吹っ飛ばすかもしれないし、銃弾は胸を撃ち抜くかもしれないのだ。でも三人は、自分にこういい聞かせているにちがいない。

――食(く)うものがなければ死ぬ。爆弾・銃弾にあたっても死ぬ。

6　竜神の慟哭

疎林のなかでの一夜が明けた。今日も好天気だ。足をひきずりながら、きのうの爆銃撃で焼け落ちた集落をぬけ、途中、ふた休みほどしてビンロー樹の寒村をすぎようとしたとき、歩行患者を装った戦場離脱兵らしい一等兵が、木の葉葺き民家の高床下からのそりと出てきた。三人から遅れて歩く私の前に立ちふさがると、飯盒の中子（副食皿）を目の高さに突き出していった。

「一杯、十五円。……分けてもらえんか」

三十歳にはまだ間のある一等兵は、軍服をきちんと着ているのとは裏腹に、ずるそうなわ目づかいで、爪立つようにして私の背中をのぞき込んだ。私は答えなかった。一等兵は中子を突き出したまま左手を雑嚢に入れてゴソゴソやっていたが、縁のちびた四つ折りの軍票を取り出し、中子の上でヒラヒラさせた。十五円は、上等兵が死を賭けた戦場でいただける一ヵ月分の給金である。

私が応じないと見た一等兵は、べつの二つ折りの軍票の束を取り出し、前の軍票の上に重ねて振った。私は持っているだけの憎悪と侮蔑の眼をすえて、睨みつけてやった。一等兵はへたなこび笑いをしながら、また雑嚢に手を入れた。しばらく雑嚢の中をかきまわしてから銀側の懐中時計をとり出し、銀鎖のはしをつまむと、中子の横で、左右に大きく振りながらいった。

「スイスだ」

私は胸がわるくなった。引っ返して来た三人もそれと気づき、唾を地面に吐きかけ、「行きましょうッ」と私のシャツの袖を引いて、歩きはじめた。

故里を、両親を、妻子を思い、安らぎに満ちた家庭を夢見ながら不本意に行き倒れた戦友のポケットをあさるやつ。しかも、その獲物——思いのこめられた品々で、三人が死を賭けて手に入れ、私たちが未来を託している米を買おうとする。

求める一等兵も日本人、拒む私たちも日本人。そのことが、息苦しく、かなしい。

米は四人のザックのなかにたっぷりとあったが、一人一日あたりの食べ量を中子一杯ときめた。行く手に立ちふさがっているジビュー山脈越えにそなえての統制である。だが、せっかくの統制も三日後には、はやくもやぶられていることが知れた。深沢兵長が下痢をはじめたのである。

「パパイヤの青い実をかじったからですよ」

と、深沢兵長はいいわけをしたが、道中、生米をかじり、生水を飲んでいたのである。深沢兵長の背負っているザックの米を三人のザックにわけ、身軽にしてやった。

しばらくはチンドウィン河の東岸に沿って下った。そうすれば、ジビュー山脈の浅い部分に行きあたるはずだ、との私の考えに、三人が同意してくれたからである。

　雨は降りつづく。不可能をやりとげた担架輸送のことも、シッタンの〈死霊の森〉のことも、みんなはるか彼方の、私たちとはまったく無縁のことになっていた。ただ、深沢兵長の下痢と戦況――イギリス軍の進出と友軍の退却のようすが皆目わからないことをのぞいては、気ままな旅であった。

　沼地のようにぬかる赤い泥道をすすんでいるかと思うと、かさかさの黒土道に変わっていた。人影のない凸凹一本道にも、ときたま見かけるトラックのタイヤの古跡に、たのもしさを感じた。

　左手の、沼と葦原がつづいているずっと向こうに、ジビューの幾重にもかさなっている山山がかすんでいる。右手には、湿原がはるかチンドウィン河まで広がり、集落があるらしいビンロー樹のひょろひょろのっぽの五、六本の集団が、時の忘れもののように立っている。いや、ビンロー樹たちは、暗く広がっている霧雨につつまれた大湿原のなかで、虚無にたいする抵抗の意志を誇示しようと立ちつづけているのかもしれない。

　南への一本泥道を左にそれ、黒土の葦の泥沼原の中をうねる牛車道を、はだしをすべらせながらすすむ。たっぷり百五十メートルはある急流をスクラムを組んで渡り、ジビュー山脈の山麓まですすんだ。

　一進一退していた深沢兵長の下痢は、川を渡ると急に悪化し、下痢は血便に変わり、マラリアを併発した。肩をかしてやらなければ、もう歩けない。狭間（はざま）の小さな寺にかつぎ込み、二日だけ休みをとることにした。

トタン葺きの本堂の高い板張り床に寝せつけると、張りつめていた気持がゆるんだのであろう、深沢兵長の病状はさらに悪化を急いだ。

二日目、ときおり意識があいまいになり、血便のたれ流しをはじめた。生木で担架をつくって寝せつけ、床下の土間に移した。私たちも床下に移り、寝起きをともにした。

三日目、深沢兵長の顔に死相があらわれ、群れ寄る蝿どもを私たちは必死で追い払った。

「なにか、食いたいもんはないか？」

私は自分に鞭打って、たずねた。

「バナナ……」

深沢兵長は、小さな声ではあるが、私の声を待っていたように、はっきりと答えた。小田兵長と鈴木上等兵はたがいの目を見合わせてから、私の顔を窺った。

——いうことは、かなえてやろう。

私は、あきらめの目で二人にこたえた。

深沢兵長自慢の宝物だった深い羊毛セーターを、寺守りの爺さんにたのんでバナナに替えてもらい、房のまま深沢兵長の胸の上にのせてやった。

「ああァ、うまかった。もう、思いのこすことは、なにもありません」

深沢兵長は三本も食べた。そして目をつぶり、満ち足りた顔で眠りに入った。

四日目、降りつづいている雨が小降りになった。私は出発を三人に告げた。深沢兵長一人のために、これ以上の時間を費やすことはできない。本隊は八月三十一日、二十四時を期してチンドウィン河を渡り、ジビュー山脈を一気に後退しているか、舟で河を下っているはずである。ひょっとすると、いまの私たちは、敵の中に取り残されているのかも知れない。

「置いてってくれ……」

深沢兵長は、歩けるはずがない。三人がかりで天幕を腰に巻いてやり、小雨の中につれ出した。一人が四人分のザックを背中から後頭部の上にまでかついだ。二人は深沢兵長の両脇下に肩を入れ、抱き上げるようにしてささえ、鉄帽を雨笠にして歩かせた。

長くはつづかなかった。

「捨ててってくれ……」

深沢兵長はあえぎ、歩くことをこばんだ。それでも、二人は深沢兵長をささえ、ひきずるようにして歩きつづけた。交代をくり返しながら、山の中へとすすんだ。三人は疲れきった。寺から四キロメートルもすすんでいないのに、夕暮れが、山道をとざしはじめた。

霧のような小雨につつまれたチーク林のなかのゆるい窪地を覆っている雑草が、柔らかく伸びほうけて小さな草原をつくっていた。深沢兵長を草の上に寝かせ、いよいよのときを決心した。バナナを食べさせたときから決心していたことではあったが、いよいよのときになると、決心は実行にうつせない。

腰のごぼう剣をぬいて、五センチにも伸びている深沢兵長の頭髪に手をかけた。

「イタターッ。いたいようッ。うちの仏壇の、ひきだしに入れて来たから、いいよう」

深沢兵長は目をつぶったまま、夢のなかのことばのように訴えた。爪を切ろうとすると、

「いたいようッ……」

と、頭髪のときとまったく同じことばをくりかえした。

「奥さんに、いうことは？」

「なんにも、ないよう……貯金通帳を、マンダレーの野戦郵便局で……」

よくは聞きとれなかったが、

――はんこが棚の上にあるから、マンダレー野戦郵便局で貯金を引き出すように、つたえてほしい――。

と、いうことらしい。

死を賭けた代償としていただいたわずかな給金のなかから、若妻との生活基金にするためにすこしずつ貯めていたのであろう。枕にさせていたザックを開いてみたが、通帳もハンコも見出せない。考えてみるまでもなく、「棚の上のはんこ」も、奥さんに、「マンダレー野戦郵便局で……」も、おかしい。

現世と彼岸との境をさまよい、距離も時間もなくした深沢兵長は、故里への道を急ぎ、れんげ草のじゅうたんに休んでいるのであろう。そして、遺される妻の幸福を思い、経済を思いやっているのであろう、か。

のこっている二枚の天幕の一枚を、若いチークの下枝をつかって張り、満炊の飯盒を枕もとにおいた。

「行くぞ」

深沢兵長は目をとじたまま、ゆっくりとうなずいた。別れを告げるというより、彼の妻と肉親たちにお詫びをしたい心で深沢兵長に挙手の礼をおくり、くるりと回れ右をした。小田兵長と鈴木上等兵も、私の後ろで不動の姿勢をとり、挙手の礼をしていた。

「水を、おいてってくれ、よう」

二歩踏み出していた私は、も一度回れ右をし、彼の水筒を私たちの水筒の水で満水にし、飯盒の横にならべた。

「飯盒の横においたからなッ」

「う、ううん……さよなら……」

霧雨に消されそうな弱い声で、深沢兵長は精いっぱいの別れのことばをいってくれた。その小さな「さよなら」が、私の体のなかにしみ入って、深く根を張った。

山小道の急勾配、小木と大木とが入りまじった林の中で、日が暮れた。雨は日暮れを待っていたかのように、雹かと思えるほどの大粒のどしゃ降りに変わり、稲妻が雷鳴をともなって、林ぐるみ私たちに咬みついた。

前進をあきらめ、山道から五、六歩それて薮に入り、急勾配を音を立てて流れ落ちる水のなかに鉄帽を伏せ、丸い鉄帽の上に腰をおろした。ともするとバランスを崩しそうになる膝の上にザックをのせ、三人は一枚の天幕の下で肩を組み、額を突き合わせた。

稲妻はいよいよきびしく、巨竜の吐く火焰となって木々を舐め、雷鳴は林中の大木を根こそぎ震わせた。大粒の雨は木々の葉を突き抜け、私たちに痛烈なせっかんをつづける。

──深沢兵長、静かに眠ってくれ。私の非情をゆるしてくれ。

深沢兵長の霊が天に昇るとき、竜神もまた慟哭した。

そして、私のなかに巣食っているガリガリの「生への執着」を怒り、非情を打ちつづけているのだ。


──一を殺し、多を救う。それは正しいことであろうか。みんな死んでしまう、それが「愛」というものだろうか。そうだとしたら、「生きのびたい」と願うどうしようもない原罪的な「生への執着」を、どう処理したらいいのだ？　こんなとき、キリストは、釈尊は、どう対応するのであろう。

「汝の敵を愛し、汝の隣人を愛する」ためには、オレはいま、何をどうしたらいいのだ。

「救う」とは何だ。「空」とは、「ともに倒れる」ことなのか。オレを打擲しているこの雨は、稲妻は、雷鳴は、オレに何を語り、何を説き、何を告げようとしているのだ──。

三人──私と小田兵長と鈴木上等兵とは、天幕の下で肩を組み、額をつき合わせ、頰をくっつけ合ったまま、「おいおい」声をあげて泣いた。いつ、どうして、こんなことになったのか、大の男がなぜ声をあげて泣きつづけているのか、わからない。おたがいの涙が、おたがいの頰を濡らし、あたためられ、溶け合って流れ、無精髯の先から、しずくになって雨水の流れのなかに落ち、消えて行く。

7　ものいわぬ帰還者

来る日も来る日も、山また山の中をさまよい、歩きつづけた。それは、幾月、幾十年にも思える日々であった。

敵の動きも友軍の消息も、皆目わからない。乱杭歯のようにかさなり合っている山なみに、東西南北さえ見失いがちな彷徨（さまよい）のなかで、なによりも不自由したのは、火だねをなくしたことであった。ときたま山小屋や歩行患者の火を見つけると、時と所にかまわず飯盒の飯を食いつくし、飯盒の蓋がもち上がるほどに固い飯を炊いて旅をつづけた。

戦争――空襲も敵襲も忘れたように見える旅であったが、敵斥候隊が潜入しているかも知れない集落や山小屋は避け、後方と思える方向に、尾根をつたい、沢をわたりつづけた。

そんなある日、山かいの小さな村はずれの納屋で、ひさしぶりに屋根の下の一夜をすごした。夜明け前、村人が畑に出る前に身支度をすませ、さあ出発というとき、小田兵長が土間に倒れた。

目を吊り上げ、喉首に左手五本の爪を突き立て、体を丸めてもだえ、土間をころげはじめた。あまりにも予期できなかった出来事に、私も鈴木上等兵も手の打ちようを思いつかず、ただ、小田兵長ののたうつのを見下ろしているだけだった。

小田兵長が背負っていたザックを取り、水を飲ませ、背中をなでていると、十分ほどで正気を取りもどしてくれた。

背丈だけは一人前だが、まだ実のはいっていない唐黍畑をぬけて段々畑に出たところで、小田兵長の発作が再発した。水を飲ませ、背をなでていると、十分ほどで正気に帰ってくれた。が、歩くことも、しゃべることもできない病人になっていた。

鈴木上等兵に三人分のザックを背負ってもらい、私は小田兵長をおぶって山道を登りはじめた。が、二百メートルとはつづかなかった。私がザックをかつぎ、鈴木上等兵が小田兵長を背負った。鈴木上等兵と私とは、小きざみにザックと小田兵長との交換をくり返しながら登りつづけた。その心に、ふっと、小田兵長の存在が余分なものに思えた。

担架輸送中にもチンドウィン河を渡ってからも、うまく仲間をまとめ、私がもっとも頼みにしていた小田兵長である。その小田兵長にたいして、どうして、こんなにも嫌らしい思い――深沢兵長のときには片鱗さえ見せなかったエゴイスチックな思いが浮かび上がって来たのであろう。そんな非人間的な根性を暴露している自分に気づくと、自分がおそろしいものに思えて、身震いがおきた。しかし、私のエゴイスチックな思いは、理性とはかかわりなく、またたく間に体中にひろがった。

渓流も山道も、草も木も、石ころまでが私にさからっている。小田兵長はおんぶされた背中で発作をくりかえし、私の苛立ちに油をそそぐ。それでも、発作のたびに路端におろし、水を飲ませ、背をなでてやることで、途方もない非理性への暴走を食い止める。

本隊に近づいているのか、あらぬ方角に向かっているのか、それも確かめようがない。だからといって、一ヵ所にとどまっている気には、とてもなれない。とにかく歩いていれば、それが心の安らぎとまではいかなくても、気まぎらしにはなっている。

小田兵長の発作の周期は間隔をちぢめ、ひどくなった。十分、二十分、どうかすると三十分以上も休みをとらねばならなくなった。その休みのたびに、苛立ちはいよいよ駆り立てられ、背を撫でる手も、つい荒くなる。

小田兵長は白い眼を剝き、気が狂ったもののように喉首に爪を立てる。

「おとうと……おとうと……」

しめつけられたざれ声でくり返した。

「弟が、いるのか？」

小田兵長は、炭坑夫だった養父母に育てられた一人息子のはずだ。

「死んだ……弟が……よんで……います」

太陽が山かげに沈むと、山道は足もとからつぶされていく。小田兵長と三人分のザックとを、鈴木上等兵と小きざみに交替しながら登りつづけている美しいはずの友情の姿のかげで、理性を無視した私の苛立ちは、胸から喉へとせり上がって行き止まり、どうしようもなく脹れ上がった。

――鈴木上等兵は、この事態をどう処理すべきだ、と考えているのだろう。

鈴木上等兵と私とはおんぶの交替をくり返し、後になり先になりしながら、黙々と山道を登りつづけた。小田兵長の発作は、行きどころを見失って脹れ上がる私の苛立ちにかまわず度数を増した。そして、おんぶされたまま、両手をひろげて上体を激しくゆすり、ゆすぶってもだえた。そのたびに、たまらず路端におろし、打つ手も思いつかぬまま、水を飲ませ、背を撫でてやりながら、発作のおさまるのを待つほかになかった。

夕闇が山道を隠してしまうまえに、野宿の場所をさがさなければならない。小田兵長の背を撫でながら、鈴木上等兵に、先に行って野宿の場所をさがすようにたのんだ。彼は三人分のザックを背中いっぱいに立ち上がった。

鈴木上等兵が山道を登りはじめると、小田兵長の発作がケロリと止まり、正気をとりもどした。私はなぜか、馬鹿にされたようで、無性に腹が立った。

「小田兵長ッ！　気をしっかり持つんだ。コヒマじゃこんな小さな山の一つや二つ、走って登り下りしてきたじゃないか。オレが、一、二、三ッと号令をかけるから、走ってみろ。走って、鈴木上等兵を追い越してみろッ」

「イチッ　ニィッ　サアン！」

とんでもない言葉と号令とが、私の口から飛び出していた。小田兵長は私の号令が終わると同時に立ち上がり、小走りで鈴木上等兵を追いはじめた。

啞然、私の口はことばを忘れ、足は歩くことを忘れた。目玉だけが、五、六歩先で倒れるにちがいない小田兵長の後ろ姿を追った。小田兵長はスピードを上げ、一人がやっとの石ころ山道を駆け登り、鈴木上等兵を無視して追い抜き、山道を右に折れて姿を消した。

小田兵長の姿が消えた山道の上方と、後を追いはじめた私を下方に、かわるがわるに見くらべながら立ちほうけている鈴木上等兵をうながし、小田兵長のあとを追った。私は、山道の小石につまずいて倒れている小田兵長の無惨な姿を予期して、山道を右へ曲がった。が、小田兵長の姿はなかった。

夜のとばりが山道に迫る深いジャングルは、すかし見さえゆるさない。視界は、厚くかさなっている木の葉を透して来る宵明かりで、わずかにのこされているだけだ。

「お、だーッ。おだーッ」

「おだーッ！」

小田兵長は、自分で姿を消した。私と鈴木上等兵はよびつづけた。夜の闇にとざされた崖下をのぞき、木と草との茂みを掻き分けたが、答えも姿もなかった。「おだーッ」とよぶそのたびに、闇の音が深く迫って来た。そして、しとった密林の冷気につつまれた仮寝のなかで、自責と悔恨とが私を痛めつけ、もっと深い暗闇へと追い立てた。

夜明けを待って、山道の曲がり角まで引きかえし、両側に迫る薮を掻きわけて姿をもとめ、

「お、だーッ」

「おだーッ」

と叫びながら登った。が、姿はなく、答えも、それらしいもの音も聞き出せなかった。

発作に苦しみ、歩けるはずのない小田兵長が、どうして駆け出し、姿を消さねばならなかったのか。彼のわびしさ、くるおしさを思うと、胸が痛み、涙粒が無性に落ちた。

峠に着いた。ひと休みをとって鈴木上等兵をうながし、ザックを二つにまとめて峠を下りはじめた。と、どういうことなのであろう。私の胸のあたりを、安堵に似たものがすうッと音を立てずに通りぬけた。

「おー、だーッ」

山を下りながら、ゆっくりとよんだ。が、その語尾から力が抜けてゆくのが、自分で、よくわかった。

どんな物音にも足を止め、耳をかたむけた。いきなり「おーい」と、小田兵長の声が返って来はしまいか、足もとの藪かげから這い出て来るのではないかと、おそれながら……。

二人だけの退却作戦は二十日以上もつづいた。石場兵長と付き添いにのこした長野一等兵は、衛生伍長が約束してくれたように後送されただろうか。深沢兵長と小田兵長、そして、生きようとして生き通し切れなかった数知れない行き倒れの戦友たち。彼らの無言の叫び声と語りかけとにさいなまれながら、なおも生きのびようとあがく二人――私も鈴木上等兵も、まったく言葉を忘れた人間になっていた。

鈴木上等兵は、わずかに、食事のことで判断をもとめるとき、私に言葉をかけてくれた。私は自分で、道を右にとるか左にするか、休むか出発するかの相談のときに、言葉をかけるだけだった。その時たまの判断や相談ごとも、おたがいが、相手の意見や言葉に同意するだけのものであった。

こんなにも言葉すくない旅ではあったが、予想される虎などの野獣や敵斥候隊などの外敵にたいしては、たがいに全力を出し合っていた。

固い棘がからみ合っている南国特産の頑強な竹むらにおおわれた深い谷底の川床道では、野獣たちの襲撃にそなえて、安全栓を抜いた手榴弾を両掌に握りしめ、先頭の私が前と左を見張りながらすすむと、鈴木上等兵は後ろと右にそなえ、私の背に額をくっつけるようにしてつづいた。

風の強いジャングルの夜では、二人は一枚の携帯天幕を頭からかぶって抱き合い、寒さと恐怖に耐えた。洪水の大川では、掌をにぎり合ったまま流された。川蟹の群れる渓流では、飯盒いっぱいに川蟹を水炊きにし、甲羅ごとむさぼり食べた。手作りの竹の筏が転覆して流れに落ちたとき、米のはいっているザックだけは頭の上に差し上げているおたがいの不格好さに、ニタリ目と目で笑い合った。

さしものジビュー山脈もはずれに近く、集落が点々と見えはじめ、敵斥候隊や野獣たちの心配がなくなったころ、水田用の用水池を兼ねているらしい山かいの大きな池に行きあたった。さっそく魚をとることにし、虎の子の手榴弾の安全栓を抜き、石に信管をたたきつけたが、発火しない。二度、三度とたたきつけたが、発火したしるしのシューという音もガスも出てこない。でも、発火しているかも知れないと、池に投げ込んだ。が、不発に終わった。

もう一発も、鈴木上等兵の二発の手榴弾も発火しなかった。野獣の足跡や糞がころがっていた押し分け山道や川床道を、安全栓を抜きとった手榴弾が汗ばむほどに握りしめて進んで来た姿を思い出し、そのこっけいさを、二人は、目だけで笑い合った。

どうしてだかわからないが、女ばかりの集落に迷い込み、裸体同然のよれよれ姿をアピョー（娘）やアメエ（人妻）たちに、

「ニッパッテエ。ニッパッテエ（汚ならしい、下劣）」

と、はやし立てられ、ほうほうのていで逃げ出した。そんなことも、あった。

ジビューの山脈を越え終わって、行く手に涼しげな高原が広がった。爆撃で焼野ヶ原になっているピンレブの街跡を、白昼、上空の敵機にもかまわず歩いていると、一軒だけ焼け残っている洋風木造館の二階窓から首を出して、私たち二人を指さし、大声をあげている兵隊たちがいた。

「はやしだーッ。林田じゃないかーッ」

「すずきーッ。鈴木もいるぞーッ」

窓の首は三つ、四つとふえ、かさなって、大きく手をまわすものもいた。

私たちは、本隊に会えた。

重戦闘機の銃撃をうけて石場兵長が膝小僧を飛ばされたテヤッコンでは、退避先の竹やぶを出るときも、増援の担架兵をもとめて隊に引き返したときにも、死への途を強いられた私たち担架輸送兵がなめた戦友愛は、苦かった。

いま、その私たちを冷たく見送った戦友たちが、私たちがとまどうほどの感動とよろこびを剥き出しにして迎えてくれている。そのあまりの変わりように、いささか以上の抵抗を感

じないではいられなかった。が、戦友たちの素直な感動と喜びをうけとめきれないほど、私はひねてもいなかった。「生きて帰れた」という思いが、戦友たちの祝福にたいして、私を笑顔でこたえさせてくれた。そんなゆとりを持っている自分が不思議に思えるほどに……。

隊長の前に出た。隊長は軍人を意識した笑顔で私たち二人を迎えてくれたが、私は、戦友たちにたいしたように、素直には応えられなかった。

——ガダルカナル島を撤退するとき、敵中に埋めてきた軍旗をとりもどすために、連隊長といっしょに敵中に潜入し、軍旗を腹に巻いて帰って来たただ一人の生き残りの勇士、その人だ。コヒマでは、私設徴発隊を設けて私たちを餓死から救ってくれた隊長だ。チンドウィン河を背にしたテヤッコンでは、病人や担架輸送に名をかりて、体力を失くしていた兵隊たちを後退させてくれた隊長だぞッ。

と、私は自分にいいきかせた。だが、職業軍人である隊長の笑顔のなかに、私の〈勇者〉を見つけ出すことはできなかった。

石場兵長、付き添いにのこした長野一等兵、そして歩行患者班のことについては、ありのままに、「シッタン患者集合所に入れました」と、報告した。が、深沢兵長と小田兵長のことになると、

「爆撃で戦死しました」

と、口ごもった。

隊長の前を退るとき私の心は重かった。自分がたまらなくいやらしい人間に思え、みじめ

だった。

――全員死ぬことより、一人でも生き残ることのほうが有意義だ。

と、私はもうひとりの自分にいい聞かせ、納得させようとしていた。

――では、なぜ、深沢兵長と小田兵長の死を、事実のままに報告できなかったのだ。

と、もうひとりの私の声が返ってきた。

――野たれ死にしました、と報告してよいのか？　戦死と報告したほうが、死んだもののためにいいじゃないか。戦死であれば、二階級特進のうえ、いい勲章がもらえて、遺族たちの顔も立ち、遺族年金の額だって、多くもらえるじゃないか。

と、すかさず、

――おまえは、自分が生き残りたかったから、「全員死ぬより、一人だけでも……」などと、うそぶいているのではないのか。

――そうかもしれない。だけど、オレは、「自分だけは生きのびよう」として来たのではない。鈴木上等兵を見てくれ。鈴木上等兵は生きている。

私はもうひとりの自分に、必死にいいわけをつづける。そのくせ、そんな自分がいやでいやで、やりきれない人間に思えているのに、その自分への嫌気を、小田、深沢、両兵長の戦死報告の実体を見とおしているのにうす笑いで見逃している隊長への嫌悪へと、すりかえようとしていた。

テヤッコンで、私たちを冷酷な目で見送った戦友たち、と受けとめていた私の感情にも、変化がおきていた。軍閥嫌悪症の私の被害妄想的な感情は、死に追い立てられたと思い込んでいるものの、ひがみだと思えてきたのだ。

——もし、オレの身近な戦友のだれかが担架運びを命令され、オレが見送る立場に立っていたとしたら、オレはどんな見送り方をしただろうか。米も薬も、地図も磁石も、持たせてやりたくてもない袖は振れなかった。敗走中の戦場では、死に向かって旅立つものたちに贈る言葉も態度も、だれひとり、なに一つ持ち合わせていなかった。だから、戦友たちがオレたち担架輸送班を見送ったのとまったく同じに、冷酷としかうけとれない見送りかたを、オレもしたにちがいない。

と。

ひと月ほどがすぎた昭和十九年十一月、新品の戦闘帽をかぶり、シャツ・スタイルの南方軍用の新品略式軍衣袴（軍服）を身につけ、シンガポール製の生ゴム底新品軍靴をはき、ビルマ族再興の英雄アラウンパヤー王の生地シュエボウ郊外タナオン集落に入った。学生の戦闘訓練用に払い下げられていた菊の紋章の消されている三八式歩兵銃、小銃弾、手榴弾などが補給され、体力の回復と敵空挺部隊の降下にそなえて陣地についた。

そんな、雨季明けの暑い日の夕刻、

「オダ兵長殿が、シュエボウ駅にいます」

と、連絡係の下士官が人事係曹長に報告しているのを耳にした。私は信じなかった。もう一人のオダ――インド進攻直前のペグーで、内地から補充されてきた現役初年兵の織田一等兵の間違いであろうと、きめ込んだ。

　小田兵長が姿を消したのは、前に進んでも後に引き返しても、集落までには、まるまる一日はかかる山の中だった。しかも、歩くことができず、おんぶされていて、水筒のほかには何も持たせていなかった。その小田兵長に長旅のできるはずがない。彼には、〈死〉以外の未来はなかったのだ。

　つぎの日。昼すぎ、

「オダ兵長殿が、シュエボウの鉄道隊病院に収容されています……」

と、連絡係下士官付の伝令が、人事係曹長に報告しているのを聞いた。私は立ち上がり、人事係曹長の袖を引くようにして、四キロメートルの刈田圃を一直線に突っ切り、駅に駆けた。

　病院は駅に近く、線路沿いの老榕樹の並木の深い緑の葉かげにあった木の葉葺(テッケ)きの窓なし病舎に入ると、丸竹製のベッドの上で、小田兵長は蠟人形のように眠っていた。頭すれすれの竹編み壁に、リンゲルらしい大きな空壜が忘れ物のように吊るされたままで、物置を思わせた。

「わかるかあ」

「………」

「わ、か、る、かあッ」

なんどもなんども、小田兵長の顔に私の顔をおしつけるようにして叫び、反応を待った。が、小田兵長は、こたえてくれなかった。

小田兵長の頭髪はうすい赤毛に変わり、十センチメートル以上にも伸びて一本立ちに立っていた。頬は淡紅白色にすき透って、少女のように美しい。両目をかるくとざし、骨細い掌をうすい胸の上に組み、慈母観音のように柔和と慈悲に満ちた姿を横たえ、動かない。しかし、わずかではあるが呼吸をしていることの証拠（あかし）に、胸の上に組んでいる両掌を小さく、上下させていた。

「わ、か、る、かあッ」

周囲をかまうゆとりもなく、私は叫びつづけた。小田兵長の恨みのことばを聞きたかった。捨てられた真相も話してもらいたかった。が、目は開かず、表情も変えず、身動きもしてくれない。彼は、その力さえ失くしているらしい。

こたえは、なに一つ返してもらえない。人事係曹長は帰隊時刻を理由に、私を小田兵長から引き離そうとした。

「わ、か、る、かあッ」

私は最後にと、もう一度だけ、小田兵長の耳に嚙みつくようにして呼びかけ、顔の動きをうかがった。小田兵長は、かすかに、細く目を開き、私の最後の呼びかけにこたえ、こっくりとうなずいてくれた、ように思えた。

その日、小田兵長はひと言（こと）もものをいわぬまま、息を引きとった。黄塵で真紅に焼けた太陽が、地平線かと見まちがう平らな林にかかっていた。

――小田兵長は、私たちといっしょに母国インドに進入したチャンドラ・ボースのインド独立義勇軍の退却兵に助けられて、もどって来た。

との風聞は、私の自責と悔恨とを、より奥深いものへと追い立てた。

しかし、戦友のだれひとり、私を責めるものはいなかった。私が古参兵であるためか、責める価値もない人間と考えてのことかわからない。そうしたなかで、私の目からそれとなくそらす戦友の目――戦友を捨てた男への烙印を、私はあまんじてうけとめた。

そして、さらに、

――石場兵長と付き添いにのこした長野一等兵の二人は、後送中、チンドウィン河ぞいのジャングルのなかの患者収容所で病死した。

との風の便りが、追い討ちをかけて、私をたたきのめした。

幽霊になってもどってきた小田兵長。妻を思い、下痢にたおれた深沢兵長。重戦闘機の銃弾を膝にうけ、まったく機能をなくしている病院にのこされた石場兵長。退却の絶望に気力を失くしてしまった付き添い兵の長野一等兵。担架をかつぎかつがれて死んでしまった四人の霊たちは、父母・同胞の待つ国、はるかな故里に帰り着いてくれているだろうか。だれからも知られることのないビルマの山、ジャングル、それとも、はてしない田圃のなか、黍畑のなかで、行くところを見失って彷徨っているのではないだろうか。

私は、無口になった。つづくイギリス軍の追撃機械化部隊をむかえてのイラワジ河畔の大会戦、シャン高原への敗退、サルウィン河畔の防衛戦、日本無条件降伏、苛酷な俘虜生活のなかでも、私の無口はつづいた。無口になる以外に、生きる道が、私には見つからなかったのだ。

8　母ちゃん、まくら

正月。シュエボウは、イギリス軍の戦闘爆撃隊にたすけられた戦車軍団の手に陥(お)ち、焔上した。吹き上げては、茸の傘のように開いて降る赤い火の粉を壕の中からながめながら、正月特配の乾昆布とビルマ酒(アイエ)の屠蘇を祝った。

粉米を蒸溜してつくったビルマ酒に、アルコールに弱い私は、深い散兵壕の冷たい地底に焼ける体を横たえ、空を仰いだ。細長い空に月はなく、ひしめく星があふれて、こぼれ落ちそうだ。

淡青の星が一つ、淡紅の尾をひいて流れた。せり合いっこに負けたのかも知れない。

丸竹床の上で息をひきとった小田兵長。しとった草のなかで眠った深沢兵長。さまざまな姿で屍を天日にさらしていたコヒマ帰りのかぞえきれない戦友たち。そのだれもが、一人の例外もなく、お地蔵様のような童顔をのこしていた。あれは、どういうことなのだ？

〈生きる〉ただそれだけのために、持っていた〈力〉の最後のひとしずくまで出しつくした。彼らは、現世(このよ)を去ろうとするときに、〈苦しみ〉とか〈憎しみ〉というようなものを、みんな脱ぎ捨てていったのに違いない。〈八紘一宇〉も〈興亜〉も〈正義の戦さ〉も〈戦友愛〉もきつく詰め込まれていた〈軍人精神〉もみんな、彼らの心のなかで燃えつき、灰となって霧散させていた。ただ一つのことばをのぞいては……。

「母ちゃん、まくら」

私は、そっと口にだし、声にしてみた。長い欠食と過労とに痩せほそり、マラリアの高熱で脳を冒された童顔の現役兵が、雨にしとったコヒマの暗い塹壕のなかでのこしていったことば。そのことばを、そのまま、

「母ちゃん、まくら」

と。

（昭和五十年「丸」一月号収載。筆者は「烈」第一二四連隊員）

密林機動戦の主役 戦車連隊を救出せよ！

〝最悪の戦場〟にくりひろげられた激闘・「弓」兵団の転戦始末記——加藤正善

1　牛車の日本軍がゆく

インパール作戦発起の前年、昭和十八年、ビルマ方面の情勢は急激に悪化していた。敵は海軍力を増強し、南方の制海権をおさえた。マラッカ海峡は潜水艦により封鎖され、シンガポールの南方総軍から軍需物資を輸送する船舶はつぎつぎに撃沈されて、ラングーンへ到着するものは皆無となった。わずかに小舟艇や伝馬船の小艇群が沿岸の島影をぬうようにして北上し、昼間は島の裏側にはりつき、敵の目をさけながら夜間航行をつづけていたのである。

内地から増援されてくる兵士は鉄道輸送により海峡までくると、その後は徒歩行軍で、南部テナセリウム地区を歩きつづけ、長い長い道中のすえにモールメンへたどりついたのである。腰につけた帯剣一つを武器として、教育訓練もできていない補充兵などが蜿蜒として歩いてきた。彼らの姿はどうひいき目に見ても、勇ましく立派なものではなかった。

物資の輸送が窮迫して、まず第一にこまったのは自動車用燃料、脂油類の欠乏であった。飯田祥二郎中将麾下の第十五軍がタイ国より進攻し、英軍を駆逐した戦争初期のころは、援蔣ルートに野積みのまま放置された莫大な資材を押収し、その中にガソリンや潤滑油も豊富にあった。

ラングーンのモンキーポイント対岸には製油プラントがあって、その大型タンクが十数個、ガソリンが満杯のままのこされていた。プローム油田の原油を精製していたものである。英軍はラングーンをすてるとき、タンクの上に爆薬をしかけていった。これが爆発して、タンクは黒煙をあげて燃えていたが、内部にはガソリンがのこっていた。端末のバルブを開くと、熱いガソリンが奔出した。危険な作業ではあったが、ドラム缶に充塡して大量に採取できた。

当時はまだ、小規模編成の自動車廠の兵士たちが大奮闘をつづけていた。指揮官の安崎京一中尉が口角をとがらし、目玉をむいてとび歩き、叱咤（しった）していた。彼は北海道余市の産である。

南方総軍からは輸送船によって、充分な補給もあった。第十五軍は燃料脂油にこまることはなかったのである。しかし、海峡やインド洋が封鎖されたあとは、押収の資材もしだいに底をつき、まず潤滑油の欠乏をきたし、ついでガソリンも激減してきたので、軍は補給量を統制し、備蓄のくいのばしに知恵をしぼったのである。

まず、自動車隊の運行がとまった。自動車隊を統括する輸送司令部から強行な申し入れがあいついで、物資輸送の危機をうったえてきた。第十五軍参謀室では、温厚な諌山春樹参謀長は静かだったが、片倉衷高級参謀が大声を発してどなりあげ、兵器部の主任者はちぢみあがっていた。しかし、ないものはない。ないソデはふれないのである。

「自動車を格納せよ。かわりに牛車をつかって輸送業務をおこなえ」ということになって、各師団をはじめ大量の牛車部隊を編成した。ラングーンより旧都マンダレーまで六百キロ、マンダレーより北辺のミートキーナまで四百キロ、直線距離一千キロである。これにはマンダレー東西四百キロにわたって展開していた「菊」「龍」「弓」の各師団はおおいに困惑した。当時、第十五軍麾下には六千両の軍用車両があったが、その大部分は格納され、自動車関係兵器係はわずかなガソリンを大切に保管して非常用に温存した。

牛二頭、御兵をもって編成する牛車の輸送量は約二百キログラムである。数百台の牛車の列が黙々として行く夜の街道は、異様だった。御兵は背を丸くしてすわったままなにもいわず、車のきしむ音だけがさびしく鳴っていた。第十五軍は牛車編成となったのである。

前時代的な兵站線だったが、日露戦争いらい歩兵師団の行動力は時速四キロの徒歩速度であり、用兵戦術思想もその上に組み立てられているので、将軍たちは深刻には心配していなかったのかもしれない。しかし、南北一千キロ、東西四百キロの広域は、牛車による補給線ではまかないきれない広さである。

すでにインド洋、マラッカ海峡の制海権は敵の手中に帰しており、昭和十八年後半には制空権もまた奪取されていたのである。そして、北部ビルマの全域とマンダレー街道の大部分は敵戦闘機に制圧され、車両の昼間行動はきわめて危険であった。それでもラングーン地区には高射砲隊もあり、ミンガラドンには飛行戦隊も展開していたので敵機は警戒して、あえて進入してこなかった。

トングー以北は車両の日中行動はできず、もっぱら夜行過であった。マンダレー以北一帯の状況はさらにきびしく、前照燈は黒布をかけ、あるいは微燈行軍となった。夜間飛行による敵機の行動がはげしいので、いつも暗い夜行軍だった。月夜の夜は戦々恐々のありさまで車上の監視兵は緊張の連続だった。

このころ、敵機はインパールから飛来していたようで、ビルマ全域に展開していたわが第五飛行師団麾下の空軍はガダルカナル、ニューギニア方面の戦況悪化につれて、つぎつぎにひき抜かれ、その戦力は急減してしまった。メイミョウの飛行隊では竹と紙で実物大の戦闘機模型をつくり、飛行場にならべていたが、それとも知らず、敵のロッキード戦闘機隊はおおいにこれを恐れたという。

インパール作戦の作戦地域となったチンドウィン川右岸地域では敵の攻撃は執拗をきわめ、牛でも馬でも見さかいなく、動くものはなんでも撃ってきた。単行兵でも爆音に注意し、上空に目をこらして行動するほかはなかった。

敵爆撃機による空襲はラングーンに集中し、二機か三機編隊で夜間の盲爆をくり返していた。迎えうつわが戦闘機は搭載の十三ミリ機銃で戦ったのだが、有効打をあたえることはできなかった。最後には体当たり攻撃にでた。探照燈の交叉する光芒の中に照らし出される巨大な爆撃機にたいして、小さな戦闘機が飛びつく。大山トンボにハエが打ち当たるようなものであった。

わが空軍は、なぜ十三ミリ機銃に固執し、二十ミリ機関砲装備に転換できなかったのか。

その理由は、「戦闘機の戦法は格闘技をもって唯一のものと観念しきっていたことにある」と戦隊の将校が嘆息していたのは、一面の真相をつたえるものであったろう。ラングーンのビクトリヤ湖畔に加藤戦闘隊の宿舎があった。当時、戦隊はアキャブ方面へ出撃をつづけていた。敵機は二十ミリ機関砲を連装し、高速度により直進交叉の射撃戦法をとってきた。格闘戦をさけてきたのである。わが戦闘機はとくいの急旋回格闘戦に持ち込むことができず、しだいに損害は増加していった。

加藤建夫戦隊長は長身白皙の好漢だった。その彼もまた翌年のはじめごろ、アキャブ飛行場上空において撃墜され、ベンガル湾に消えた。

昭和十八年後半、わが空軍の迎撃体勢もついに無力化し、高射砲の射程は爆撃機にとどかず、敵は白昼堂々の編隊をもって来襲し、的確に目標をえらんで爆撃をくり返すようになってきた。ビルマの空は完全に制圧されてしまったのである。

この空の下で、ビルマには方面軍が編成され、第十五軍は北西地区の配備についたのである。隷下の主力、「烈」「祭」「弓」の三個師団は歩兵師団だった。各師団は歩兵三個連隊を基幹とする編成で、各連隊の主兵器は三八式歩兵銃であった。

その歩兵銃が問題なのである。三八式歩兵銃とは、明治三十八年式ということであろう。日露戦争に活躍した村田銃にかわって制式化されていらい、陸軍は三十有余年の間、気の遠くなるような長い歳月を、延々としてこの兵器をつくりつづけてきたのである。歩兵は歩兵銃をもって訓練され、その一部に軽機関銃や擲弾筒(てきだんとう)を併用しながら、軍の主兵として構成されつづけてきた。

しかし、時代はすすみ、各国は小型軽量の自動小銃を採用し、砲火力を重視して、重量化・機動化の方向に転換しつつあった。三八式歩兵銃を主兵器とする編成は旧型化し、すでに時代遅れとなっていたのである。

兵器の旧型化以上に重要なことは、戦術用兵器思想の老化であった。歩兵の行軍は一歩七十五センチ、時速四キロを標準とする。この行軍力と火力の破壊力を相乗したものが野戦軍の戦力である。用兵・運用の戦略戦術はこの戦力のうえに組み立てられ、将軍たちや参謀の思考を支配していた。この思考は明治いらい変わることなく、長い歳月をかけて研鑽錬磨をつみかさねて、太平洋戦争惨敗の日まで変わることはなかったのである。

ビルマをとりまく情勢はなまやさしいものではなかった。海も空もすでに敵手にあり、兵器・資材の補給も困難な状態であったが、将軍たちはあえて作戦を敢行した。歩兵の戦力を盲信して決行したインパール作戦は、いわば破滅への暴走だったのである。

2　裸身のイナゴが飛ぶ

昭和十九年二月、第十五軍は「ウ」号作戦を発動し、要衝インパール攻略のため、指揮下部隊の全力を投入した。北方コヒマ方面に向かって「烈」第三十一師団、中部ホマリン、ウクルル方面に「祭」第十五師団、南部に「弓」第三十三師団が展開した。そして三月、各師団は一斉に進撃を開始した。

北部・中部の作戦地区には有力な兵站路はなくて、牛車道ていどの貧弱な交通路をたよりに行動した。「弓」の作戦地域には北部ビルマとインドに通ずる主要幹線路があって、舗装していない自然道であるが、幅員も充分に広く、自動車道として有力な兵站線となった。「烈」の師団長佐藤幸徳中将はチンドウィン河左岸サカンより、「祭」師団長山内正文中将はその南方ピンレブ、「弓」師団長柳田元三中将は曙村より発進した。これより数ヵ月前、「弓」の一部はすでにチンドウィン河をわたり、アラカンの山脚にとりついていた。英印軍はチン丘陵東西の線、チンドウィン河右岸低地帯の要点に配置して、日本軍の侵入を拒否、その陣容を秘匿していた。こうして各師団は敵情不明のまま、作戦に突入することになったのである。

当時、すでにわが軍は制空権を失っていたので、各師団は空軍の援護を期待することはできなかった。敵機は全ビルマに活動していたので各部隊は対空秘匿につとめ、夜間行動をもって移動行軍を実施していた。

「ウ」号作戦発起にあたり、第十五軍司令官牟田口廉也中将はインパールを二十日でとると豪語したということである。歩兵三個師団は険峻な細道を通って進出し、敵を急襲して一挙にインパールを略取する。夜襲・急襲により敵陣に突入し、銃剣刺突によって戦果をあげるという忍者戦法に期待していたのであろう。

このようにわが戦力を過信していたほかに、作戦の成功を急いだ理由として、雨季の問題があったと思われる。アランの豪雨期の到来する前に、インパールを占領するという制約を意識していたのではないか。「糧秣は二十日でよい、その後は敵の糧秣でまかなう」というようなことがいわれていた。

しかし、だれも本気にそう思っていたわけではなく、各兵団はできるかぎり集積を増加すべく努力していたはずであるが、行動地域の地形と進路事情によっては、前送業務に絶望的な地区もあって、文字どおり二十日の糧秣をもって行動を発起した部隊も現実にあったのである。

三月八日、ムアルベン付近において、隠密裡にマニプール河を渡河し、シンゲルに向かって行動を起こした歩兵第二百十五連隊笹原部隊は、二十日分の食糧をしばりつけ、その上に銃器や器具をたずさえて峻険な細道を潜行したのである。軍馬が谷底へ転落するようなガケの細道もあった。コヒマ方面の「烈」部隊も同様な難儀をつづけ、糧秣輸送用の牛馬を食糧として予定せざるをえぬような急峻な地形であった。

「弓」もまた行動を開始した。アラカン山中の幹線道路を中心に工兵第三十三連隊、歩兵第二百十四連隊、左突進隊として歩兵第二百十五連隊を配置した。チンドウィン河と山脈の中間地帯、ユウ谷地を北上してタミュー、モーレ方面に向かう右突進隊は山本募少将指揮のもとに第二百十三連隊を配したのである。これらの部隊は栃木、群馬、茨城、長野、新潟など各県の壮丁をもって編成された歴戦の精強部隊であった。

各連隊は、三八式歩兵銃を主兵器とする軽装徒歩兵部隊であって、編成による機関銃や歩兵砲を分解搬送しているほかには有力な砲力はもたず、脚力・体力によって山野を駆け、軽快敏捷な戦力を主体とする歩兵連隊である。第十五軍は歩兵の戦力をもって充分な戦果をあげうるものと確信していたのであろう。

右突進隊には戦車第十四連隊（九七式中戦車・九五式軽戦車など三十あまり、上田中佐）、野戦重砲兵第三連隊（十五センチ榴弾砲八、光井中佐）、野戦重砲兵第十八連隊（十センチ加農砲八、真山大佐）、安部山砲大隊・川道速射砲大隊などを配属したので、重装備機甲兵団とも思われる編成であった。しかし、所在の各部隊を集成した急造の集団であって、機甲兵団としての有機的戦技の訓練は未完成であったから、たんなる多兵種協力部隊だった。

支隊はインダンギー三叉路より右折北上して、タミュー、モーレへ向かった。ヤサギョウ、ウイトックなどには敵の警戒陣地があったが、彼らはあらかじめ計画したもののように退却したので、順調に進撃して目標地点に到着した。

三月中ごろ、支隊の後を追って、私たちはタミューへ向かって北上した。右に左に曲折する急造の軍道は、行けども行けども果てしなくつづくチークの原始林の中を、はいまわるように迂回しながら行く。

乾季の終わりごろであった。チークの葉の枯れ落ちて、頭上を仰げば青空があった。だが、前方はかさなり合う樹幹の厚みに視界をさえぎられて、見通しはきかない。動物の姿もなく、小鳥の鳴き声もない。森閑として、地の果てかと思われるような、人跡まれな辺境である。

ウイトックでカバウ川を渡る。周囲は急にひらけて明るくなり、川は急流であったが底は浅く、どこでも徒渉容易な小流である。清澄な流れはそのまま炊事に利用できて、行動する部隊にとってはべんりな水源であった。

小流の向かい側に、敵の放棄した掩蓋土塁があった。名ばかりの抵抗線で、潜伏斥候の拠点くらいのものであった。ところどころに「地雷あり注意」という標記があって、先行した部隊が警戒をうながしていたので、土塁の中を見ようと歩きかけた兵らは二の足をふんで思いとどまった。

ウイトックから半夜の行程にタミューがある。インダンギーの三叉路から北へ百三十キロのタミューはインパールへの登り口である。すこし北方のモーレ付近で左折し、アラカンの山中へ分け入るように左右の間を登って百数キロ、そこにインパールがある。この道は各師団の担当正面のなかで、目標への最短距離であった。それだけに、第十五軍の山本支隊にたいする期待は大きかったと思われる。

敵はこの登り口に、堅固な前進陣地を構築していた。戦闘室はもとより、住居施設・兵器庫・糧秣倉庫にいたるまで、コンクリートをうって頑強につくられていた。これには野戦重砲兵光井部隊を基幹とする攻撃部隊が、砲塁前面に展開して集中砲火をあびせた結果、前進陣地はほどなく落ちた。これは歩砲の協力による戦果であったが、その後の山峡の攻撃には、複雑狭隘な地形のため、砲火の威力を発揮することはできなかった。

前進陣地からアラカンの山中に向かって、一級国道ほどの完備した軍道がのびていた。舗装道路側には大口径の排水暗渠もふせてあった。人跡まれな樹海のはてに、こつぜんとして、永久砲塁や近代的舗装路が完成しているのを見て、おおいにおどろかされたものであった。

その鼻先に、「フォア、トーキョウ」と書いた高札が立っていた。これを見て、支隊の兵たちは「コン畜生メ」とうなったが、しかしこの道は、英印軍のビルマ平原への出撃路となり、第十五軍敗退ののち、翌年の昭和二十年春には大軍団が陸続としてチンドウィン河を下航し、イラワジ会戦に出撃したのである。英第四軍団がビルマ征覇のため、その幹線路として建設していたものである。タミューの南側には、密林を切り開いて小型飛行場の建設もはじめられていた。

このような完備した舗装道路は、北部の「烈」部隊正面にも、「祭」部隊方面にも、また「弓」の正面にもなかった。「弓」部隊主力の進撃路はインド・ビルマ両国をむすぶ行政上の主要路であり、自動車道としての路幅はあったが、赤土の山肌を切り開いたままのものであった。そのほかにアラカン山中へ分け入る道はすべて、牛車道か杣道（そま）のような、人一人がようやく通れるような細道である。

英印軍はビルマへの出撃を真剣に研究し、その輸送兵站線として、この道を選定した。彼らの基地インパールから直線距離百キロのタミューまで近代的舗装路をつくり、雨季の大豪雨にもたえうる強力な路線を完成していたのである。その端末であるタミューよりチンドウィン川畔のシッタンまで四十キロ、南方インダンギー三叉路まで百三十キロは現地住民の牛車道があったが、自然の密林地帯で、彼らの計画を秘匿するのに役立っていた。

英印軍は陣地を放棄して後退したが、その後退のしかたは、計算された予定の退却であったと思われる。充分に時間をかけて、陣地の内外にさまざまのワナをしかけていった。糧秣の集積を見て、戦利品にありつこうとした蒐集班は、思わぬ犠牲者を続出させた。

ふみつけると薬莢が破裂して小銃弾が飛ぶバネ仕掛けの小型地雷や、罐詰の山に気をとられて近づくと、草むらの中にはわせたピアノ線に軍靴をひっかけて、地雷の撃針を飛ばすというような、思わぬワナが一面にしかけられていた。

彼らは、砲塁を放棄して後退したが、日本軍の装備や兵器の性能、攻撃方法などを知れば、前進陣地の任務は終わったのである。本陣地は軍道の両側につらなる高地や凸角に構築されていて、相互に援護砲撃ができるように工夫されていた。支隊では星型陣地とよんでいたが、その数はどれほどあるのか、また、どこまでつづくのかわからなかった。

曲折した山峡の地形を利用し、軍道を通って近迫する攻撃軍をねらいうち、迫撃砲を多用して短時間に大量の砲弾をたたきつける。上空からの支援も充分にあって、戦闘機の機関銃やロケット砲の威力は大きい。この防御線を破砕するにはどれほどの消耗を強いられるか予測もできなかった。わが方の戦車も重砲も、せっかく配属された重兵器はその威力を発揮することはできず、攻撃は歩兵の肉薄攻撃を主眼にして計算された。それよりほかに方法はなかったのである。

この敵主陣地攻撃戦において、「弓」ははじめて本格的な迫撃砲の乱射をうけ、その威力をおもいしらされたのである。敵は狭隘複雑な山峡の攻防戦に有力な武器として迫撃砲を多用し、自動小銃や対戦車砲を併用した。なかでも迫撃砲は、敵の主兵器だった。

堅固な陣地の中の掩蓋壕にひそんで、銃眼から乱射してくる敵にたいし、「弓」の歩兵は裸身のイナゴのように、掩蓋も利用できず、むき出しのまま肉薄した。そして、上空から降ってくる迫撃砲弾の乱撃をうけたのである。

敵の迫撃砲は、八十センチ級の重迫撃砲であった。野砲弾のように破甲力はないが、着弾と同時に炸裂して、広い面積に殺傷力を発揮する。その弾道は大きく弧をえがいて、頭上から落下してくる。発射速度がはやいので、短時間に大量の弾丸があられのように飛んでくるのである。

しかも、その砲座は狭小な山かげや凹地にすえてあるので、その方向や位置を確認することがむずかしく、また、たとえそれを発見しても、歩兵銃や連隊砲、山砲のような直線弾道兵器では反対斜面にひそむ敵を撃つことはできない。

一方、わが第十五軍には迫撃砲部隊もなく、また、その攻防の技術も練磨することはすくなかったので、掩体の掘削や利用についての訓練もなされず、野戦軍だった「弓」は要塞攻撃の任務をあたえられても、やはり、山野を駆けて、敏速果敢に戦果をあげる野戦的技法が先行する。

まして、「ウ」号作戦は山城も砲塁も無視して、あたかも平野を行くごとく、インパールを二十日でとるという野戦的戦術思想によって起案されたものであり、その性急な要求の下に作戦する「弓」の将兵はひたすらに、強襲猛攻に終始することになったのである。

3　それでも「弓」は強い

昭和十九年三月、私たちがタミュー南方の小流のほとりに幕営をさだめたころ、山本支隊はすでに敵の前進砲塁を奪取し、歩兵は星型陣地の最初の突角にとりついていた。タミュー、モーレ一帯の林道は砲声もなく、静寂であった。戦車も野砲重砲も、村木立や土壕の中に遮蔽して、静まり返っていた。けれども、軍道を登った山峡のおくの突角陣地では、屍山血河の死闘がつづけられていたのである。鬼神も泣く、恐るべき死闘が……。

三月下旬、敵が放棄したモーレの砲塁から軍道を西進して四十キロ、そこに小村落テグノパールがある。この付近から点々と、軍道の西側高地に強力な防御陣地が構築されていた。防御の拠点として有利な高地や凸角には、五百〜一千メートルほどの間隔に、掩蓋陣地や銃砲座がつくられ、縦深横広な山域となっていたのである。

山本支隊がこの軍道を通りぬけるためには、頭上の要塞を一つ一つつぶしていかなければならない。

縦深要塞の南端にはテグノパールの南北四キロにわたり、鶴翼を張るように前衛陣地があった。突出している三角山や掩蓋山を触角とすれば、前島山から滝沢山にいたる南北の両翼はトカゲが両手をひろげた形であった。

四月初旬、支隊は一斉にこれらの陣地攻撃を開始した。軍道北側の敵陣、滝沢山・傘松山・摺鉢山および一軒茶屋などの要点は歩兵第二百十五連隊の第七中隊が攻撃した。第二百十五連隊は群馬、長野、新潟各県の壮丁をもって編成され、その主力は笹原大佐掌握のもとに「弓」主力方面に作戦中であったが、その第五・第七中隊は山本支隊に配属されていたのである。

第七中隊の攻撃正面には、友軍の野砲・重砲や一部軽戦車の協力もあって、順調に戦果を拡大し、四月下旬にはトカゲの右手はほぼ占領して、支隊の右側を援護する態勢を完成した。しかし、この一連の戦闘において中隊の損害も大きく、その兵力は五十余名に激減してしまった。

軍道南側の敵陣は第二百十三連隊が主攻したが、これまた非常に苦戦であった。連隊は水戸編成の茨城勢で、闘魂たくましい精強部隊だったが、四月の攻撃いらい、激闘により大損害をだしていた。

軍道から南方一キロに、トカゲの右手の爪にあたる前島山があった。第十一中隊前島隊はこの堅陣を攻撃し、夜襲につぐ夜襲をもって、その一角を奪取した。この肉薄戦は壮絶な消耗戦だった。支隊はこの砲塁をとくに「前島山」とよんだのであった。

夜が明けると、敵陣砲座から集中砲火を浴びせてくる。上空から敵機の銃爆撃をうけて、掩体は破裂飛散して、ガレキの山となった。前島中隊長は掩体の下にうまって、大腿部重傷のまま身動きもできず、昼間は英印軍の声を聞き、夜になると、夜襲によって敵を追いはらった部下の声を聞いていた。布きれにとった小便をすって、焼けるような渇きをたえていたということだ。

二日後、ようやく声を聞きつけた部下が、土砂の下から隊長を掘り出して後送した。この砲塁はくる日もくる日も争奪をくり返していたのである。

そのころ、第十五軍司令部から原中佐がやってきた。中佐は軍兵器部の高級部員で、ビルマ方面軍が開設される前、旧第十五軍司令部兵器部当時、私はその部員として勤務していたことがあった。彼は第一線の視察をかねて、業務連絡にきたのである。

前島中隊は軍道の排水管の中で生活していた。中佐が訪ねたとき、側溝から出て夕暮れの路傍に休息している十五、六名の兵士がいた。中佐が近寄って前島中隊かとたずねると、一人の上等兵が起立して応答した。「隊長代理はいるか」と問うと、その上等兵が、「私が隊長代理です」と答えた。

「中隊の全員は、いまここにいる十五名です。私はこの兵力をもって、今夜、夜襲をかけて前島山を奪回します。玉砕の覚悟であります」

と、キッパリ言い放った。その面魂に激励の言葉をのこして、中佐は帰ってきた。

そして、私たちの幕舎に立ち寄って、この話をつたえた中佐は、「まさに神兵だ。弓は強い」と感にたえぬ面持であった。私は彼の真剣な言葉に感動した。

四月半ばごろ、攻撃開始いらい、連日連夜の砲爆撃により、前島山は変容してガレキの堆積となり、土中にうまる数多の屍をそのままに、前島中隊は全滅した。一兵もあますことなく……。

一個中隊が全滅して、なお一塁をも確保できない。対空機関砲があればなんとかできるかもしれない。迫撃砲があれば互角の戦いができるのだ。なんとかならないものか、と憂色とともに将兵の間に焦燥がおさえがたく、沈鬱な空気がひろがっていた。

そのようなある日、「臼砲がくる。ドデカイ臼砲がくるぞ」というニュースが口から口へ、電波のようにひろがってきた。「命がけで撃つんだ。一発発射すれば感状ものだそうだ。それだけに危険なものらしいぞ」と、取りざたされていた。

「弓」の主力方面の後方に、フォート・ホワイト守備隊があった。その編成のなかに、特殊臼砲中隊が駐留していた。たぶん、原中佐の意見具申によるものであったろう。この中隊が転用されてくるのであろう。

どんな兵器か――臼砲という名は聞いていたが、なじみのすくない兵器で、その威力や精度、性能はまったく知られていない。それを命がけで発射するというのであるから、不安がさきにたち期待もしぼむ思いであった。

山本支隊の主力歩兵大隊は、軍道北側の敵陣を猛攻した。くり返しくり返し襲撃をかさねたが陣地はおちず、損傷甚大のため五月中旬には、ついに攻撃を断念するにいたった。こうして軍道の打通は不可能となり、パレルへの進撃は絶望となった。

やむなく支隊は軍道北方の山中の細道をつたって西進し、ランゴールへ進出した。川道部隊である。

南方の山中は武村大隊が西進して四四一七高地へ出た。これらはパレルを望む有利な高地と思われたが、前面平地に展開した敵の数十門にのぼる野砲による大砲撃をうけて混乱し、守勢をも保持することができず、六月下旬、両大隊とも敗退した。

潜行奇襲の忍者戦法は重火器の威力の前に壊滅し、支隊の攻撃はまったく頓挫して、進撃の手段を失ったのである。すでに雨季は本番に入っており、山中の生活は豪雨、泥濘のなかに劣悪な状態となり、病兵が続出した。全軍壊滅の危機を迎えていたのである。

四月下旬、さきの前島山争奪戦の終わりごろ、戦車第十四連隊は「弓」の主力方面に転用された。

三月に「ウ」号作戦が発動されたのち、この戦車連隊は山本支隊の編成にはいり、インダンギーより北進して、現在地に幕営してから二ヵ月がすぎていた。この間、掩体壕に戦車、車両を遮蔽し、幕舎を分散して、静まり返っていた。

そして、モーレ～パレル道打通攻撃には積極的な戦闘加入はせず、戦闘の主役は歩兵にまかせたまま休養していたのだ。山本支隊強化のために配属された戦車は第三、第十八重砲連隊とともに、支隊の最強重装備であったが、いくつかの小戦闘に参加したほかは、連隊主導の大作戦を敢行する機会もなく、軍の期待に応えることができなかった。

配置転換の理由は、このような事情によるものであったと思われる。

また、タミューの営地において、連隊長上田中佐は九七式中戦車の車内にいることが多かったという。戦車の装甲は、敵戦闘機の機関砲弾には充分にたえたのである。彼の戦術思想では、「この狭隘な地形で、戦車は有利な戦闘を行なうことができない。歩兵が軍道を打通して、ロクタク湖の原野に進出したら、そのときは思う存分にはたらく。それまでは隠忍自重して、あえて動かぬ」ということであった。

これはのちの話であるが、「弓」の主力方面に進出した後、同戦車連隊はロクタク湖の西側ニンソウコン攻撃戦において大損害をうけた。雨季の原野は一面湿地であり、制空権を失った戦場では、大型兵器の行動には二重のむずかしさがあった。インパール作戦ははじめから忍者戦法にたよっていたはずである。戦車をつかうことは、忍者が大ナギナタをかついで行くようなものであった。

戦車連隊はタミューを引きはらって、原始林の中の急造軍道を南下して行った。私たちもそのあとを追うように、野営をたたみ出発した。目的地は「弓」部隊の背後地である。そのころ「弓」の主力は、アラカン山脈中央を縦貫するインパール南道を北上中であった。

4　〝犯人〟はわが輸送隊

この「ウ」号作戦に参加するため作戦地域に入り、タミュー南方に幕営していらい、隊員にとって、はじめて体験することが多かった。とくに昨年の昭和十八年十二月、タイ国から海岸地帯を徒歩行軍でビルマに入り、当隊に編入された四十名の新兵たちはひどかった。

身長一メートル五十センチばかりの補充兵たちで、訓練も不充分なまま、いきなり人跡まれな原始林で戦場生活をはじめたので、なにもかも初体験であった。その最初の試練が敵戦闘機による機関砲掃射で、しかも予定地に到着した直後の第一撃であったから、一同がキモをつぶしたのもむりのないことであった。

インダンギーから北上して、夜行軍二日目の夜明け前、目的地とおぼしきところに着いた。作業車や貨車をチーク林の中に散開して、隊員はその中にもぐり込んで仮眠していた。行動するのは夜間で、日中は寝る。これが毎日のくり返しだったから、隊員の休眠はこれから真夜中になる。

その静寂の中にいきなり敵襲を告げる大声が鳴り渡った。びっくり仰天した隊員は寝ぼけまなこのさめるひまもなく、ちかくの凹地に飛び込んだ。雨水の流れで自然にできたものであろう、幅一メートル、深さ五、六十センチほどの涸れ溝がクネクネとあたりを曲がりくねっていた。彼らはイナゴのように、その中へ飛び込んだのである。

敵機は一機ずつ低空掃射をしては、大きく円をえがいてまた撃ってきた。機数が多かったので、あとからあとから掃射がつづき、二十ミリ機関砲弾の雨は間断なく、土煙りをあげてはきよせて行った。戦闘機はふつう二機編隊で行動するので、彼らの地上掃射には間断がある。その間隙を利用して、射線の外へ走り去ることができるのだが、このときは十数分の間、身動きもできなかった。

射弾にはじかれて、溝のへりから土砂がザーッとくずれてきて、身体にかかる。じっとがまんの時間がじつに長かった。

そのうちに、なにやら燃えだすようなパチパチという音が聞こえてきた。やられたかと思ったとき、二発、三発と砲弾の爆発する破裂音がした。

ようやく襲撃が終わって敵機が飛び去ったので、溝から飛び出して見ると、十メートルほどの近距離で貨車二両が炎上していた。二両はわが隊の作業車だったが、一両は輸送隊の貨車だった。積載している野砲弾の薬莢が破裂して、ピカピカにみがかれた弾丸がはねとばされて、ところかまわず飛んできた。もし当たれば大ケガをしかねないのに、伊与田一等兵は勇敢にも幕舎の中から、行李や装具を搬出してくれた。

敵襲をさそった〝犯人〟は夜明けごろ、土煙りをあげて走り込んできた輸送隊だった。彼らは輸送司令部所属の自動車隊で、野砲弾を緊急輸送していたのであるが、はじめてこの戦場にきたので、遮蔽地の位置をしらず、やがて夜が明けてしまった。周囲を見ると、乾季のためチークの葉は枯れ落ち、頭上の青い空を見て、これは大変とあわてて大速度で突っぱしってきたところ、そこにわが隊の車両が点々と散開していたので、ここなら大丈夫と判断して、十数両の貨車が集まってしまったというしだいだった。

さっそく、私が無茶なことをしてはこまると抗議すると、輸送隊の中尉が釈明をしたが、いずれにせよ、最初に小型偵察機がきて二、三周して行った。そのときすぐに対応の処置をとるべきであったが、タカをくくって寝ていたのは不覚だった。

自動車隊では下士官一名重傷、貨車一両、砲弾多数の損害をだしたが、私たちは軽修理車

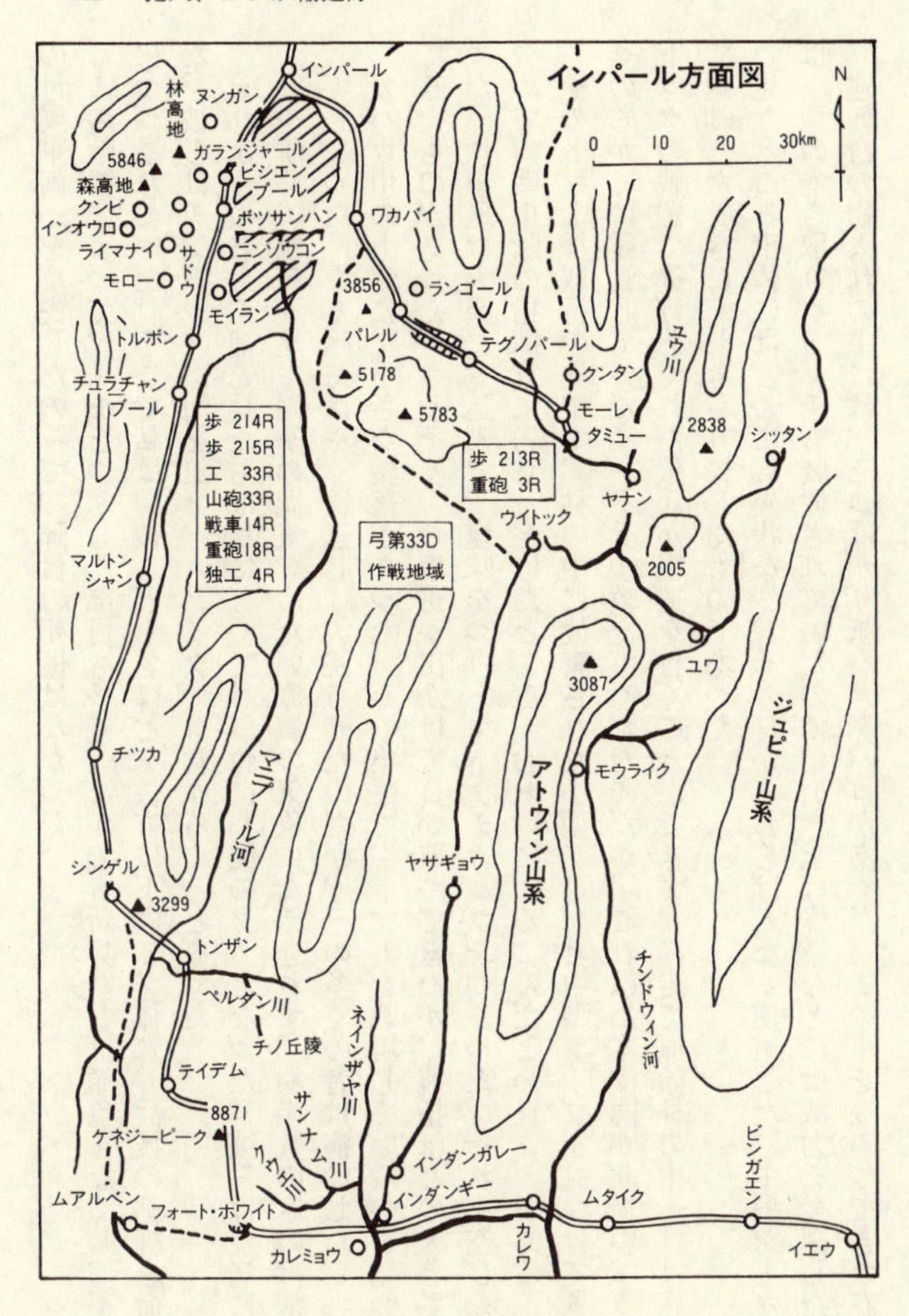
インパール方面図
N
0 10 20 30km
インパール
林高地
ヌンガン
ガランジャール
5846
ビシエンプール
森高地
クンビ
ボッサンハン
インオウロ
ライマナイ
サドウ
ニンソウコン
モロー
モイラン
ワカバイ
3856
ランゴール
パレル
テグノパール
トルボン
チュラチャンプール
5178
5783
クンタン
モーレ
タミュー
ユウ川
2838
シッタン
歩 214R
歩 215R
工 33R
山砲33R
戦車14R
重砲18R
独工 4R
歩 213R
重砲 3R
ヤナン
ウイトック
弓第33D
作戦地域
2005
マルトンシャン
ユワ
3087
チツカ
マニプール河
モウライク
アトウィン山系
ジュピー山系
シンゲル
3299
ヤサギョウ
トンザン
ペルダン川
チノ丘陵
ネインザヤ川
チンドウィン河
テイデム
8871
サンナム川
ケネジーピーク
インダンガレー
ビンガエン
ムアルベン
インダンギー
ムタイク
フォート・ホワイト
カレワ
カレミョウ
イエウ

の付属車両一を焼失したのみで、隊員の死傷はなかった。

この敵襲によって、キモをつぶした部員も多く、なかでも新兵たちは顔色をなくし、不安につつまれていた。そこで私は、彼ら五十名ほどを後方に下げて、体育、兵技の訓練を命じた。彼らはチンドウィン河を渡り、ムタイクで幕営することとなった。

それからのちも、補充兵たちは私にとって、つねに心配のタネとなった。彼らは疾病にかかりやすく、糧秣不足や雨季の湿気、冷たい瘴癘(しょうれい)の気象にたえきれず、約半数のものは病死してしまった。なるべくはやく後送し、入院させたのだが、その多くの者は病没した。

カパウ川の上流に、小さな集落があった。その集落で、トマトを栽培しているのを見つけてきたものがあった。さっそく、炊事班が出かけて買い取ってきたが、親指ほどの大きさだった。炊事班は大鍋に煮込んで、塩味をつけトマトケチャップをつくった。それを空びんにつめて、戦車隊の指揮官に送りとどけたところ、おおいによろこんだということである。

そのトマト採取行の途中で、林の中に放棄された小型ジープと中型ジープを見つけてきた。そのちかくに露営していたインド兵が教えてくれたのだが、これは山本支隊が北進中、ウイトックの戦闘で逃げおくれた敵兵が軍道を行くことができず、徒走で原始林の中へ逃げ込んで退却したときに、おきざりにしたものであった。

見たところ車体にはどこにも異状なく、その日からおしげもなく使用した。中型ジープには小型の巻き取りウインチも装置されていたので、引き上げ作業などには威力を発揮した。

運転台の物入れの中には、三つばかり紙巻きタバコがあった。この車をひろってきた花田秀雄軍曹がひどくうれしそうな顔で、さっそく一服つけていた。この数ヵ月、タバコらしいタバコにありつけなかったので、彼の気持はよくわかった。文字どおりの、まさにヒロイものであった。

露営地のそばに、きれいな小流が流れていた。上流の樹林の中に炊事班の幕舎をつくり、下流の作業場にちかいところに蒸溜水製造設備をつくった。千リットルほどの鉄オケを急造して川水を入れ、蒸汽管を螺旋(らせん)状に工作し、その中に入れて冷却した。

毎日、夕方になると冷却水は適温の湯となって、隊員の入浴場となった。各部隊に配給する蒸溜水製造作業は、入浴用温湯製造のほうに重点をおくようになったのは予期せぬ結果であったが、一同にとっては陣中の楽しみとなったのである。

到着そうそうに、機関砲掃射のごあいさつをうけたり、敵のおき土産のメリケン粉でウドンをつくったり、ジャングル野菜の珍味を味わったり、二ヵ月の滞陣中、はじめて体験することが多かった。

野営地の毎日はこのようにして暮れていったが、四月も終わるころ、「弓」の兵士ら五、六人が一団となって行軍して行くのを見送ることがあった。彼らは後方の兵站病院から退院した者たちで、敵陣攻撃のために苦戦中の中隊主力へ復帰する途上だった。

原始林の中のタミューへ向かう道に消えて行く彼らの後ろ姿に私の心は凍(こお)り、ただただ武運を祈るばかりであった。

すでに五月になっていた。私たちは幕営地をひきはらい、インダンギーへと向かって南行した。戦車連隊のあとを追い、「弓」の主力方面へ転進するためである。戦場で、戦車や重砲牽引車を修理するのが私たちの仕事であった。戦車連隊と前後して、野戦重砲第十八連隊もまたケネジーピークをこえて、「弓」の主力方面に転進していった。

5 戦車は鉄のひつぎか

インダンギーの三叉路から幹線路を西方へ進む。約二キロのところにネインザヤ川の渡河点があった。三叉路から西方は広びろとした開豁（かいかつ）地帯で、川の両岸は蘆原だった。五月のネインザヤ川は平坦な原野を七、八メートルほど切り下げて、幅員七十メートルほど平らな河床をつくっていた。河床の中に二メートルくらいの細流があって、チョロチョロと流れていた。三百メートルほど南に、からからに乾上がったマニプール河の河床があり、小流はそこに合流していた。

その後、六月に雨季が来るとともに、この細流はたちまち怒濤の激流となり、両岸にあふれて一面の蘆原を水びたしにした。マニプール河も滝のような急流となって、カレワの渡河点まで三十キロを東流し、そこでチンドウィン河へ突入した。

この細流がそのような狂暴な姿に変容するとは想像もせず、私たちは重軽車両の縦隊をつくって、これを徒渉して行った。

前方にはアラカンの山々が南北にひろがる大山塊をなしていた。三キロほどのところに、洋風の木造家屋がたっていた。間口三間、奥行四間ほどの事務所で、外壁の板張りは白く塗装されていた。この辺境に、洋風建築を見るのはめずらしいことである。たぶん、これはビルマ総督府に所属する役所で、インドへ通ずるこの道路を監視するものであったのだろう。

この建物から左へ分岐する道路があって、南へ四キロのマニプール河岸にカレミョウ集落があった。集落には「弓」部隊の糧秣集積所があった。雨季に入って、ネインザヤ川の増水により、後方への車両通行が途絶してからは、ここは船舶工兵の担当する舟艇の船着場となり、資材の揚陸点となった。第二十三輜重連隊の自動車隊はここを起点として、インパール南道方面への兵站輸送をおこなったのである。

三叉路を直進して、広い原野を西進する。やがて、アラカン山脈のすそに広がるチークの原始林の中へ入る。その突き当たりに山脈への登り口があり、道路は急にせまくなって、一車線ほどの急坂となる。曲がりくねった羊腸の坂だった。

登り口ふきんは、小流があり、山合からわき出る清水もあって、濶葉樹の喬木が生い繁り、日中もうす暗い樹林地帯をなしていた。このあたりを第二ストッケードといっていた。敵の抵抗線のあったところなのであろう。道路の下に、人工的につくられたものと思われる五十坪ほどの平坦地が二、三ヵ所できていた。英印軍はこの平坦部に、仮小屋をつくり、狭小な登り口に木柵（さく）をおいて、警戒線を張っていたのであろうと思われた。

このような濃密な樹林の中は、休養に最適である。敵戦闘機にたいする警戒心もといて、ノンビリと安心できるのだ。私たちは二日ほど休養し、清冽な小流の水で水浴したり、うまい食事をつくったりして、閑日を楽しんだ。少々、手おくれになった洗濯物も、このときとばかり盛大に展開したことであった。

いよいよアラカン山脈へ登る。羊腸の坂をエンジン全開にして登ってゆく。三キロほど登りつめたところにせまい平坦地があって、そこに戦車第十四連隊の故障車、九五式軽戦車、九七式中戦車が擱座していた。さっそく、修理車を展開して作業にかかる。

周囲には樹木もすくなく、青空がひろがっていて、遮蔽に適するものはなかった。敵機が襲来すれば万事休すであるが、さいわいにこのところ三週間ほど、彼らの姿を見ない。たぶん前線の攻防に多忙をきわめているのであろう。北部「烈」部隊方面、中部「祭」部隊方面、インパール南道の「弓」部隊方面などは全線にわたり激戦を展開中であるから、敵戦闘機は対地攻撃に忙殺されており、後方のわが兵站線までは手がまわりかねているのであろう。

ともあれ、ゆだんはできないので、手早く作業をすすめた。二日後、修理を終わった二両は前線へ向けて出発した。戦線はすでにロクタク湖周辺へ北上していた。わずかな間ではあったが、ともにスパナをにぎり、油によごれた両手をつかって、一つ作業に熱中した戦車兵たちには親しみがわく。

当時、すでに戦車は鉄の柩といわれていた。厚い鋼鈑におおわれ、無限軌道を駆使して縦横無尽に走りまわる鋼鉄の猛牛と思われる兵器ではあるが、四十七ミリ級の対戦車砲や、米国製Ｍ２型やＭ３型戦車の火砲には一たまりもなく、火ダルマとなって爆発炎上してしまうのである。兵器の優劣は格段の相違があって、アラカンの戦場でもとうてい互格の太刀打ちはできない状態であろうことは、戦車兵らの恐怖となっていたのだ。第一線への出撃は、すなわち爆死である。敵は莫大な数量の火砲を用意しているものと思われた。私は両の目をすえて、武運と奮戦を祈って軍道の向こうへ消えていく彼らを見送った。

このあたりからフォート・ホワイト以北は、赤土のハゲ山つづきであった。どこにも遮蔽地はない。敵戦闘機のごきげんのかわらぬうちに、一気に高峰ケネジーピークを越えなければならない。標高九千尺、高峰の肩を巻くように、軍道は北方へのびていた。私たちは作業所を撤収し、戦車のあとを追うようにして出発した。空は晴れて一片の雲もなく澄みわたり、円い赤ハゲの山々が肩を並べ寄り合い、かさなり合っていた。

フォート・ホワイトのゆるい傾斜を登る。付近には、松の木の疎林があって、そのかさなり茂る枝には〝猿おがせ〟がビッシリたれ下がっていた。

軍道を登りつめ、ケネジーピークの肩を越える。やがて森かげのガケ道となり、ところどころの急坂をすぎて夕刻、テイデムに着いた。この間、街道には行き交う車両もなく、山々は静寂森閑としていた。前線各部隊は日中の車両往来を禁止していたのである。テイデム付近には大きな森林があった。ここには師団の戦闘司令所があり、後方部隊もいくつか幕営していた。

ここで先着していた自動車移動修理班の安崎隊のお世話になる。隊長安崎京一中尉は二年前に、ラングーン本廠でしばらくいっしょに勤務していたことがあるので、親しみもあり、遠慮のない間柄だった。彼の明るい性格のせいであろうか、報道関係の地方人が数人、一つの幕舎に寄寓していた。『麦と兵隊』の火野葦平氏もいたように思う。彼らはそこに足どめ状態のようすだった。

その日の私は「弓」司令所に出向いて、三浦参謀に会い、燃料や糧秣の補給状況をたずねた。彼は、「大丈夫だから前進してくれ」といってくれたが、じつのところ、半信半疑であった。兵站線はのびきっており、この山中の夜間行動では輜重隊の輸送力は、もはや極限状態であろうと思っていた。しかし、前線の故障兵器の状態も不明なので、小島正雄軍曹以下数名をひきいて出発することにした。

日中の行動は、まだ安全性があると思って翌朝はやく出発した。テイデムの森を出ると、道は下り坂となって、赤土の軍道がつづく。下りきったところに、ひとまたぎの小流があって、木橋がかかっていた。ガケ下の道を五百メートルほども行ったところに、左方に平坦な地跡があり、その片側をマニプール河が洗っていた。

見ると一足さきに出発した本田隊が、その平地に作業所を展開して、九七式中戦車を分解、修理中であった。彼らの幕舎のうらを流れるマニプール河は河幅二十メートルくらいの清流で、水深は六十センチか七十センチくらいだったが、なかなかの急瀬だった。

正面はトンザンである。テイデムから下ってきた軍道はふたたびゆるい登り坂となって、三百メートルほど登りつめると広い緩傾斜の平地がひろがっていて、そこに現地住民の小屋がならんでいた。その数は百戸ほどもあったろうか。
集落の西側を一直線にのびている軍道をすすむ。中ほどに軽装甲車が一両、炎上していた。焼けた鉄のかたまりは炎天の下で熱くなってい
た。その下に兵士が一人死んでいた。
その肉や内臓はすでに腐蝕して流れ去り、枯れた骸軀がうつぶせにのびて、軍衣をつけ、
脚絆を巻き、軍靴をつけていた。なにもかもカラカラにかわいていた。集落には人影もなく、
トンザンの広い丘はさんさんと降りそそぐ太陽の光の下で静まり返っていた。
その静寂の中にポツンと取り残されている兵士の死骸は、この丘に戦われた激戦の雄叫び
と、退却する敵を追う急進撃の切迫したあわただしい兵士らの姿を思わせる。この無惨なむ
くろは、さりとて、勝手に始末することはできないのだ。所属中隊の者がきて、認識票をあ
らため本人を確認し、遺骨や遺品を整理するまで、他隊の者が手をふれることさえできない。
私たちは目礼して、そこを通りすぎた。

6　軍司令官の狂気？

トンザンの戦いは惨憺たる苦戦だった。ゆるい傾斜の円盤のようなこの丘は二千メートル
ほどの広さで、周辺はけわしく落ち込んでおり、その谷底に、北方から西側へとり巻くよう

に、マニプール河がめぐっていた。平坦な丘の広がりと四周の懸崖（けんがい）のまもりは、自然にできた城塞の地形だった。これだけの広い地域は、フォート・ホワイト、ケネジーピーク一帯のハゲ山をのぞいては、山中唯一のものであって、大兵力を配備、陣地をかまえる絶好の条件にめぐまれていた。

英印軍第十七師団はここに堅陣を張り、一大要塞をつくって、日本軍の攻撃を待ちかまえていた。多数の火砲を配備し、重迫撃砲群を重密に布陣して、このトンザン戦において、「弓」の戦力を全滅せんというかまえであった。

三月初旬、行動を起こした「弓」兵団は金峰山、ケネジーピークに布陣した。敵の前進陣地を掃討して、テイデムに集結し、その工兵第三十三連隊はトンザンの正面攻撃を準備していた。歩兵第二百十四連隊（作間部隊）は同時に行動を起こして、トンザン東側に近迫していた。

東側より作間部隊、正面より工兵連隊、そして、敵の兵站線は笹原連隊が切断するという完璧な包囲戦術であった。しかし、トンザンの敵は鉄桶（てっとう）の陣をかまえ、上空には有力な航空軍の支援があった。

日本軍の夜襲戦法にたいしては大量の照明弾を射ち上げ、真昼のような光芒の戦場を現出したので、両連隊は損傷甚大、攻撃のきっかけをつかむことさえできなかった。この戦場において発揮された迫撃砲の大砲撃は、彼らのとっておきの主兵器であって、凹地や後背地の目視できない砲列から、大量の砲弾を撃ち込んできたのである。

「弓」は野戦軍である。戦場の地形地物を利用して、敏速に敵陣へ肉薄し、剣銃突撃によって勝敗を決することを本領とする。野戦遭遇戦戦法を得意とする歩兵部隊であった。

このむき出しのまま走りまわり、あるいは匍匐前進する兵士の背の真上から、八十センチ級の迫撃砲弾が雨あられのごとく落下してくる。前方にたいして身をかくす遮蔽物はあっても、上空にたいして遮蔽物はない。みるみる大損害をこうむって攻撃は頓挫し、トンザンの丘の前端にとりつくこともできなかった。

三月の中旬から下旬にかけて、連夜の強襲も成功せず、各部隊の戦力は急速に低下していった。

そのころ、軽戦車数両を先頭に立てて突撃隊を編成し、中央突破を計画した。もし成功すれば、広い台地を突っ切って、その後端まで走り込み、背後地の迫撃砲陣地を破壊することができるのであった。

だが、これも失敗した。戦車や歩兵が台上に姿を現わすと、周囲の新陣地から、戦車砲・重軽機関銃の猛射をうけて、視界をうしなった先頭車はあらぬ方向へ突進してしまい、直撃弾をうけて炎上する戦車もあった。戦車を盾にして台上を走って行った兵士たちもみな撃たれて戦死した。私たちが見た焼けた軽装甲車の下の兵士のむくろは、そのときの犠牲者だった。

東側から近迫していた作間連隊は夜間行動の途中、不利な反対斜面の一本道でつかまってしまった。細い山道を長い縦隊となって行進しているとき、不意に照明弾が上がり、かくれるところもない赤土の山肌の道で暴露したところを、待ちかまえていた重軽機関銃の掃射をうけて、たちまち惨状となった。道の下の暗い谷へやみくもに飛び降りて行った者は助かったが、連隊は大混乱となって収拾できなかった。

左突進隊の笹原部隊は三月八日、フォート・ホワイト西方二十キロのムアルベン付近でマニプール河をわたり、ようやく人馬を通す難路を行動して、十三日朝、シンゲル付近に到達した。

十四日、シンゲルおよび南方三二九九付近を占領してインパール南道を切断した。包囲は完成したのである。トンザンの敵は袋のネズミとなり、もはや脱出の道なしと思われ、わが高等司令部は作戦の成功に満悦した。

ところが、敵はただちに反撃してきた。高地を占領したわが第一大隊にたいし、北方の敵三十七旅団が戦車、重火器をもって猛撃してきたのだ。将兵は不眠不休の作業によって、ようやく散兵壕を構築したが、掩蓋土塁まではできていない。無防御の頭上から迫撃砲の猛射をあび、上空から敵機の砲爆撃をうけて損害が続出した。これではとうてい高地を維持することはできない。

フォート・ホワイトを出発するとき、兵士たちは兵器弾薬、円匙、十字鍬などのほかに二十日分の米やパンを背負い、四十キロの重荷を背に杣(そま)道のような、あるかなきかの裏山道を行軍してきたので、重兵器はわずかに山砲、連隊砲と重機関銃などを分解搬送してきたのみで、その数はすくなく、弾薬もとぼしかった。

このような軽量装備の歩兵部隊が忍者戦法をすて、敵前におどり出し、有利な高地を占領して、維持することは不可能である。敵はインパール南道を数百両の輸送車をもって往来し、野砲重砲を急送して陣前十キロの高地ふきんに砲列をしき、たちまち数千発の大砲撃をくわえてきた。

こうして三月二十三日、入江大隊長は戦死、高地攻撃のため増援の第二大隊もまた損害甚大であった。第六中隊長の矢島中尉が戦死し、各中隊は戦力を半減したのであった。

三二九九南方の拠点を占領した末木第三大隊でもまた第九中隊長が戦死、第十二中隊が全滅して戦力は崩壊し、抗戦力を失った。敵の大火力と強大な補給力の前に、うつべき手段をなくして絶望状態におちいったというべきであろう。

三月二十五日、各部隊は三二九九高地西北地区に後退集結し、インパール南道を開放した。精強をほこる第二百十五連隊も三月十四日から二十三日にいたる十日間の戦闘において大損害をうけて、戦力は激減したのである。

トンザン道を打通した英印軍は野砲、重砲、迫撃砲などをはじめ、兵器弾薬、資材糧秣などの莫大な物資を搬出し、ビシエンプール方面に輸送した。さしも、膨大な集積もあとかたもなく消え失せてしまったのである。

集積場の奥にあった患者集合所には、看護婦のものらしい赤い靴がころがっていたほか、集積所の南の道路上に迫撃砲弾が一山、百発ほど野づみのまま放置されていた。すべてはそれだけであった。彼らはなにもかも運び出し、完璧な撤退作業を実施したのだ。

こうして彼らは決戦の地をすて、ピシエンプールへ、インパールへと大挙して退却した。いや、退却という言葉は適当ではない。後退したというべきであろう。一千両を越えると思われるほどの莫大な自動車が、陸続として横行する眼下のインパール南道を見て、笹原部隊の将兵はとうてい太刀打ちのできない無力感に泣いたことであろう。

一方、タミュー〜パレル道を打通すべき任務をあたえられた山本支隊も、すでに攻撃に頓挫をきたしていた。そしてトンザン攻略の中突進隊、左突進隊は重大な損傷をうけて攻撃の手段を失い、長蛇を逸して自失状態であった。

勇猛精強をほこる「弓」兵団にして、なお不成功だったこの緒戦のいきさつは充分に研究し、作戦の再検討をなすべきであった。しかし、第十五軍牟田口将軍以下の幕僚は、戦闘経過の実情を分析理解するという冷静な判断力を失っていた。かえって、インパールへの急追撃を命じて、督戦にやっきとなっていた。

一度は成功したかに思われた英印軍第十七師団包囲の網を開放して、彼らの脱出をゆるした師団長以下、笹原部隊長などの行為は無気力、無策の結果と思い、牟田口将軍は激怒していたのである。

「弓」はこの戦場において、はじめて迫撃砲の大砲撃をうけ、その威力を知ったのである。短時間のうちに数千発の集中砲撃をうけて、前線部隊は壊滅した。野戦的あるいは遭遇戦的戦法をもって、敵の鉄桶陣地を破ることができなかったのである。

時代おくれの三八式歩兵銃を装備した歩兵連隊が、インパールを二十日間で落とすと呼号する性急、焦燥な軍命を背負い、猪突猛進撃を敢行した結果、大損害をうけたのだが、その責はいずこにあるのであろうか。

歩兵の戦力を過信し、時代おくれの戦術戦法により、作戦を強行して、精強をほこる「弓」兵団の将兵をいたずらに消耗した将軍たちや高級指揮官らの愚拙は、きびしく批判されるべきである。

しかし、多くの戦記や従軍記録に、そのような批判や告発はなくて、戦功をたたえる戦闘記録や勇戦奮闘の記事が多い。戦場の勲功をたたえ、あるいは将兵の勇戦を賛美することは自然の情理であって、その記録をのこすことも立派な仕事であるが、砲煙弾雨の中に体験した貴重な研究から現実をふまえた分析があり、告発があることも大切なことであろうと思われるのである。

シンゲル付近の戦闘を記述した歩兵第二百十五連隊戦記のなかに、ひかえめな表現ではあるが、ビルマ方面の姿勢を批判した記事がある。その場に生き残っていた将兵はだれもかも、おなじように苦悩したことであったろうと思うのだ。

その一節を再録する。

『重要なことは、敵は南ビルマにおいてさんざんに痛めつけられたにがい経験にもとづき、日本軍の戦法を真剣に研究し、わが得意とする奇襲と、夜暗を利用した白兵突撃の威力を封ずるために、優秀な火力を最大限に発揮するという戦法を採用するにいたったことである。

すなわち、携行容易なピアノ線鉄条網の敏速な構築、多量の照明弾による戦場の白昼化、わが突撃を阻止するための近距離連発小銃（カービン自動小銃）の使用、円形ハチの巣陣地（四方正面となる陣地）の構築、また戦車には、わが火炎びん攻撃を防止する改良がほどこされていた、などがそれである。

これにたいして日本軍は、戦法・兵器の刷新なく、いぜんとして夜襲・奇襲に終始し、白兵突撃にたよっていたずらに損害を大きくするのみで、成功することはすくなかった。この敵の戦法はすでにアキャブ戦線において明らかになっており、日本軍は多大の損害を生じていたのであるが、方面軍はその教訓を学ぶ姿勢にかけていた』

7　生かされなかった戦訓

アキャブ作戦は、昭和十七〜八年ごろ、当時ラングーンにあった旧第十五軍が実施したものである。そのころの司令部の陣容は、飯田司令官の下に諫山参謀長、片倉作戦参謀以下の幕僚陣であった。

すでに数ヵ月前から南部アラカン丘陵地帯に道路作業隊が入って、自動車道を造成していた。やがてイラワジ河畔プロームから、山脈の向こう側のタウンガップまで軍道が完成した。山肌をけずり取って赤土を地ならししたままの道路で、ところどころに急坂があり、自動車隊の苦労が思いやられるような荒けずりの急造道路だった。

タウンガップからアキャブまでの地形はデルタ地帯で、低湿地のなかに無数の小流があって、迷路のようであった。

アキャブ作戦は、「盾」第五十五師団が担当した。師団はデルタ地帯を通ずる兵站線をどのようにつくるか苦心して、小舟艇を集めたり、牛車をかき集めて大部隊を編成したり、いろいろやっていた。そのころ、片倉参謀から、

「宇品式十五馬力焼玉エンジンをつくれ」

という要求があって、当時、野戦自動車廠に勤務していた私は命ずるままにこの仕事を押しつけられてしまった。

ラングーン川の川べりに、ポートコミッションという英国系の工場があった。キューポラや二トン鍛造機、中グリ盤や旋盤類が一通りそろっていた。木型工も数人いた。この工場をつかって、いちおう宇品式はできあがったが、噴射ポンプなどはできるはずもないし、高圧銅管やピストンリング、クラッチライニングなどは手に入らない。廃品からの取りはずし部品を船舶工兵からかりて間に合わせるしまつだ。

これらの部品材料はもともと、中央から送付されるはずであった。が、とにもかくにもデッチ上げたエンジンを新装の木造船にすえつけて、ラングーン川を上下し、試運転をしたのである。

胴の間に椅子をならべて、片倉参謀と向き合って腰をかけ、私は説明した。そして、現地ではつくることのできない部品が多いし、宇品式をたくさんつくることは不可能であるむね

をつけくわえたのである。

結局、これは参謀の気やすめ仕事にすぎない作業だった。焼玉エンジン補給の要望は「盾」部隊からきたものである。

一雨降れば、たちまち動きのとれなくなるような急造の道路や、低地帯デルタの向こうのアキャブで作戦した「盾」は、大変な苦労であった。

敵はアキャブ周辺の要地に戦車や野砲を配列し、大量の銃火器を用意してたてこもった。弾薬・糧秣はすべて空輸し、戦闘機は地上戦闘に参加して、鉄桶の陣をかまえていたのである。

包囲した「盾」部隊がいかに攻撃しても、いたずらに損耗するのみで戦果をあげることはできなかった。攻めあぐみ、疲労困憊(こんぱい)した「盾」はついに囲(かこ)みをといて後退し、プロームへ帰ってきた。〝鉄桶の堅陣〟という言葉はそのころ参謀たちから出たものであろう。

空軍による兵站線はアキャブ攻防戦の結果、敵の自信となり、わが軍の自信喪失となった。敵は作戦の自由を手にして、その後、北ビルマの降下部隊、メイクテーラ飛行場占領など、思いもかけぬところへ大兵力を投入して要点を確保した。

アキャブ攻撃の失敗は、第十五軍としては面目を失った作戦であるから、その結果については厳密に研究されるべきであった。しかし、そのような機運はなかった。というよりも、これをうけとめる機構がなかったのである。

参謀部には後方担当の少佐参謀一名がおり、兵器業務は兵器部に部長志位大佐、原中佐以下数名の部員がいて、これを担当していた。

　現業は兵器廠である。これらの陣容は兵器弾薬・資材の管理、出納に忙殺されており、新しい兵器を研究開発するというような機構はなかった。作戦参謀は諫山参謀長の下に、片倉参謀以下二名の編成であって、戦術戦法について斬新な手法を研究するという姿勢は、ありえようはずもなかったのである。

　しかも、昭和十八年三月には編成改正により、第十五軍には牟田口将軍以下の新陣容が着任して、参謀部をのぞき各部の職員はそのままメイミョウへ移動し、新設のビルマ方面軍には河辺正三司令官が着任した。片倉参謀は方面軍の要員として残留したが、飯田、諫山両将軍は内地へ転任してラングーンを去ったのである。

　ラングーンの旧第十五軍およびこれを引きついだ方面軍には、アキャブの敗戦を深刻に検討し、新しい発想をうち出すことはなかったと思われる。そして「ウ」号作戦に突入したとき、第一線の戦闘は旧態依然の戦術をもって遂行された。

　テグノパールにおける前島山争奪戦、インパール南道切断作戦における笹原連隊の三二九九東側高地占領、シンゲル北側の高地攻防戦などは、いずれも制高点争奪の戦闘であった。これらの戦闘における損害は莫大なもので、各中隊はほとんど全滅してしまったのである。

　制高点確保は戦場の常識だった。各級指揮官は遅疑することなく、旧来の戦術を信じてこれを強行したのである。しかし、敵に強大な火力があり制空権がある場合は、制高点の陣地はかっこうな砲撃目標となり、被害甚大となる。味方にとっては、砲兵の観測班の足場になるという利点があるが、歩兵にとってはむしろ高地より降りて、前端の線を確保するか、被弾をさけるためには後背地の稜線に位置することが有利であると理解された。

その後、後退した敵を追って、ロクタク湖西側へ進出したとき、「弓」の各連隊はあたえられた目標の高地を占領しても、そこにとどまることをしないで、後背の傾斜面にさがった隊形で、その高地を確保したように思われる。前線指揮官はトンザン、シンゲル戦の苦渋にみちた体験によって、戦法の変革をせまられたのである。強大な敵の火力を前にしては、どうしても戦術の転換を考えねばならないはずである。

快速進撃と遭遇戦的戦術は、インパール作戦では通用しなかったのだ。牟田口中将の二十日間攻略の誤算は、歩兵の戦力を過大視し、明治いらいの旧式戦術をもって作戦をすすめた当然の結果であった。

前線の各級指揮官もまた、旧来の戦術によって戦った。迫撃砲の集中砲撃は大威力であって、短時間のうちに山も森も変容する。「弓」は激変した戦場の様相に対応して、新しい戦術を考えなければならなかったのである。

8　自動車隊〝危機一髪〟

昭和十九年五月下旬、激戦後のトンザンの空は晴れわたり、見はるかす山々も峡谷も静まりかえっていた。

陽光を背に私たちはインパール南道を北上した。ゆるい傾斜の坂道を下りきったところにマニプール河の清流があった。木橋を渡り、赤土のハゲ山のすそをまわり込むように蛇行して北進した。そして、約二十キロ地点に目標地三二九があった。

私はさっそく、「弓」の補給所へ行った。そこには一俵の糧秣もなく、空屋のような補給所のなかで数人の兵がボンヤリしていた。その一人は元気のない声で、

「なにもありません」

という。私は参謀の長い顔、特長あるそのアゴを思い出して、これはいかんと思った。不安は適中したのである。

前線の補給点に集積を増加して、目前にせまる雨季中の準備をすることが急務であって、このへんに途中下車をさせる余裕はないはずである。私たちは一ヵ月分の糧秣を携行していたが、とうてい三ヵ月の雨季をしのぐことはできない。沿線に擱座している戦車をすみやかに修理して、後方へ移動しなければならないと判断した。

本田少尉指揮の先遣隊が前線方面に出発する。トルボン付近にある戦車第十四連隊や、野戦重砲第十八連隊の兵器状況を把握（はあく）するのが目的である。

ある日、白い一団の雲が青い空を横切って山の端に消えた。

「雲だ、雲がきた」

という兵の声は、押しつぶされたような異様なひびきをもって、不安と恐怖をつたえてき

た。そして、夜、沛然と大地をたたく雨がかわいた赤土をぬらして通りすぎた。

昼間は晴れて、ときおり雲の走る空から、夜、沛然と降る雨の量は意外に多くて、四、五日の間に軍道はところどころ崩壊しはじめた。

マニプール河は急激に増水して、トンザンの渡河点に架設された軍橋が流失したが、トンザンと三二九九で故障していた戦車はぜんぶ修理を終えて、前線へ追及していった。

六月、一応任務を終わった私たちは、幕舎を引きはらって転進した。すでに木橋の流失したマニプール河を船舶工兵のあやつる舟によって渡り、もときた道を引き返してトンザンをすぎ、テイデムへ帰った。

途中の坂道は雨のためすべりやすく、ところどころに危険な個所ができていた。操縦をあやまれば赤土のガケ道からすべり落ちて谷底へ転落する。そこで危険なところは山側にみぞを掘って案内轍として、そのみぞに片側の車輪を入れて、横すべりをせぬように登行した。

テイデムには重、軽修理車をはじめ、十両の車両が待機していた。これらの兵器がマニプールを渡河できずに、滞留していたことは幸運であった。糧秣の支給をうけることができないのはここも同様である。

天候は急速に悪化していた。私は思いきって後退することを決心した。作業の終了するのを待ちかねるように不安な数日をすごしてから、私たちはケネジーピークへ向かって後退をはじめた。軽修理車一組と、最少限の兵員を残置し、充分な食糧をのこして……。

峠道を登るにしたがって、ドシャ降りの豪雨がつづき、雨季本番の様相をていしてきた。

暗夜、強い雨足の中を夜を徹しての強行軍であった。前照燈のあわい光に、雨の中にけむる前車の姿を見失わぬようにピッタリついて行く。助手席の者も大きく眼玉を開いて、みな真剣だった。

高山の肩をまくように登る、幾曲がりにも曲折した道路は懸崖絶壁にかかり、汁粉のような泥流を押し流していた。この天候の状況では昼間の行動もできるとは思われたが、敵の戦闘機は圧倒的に優勢であり、いつ、雲間をついて攻撃してくるかわからない。そのロケット弾の威力は強大だった。各部隊は用心して夜間行動に専念したのである。

テイデムから一夜の行程に泊地があった。闊葉樹の大木がしげり、車両を遮蔽するにはかっこうの広さもあった。その日は夜を徹して行軍し、夜の明ける前にそこへつきたいと考えていた。

午前三時ごろ、泊地のちかくまで登りつめた。そこに五十メートルほどの急坂があって、深いぬかるみになっていた。アラカンの山道は赤い粘土の道であるから、連日連夜の雨と車両の往来によって、掘り返されていたのである。五両ほどはうまく登りきって泊地の遮蔽に入ったようだったが、ついに材料車が立ち往生してしまった。

雨は休みなく降っていた。このまま夜が明けたら、後続車二両とも危険である。なんとか脱出しようと、後退しては前進して、エンジンの力のかぎりやってみたが、どうしても登ることができなかった。

雨の降りしきる夜中のことで一同の苦労は思いやられたが、全員集合して脱出作業にかかった。太いロープをかけて、引き上げる人力牽引作業である。

「エーイサッ、ヨーイサッ」

とかけ声を合わせ、力を合わせて牽引した。

貨車は登りかけては落ち、登りかけては下って、幌（ほろ）は前後にゆれ動いた。私はすぐちかくに立って、隊員の作業を見ていた。そこへ大熊市太郎衛生班長が走ってきて、

「隊長殿、作業を中止してください。小田一等兵が危篤（きとく）です。医務室はあの貨車の中です！」

という。小田幸一はテイデムで発病し、班長が看護していたのである。夜中、このさびしい峠の道で彼は死にかけていた。だが、私は夜明けのちかいことを恐れて作業を中止しなかった。けれども、班長の言葉をつたえ聞いて、隊員の力はにわかに弱くなってしまい、何度かかけ声はあったが、とうてい成功しそうには思われなかった。

やむなく私は中止を命令して、夜明けを待つことにした。だが、彼は戦友の看取るなかで死んでいった。わが隊の最初の犠牲者であった。昭和十九年六月十六日の夜明け前のことである。

雨は休みなく降って、坂道にはいぜん泥水が流れていた。あたりはまだ真っ暗だった。貨車の荷台には幌がかけてあったので、隊員は運転室や荷台の中へ入ってつかれた身体をやすめた。

夜が明けると、ふたたび引きあげ作業にかかった。

だれも命令する者はいなくても、各人は持ち場についてロープをにぎり、操縦手は運転席についてエンジンをかける。気合いのはいった元気のよいかけ声とともに、貨車は一気にかけ上がって泊地へ入った。後続車も難なくあとにつづいた。

夜が明ければ敵戦闘機が襲ってくる、という危機感はだれもわすれてはいない。下士官も兵士も必死になって、泥水の中に立って作業に集中したので、充分な力を発揮したのである。

泊地の上に疎林におおわれた傾斜地があり、そこから二十メートルほど上がった高いところに穴を掘って、小田のなきがらを毛布につつみ、土をかけて黙禱した。まわりを取りかこむようにして立ちすくむ私たちの上に、白い雨足は休みなく降りそそいでいた。

小田の病気は悪性マラリアだった。高熱と脱水症状によって衰弱した臨終にちかい肉体を、ゆれ動き激動する貨車の中で死なせたことがかわいそうに思えて、急に涙があふれてきた。それでも隊員の前で涙顔を見せまいと、私は下をむいてこらえていた。

私たちはこれから九千尺のケネジーピークを越えて行く。この僻地の山かげに武運つたない彼のなきがらをのこして行くことはしのびないが、これも戦場のつねであると思い、あきらめるよりいたしかたのないことであった。遺骨と遺品は白紙につつんで、大熊班長が奉持した。

夜の峠は降りしきる雨の中、視界はゼロだった。漆黒の闇につつまれて、前照燈のあわい光の中に前車の後板が浮き出して見える。雨足が白く、その下に泥水が押し流されていた。それでも四～五メートルの間隔でしっかりついて行く。道路は車輪の半分がうまるほどの深いわだちがつづいて、前輪が路の外へ飛び出すようなおそれはなかったが、操縦兵はしっかりハンドルをにぎり、両眼をすえて運転していた。

絶壁の上のガケ道である。暗黒の中で谷底は右か左かわからない。流れている泥水の下のわだちや、ハンドルをにぎる両の掌の感覚でたしかめながら、前車のあとを追って行く。運転席の緊張とは無関係な兵士らは、荷台の中で眠っていた。

四時間あまりの行軍ののち、峠の道は登りつめたようであった。道路は傾斜のない平坦路となり、流れのとまった泥水があふれていた。高度は六千尺。まもなくゆるい下り坂になって、隊列は一路フォート・ホワイトへすすむ。

このあたりには松の疎林があって、〝猿おがせ〟がビッシリ繁茂してたれ下がっているはずである。絶え間なく降りつづく雨に煙り、この暗さではそれらしきものも見わけることはできなかった。ガケ道を通りすぎて、これから先は緩傾斜の丸山つづきである。運転席の緊張した雰囲気もゆるんで、ホッとした気分となる。

フォート・ホワイトをすぎたころ、夜明け前のうす明かりとなり、ゆるい下り坂となって、行軍もらくになった。深い泥水を車両全体で押しながら下って行った。

雨も小降りになっていたので、一気に駆け下りて、安全な泊地に着きたいと思っていたのだが、前方に野砲を積んだ輸送隊の貨車が、ぬかるみにはまり込んでおり、そのわきを通ることは危険だった。こちらもわだちからはずれて、はまり込んでしまうかもしれなかった。

下り道をふさがれており、隊員も徹夜の行軍で疲れきっていたので、やむをえず台上に車両を露出したままの大休止となった。敵機が来なければよいがと、まずは神だのみの一日だった。

輸送隊は前線へ野砲を急送していたのである。しかし、これから悪路の峠道を越えて行っても、とうてい前線へたどり着くことはできないと思われた。トンザン以北のガケ道はすでに崩壊をつづけており、補修も追いつかぬ状況だったからだ。

隊員はつかれきっていて朝食もとらず、運転室や荷台の幌の下にもぐり込んで眠っていた。敵機がきたらきたときのこと、いまはただ、寝ることだけであると、欲も得もなく眠りこけていた。

午後三時ごろ、輸送隊の貨車が引き上げられて道があいた。鬼のこぬ間にそれ急げ、と隊員を起こして出発し、発電車の無限軌道をたよりに先行させて、第二ストッケードへと下っていった。そこは黒ぐろと闊葉樹が繁茂していて理想的な泊地だった。一同はひとまず安心と炊事にかかり、ずぶぬれの被服をかえて大休止となった。

9　大車輪の〝野戦工場〟

テイデムより転進した目的は、インダンギー付近で待機することにあった。タミュー方面に行動中の山本支隊には、野戦重砲第三連隊が配属されていたので、その牽引車両の補修業務の態勢をとる必要があったのだ。それとともに自隊の糧秣確保も重要なことであった。

第二ストッケードへ着いた翌日、小型ジープを駆って渡河点の状況視察にでてみる。現地について見ると、ネインザヤ川は満水して両岸にあふれ、濁流が狂奔していた。一本の鉄索が川面を横切って張り渡され、夜を待っては小舟を往復させていた。とうてい重車両の渡河はできない。

かつて五月、私たちは河底の小流を一またぎに渡って通過したのである。そのネインザヤ川が怒濤の激流となり、河相一変して車両はもとより、人馬の通過をも拒否しているのである。私は川岸に佇立(ちょりつ)し、しばらく思案してから引きかえした。

さいわいに、第二ストッケードは繁茂する闊葉樹におおわれており、山間からは清水もわき出している絶好の露営地であった。進退きわまった現状ではいかんともいたしかたなく、雨季あけまでここに滞留することにきめて、宿舎を建てることとなった。

私たちは竹を切って、柱を立て、そぎ竹をならべて床をつくり、チークの葉を編んだ屋根材料の補給をうけて宿舎をつくった。去る三月、チンドウィン河を渡り戦闘地区に入ってから、はじめて造営する兵舎である。

今度は一夜しのぎの天幕生活ではない。雨季あけまで三ヵ月、あるいは四ヵ月の兵舎であると思えば、すこしでも住みやすいようにと工夫した。仮屋とはいえ、とうぶんのあいだは私たちの居城である。

すこし高いところをえらんで、点々と五棟の兵舎がならんだ。すこし離れて医務室兼病室もできた。兵舎をはさんで反対側には炊事小屋もできた。すぐ下を軍道が通っていることは、前線へ行く補給路の登り口であるから、各部隊の車両はここからエンジンをいっぱいにふかして登って行く。私たちは軍道の関門に居すわったのである。

後方は百メートルほど曲折の多い暗いガケ道であった。そこを抜けると道路の幅員は広くなり、平坦なチーク林の中をまっすぐにのびていた。林の奥に患者集合所があった。このあたりを「シーン」といった。林を抜けると広い荒野となり、四キロほどのところに三叉路があった。右折してカレミョウの集落に行く。そこには「弓」の集合所があった。

兵舎の下には、軍道の向こう側に四、五十坪の平地があった。ちかいところに二つ、低いところに二つ。ちかい平地に作業所を開設した。十五坪くらいのせまい空地には発電車を展開して、電工班の古賀軍曹がさっそく仕事をはじめた。

私たちの作業開始を知ると、遠近の部隊からさっそく、いろいろな依頼があっていそがしくなった。第一線の戦車連隊から重い蓄電池を運んできたことがあった。途中には各修理班の作業所があったはずである。それらを飛び越えてここまできたのは、どういうことであろうかと思った。山の上はドシャ降りで、各作業所は幕舎に引っ込んでいて、見つからなかったのかもしれない。

修理が終わると、戦車兵はまたその蓄電池を持って、輸送隊の貨車に便乗したり、師団輜重の世話になりながら、二百キロの山坂を越えて帰って行くのである。

私たちは兵舎をつくり、雨季対策もできた。しかし、前線の将兵は雨にぬれ、ひざを没する泥水の中で働いているのだ。

昭和十九年六月——いよいよ雨季本番となり、陰鬱な空から雨は降ってはやみ、やんでは降り、夜は沛然と豪雨となった。ごうごうと地軸をくだるようなドシャ降りである。赤土の山肌をおし流れる雨は、山をけずり谷をうめて奔流し、ガケ道はたえまなくくずれた。

そのなかを輸送隊は小俵を負い、木の根やツルをつかんで、カニのようにはっていた。ロクタク湖西方の第一線では、疲労と疾病にたえ、栄養不良の肉体を酷使して、動きのにぶくなった将兵が降りしきる雨の中に、死力をつくして頑張っていたのだ。

盆地の中央を走るインパール南道は、優勢な空軍に援護された敵の戦車や野砲が走りまわっていた。彼らの正面に展開することは至難のわざである。対抗できる有力な火砲をもたない歩兵は、敵の軽快な機動力と豊富な砲火によって、壊滅的な大打撃をうけるであろう。

軽装備の歩兵は、はじめから平坦部をすて、高地や丘陵の斜面にはりついていた。待機中の兵力は低地の樹林帯の中にひそみ、その位置を秘匿していた。くる日もくる日も雨の中に生活していたのである。

五月二十日ごろ、攻撃の命令をうけてヌンガンの西方遮蔽地を出て丘陵を下り、ビシエンプールに突入した作間部隊は、激戦をつづけていた。幾重にも張りめぐらした敵の防御陣地は重厚堅固であり、飛び込んだ各中隊は銃撃、空爆によりたたかれ、戦車に蹂躪され、苦戦をしいられていた。

西南方から同時突入を計画していた笹原部隊は、ガランジャール周辺において戦闘中であったが、五月中旬、ふたたび師団の戦闘司令所サドウの前に英印軍が侵入し、ガランジャール南方の兵陵群に陣地を構築した。

この敵の進出により、前線部隊と司令所は分断された。笹原部隊はビシエンプール突入の計画を中止して反転し、この敵を攻撃した。五月下旬、柳田元三中将と交替して、新任した田中信男少将は司令所を前進してサドウにきていたのである。

五月二十日からの十日間の戦闘で、第一大隊三百八十名、第二大隊五百名の作間部隊は全滅した。集落のなかで片すみに追いつめられた残兵は見つかりしだいになぶり殺しにされて、生き残りの兵士数十名は、もときた道をヌンガンへ後退した。

作間部隊を窮地に追い込んだのは、牟田口中将の直接命令であった。五月、モローの司令所にきて督戦していた中将は、師団参謀長田中鉄次郎大佐をとおして、しゃにむにビシエンプール突入を強行した。

北西より作間部隊、西側より笹原部隊による同時突入という構想は、機先を制して打ち込んできた敵の攻撃によって、クサビを打ち込まれ分断されたのである。それにもかかわらず、作間部隊千余の将兵二個大隊を敵のワナへ投入した。強引な強行突入であった。

当初の構想が破綻したとき、柔軟敏速な対応処置をとるべきであったが、牟田口中将の硬直した執念からは、即応の転換はできなかった。彼にとってはビシエンプール突入の報を中央へ電報することのみが、重大関心事であったのだろう。狂気ともいうべき心理である。

南道の周辺では隘路口を出て、モイラン付近に進出した戦車第十四連隊（中戦車七両）は、二百十三連隊砂子田大隊、「祭」第十五師団より配属された六十七連隊瀬古大隊、「兵」第五十四師団より配属された百五十四連隊岩崎大隊などの協戦により、ニンソウコンの敵を攻撃した。

六月十日いらい各部隊は猛攻をくりかえしていたが、南道の両側地帯は一面の湿地沼沢と化して、重兵器は行動の自由を失い、戦果をあげることはできなかった。大沼沢の中の一本道では身動きもできず、戦車連隊も有効な戦果を期待することはできなかったのである。

こうして、インパール南道の東西の平坦部に行動中の兵力はしだいに消耗され、敗残の将兵が雨にうたれていた。

10　将軍は権威の座なり

昭和十九年の六月、七月の雨季最盛期となってから、兵站線は寸断され、糧秣・弾薬の前送は停滞したままである。前線部隊は集落の食糧を集め、畑のイモを掘ってうえをしのぎ、馬糧やジャングルの野草を食っていた。

このころ「弓」兵団の戦死は五千、傷病七千にたっしていたのである。残存兵力は作間部隊百余名、笹原部隊百五十、瀬古大隊・岩崎大隊を合わせて百五十となっていた。インパールの山谷はまさに巨大な墓場と化していたのであった。

作間部隊は壊滅し、兵站部の各部隊もまた兵力が激減して、このときまでようやく維持してきたその最後の戦力を失って、「弓」は名のみの幽鬼部隊となった。ただ一つ、師団の総予備としてひかえていた作間部隊第三大隊の三百名のみが戦場に追及し、新戦力となった。

アラカンの戦場は、いまや異様な姿を呈していた。コヒマ方面の「烈」師団佐藤中将は戦場を離脱、抗命撤退にふみ切った。陸軍創設いらい未曾有の大事件である。理由は糧秣補給の断絶にあった。

第十五軍は再三再四のつよい要請にこたえず、糧秣前送の約束をはたすことはできなかった。佐藤中将は師団の将兵を餓死させねばならなかったのである。抗命退却の名分は部下将兵の命をすくうことにあった。また一面、この作戦に絶望していたことも事実であろう。歩兵の軽装備では、英印軍に立ち向かうことは不可能であることを思い知らされたのである。一度は突入に成功したコヒマや、ふきんの要所を維持確保することはできず、せっかくの戦果も重砲・野砲・迫撃砲の大砲撃をうけ、戦車に蹂躙されて、放棄せざるをえなかった。敵は機動力を発揮し、後方より大群の援軍を投入してくる。さらに重火器までも……。

それにひきかえて、「烈」の後方は牛車道や杣道同然の山道で、自動車を利用することはできない。輸送は人馬の肩により、移動は〝一歩七十五センチ〟の行軍力による前時代的作戦である。

敵の破壊力の前に手段を失った部隊は、高地やジャングルに駆けのぼり、もぐり込んで戦場を放棄せざるをえなかったのである。戦場の主動権をうばわれて、手の打ちようもない状態であることは、「弓」の前線と同様だった。この戦さは負け——と、観念せざるをえなかったのである。

戦力の隔絶異相の現実を理解し、補給力壊滅の現況を黙視するとき、作戦の真価を問い、再検討することは指揮官の責任である。軍職に身をささげ、長い歳月、研鑽錬磨、精進をつみかさねてきた専門職の知能と理性にもとめられる当然の重責任である。

将軍はだんことして退却にふみ切ったのである。軍法会議も死刑の裁断もおそれぬ、その見識と人間性にたいし讃辞を呈し、敬意を表さなければなるまい。将軍職は権威の座である。ただただ命令にしたがうイエスマンの座ではないはずである。

「弓」の精兵をつかいはたした軍司令官牟田口中将は後退し、モーレの北、クンタンに司令所をうつした。パレル道打通に攻撃重点をうつしたのである。

軍の直轄となった山本部隊は、三月いらい悪戦苦闘をつづけて戦っていたが、すでにその主力である第二百十三連隊を消耗して、テグノパール打通戦に絶望していた。

後退をはじめた「烈」兵団は百余キロの山中で餓え、病兵が続出し、分散消滅直前の惨状であった。行軍に絶えきれず行き倒れた餓兵病兵をすてて南行する師団は、もはや戦力としてはつかいものにはならなかった。「祭」第十五師団はサンジャックの敗戦いらい戦意喪失状態であり、北部より退却してきた「烈」の敗兵団と混合し、糧秣のない一帯の山谷に気息えんえんとして、雨に打たれていた。

牟田口中将が望みをたくしていた「烈」「祭」の両師団は、テグノパールの堅陣に打ち込む力はなく、パレルへの道を打通するためには、残兵といえども「弓」の闘魂にたよらなければならなかった。

中将は作間部隊を直轄とし、パレル方面への転進の命令を発した。まことあきらめのわるい悪あがきであって、勝算もなく、後図もない、彼の愚案であった。

七月、軍命をうけた師団は作間部隊にたいして、ロクタク湖東方の山道を迂回して、パレル方面に転進することを命じた。新師団長田中少将のあたえた最初の命令である。

しかし、作間部隊がロクタク湖南側に向けて行軍中、再度命令を発して、遠くトンザンを経由すべきことを命じた。二百数十キロの迂回路をとれ、という命令の真意は、局外者にはわからなかった。

作間部隊がトンザンに向けて行軍中、アラカン作戦終結の方面軍決定が出された。七月十五日のことである。

第三十三師団長に就任し、前線へ到着そうそうに、ビシエンプール突入部隊の全滅を見て、もはやどうにもならぬ戦場の様相に、作戦終焉の見通しをもっていた田中少将の読みは正確だった。作間部隊はそのまま南下をつづけ、テイデムに布陣した。やがて退却してくる友軍を収容すべき体勢をつくったのである。

牟田口中将の強引な転進命令にたいして、作間部隊を適切に運用した田中少将の処理は、惟命是従う正直一途の武弁にはできない、なかなか味のある処し方であった。

アラカンの雨季はすごいものであった。

ガケ道の道路はくずれ落ち、赤土の坂道は汁粉のような泥流が押し流れ、低い曲がりかどから滝となって谷底へ落下していた。轍(わだち)は自動車の車輪の半分ほども深くえぐられて、泥水の下にあたったので、ハンドルから手を離しても、車は轍の中で走った。登り坂にかかると、ロープをかけて引き上げてやらなければ、エンジンの力だけでは登行できないところが多く、ひざを没する泥流の中での暗夜の行軍は、体力の限界をこえ、精根つきて倒れるものが続出した。夜も昼も雨は降りつづいていた。

二百数十キロの兵站線は、それだけでも前線の兵力を維持するには長すぎた。高嶽峻峰のつらなるアラカン山中の軍道は、登りつめては山の肩をすぎ、また降り下って谷の小流をわたり、登行と下降をくり返す危険な山岳道路である。夜行軍に疲労して操縦をあやまり、谷底に落ちている自動車も多かった。それにくわえ雨季の破壊がかさなったのである。

兵站線を破壊された「弓」は、戦闘中の第一線兵力を養うことができない。食えるものはなんでも食った。かき集めたモミが配給された。それが米であろうと麦であろうと問うことはない。鉄カブトをつかってつき上げ、モミガラをとる。英印軍の挽馬輜重が退却のとき、多量の馬糧をのこして行った。あずきほどの小つぶの豆で、これが糧秣難の前線部隊にとっては重要な食糧となった。

いよいよ窮乏してきて、白米はおろか、味噌も塩も切れた。極貧状態の中で乾麺包(かんめんぽう)は最高に貴重な食糧だったが、これとてもなかなか手に入らなかった。

やせ細った将兵たちは、熱病や下痢におかされ、憔悴困憊していた。夜も昼も降りつづける雨、携帯天幕一枚をたよりに、くる日もくる日もたえしのぶその辛労の深さは、思いはかることもできない。

感覚は、いつとはなしににぶってくる。神経も鈍磨して思考力もおとろえてくる。呼吸をして、ただ生きている。敵を前にして陣地を占領すると、歩兵は個人壕を掘って、その中に身をひそめる。タコツボである。敗色濃厚な前線で戦線をまもるにはこれよりほかに方法はない。

もし、防御線が安定していれば、このタコツボを拡大し、掩蓋をつくり、排水を考え、すこしでもよい生活状態をつくったことであろう。しかし、敵に主導権をとられた戦場では、戦線は不安定であり、移動する。

指揮官や参謀たちの思考は、白紙戦術や兵棋の知恵であって、敵の動きに応じて、右に左に、前に後ろに、部隊の運用をあせり、長く一地にとどまることをゆるさなかった。豪雨の中で、赤土の山肌にしがみついている将兵が、タコツボの中にしゃがみ込んで、下半身を水びたしにしたまま息絶えてゆく状態は悲惨であった。

英印軍は村落の中や幕舎の中に休養していた。高地や要点に陣地をつくっても、たえず兵員を交替して、体力を温存していた。

勝ち目のないこの戦場で、「弓」の将兵陣地を夜襲し、爆雷をかかえて戦車に肉弾突撃し、あるいは敵の防御線に突入して玉砕した。敗色おおいがたき前線は、いよいよ終末のときをむかえていたのである。

11 悲運、連隊長の死

昭和十九年七月十五日、「ウ」号作戦中止の方面軍決定があった。各方面の戦列部隊は敵と離脱して後退にうつった。雨季最盛期の退却行である。

ビシエンプール西方の丘陵地より撤退した笹原部隊は、隘路口を確保するためトルボン付近に陣地を構築した。

作間部隊はすでに後方に下り、ロクタク湖周辺には残存の兵力はすくなかったが、モイラン付近に進出した戦車連隊、砂子田大隊、瀬古大隊、岩崎大隊はなお英印軍と戦っていた。

十四日、井瀬連隊長は敵弾の直撃をうけて戦死した。

西側の丘陵地帯に布陣していた重砲連隊や野砲兵は、泥濘の野道を撤退し、後退してきた。連隊長を失った翌日、戦車連隊をはじめ各大隊は陣地を撤収して後退し、隘路口に入って笹原部隊に収容された。

豪雨、泥流の中を後退する将兵の苦労は惨憺たるものであった。アラカンの山々、谷々を曲折しながら百五十キロの退却行である。戦車連隊・重砲野砲はその重量兵器の搬出移動には精根をつくし、がんばらなければならない。道路は各所で崩壊し、途中には爆弾坂の難所もある。この退却行動は、兵器をすてて遁走する敗走ではない。敵の急追を押さえ、各部隊の行動を掩護し、秩序と責任をまっとうする計画的後退である。笹原部隊はその任務をみごとに遂行した。

退却行のなかに、本田少尉の指揮する先遣隊がいたが、その損害は以外に大きかった。インパール四十八マイル地点において、岸田源蔵伍長、西山久生上等兵は敵戦闘機の攻撃をうけ、ロケット弾によって重傷をうけた。四十八マイル地点はチュラチャンプールにちかい南道上の標点である。

七月十八日、二十二日と、二人はあいついで死んだ。手榴弾による自爆である。すでに野戦病院もなく、患者輸送隊もなかった。数人の隊員の力では、二人を後送することはできなかったのである。

南道の野戦病院も解散し、後退した。その収容患者の始末はまた、悲惨をきわめた。輸送隊もなく、患者後送の手段を失った病院では、非常手段をとらざるをえなかったのである。

独歩可能な傷病兵は一枚の携帯天幕を背にかけ、飯盒一個をひもにむすんで肩に負い、泥水あふれる山坂の道を一人、二人と歩いていった。飯盒の中には黒い馬糧の豆と、米粒をまぜた食料が半分ほど入っていた。

歩行のできない重症者には手榴弾一発をあたえて、軍医も衛生兵も別れていった。「命はみずから始末せよ」という慈悲も涙もない仕儀であったが、街道のいたるところに行き倒れ、死に絶えている将兵のなきがらを見れば、万策つきたやむなき手段であったろう。インパール南道百五十キロはいたるところに死骸があり、白骨街道の名が生まれた。

やせさらばえた病体を、つえにすがって歩いて行く多くの傷病兵、その姿はあわれな敗残の姿である。冷たい雨の中を、山を越え、谷をわたって、峻嶽高峰のその向こうの病院へたどり着く者が、はたして何人いるであろうか。飯盒の糧秣はとぼしい。幾山河はるかに遠い基地。生きのびようと歩きつづける必死の努力も、やがて打ち砕かれ、精根つきて死に絶えるのであろう。

路傍の荒れ小屋は、雨をさけて休もうとする傷病兵のたまり場となった。山合いの小流のたもとには、徒渉のできない者たちがとどこおり集まって、水かさのへるのを待っていた。どこも屍臭にみちていた。鼻をさすような臭気である。一人死ぬとそばに寝ていた者が、死者の飯盒から食料をとった。天幕や靴も、よいものはとって身につけた。命強いものがこうして食料を補充しながら歩きつづけたのである。

笹原部隊は南道上の要点を押さえながら、つぎつぎと後退した。主力の二個大隊は要地から要地へ交互に陣地構築を行ない、守備を交替しながら戦車・重砲の後退を掩護していた。攻撃前進とはことかわり、戦い敗れ、意気あがらぬ将兵が憔悴した身心にむち打ち、勇気をふるい起こして働いたのである。

その闘魂と団結力、責任感の強さは「弓」の真骨頂である。笹原部隊は〝車返し〟の交替戦法により、敵の追撃を破砕しながら一寸さがり五分さがり、時をかせいで、二ヵ月の抗戦を断続して九月中旬、トンザンに到着した。

トンザン周辺には数本の里道があった。地形地物は敵もよく知るところであり、大兵力の運用も可能だった。ようやく集結中だった笹原部隊の将兵が疲労をいやし、陣地を整備しているとき、英印軍第五師団は周囲の稜線に迫撃砲十門、数千の兵を集め包囲体勢を完成した。九月十九日、ねらいすましたように、数発の砲弾が連隊長の壕側に着弾爆発した。この不意討ちの一撃によって、大佐は戦死した。彼は不運な武人だった。

攻撃前進のときは、シンゲル、三二九九高地で敵の退路切断に失敗して、上司の叱責をかい、ビシエンプール周辺においては大きな戦歴をのこすことができなかった。そして、地味な後退作戦をつづけたのち、一発の砲弾によって、その生命を絶たれたのである。

連隊長の遺骸をしまつして、隊員は脱出し、テイデムに潜行した。そこには作間部隊が防御陣地を構築し、重砲や戦車も布陣していた。

その地形は防御戦には有利で、樹林帯には「弓」が準備した集積もあった。雨季明けのあと、カレワ道の修復されるまで抵抗戦を続行する、これが連隊の任務であった。軍道が貫通しなければ、重兵器を後送することはできない。

第十五軍は戦車、重砲をすてて後退することをゆるさなかった。ビルマ方面軍には戦車連隊一、重砲連隊二があった。その重要な連隊を第十五軍が手ばなすはずがなかった。「弓」はいかなる犠牲をはらっても、これを後送しなければならなかったのである。

ロクタク湖西方の山稜地帯から重砲を搬出できなかった罪をとわれ、真山大佐はすでに重謹慎十日の処罰をうけているのである。

十センチ加農砲の巨体と大重量は、重く全将兵の上にのしかかっていた。巨砲をひく九七式牽引車は、すでに千キロの行程を走破し、豪雨の山中で酷使にたえてきたので各部の衰損ははなはだしく、とくに蓄電池の性能は低下して、瞬発力を失いがちであった。

十月、テイデムに残置していた修理班が、第二ストッケードへ帰投してきた。戦況はしだいに緊迫してきたので、後方機関はすべて撤収したのである。彼らはケネジーピークの登り口に、修理車一両を放棄してきた。泥深い登坂路にはまり込んで、二進も三進もゆかず、やむなくすててきたのである。

テイデムには松浦佐太郎軍曹、初瀬敬三、嶋岡孝太郎ら三名がのこっていたが、彼らには充分な食料も用意されており、唯一の修理隊要員であるから、適切な処理をうけていた。

作間部隊の防御陣地は、右翼方面からしだいに強圧をうけてきた。重量兵器は後送して、一刻もはやくケネジーピークの防御線につけなければならなかった。

急峻な峠の道を移動することは、連日の雨でガケの路肩もくずれやすく、危険な作業であった。くわえて、重砲連隊の技術兵たちは困難な戦場生活につかれ、病兵が続出して、作業力を失っていたのである。

その牽引車の修理にあたっていた松浦軍曹は、真山大佐のつよい希望で重砲の移送作業についた。雨雲をついて、襲撃してくる敵機の攻撃をさけつつ、暁闇、薄暮を利用して、朝に一門、夕に一門と危険な搬出作業がつづいたが、最後に路肩が崩壊し、同軍曹は谷底に転落して重傷を負った。

修理班の要員を狩り出して負傷させたことに責任を感じたのであろう、大佐は軍医に命じて手あつい治療と看護につとめた。

そのためか彼は奇蹟的に一命をとりとめて、二十日ほどのちに帰隊したが、そのときの彼の顔はゴムマリのようにふくれ上がり、前歯は上下とも欠落して見る影もないありさまだった。よくも助かったものと、私は彼の生命力に感嘆したものである。

嶋岡、初瀬の両名もすでに帰投していた。このとき、私たちは戦場にのこった隊員全員の収容を終わったのである。

真山大佐はのちに、私たちがさらに後退したとき、副官をつれてたずねてきて、テイデムでの松浦軍曹の働きにたいして深く感謝の言葉をのべた。

ケネジーピークの登り道はガケ道もあり、急峻であった。せまい隘路は防戦にはかっこうな拒止線となった。火砲や重兵器にたよる英印軍は、雨中、泥濘のなかで急進攻撃を行なうことをためらい、雨季明けの快進撃に期待するようすもあって、作間部隊の後退作戦は雨季明けまでに計画どおり実行したようである。

やがて「弓」は、アラカン山中の戦闘に終止符をうつことになる。数千の犠牲者、むなしきなきがらをのこして……。

わが隊の犠牲者も多く、すでにのべた者のほかに、十五名の犠牲者があった。

しかし、死者はこれだけでとどまることはなかった。

第二ストッケードの仮小屋の夜は暗く、屋根にふいたチークの葉に雨音がはしる。柱にかけた遺骨、遺品の箱を見上げ、私は暗い思いに沈んでいた。

戦死者はすべて、戦闘機の機関砲やロケット砲による破片創で重傷したものである。入院者四名が死んだということは、なんともやりきれない気持である。

第十五軍の後方機関は人員、医薬品、資材も器機も不完全であった。私たち前線勤務諸隊は、重症病者が発生すれば、病院施設にたよるよりほかにしかたがない。手持ちの数名の衛生班の力では、どうにも手当できるものではない。

しかし、入院させれば、あとのことは軍医や衛生下士官の大きな陣容で充分にめんどうをみてくれる。かならずなおって退院してくるものと思っていた。

ところが、実際には圧倒的に死者が多いので、どうしたことなのだろうかと思い、不信と疑惑をもつようになった。どうやら、後方へ下げて入院させればなおる、と思っていたことはまちがっていたようだ。

現在まで、私たちには食糧が充分にあり、栄養状態は良好だった。それなのに病兵が多発したのは、やはり風土病のマラリアによる発病であった。木村義雄上等兵一人がアメーバ赤痢だったが……。

その後は、とにかく病兵は手元におくことにした。たとえ死ぬようなことがあっても、戦友の看護をうけ、大切にされていることのほうが、本人にとっても戦友などにとっても、よいことであると思ったからだ。

小田上等兵以下五名は、戦友や大熊班長の看護のもとで病没したが、彼らは丁重に埋葬され、遺骨、遺品も採取された。それが、せめてものなぐさめであった。

12　哀れ手向けの葉一枚

六月はじめ、ときおり驟雨が通りすぎ、黒い雲が山のはしに飛んだ。数日の後、雨季本番となった。降りつづく雨はときに豪雨となって、赤ハゲの山々をたたいた。赤土をとかした濁流が山合いを走り、道路は汁粉のような泥水にうまった。七、八、九月と長い雨季をかくごする。

第二ストッケードの私たちは小屋がけの兵舎をつくり、作業所を展開した。これから三ヵ月を生活するために籠城のかまえをつくらなければならない。

後方のネインザヤ川の濁流、カレワ道の崩壊により、糧秣の入手はむずかしい状態であった。なによりも食糧の問題が深刻である。

そこで、必要最少限の兵力をのこして、大部分の隊員をチンドウィン河の対岸、「曙村」へ後退させることにした。そこは作戦発起の前に「弓」の司令部があったところで、各補給廠の支所もちかかった。食糧も手にはいり、衛生機関もあった。

毎日の雨にウンザリしていた隊員は、後退という声に急に活気づいた。しかし、残留勤務ときまった二十名は、すっかりしょげかえったようである。病気の軽い者や、負傷のていどが軽くて歩行にたえる者は、後退組へ志願した。なかには、すこしむりではないかと思われる者もいたようだが、一様に元気よく下って行った。しかし、四十キロの徒歩行軍の間にも、病状が悪化して病死者が出た。

炊事係の保管する米俵をかぞえたところ、予想をだいぶ下まわっている。やむをえず、三度の飯を二度にして炊飯を制限した。朝食はカユとし、昼食をぬき、夕食はかたい御飯を一杯として、雨季明けまで食いつなぐ算段をした。つらい辛抱であったが、前線の部隊では小屋がけもできず、馬糧やイモを掘って食いつないでいる極貧暮らしである。そのことを思えばまだましだが、腹のへるのはやはりつらい。

ある日、阿部上等兵がタケノコを見つけてきた。めずらしいことに日本のそれとそっくりおなじもので、とても美味(うま)かった。これはありがたいとばかり、隊員そろってタケノコ狩りをした。一度取りつくしても、また、ころあいをはからっては取りに行って、空腹をみたした。

電工班の小屋から豆をいる芳香がただよってきたことがある。甘そうな大豆の香りであった。みな、鼻をヒコヒコさせていたが、だれにもそのありかはわからなかった。

すぐ前の谷にクウエ川の瀬があった。ピアノ線を曲げてつくった釣りバリに小虫をつけて流すと、フナのような小魚が釣れた。

毎日すき腹をかかえているので、各人それぞれに口に入れるものをさがしていた。ときおり、裏山から野ブタがくるのを見かけた者がいて、いろいろ工夫したけれども、これはついに捕れなかった。野性の動物はすばしこい。

くる日もくる日も雨が降っていた。私たちの忍耐の極限をためすように、月日はゆっくり流れて行った。その雨の中を、前線から修理の要求はひきもきらず、とくに電工班は古賀軍曹以下、昼夜兼行の連続作業に追い立てられていた。

作業所は天幕を張って、降る雨をしのぎ、蓄電池は地面にならべて充電作業をつづけていた。携行した資材が雨季明けまで間に合ってくれるかどうか、そろそろ問題になってきた。とくに硫酸液はたりそうもないので、軍兵器部へ電報請求をしておいたが、うまく間に合ってくれるかどうか心配である。

そのさなかに、後方から伊藤源治上等兵、加藤毅上等兵二名が待望の硫酸液を担送して到着した。これさえあれば、蓄電池は再生できると古賀軍曹はよろこんだ。二人は曙村からの長い道中を、輸送車に便乗し、連絡舟艇のお世話になり、カレミョウから竹ザオを通してさしかつぎ、エッチラオッチラ行軍してきたのである。

かついできた木箱の中には、二十リットルの硫酸液が梱包されていた。カレミョウからシーンまでの荒野は、敵戦闘機の狩り場である。その中をぶじに通ってきた二人はさすがに歴戦の勇士で、対空処置もなれたものだった。

このころ敵の航空戦力はさらに強化され、ロッキード双胴戦爆機が多くなっていた。彼らは高空を飛来してくると、最低速で降下接近してくる。ほとんど爆音をださず、近接してからいきなり掃射するのでやられてしまうのである。

日がたつにつれて、隊員の栄養状態は低下し、仮小屋づくりの医務室はいつも満員だった。

医務室には大熊市太郎衛生軍曹ら二人ががんばっていた。さすがに心得たもので、二人はマラリアにかかることもなく、かいがいしく患者の世話をしていた。

雨季明けを待ちきれずに白井克太郎上等兵、寺野直上等兵があいついで病没した。マラリアによる肝臓肥大と思われる症候で、腹部は異状にふくれ呼吸困難となった。

「ビタカンは何本あるか」と聞くので、

「五本あります」とこたえる。

薬箱ものこりすくなく欠乏していたのだ。その一本を打つことになり、私は軍曹の注射の手元を見つめていた。これが死に行く者へのせめてもの手向けであると、顔には出さずに泣いた。こうして二人は病没した。

その後、何人の傷病者が出たことか……。しかし、二人の働きで多くの者が助かった。七月に食糧対策として将校以下七十余名を曙村へ下げておいたのはよかった。犠牲をすくなくすることはできたと思う。しかし、私たちが任務を終えて後退し、曙村へ着いたときに知ったのであるが、ここでも二十余名の隊員が、入院後送されていたのである。

隊員が収容された第十五軍野戦自動車廠曙村支所には大橋軍医が配属されていた。彼は名古屋の出身で、温厚な人柄であった。思いやりもあり、立派な軍医さんだったが、やはりここでも医薬は欠乏していたのであろう。やむをえぬことであった。

第二ストッケードでは、そのころ、やせさらばえた病兵が一人また一人と曲がりくねった山の道から降りてきて、下の軍道をトボトボと歩いて行った。

彼らはいったい、どうやってここまでたどりついたのであろう。あの高い峠の道を霧と雨の、そして泥濘の難路をどうやって越えてきたのであろうか。どこかで輸送車にひろわれて峠の道を越えたのであろうか。

その日もまた、一人の兵士が坂道を下りてきた。極度の栄養失調により衰弱した病体は、独特な歩き方で、上体を反りぎみに立て、両脚を開くように、ゆっくり、ゆっくりと一足ごとにツエをつかい、腰骨に脱臼でもあるような、たよりない姿であった。

ちょうどそのとき、雨季の終わりを前ぶれするように、雲の切れ間から日光がさして、路傍の草を照らした。それを見ると彼は、

「アー、お天道様だ」

といって、身を投げるように倒れ込み、その暖かさに身をまかせていた。長い間、太陽を見ず、雨に降られて難儀してきた者にとって、陽光の恵みは冷えきった五体をあたため、雨季明けのちかいことを知らせるありがたさであったろう。彼はしばらく身を休ませたのち、

「病院は近い、すぐそこだからがんばって行けよ」

とはげまされて見送られ、また、トボトボと歩いて行った。無情なことではあるが、だれも彼を助けてやる者はない。だれもかも死者と死に行く者の幽鬼の境にいたのである。

翌朝のことである。三百メートルほど後方に、後退してきた「弓」の司令部があり、私は連絡の要件があって出かけた。ガケ道を行って一曲がりしたところに、きのうの病兵が死んでいた。それを見た私は、ふと胸を突かれたように立ちどまり、掌を合わせて祈った。その

あたり、森の中はうす暗くて、冥府のような静けさだった。

　死者はすこしでも道から離れ、灌木や小やぶの下に身体を入れて横たわっているので、強い鼻をさすような屍臭がなければ、知らずに通りすぎてしまうことが多いのだが、この兵はガケ道に倒れてしまい、静かなところをもとめる余裕がなくて、草葉の陰に行けなかったのだろう。呼吸がつまって苦しかったのか、軍衣のボタンを全部はずして胸をはだけ、股ボタンも開いていた。奇妙なことに陰茎は膨張して直立していた。悪性マラリアの最後の発作による窒息死である。

　無惨な姿に胸をうたれ、はやくなんとかしてやらなければと思いながら通りすぎ、帰りもまたそこを通った。股の上に一枚のチークの葉がのせてあった。だれか陰茎をかくしてくれたのである。心やさしい兵士の手向けの葉一枚、この遠い異国の果ての戦場に、おなじように明日をも知れぬ兵士の心やさしい情けと思われたことであった。帰隊して、土屋曹長をよんで死骸を埋葬するように命じた。

　翌日も遺体はそこにあった。曹長をよんで、どうして始末をせぬのかと強く問いただしたところ、彼のいわく、

「当隊の兵も、全員ようやく生きているような状態で、病兵ばかりです。死体をガケ下へ降ろして埋葬するほどの力はありません」

という。まったくそのとおりで、立ち歩く者も就床している者も、二日おき三日おきに発熱し、下痢に苦しんでいる者も多かった。総員二十名、みな同様だった。

食糧を食いのばすために、この十日間、朝食はカユをとり、昼食はぬき、夕食に普通食一杯ですごしてきた。ていどの差こそあれ栄養失調の状態であった。私たち自身、すでに幽鬼の世界にいたのである。私は命令を撤回した。

三日目、遺体の上にハエ柱が立った。何千匹のハエが集まって、高さ二メートルほどの太い柱となり、羽音がうなっていた。暖気と濃密な湿気によって、急速に浄化作用がはたらくのである。

四日目、夜半の豪雨に流されて、首は落ちガケ下へ消えた。ペチャンコになった軍衣と脚絆（きゃはん）を巻いたままの軍袴（ぐんこ）があったが、それもすべてガケ下へ消えてしまった。

その暗いガケ道を通るとき、掌を合わせてその冥福を祈る。惨苦の戦場に苦労のかぎりを味わい、いくさ敗れてから山を越え谷をわたり、精根をつくして歩きつづけた肉体は、だれ一人助ける者もなく、暗い路傍に力つきたのである。いま、彼の霊魂は故郷の山河に帰り、生家の墓苑で、やすらぎについていることだろう。

13　補給許可制への怒り

この人跡まれな山中で、食糧がつきたら大変なことになる、という心配はだれもかれもわすれてはいなかった。補給業務にたいする不信が、やがて現実のものとなってきたのは六月半ばのころであった。

山中の将兵は長い窮乏生活のうちに、食物のことについては目の色が変わるほど、真剣な気持を持っており、餓狼のように血迷っている者も多かった。集積所や輸送部隊の者も、こと食糧については、みな口をとざして語ろうとはしない。他人のことを思いやる心の余裕を失っていたのである。猜疑と不信、絶望が将兵の心をむしばんでいた。

「ウ」号作戦は補給の重要性を無視し、インパールは二十日間でかたがつくと壮語し、その後のことは押収糧秣でまかなえばよいと考えていたほどであるから、補給計画はなきにひとしいありさまだった。

しかし現実には、戦況はまったく進展せず、のびきった補給路と豪雨の打撃によって、前送業務は渋滞した。それでも「弓」の作戦地には山中を縦貫するインパール南道があり、カレミョウの集積場から自動車輸送も可能であったから、雨季入り後、兵站路線の崩壊するまでは、とぼしいながら前送業務はつづけられていたのである。

北部戦線の「烈」兵団、「祭」兵団方面には自動車道はなかった。自然道にちかい牛車道があったが、活用すべき貨車をもたなかった。しかも、その作戦地境は遠かったのである。携行食糧を食いつなぎ、牛馬の輸送力が絶えたとき、たちまち飢餓に見まわれて、戦意喪失となった。戦線離脱を決行した佐藤中将の英断は高く評価されるべきであろう。

第十五軍の幕僚たちは参謀長久野村桃代中将以下、そろいもそろってみなイエスマンであった。彼らは牟田口中将の見幕に押しまくられて、なすところもなく、ましてや異説を立てることなどできそうもない模範生であった、と思われる。

軍は兵器廠、貨物廠、病院、衛生材料廠などの後方機関を掌握しているので、作戦発起にあたっては、これら諸廠の全力をあげて、前線ちかくまで兵站線を推進し、補給の万全を期すべきなのである。しかし実際には、その努力はあまりにも不充分であった。

チンドウィン河以西にはインダンギー三叉路ふきんに貨物廠、自動車廠の支所ができ、病院も開設された。けれどもその集積は少量であって、自動車廠支所においても燃料脂油を若干備蓄するほかには、修理用部品は皆無であった。貨物廠支所の集積もすくなく、最初から補給を制限していたのである。

私たちが「弓」主力方面へ転進のおり、携行糧秣補給のため主計将校が出向したところ、参謀の許可が必要である、というごあいさつだった。やむなく彼はチンドウィン河を渡り、はるか後方まで出かけて、ようやくしかるべき書類を手に入れて引きかえし、糧秣を受領した。これが、軍の直轄諸廠の端末支所だった。

ここから「弓」の戦線まで百数十キロ、「烈」まで二百数十キロである。しかし、六月以後はネインザヤ川の増水により、またユウ川谷地の道路破壊により、前線との交通は断絶し、兵站線はなきにひとしい状態となってしまったのである。第十五軍には薄井、高橋という二名の兵站参謀がいたはずであるが、彼らは「インパールは二十日でかたづく」と、本気で考えていたのではあるまいか。

一年前、「盾」第五十五師団がアキャブ作戦を実施したところ、私は旧第十五軍兵器部に勤務していた。参謀部には片倉大佐という壮漢がいて大いに頑張っていた。

彼の前に直立不動の姿勢をとり、起案紙をさし出して同意の書き印をもらうことは、なかなか勇気を要することであった。すでに自動車燃料節約の時期に入っていたのだが、「盾」にたいし、作戦用三千本の補給書を切った。大ドラム缶三千本である。「盾」兵器部の将校殿に、

「燃料はできるだけ早く、山脈の向こうのタウンガップ付近に集積することが得策ではないか」

と意見をそえた。

このような意見をそえたのは、イラワジ河畔のプロームから、タウンガップにいたるアラカン横断道路は、道路隊が急造した軍道で、雨季にはどんなありさまになるか、およその判断を持っていたからだ。私は補給業務に関係した経験から、両参謀は作戦地域の天象地形について、必要な実査をおこたっていたのではないかという疑問をもつ。

「ウ」号作戦発起ののち、雨季直前の五月までには支所を推進し、各師団の後方ちかくに集積をつくることはできたはずである。糧秣がほしければ許可をもらって取りにこいという規制は、補給業務の精神を忘却した意地の悪い根性である。彼らの不手際によって、大量の餓死者が野たれ死にしたことを思えば、ゆるされざる悪業というべきではないか。

第一線方面へ前進する部隊にたいして、糧秣の補給が円滑にできない。いちいち上級機関の許可をとるというシステムは、小部隊や単行兵、追及者、傷病兵独行者にたいしては補給

禁止を意味する。一粒の米も支給しなかったのである。

このような補給業務の不手際によって、後方においても、大きな惨害をまねいた。すぐる五月、「安」兵団の橋本連隊二個大隊が「弓」の戦闘地区ビシエンプール方面へ増援された。長途の行軍の際、多くの将兵が脱落した。千余の将兵は途中で消滅してしまったのである。原始林や荒野の中の軍道三百キロは、食糧がつきたらしょせんは野たれ死にの地獄道であろう。途中で糧食の補給をうけることはできなかったのである。

橋本熊五郎大佐はようやく集結した三百名の兵力をもって、六月二十日、林の高地を攻撃した。林の高地はガランジャールの西北の要地であった。一度その攻撃は成功したかに見えたが、たちまち野砲、迫撃砲の集中射撃をうけて、退避するまもなく全滅した。わずか数時間のことであった。

私たちが第二ストッケードに仮屋をさだめてまもないころ、すこし上の登り口のちかく、軍道の下の凹地に十数名の兵が天幕を張った。彼らは「安」兵団の者で、指揮者の到着を待っているということであった。橋本連隊の追及兵である。

そのうち、一つ二つと土饅頭ができた。雨季が明けて、軍橋ができ上がり、宿営地を引き払って後退するときに声をかけたところ、

「搭乗をおねがいします」

といって集合したのはたったの三名だった。ほかの者は死んで、十数個の土饅頭が一列にならんでいた。

進むも死、とどまるも死、彼らの選択の末路もまた哀れなものであった。

落伍者や離脱した遊兵たちは、たちまち飢餓に苦しみ、後方へ下がれば食糧があると思っていた病兵は、どこまでも飢えながら行って餓死した。前線にも後方にも、いたるところに飢餓の惨状があった。

14　郷土部隊と死ねるなら

去る二月、「ウ」号作戦へ参入のため、出発準備にとりかかっていたとき、私はラングーンの小亭で同窓の先輩である羽生田勝太郎氏のもうけてくれた壮行の宴に出席した。

彼は方面軍参謀の招きで滞在し、書籍出版業務の準備をしていたが、おりから東京へ飛んで、連絡の仕事を終えて帰ってきたところだった。席上、彼は、

「これから戦場へ向かう貴君にこんな話をするのは心苦しいが、大東亜戦争は負けですよ。とうてい勝てる見込みはない。三宅坂では上層部はもとより、苦い尉官参謀までくさりきっています。国民は食うものもなくてこまっているのに、彼らは昼も夜も、赤坂や新橋の料亭に美食を用意してぜいたくな毎日をすごしている。軍部につらなる者は多かれ少なかれ、その権力を利用して勝手なことをしている。だめです、こんなことでは勝てるはずはない。よくよく気をつけて行って下さい」

といった。彼の真意は、死んでくれるなということである。軍の上部機構に接触をもち、独自の見聞や資料から、敗戦を予見していた彼の見識に敬服し、いいにくいことをはっきりといい切ってくれた彼の厚意に感謝した。

しかし、もはや生死に拘泥(こうでい)していても、意味のないときがきていた。太平洋戦争は敵味方にとって、空前の大事業であり、その動輪も歯車もあまりに巨大である。私たちはその歯車のどこかにかかって動いているにすぎない。

私たちは団結し、一体となって正面の敵に当たり、たとえ敗れても、敵の心に何事をか思い知らせてやる、むだには死なぬ、と思った。私たちの向かう戦線は「弓」兵団の作戦地境である。「弓」は郷土の部隊で、彼らの作戦に協力し、その手助けになれば本望である。これが私の仕事なのだ、と思った。

そのときから、すでに半年をすぎた。いま、私たちは孤立して、第二ストッケードで雨季明けを待っている。

戦場に向かうとき、命をすてることも当然あることだと頭の中では考え、一応の覚悟はできていたつもりであった。けれどもいま、最後の息をあえいでいるその顔を見つめながら、この兵を死なせるのはだれなのか、私自身ではないのかと思い自信を失う。

しかしながら、いま、この作業を放棄して後方へ退散することはできない。山中に戦っている兵士ら、それに協戦している重砲や戦車のもとめる支援の体勢を投げうつことはできない。兵器や機材をすて、徒歩脱出することはやさしい。しかし、それは戦友を裏切り、背信の汚辱にまみれることである。生きても死んでも、雨季明けまでがんばろう。これが私たちのおかれた運命であり、生死の甲斐である。

戦場ではいつも、名将や智将をいただいて戦えるものとはかぎらない。そのような幸運はむしろ、すくないと思わねばなるまい。現在の指導層には、近代兵器や空陸協同の作戦について、経験も知識もない者が多く、そのほとんどが旧型である。

蔣介石軍や南方の植民地軍はやはり同様だったから、彼らの戦法戦術は充分に効を奏してきたのであるが、新装の英米軍にたいしては通用しなかった。そのことの重要さは知っていたはずであるが、それは承知のうえで、あえて押し通しているものと思われる。あるいは、もはやどうしようもないことであると、すてばちな考え方になっているのかも知れない。おそらくそうではないかと思う。

緒戦の失敗は、前線指揮官の無気力、無能にその責を帰して、ひとり猛りたっていた牟田口中将も、七月にいたり、ついに全軍壊滅状態となったころ、彼の周辺にのこるのは憔悴困憊した残兵や無数のなきがらであって、降りしきるクンタンの村は屍臭にみちていたはずである。

第十五軍司令官を罷免され、東京へ帰還の途中、ラングーンに立ち寄ったころの彼の言動は、異状なもので常軌を逸していたということである。彼ひとりではない。三宅坂の中央統帥部も、軍の上層機構はひとしく異常心理に狂っていたと思われるのである。このことはラングーンで羽生田勝太郎氏が指摘したとおりであろう。

15　すでに戦車は渡ったか

十月、雨季が終わった。待ちにまった雨季明けである。間もなく、長い長いすきっ腹から解放され、貧乏暮らしも終わりとなるであろう。

減水してきたネインザヤ川に架橋作業が開始された。作業隊は日中はふきんの樹林に入って休養し、日没を待って作業を開始する。連夜の夜間強行作業であった。右に左にゆれ動く数個のカンテラの灯、暗黒の濁流のうえに、号令や怒号、雄叫びの声が森閑とした静寂を突き破って聞こえる。

杭打ちの重いリズム、重厚な木の音が断続していた。赤いカンテラの灯は遠くから見ると、川面におどる幽鬼の火と思える異様なものであった。

夜明けを待つように、敵機が襲来した。爆弾が降る。川底を掘り返されて、せっかく打ち込んだ橋脚はグラついた。泥水をきらって活動しなかった英印軍は、雨季明けとともに、急に動きがはげしくなり、「弓」の退路を遮断して袋のネズミのように、一網打尽と考えてきたのであろう。

戦闘機は執拗に攻撃をくり返してきた。われわれはグラついた橋脚はそのままにして、遠まわりに新たに打杭する。二ヵ所、大きく蛇行しているが橋脚の完成はちかい。

待ちかねたように戦車四、重砲二門が戦場を離脱して降りてきて、シーンのチーク林に入って待機する。これがわが戦車・重砲の全部だった。去る五月、タミューより転進し、「弓」主力方面へ急行した戦車第十四連隊は、九五式軽戦車、九七式中戦車合わせて三十余両、野戦重砲第十八連隊は十センチ加農砲八門だった。悪戦苦闘のすえ、いまわずかにのこるこの重量兵器には、数百の戦士らの闘魂が乗りうつっている。彼らの血と涙がしみ込んでいるのだ。

タミューより南下した敵が、ヤサギョウへ入った。一部の兵力はインダンガレーちかくに出没したので、そのあたりに潜り込んでいた遊兵やインド国民軍がおどろいて出てきた。彼らは敗戦の事実を知らなかったのであろう。七月になっても、三ヵ月も前にタミュー方面の山本支隊が退却し、北の方はガラ空きとなっていたのを知らなかったのだ。チーク林の中や原始林の急造軍道は泥田のように泥深く、つかいものにならなかったので、牟田口軍司令官の一行や山本支隊はチンドウィン河畔のユワまで、ユウ川を下航して退却してしまったのである。

急造軍道は、敵もまた利用できなかったようで、このあたりは無人地帯となっていたので敵情もなく、遊兵らはのんびりかまえていたのであろう。その無風地帯へ敵の姿がチラチラ見え、銃声もしたのでキモをつぶした彼らは、住みなれたかくれ家から飛び出してきたのである。よくもまあ、こんなにおったものだ、と渡辺曹長もおどろいたそうである。

それにしても、今日まで生き残っていた遊兵たちは、相当なベテランぞろいの巧者である。

彼らは早くから食糧を貯め込んで居ついていたのだろうが、やはり多くの土饅頭をのこしてきたことだろう。

インダンギー三叉路ふきんの雑木林の中に、わが隊の連絡所があった。所長渡辺平吉曹長は、民舟をかりてネインザヤ川を渡り、部下二名をつれて帰投してきた。連絡所を閉鎖して、東行してチンドウィン河を渡るか、西行して本隊へ追及するか、選択の自由はあったはずであるが、彼は危険な道をえらんで復帰してきた。さすがに立派な処置だった。

連絡所を閉鎖するとき、ドラム缶一本のガソリンをうめてきたといい、これが後になって、わが隊の燃料切れを救ってくれたのである。

残留組二十名のうちから原政雄軍曹が入院後退、白井克太郎と寺野直二が病死したので手不足になっていたが、この劣勢をおぎなうように、伊藤源治、加藤毅ら二名が増加し、曹長以下三名が追及してきたのである。加藤上等兵は間もなく熱発したので兵一名をつけて後送させた。現在総員は二十名である。

インダンギーの三叉路を押さえられたら、私たちは退路を遮断され、袋の中にとじ込められてしまうのである。曹長の報告を聞いて、これはまずいことになったと思い、クソ度胸をきめた。

「弓」は笹原連隊第一大隊の生き残りの強者たちをフォート・ホワイトから転用し、インダンガレー付近に布陣させて、英印軍の南下にそなえた。インダンガレーはインダンギー三叉路の北方、二千百メートルの小集落である。

山の上では、数日前から歩兵銃や軽機関銃のはじけるような発射音が聞こえている。さかんに打ちまくっているその音は、すぐ頭の上で撃っているようである。作間連隊はフォート・ホワイトから後退して、第三ストッケードに防御線をかまえているのであろう。火線はだいぶちかくなってきた。しかし、「弓」ががんばっている以上は大丈夫である。それに、迫撃砲の破裂音はまだ聞こえてこない。

このころ、戦車、重砲はすでに渡河点へ向かったらしい。

その日、作間連隊の副官が山から下りてきて、私たちの仮小屋や奥の地形を見まわってから、私のところへ立ち寄った。私たちが撤去すれば、すぐにここを本部の指揮所につかいたいという。私たちはそろそろ歩兵のじゃまになっていたのである。

それにしても副官は落ちつきはらって、静かな態度であった。彼に砂糖湯を馳走した。談話のなかに、彼は群馬県館林の出身であると話していた。

そこへ作業隊から、「加藤隊渡河せよ」と伝令がきた。私たちは即刻、出発の準備にとりかかった。修理車、発電車、自動貨車、押収軽車両など十一両、総員二十名だった。助手のいない操縦手一名の車両もある。

医務室の病兵もみなはね起きて陣営具をたたみ、機械を積み込んで、修理車を先頭に行軍隊形をつくった。私は中型ジープのハンドルをにぎり、先頭についた。待ちわびた戦場離脱の日がきて、みな元気よく働いた。

十一月十日、夕暮れの中をネインザヤ渡河点へ向かって出発した。渡河点にきて見ると、まだ重砲二門が川岸に待機していた。渡河作業は困難をきわめていたのである。戦車はすでに渡ってしまったのであるが、牽引車と重砲の橋上蛇行はむずかしい。蛇行点の橋脚を打ちなおし、ゆるやかな曲轍をつくらなければならないので、架橋隊は声をからし、ここぞ最後とがんばっていた。

今夜はとうてい渡れそうもないと、ひとまず安全なシーンのチーク林まで後退して朝を迎えた。朝日が昇ると、林の中は明るくあたたかい。第二ストッケードの暗い樹林の中とは、うって変わった明るさと暖かさである。司令部も病院も輸送隊もみな後退して、広い林の中は人声もなく静かだった。

私は自分の身体が熱っぽくけだるく、食欲もないので、マラリアにやられたかと思った。昨夜は川岸で発熱し、厚い冬外套を着て道路わきにのびていた。大熊班長が気づいて、「大変な熱だ」といいつつ川水でタオルをぬらしては、ひたいを冷やしてくれた。最初の熱発であった。

日が暮れて、すっかり暗くなってから、また渡河点へ向かった。気がそろうということは大したことである。号令をかけることもなく、「さ、行くぞ」といって動き出すと、全車両は昨夜のように順序よく隊列を組んで行進した。

川岸ではまだ重砲が待機し、架橋隊の叫び声がひびいていた。川面の暗い闇の中に十数個のカンテラの灯が印象的であった。打杭が終わって、昼間とりはずしておいた橋板をしきならべた。

重砲渡河――中央で大きく蛇行する仮橋を九七式牽引車がすすむ。ひかれて行く重砲の車両が彎曲部を通る。キモを冷やすような思いで見守っている架橋隊の将兵の目、決死の思いで操縦して行く車上の兵、息づまる危険な作業に、時のたつのもわすれていたが、二門の渡河がぶじに成功したとき、東の空がしらんできた。

気がついたときはおそかった。いまからシーンの林まで引き返すことはできない。朝のはやい敵機にかかって、途中でやられてしまうのであろう。道ばたに生いしげるアシ原へ車両を押し込んで、まわりにアシの穂を押しかぶせて偽装した。アシは三メートルもあり、そのあたり一面に自生していた。

すっかり終わって、まずこれでよかろうと一息ついていると、案の定、敵機がやってきた。作業隊は橋板をとりはずして、すばやく遮蔽してしまったので、脚柱と橋ケタが骨ばかりの姿でむき出しに立っていた。いつも二機編隊でくるのに、今朝はただ一機だ。橋の周辺を一回りしてから、アシ原の中へ一連射撃ち込んで飛び去った。

「異状はないか、大丈夫か」と問う声に、そちらこちらから、「異状なし」と応答があった。やれやれと思い、飯盒を集め、炊飯し、食事をすませてからグッスリ夕方まで寝込んだ。ネインザヤ川の水は黄色ににごっていたが、炊き上げた飯が着色するようなことはなかった。たとえ少々黄色くても気にすることはないのである。

架橋隊は大仕事がすんだので、日が暮れるまでゆっくり休んでから夕食にかかった。わが修理班の十一両などは軽いかるいと思っていたのであろう。その日は爆撃もなく、橋脚もしっかりしていた。あとは橋板をならべるだけである。しかし、私たちは早くしてもらいたいと、やきもきしていた。

カンテラの灯がゆれ、叫び声や号令が聞こえて橋板作業がはじまった。十二時すぎに完成した。

作業隊から「渡橋はじめ」の伝令がきた。夜明けには三時間ほどしかない。「それっ、急げー」「ぐずぐずするなー」「慎重に、気をつけろ」「後続車すぐ行け」と、全員が目の色をかえ、全力をつくしてがんばった。

最後尾の機材車があやうく渡り終えたとき、夜はすっかり明けていた。仮橋を渡り終えたとき、燃料のつきた機材車が動けなくなってしまった。さいわいに、押収車両にウインチが装備されていたので、これをつかって川岸の斜面を引き上げて一息ついていたとき、機転をきかした渡辺曹長と花田軍曹が、三叉路の連絡所にふせておいたドラム缶を運んできた。

そのガソリンを補給するやいなや、一目散に川岸をはなれ、ちかくの林へ逃げ込んだ。事故が最後尾車であったとは、なんと運のよかったことであろうと胸をなでおろしたものである。

それに毎朝かかさずやってきた敵機も、その朝はこなかった。奇妙に思ったが、彼らはすでに任務を終わり、かわってインダンガレー付近に展開した野砲が砲撃をはじめてきたのである。

かくして軍橋は、車両部隊の全部の渡河を終えて、その任務をまっとうしたのであった。

16 最後の一弾に泣く

あわてて逃げ込んだ疎林は、なんとも居心地がわるくて落ちつかない。頭の上は明るくて、遮蔽は不完全であるし、ちかくに落下する砲弾も好きにはなれぬ代物である。私たちは日の暮れるのを待ちかねるように発進した。

数時間の行軍ののち、ボン川に着いた。十一月十四日の夜半であった。川の周辺は平坦で闊葉樹が多く、車の遮蔽には条件がよい。すみきった川水が砂利河原に流れていた。

翌朝、三叉路ふきんの集積所から補給された米を炊く。大盛りの白い飯と味噌汁ができた。汁には小さな星型の焼麩（やきふ）が浮いていた。乾燥味噌である。そのうまかったこと、みな、「うまいなあ」と感嘆しながら食った。日が昇って暖かくなると、沢水で身体を洗い肌着をかえて、さっぱりとした気分になり、砂場にねころんで日光を浴びた。

午後二時ごろ、シューンという空気を切りさくような音が走った。〈ちかいな〉と思った。初弾が破裂すると、すぐ二弾、三弾が爆発した。小口径の野砲弾である。きのう、頭の上を飛び越えてマニプール河を撃っていた野砲が、ボン川をねらってきたのである。車廠の向こうから、「やられたあ、班長殿がやられたあ」という叫び声が聞こえてきた。武田三省上等兵の声だ。

砲弾創による重傷のありさまを思いつつ私は走った。そこには中野広海軍曹、鈴木章上等兵の二人が至近弾の爆圧でたたきつけられたようにぶっ倒れていた。二人とも無傷だったが、強度の脳震盪を起こしていた。鈴木上等兵は弾片が横腹をかすめて飛び、雑嚢の負いひもがプッツリ切れていた。

見たところ身体に傷はない。しっかりせいとはげます。「ハイ」と応答するけれども、意識はもうろうとしているようだった。夕方まで、静かに休ませておいた。出発前の夕食も二人はぜんぜん食わない。

笹原部隊第二大隊はインダンガレー付近で防戦しているはずであるが、敵は間道を通ってカレワ方面に出るかも知れない。野砲の弾着圏から離脱しなければならないことも緊急事である。状況は以外に緊迫してきたようである。みな、つかれきっているのだが、夕方には出発した。夜行軍である。

夜中の三時ごろ、小休止。そのとき、

「班長殿が死にました。鈴木も死にました」

と、つたえてきた。私は〈しまった〉と思い、ハンドルの上に顔をふせたまま、がっくりと気落ちしていた。

二人は、じつによくはたらいてくれた。被弾したときも、自動貨車のボンネットを開けて機関の調整をしていたのである。充分な看護もできず、最後のときをみとってやることもできなかった。かわいそうなことをしてしまったと悔やまれてならない。

しかし、戦いは今日で終わるのではない、これから何ヵ月も、何度も危険に遭遇することであろう。私もぶじに生きのびることができるかどうかもわからない。いずれは後から行くことになるだろう。〈一足先に行ってくれよ〉と思って、涙をふいた。

二人のなきがらを助手席に立てかけて出発した。夜明け前に第十五軍野戦自車廠カレワ出張所に着いた。道路から緩傾斜の坂を下りた凹地に出張所の小屋があった。

翌日、二人を埋葬した。昭和十九年十一月十六日であった。遺骸は毛布につつみ、軍靴をはいたまま、軍帽を顔の上にのせた。隊員は全員つどって土をかけ、黙禱し、二人の冥福を祈った。このようなさびしいところに埋葬して行くことは、なんとものびがたいことであるが、是非もない。

夜半すぎ、船舶工兵のお世話になってチンドウィン河を渡った。折り畳み布舟二個を組み合わせた門舟に、一両ずつ乗せては往復し、十一両全部が渡り終えたとき、夜はすっかり明けた。

夜の明けぬうちに渡り終えた先頭車から順次、遮蔽を見つけては潜り込み、偽装して敵機にそなえた。その日はロッキード双発双胴機が一機、ゆっくり川面をかすめて通りすぎただけで、なにごともなくすぎて行った。

チンドウィン河はまだにごったまま、両岸いっぱいにあふれていた。川岸に立って望見する。第三ストッケードに防戦した作間連隊はすでに、マニプール河を越えて後退したことであろう。シーンもカレミョウも敵手に落ちたにちがいない。

インダンガレーの笹原部隊も対岸カレワへ後退してくるであろう。今日か明日か……。去る三月、各師団は勇躍してこの大河をわたり、アラカンの山々へ進攻した。いらい八ヵ月、豪雨、泥濘、飢餓の日々の連続であった。

惨烈な死闘に散華した数万の生命、るいるいたる白骨の道、枕をならべて死に絶えた患者の群れ。

ふたたび訪ねることもできないであろう兵士の墓——そのさびしい葬地をしのぶ。

私はじっと、川岸に立ちすくんでいた。昭和十九年十一月十八日であった。

（昭和六十年「丸」四月号収載。筆者は第十五軍野戦自動車廠装軌車修理班長）

あゝインパール野戦病院

血染めの赤十字と共に戦場をかけた衛生兵の慟哭――春本武明

1　陸軍病院武昌分院

小倉港を出帆した私たちの輸送船は、生まれてはじめて見る長江をさかのぼり、昭和十五年六月三日、中国大陸の武昌（ぶしょう）に到達した。

大村四十六連隊から転属して第十四兵站（へいたん）病院に到着した私たちは、それぞれの内務班に配属され、一応、安堵の胸をなでおろした。内地からきたというだけで、なつかしさが手伝ってか、古兵も予想外に親切にしてくれた。しかし、油断は禁物である。

その日の夕食後、兵舎前ですれちがったひとりの古兵に敬礼をしたところ、答礼もせずに、

「オイッ」と声をかけた。「おまえは徴兵検査のとき、顔に印鑑を押されなかったか?」

思いがけない言葉に、私は一瞬ひやりとした。なるほど、その記憶がある。

「ハイ、押されました!」

古兵はニコニコして近寄ってくると、

「そうか、ハンコを押したのはオレだよ」

という。これには私も呆然とした。

この古兵は当時、長崎県庁兵事課にいた伊藤金一さんで、その後も弟のようにかわいがってもらった。

印を押された理由は、検査のさい住所氏名を名のるのに、タケアキラというべきところを、めんどうくさいのでタケアキといったためである。じつは親父がごていねいにも役場の戸籍簿に、武明の明にアキラとふりがなをつけていたため、係官から念を押されたのである。それにしても、よくおぼえているものだ。

内務班にはたたみがしいてあり、これまでのワラ布団ではなく木綿布団だったので、いくらか人間らしく感じられた。

最初、レントゲン室勤務を命じられたが、十日ほどたって経理室勤務に変更され、罐詰や菓子類は適当に口に入るものの、高等科卒業の私には事務は不向きだったので、申し出て倉庫係にまわしてもらった。

このころだったろうか、看護婦に支給する日用品袋からサラシを抜きとって、不自由している仲間にわけてやったらそれが発覚し、看護婦から異議を申し込まれたことがあった。

さて、昭和十六年になると部隊敷地は大幅に拡張され、病棟も隊員も増加した。患者が前線よりどんどん後送されてきたからである。たしか長沙作戦の負傷者たちだったと思う。

十六年八月には、これまでの十四兵站病院は廃止され、あらたに武昌陸軍病院武昌分院が誕生し、大杉部隊長は転出し、栗原部隊長が転属してきた。

同年兵も、二つ星（一等兵）までは全員足なみをそろえていたが、上等兵進級のころともなると生存競争がはげしくなり、感情的なまさつもそろそろ現われはじめた。

さいわい私は上等兵に進級し、そのまま部隊に居残ることになったが、このとき同時に部隊の大移動があって、多数の同年兵が転属して行った。

去る者は、やはりいちまつの不安をかくしきれないものである。私は彼らになぐさめと、はげましの言葉をおくり、さらに軍衣や軍靴を新品と交換してやり元気づけたものだ。袖に涙のかかるとき、人の心の奥ぞ知らるる——そのような感慨をもようしてか、みな涙を流してよろこび、私もつい、もらい泣きしたものだった。

上等兵に進級したころには、私たちの同年兵が部隊の主力となり、いよいよ責任も重くなった。倉庫勤務は安田一等兵と初年兵二人の四名で、仕事もようやく軌道にのり、内部班もしごく明るく、いうところなしだった。

ところが、好事魔多し（こうじまおおし）というか、秋も終わるころになって私は腸チフスにかかってしまい、伝染病棟で三週間連続の高熱、五十日間絶対安静ということになり、両大腿部には、七十本あまりのリンゲルが注入された。太平洋戦争が勃発したのはそれから間もなくであったが、生死をさまよう私にはなんの興奮もなかった。

こんな私を毎晩、見舞ってくれる二人の男女がいた。高山初子婦長と戦友の三浦静雄上等兵である。根性の男三浦は、私とは初年兵のころからのポンユーで、たがいによく研究討論などもし、ときには床をならべて一晩じゅう語り明かした間柄だった。

そのほかにも部隊員、地方人、それまでつかっていた苦力（クーリー）や姑婦（シーフ）らが果物や罐詰、花束などをもってきてくれた。

ところが、まくら元の見舞いの食品を見ると婦長はするどい眼（まな）ざしで、一品ものこらず持ち去って行った。この見舞い品が私の食道を通ったら一命はない。そこで婦長は心を鬼にして、持ち帰ったにちがいないのだが、それでも食べることだけで私の頭はいっぱいで、毎晩のように食べ物の夢ばかり見る。

こんななかで、毎日二、三人が死んでいった。それを耳にするたび私自身も大いに不安になった。異国にいて、しかもこれまでに経験のない大病である。なんと心ぼそいことであろう。

そのようなとき、患者はなにをもとめるか。まず薬である。それにもましておとらぬものは心のささえだった。私にとっては戦友三浦上等兵と婦長のやさしさがそれであった。婦長はときにはきびしい母となり、あるいはやさしい姉となってかげに陽に介抱してくれた。このことはいまだに感謝しており、忘れられない一事である。

当時、私たちの部隊からは四名が入院していたが、高山婦長が妹のようにかわいがっていた上野看護婦が個室係となり、親身もおよばぬ看護をしてもらったおかげで、どうやら四人とも助かったようである。

そして、ようやく年が明けた昭和十七年二月末、私はやっと退院できることになったが、記憶力も頭髪も半減し、心細いかぎりであった。

2 〝脱出作戦〟のはて

退院後、私は経理室にもどった。高熱による後遺症で一時はだめかと思ったが、日がたつにつれて心身ともに回復し、ほっと一安心したものである。

やがて四月上旬、新しい命令がでて私は下士官候補としての三ヵ月間にわたる教育をうけることとなり、それもぶじ終えて、また、もとのサヤにおさまった。

ところが、浙漢（せっかん）作戦による患者の増加と、看護婦の増員とは、風紀紊乱（ぶんらん）をまねき、ついに部隊は男女混成勤務を廃止せざるをえなくなった。

しかし、この苦肉の策も長つづきはしなかった。とくに伝染病棟の場合は、軍医と看護婦だけで手不足で、庶務、渉外のほか患者の監督などもあり、どうしても下士官一人が必要だった。

そこで任官を二ヵ月後にひかえた私と、城島兵長の二人が命ぜられ、任官と同時に適任者一名をのこすことになった。

その間にも伝染病棟では、毎日四、五人が死んでいく。そのため早朝から毎晩十一時ごろまで、みなはてんてこまいである。そして内務班に帰ってみれば全員が高いびきだ。そこで私はついに、病棟勤務にのこらぬための行動を開始した。

そのためにはまず、きらわれることが先決だと思い、軍医にへりくつをこねてさからい、看護婦にはささいなことまで注意し、患者には口やかましく気合いを入れ、その一方で自分の仕事だけは確実に処理した。

数日がたつころ、ねらいどおりの反応が現われはじめ、全員が私にシブイ顔で接するようになり、ひとり城島兵長だけがニコニコ顔だった。ようし、これならお役ごめんはまちがいなしと、私は心中ほくそ笑んでいた。

昭和十七年八月一日――私の伍長任官と同時に新たな勤務命令が発表された。してやったりと私は心おどらせながら見ておどろいた。期待はもののみごとに裏切られて、もっともいやな伝染病棟勤務だったのだ。落胆はしたがやむをえない、さっそくしぶい顔つきで部隊長や庶務主任に申告すると、こんこんと責任の重大さをさとされ、どうやら私も心機一転して大いにがんばろうと決意したしだいであった。

それにはまず、手足となる看護婦一同の協力が肝要と、私は全員を集合させたところで、これまでつらく当たった本音（ほんね）をのべてあやまり、つづいて私の勤務方針と、全員の融和と協力とをたのんだのであるが、みなはたがいに顔を見合わせて、わかったような、わからないような顔をして解散していった。

こうしてけんめいにはたらいているうち、ふしぎなことにあんなにいやだった伝染病棟も、住めば都で、軍医殿は親のような、看護婦は妹のような気持になって、私の士気は意外にというかますます旺盛になっていった。

そのころの楽しみの一つに、江上(こうじょう)輸送勤務というのがあった。

二月中旬だったろうか、私に上海(シャンハイ)までの出張命令が出た。自殺未遂の精神病患者を上海陸軍病院まで護送する任務で、患者一人、護送者一人という異例のものだった。患者には「要注意」の赤い片布がつけられている。

私はこの遠出に心うきうき、部隊に出入りする菓子屋のおばさんから軍資金を借りこんだりした。とにかくぶじ任務をはたし、さて患者とわかれる段になって、

「班長殿も自分といっしょに入院してください！」

と涙をながされたときには、いささか私も当惑した。

上海にきたというだけで、なんだか故郷長崎のちかくにきたような気がして、なんとはなしに楽しかった。

病院を出た私は、兵站宿舎や地方人宅に泊まったりして汽車で南京へ、それから船便で揚子江をさかのぼり、二週間ぶりに帰隊した。

帰隊後まもなく、私に思いがけなくも経理室勤務の命令が出た。大いそがしだった六ヵ月間にわたる病棟勤務に別れをつげ、ようやく古巣に帰ることになった。

それからまもなく昭和十八年も三月に入ると、下士官の転属命令がにわかに目立つようになり、戦友の三浦も上海へむかった。

ポンユーとの別れには身をさかれる思いがしたが、命令とあらばしかたがない。明日はわが身か、なにやらそんな予感さえした。

まさしく四月上旬、私にも南京方面への転属命令が出た。当部隊より下士官五名、兵五名が指名され、私が責任者に命じられた。さいわい同年兵の沖田、福永の両伍長がいっしょだったので心強かった。しかしながら、自分がいざ転属となってみると、予想以上のみじめさを痛感せずにはおられなかった。

年増の看護婦らは、牛尾となるより鶏頭となれのことわざを引用して、

「他部隊へ部下をつれて行って肩で風切るなんて、男の本懐でしょう」

などとへんな激励をしてくれる。そのあとのささやかな送別会と、過分のセンベツが私たち一行をなぐさめてくれた。

しかし後日になって、上海の一角で、帰還する看護婦連中に遭遇し、さきのセンベツ返しには一苦労したものである。

そのころの兵の月棒は二十円ていどで、伍長が四十三円だったが、転属のさい看護婦からもらったセンベツは六百円あまりもあった。が、そのとき私のサイフには四円しかなかったのだからどうしようもない。

そこで思いあまった私は、かつて武昌で航空隊の患者が徴発したという革製トランクを五円で買いうけ、それを十五円で修理して帰還用にと所持していたものを、思い切って売りとばしたところ、おどろくなかれなんと八百五十円にもなったので、やっとこの難関を切りぬけるという一幕もあった。

さて、昭和十八年四月のある日、いよいよ栗原部隊は最後の日をむかえた。行く先はビル

マ戦線のようである。アラカン山脈をこえ、さらに奥地の作戦に参加するのであろうか、おそらく生還はとうていのぞめないであろう。

私は経理にたのんで、転属者全員に頭のテッペンから足のつま先まで、新品軍装にかえてもらった。

そして栗原部隊長をはじめ、部隊全員の見送りをうけるなか、胸中こもごもの思いをひめつつ、それでも力づよく衛兵所をあとにしたのである。

3　ぶきみな憲兵

栗原部隊をはなれた私以下十名は、武昌の埠頭で汪兆銘（おうちょうめい）（南京政府の首班）の壁絵をながめながら、あまり大きくない輸送船に乗り込んだ。東北地方出身の輜重兵らを合わせて三百名あまりだった。

この翌日、私たちは蕪湖（ぶこ）に駐屯している第十五師団歩兵六十連隊本部に到着した。到着の申告をおえた私たちは、そこで一日待機してから各中隊に配属された。

私は第一大隊本部付となり、おなじく第一大隊に編入された衛生兵を引率して、その日の夕方に出発して、当時、南京の奥地の溧水で警備にあたっているという大隊本部へと向かった。途中、ゲリラ隊に遭遇したが、たいしたこともなく日没後に到着することができた。

案内をうけて医務室にはいって見ると、医務室とは名ばかりで、じめじめしてうすぎたなく、小さな倉庫の片すみにはローソクがふるえながらともっていた。

なかには最近、内地からきたばかりという軍曹と、純情そうな衛生兵二名とが、私の到着をまっていた。数日たって高橋軍曹が、つづいて長島軍医が到着したが、さらにもう一名が内地から転属してくるとのことだった。

もとより部隊行動は極秘だが、なんでもビルマ奥地に転進するらしいことをうすうす耳にする。いよいよきびし運命が私をまちうけているように感じられる。

兵站地区の武昌と、ここ溧水とは百八十度の変転ぶりで、電灯はローソクに、白衣の天使はボロ服の兵士に、やわらかい豚肉はかたい水牛肉に変わり、談笑しながらかわす兵隊たちの瞳も冷たく、ともすれば心暗くなることもあった。

しかし、日がたつにつれて、見かけによらぬ純情な人がいることがわかり、どうやら明るい希望も見えてきて、このぶんなら、この六十連隊にもついて行けると自信をもてるようになった。とくに第二中隊長からはあたたかい一言をいただき、とてもうれしかった。

到着して二週間がすぎたある日のこと、濾水器を受領するため、連隊本部への出張命令がだされた。私がぶじ濾水器を受領し、南京駅へ帰る軍用列車に乗り込んだところ、私の隣席にひとりの憲兵軍曹が着席してきた。

いやな予感がしたが、とにかく上官なので立って敬礼すると、答礼して私にも座れと手でしめした。一般に憲兵といえばきつい顔つきをしているものだが、きょうの憲兵は笑顔である。それでもこの種の人間にはことさら好感をもてない私は、わざと窓の方を向いてすましていた。やがて五分もたったころ、ポツリと話しかけてきた。

「どこへ行くのかね」

わりにやさしい口調である。私は返答をしたくなかったが、しかたなく慎重な態度で、

「いや、行くのじゃなく、帰りであります」

と答えた。すると首をかしげて、

「おかしいなぁ、あんた一人か、ほかに連れがあるのか」

と、また問うてくる。一人で行動しようが、三人であろうが私の勝手である。なにもわるいことはしてない。いらんお世話だ。ましてこの任務は、南方転戦準備であって部隊の極秘である。もうたまらない、私は完全にアタマにきた。

「軍曹殿、私の横に席をとって私の行動をさぐっているようですが、私になにをいわせたいのですか。調べる筋があるのなら単刀直入、はやいとこ調べてください」

と、一発かませたが、あまり反応はなかった。

「いやいや、調べる筋はなにもない、ただあんたの横にすわりたかった。人ちがいだったらすまんが、あんたは栗原部隊伝染病棟つきの下士官と思うが?」

私はハッとした。まさしく一ヵ月ほど前までは、栗原部隊員だったのだ。彼は私が武昌から南京方面に向かっているものと思ったのだろう。

「私は一と月ほど前まではたしかに栗原部隊にいましたが、いまは転属して十五師団の歩兵

連隊の者です。軍曹殿はどうして私をごぞんじなのですか」

するど彼は、さらに柔和な笑顔で答えた。

「ああ、オレの言葉がわるかった。オレは武昌の憲兵隊の者だ。去年の暮れに戦友が栗原部隊に入院し、二、三度面会に行ったので、きみの顔はよく知っている。戦友がきみに世話になったといまでもよく話すので、いちどきみと話してみたかったまでだ。いつも人を調べるのが本業なので、つい口ぐせになって申しわけない」

私はハトが豆鉄砲をくったようで唖然となり、いままでの気おいも吹きとんでしまい、それから態度も一変して、なごやかな対話になった。

軍曹は軍法会議に内送される犯罪兵を、南京憲兵隊に護送中だったのである。私たち一行はその夜、兵站宿舎に泊まる予定だったが、この軍曹のすすめで南京憲兵隊に一泊することになり、思いがけなくひさしぶりのご馳走にありついた。

憲兵軍曹とわかれて五日後、私たちの大隊に先発隊として、若干名を上海へ出発せよとの命令が出た。部隊の演習は南方での「ウ」号作戦にそなえてか、上陸演習が主だった。

蕪湖と溧水からの先発隊員がひとまず集結し、その翌日の午後四時、南京駅に集合することになった。

はやめに着いた私は、南京に転属しているむかしの分隊長に面会に行ってのち、午後二時ごろ南京駅に着いてみておどろいた。まるで天からでも降ってわいたような、紺の制服を見につけたおよそ三百名の、従軍看護婦の一群である。内地からきたのか、内地へ帰るのか見当はつかない。

この一群に圧倒された私は、きびすを返すように反対の方向へ歩いていた。しばらくたって気がつくと、斜め横のほうから五人、十人と制服の彼女らが私のほうへ近寄ってくる。なんだか気味わるそうな、うれしいような好奇心がわいてくる。

「やっぱりそうだ、班長殿だわ」

黄色い声がだんだん大きくなり、なかには純白のハンカチをふる娘までいる。まるで親が娘とあうような、弟が姉にあうような情愛の磁石に身も心もすいつけられるような思いである。戦時中、しかも戦地における希有の、若い男女の青春の一端であろう。私は無性にうれしかった。

部隊に追われ、戦陣のあくたによごれ、くる日もくる日も孤独の風にさらされて、荒れすさぶ心に欲求不満はつのる一方の昨今だった。神は心の強壮剤を白衣の天使にたくしたもうたか。

彼女たちは以前、伝染病棟で口やかましくしかったり、かわいがった看護婦たちで、それぞれに再会のよろこびとはげましの言葉を、私の全身にあびせかけてくれた。まるで地獄でホトケにあったような、天にでも昇ったような気持になった。

聞けば、私が転属してまもなく、交替要員が到着し、部隊から四十名ほどが帰還することになったとのこと。ところが、こまったことが一つあった。かつて私が転属するさい、彼女らから過分のセンベツをもらっていたのに、いまの私にはまるで金がないのだ。私が頭をか

きかき、

「金がなくてこまったなぁ」

とつぶやくと、聞きとがめた彼女らは、

「センベツ返しなんてヤボな量見、貧乏伍長のつよがりはやめたほうがいいですよ、気にしない、気にしない」

と、てんで問題にしない。といって一時間後には出発しなければならない私としては、どうしようもない。しかたなく、

「それじゃ面目ないが、みんなの言葉にあまえさせてもらうか、申しわけないなぁ」

というほかはない。貧よりつらいものはない。冷や汗が全身ににじんだ。

彼女らと別れて待合室に向かう私は、感激で胸いっぱいだ。これまでにない壮快さで、全身に活気があふれてきた。

ほどなく、連隊本部からきた中尉の指揮下にはいり、上海の北方呉淞（ウースン）に向かって、軍用列車は南京駅を発車した。

やがて駐屯部隊の営舎に到着した。ここは南方作戦訓練のための営舎で、その後つぎつぎと部隊は集結してきた。飛ぶ鳥はあとをにごさずというが、ここは例外で、営舎のそうじにはずいぶんと骨が折れた。

部隊がおちついて三週間もすぎたころ、上海第一陸軍病院に、患者を護送して行ったところ、思いがけなくも南京駅頭でわかれたはずの看護婦たちとまたまた再会した。海が荒れて

十日間ばかり待機しているとのこと、いちどは無罪放免と安心していたセンベツ返しに四苦八苦のあげく、どうにか貧乏伍長のメンツを立てたというしだいだった。

4　インパールへ

昭和十八年九月、南方転進の行動がいよいよ開始された。私は最終の船団で上海を出発し、下旬にサイゴンに上陸したが、埠頭では将校の出迎えをうけた。

さっそく宿営地に向かって出発する。はじめて見る東南アジアである。平坦地に点在する人家が積み木にならべたような、平穏そのものの街並みを左右にながめながら、宿営地へといそぐ足はかるかった。

出迎えにきた先頭の将校が着用している半袖の軍服は、均整がとれた身体にピッタリと似合い、若々しく雄々しく見えた。宿営地では先着の戦友と顔を合わせて語り合い、さらにこれからの戦場に思いを新たにした。

一週間ほどしてここを出発し、プノンペンをへて、小型の船に乗り、タイ領バンコクの国立倉庫前で下船した。連隊本部はこの国立倉庫に陣どり、そこから三キロほどはなれた地点に第一大隊が駐屯し、戦闘訓練に専念することになった。衛生部でも補助衛生兵をあらたに十数名、養成した。

かくしてその年の暮れ、バンコクを出発し、ビルマ領にむかった。何日目だったか、各自に自転車が支給され、それで五日間ほど快走したこともあった。さらにランパンをへて、ケンタンで一応集結し、いよいよビルマ領土に進入した。私は衛生材料の輸送・監視のため、ケンタンにのこることになり、いちおう大隊と別れた。

それから間もない昭和十九年三月十五日、チンドウィン河を渡り、もっとも苛烈なインパール作戦の火ぶたは切って落とされたのである。

敵は予想に反して退却につぐ退却、食糧も被服も放棄してインパールに退却していった。わが軍は、敵がのこした〝チャーチル給与〟を食い、純毛の靴下をはいて進撃をつづけた。ところが、いったん強固なる敵陣地に直面するや、わが後方には敵の落下傘部隊が降下し、後続部隊はこれに応戦することとなり、わが軍は完全に分断され、食糧・弾薬・衛生材料などの補給は途絶えてしまった。うまく敵の作戦にさそいこまれてしまったわけである。

しかも、前にも後へも動けぬ窮地に、敵の砲撃はようしゃなく、空からの爆弾と機銃掃射も絶えぬなかにあって、友軍機は一機も姿をみせず、山上の陣地には一滴の水さえないありさまだった。かくして四月二十九日の天長節を期しての「インパール占領」の夢は、完全に葬り去られたのである。

やがて、インド特有の雨季に入り、戦死者は日に日に増加し、一個中隊（百八十一名）の生存者が、わずか数名という中隊もあった。

戦傷とマラリアなどの風土病にくわえて、飢餓と豪雨にたえねばならなかった。まさに文字どおりの悪戦苦闘の連続であった。敵はおそらくわが軍の食糧供給を中断して、自然消滅を企図していたのであろう。

前線の戦況悪化のため、梱包(こんぽう)監視に最少限の人員をのこし、私たち三、四十名は前線へ出発することになった。本隊とはなれて一ヵ月ほどたってからである。

地理にうとい私たちは、道をまちがって一昼夜も行軍しつづけ、結局、出発点にもどり着いたこともあり、あるいは虎の出る山道にふみ込んで、あわてて立ち返ったこともある。そして山から山へとすすんだが、谷底は霧や雲におおわれてまったく見えなかった。

山腹に蜿蜒とつづく道は、工兵隊の手になる急造のためか側溝はなく、ぬかるみが多く、また雨のために壊れているところが多かった。ところどころには友軍の死体を見うけることもあった。

あるときはこの険阻な道を夜間に、トラックに便乗してすすんだこともあった。道幅はせまくてわずか一〜〇・五メートルほどしか余裕はなく、もし運転をあやまったら、千仭(じん)の谷底に転落は必定で、助かる見込みはない。サーカスの綱渡りどころではない。

ようやくインド領に入ると、小さな集落があった。十四、五戸の集落だが、住民はわずか二、三名しかおらず、豚などを徴発して一泊することにした。空き家に巻脚絆もとかずにゴロ寝したが、一晩じゅうノミになやまされた。

翌朝、私は十四、五名の戦友とともにはやめに集落を出たが、それから三十分ほどあとで、モサモサしていた後発組が敵襲をうけたが、さいわいに犠牲者は出なかった。住民が密告したのである。それにしても、こんなにちかくに敵兵がいようとは、夢にも思っていなかった。

それから二日後に、一行はミッションに到着した。敵襲時にはぐれた兵三名が未到着なので、半日ほど待つことにして、ちかくの河でひさしぶりに水浴したり洗濯をしていたら、ようやく三名が到着した。日が暮れたので、翌朝出発することにした。

翌日の午後、私たちはようやく山上にある連隊本部に到着した。それは四月も終わろうとする日で、よい天気だった。目前に見えるインパール敵陣地、そしてわが陣地周辺の山々が、まるで山火事のあとのように燃えつくされているのを見ておどろかされた。それは戦闘の激烈さを如実に物語っていた。そして、そうした戦闘はいまも連日くり返されていたのである。

六月上旬のある日、敵の戦車は谷を渡り野をこえて、わが陣地に驀進し、その迫撃砲弾は大木をなぎたおし、機関銃は竹林にこだました。これに応戦するわが軍は野砲、山砲による援護射撃のすべもなく、ただ歩兵砲と機関銃と三八式歩兵銃のみで、とうてい問題にならなかった。

ついに最後の日がきた。昭和十九年六月の五、六日ごろだったと記憶している。つい二、三日前まで敵戦車擱座のための落とし穴を掘って、擬装までするのを見ていたのに、事態は意外とはやく悪化したらしい。

その日は小雨がふっていたが、やがて日没になろうとするとき、敵の軽機関銃が竹林に射撃音をこだまさせながら進んできた。一方、わが部隊はこれに抗戦しつつ山をおりはじめた。

やがて日が暮れたので、高橋曹長と高松伍長が一組となり、私と西川上等兵が一組となっ

て、べつべつの行動をとることにしたが、時間がたつにつれてだんだんと人声はうすれてい
き、私たち二人だけが取り残されているのではないかと思ったりした。
結局、三日三晩ろくに眠りもとらずに後退をつづけ、やっと本隊といっしょになってミッ
ションちかくの山上の陣地に着いた。そして河岸にあるセリをつんで塩で味をつけ、五目飯
まがいの飯をたいて食べた。
ちょうど、土手が決壊したときのように、敵はどんどんと追撃の手をゆるめず、わが軍に
迫ってきた。こうしてついに、烈、弓、祭の各師団は、後退のやむなきにいたったのである。

5 患者護送作戦

その日の夜明け前に、山上の陣地から運ばれてきた負傷兵の傷票を調べていたところへ、
伝令が私をよびにきた。二十メートルほど離れている竹やぶの中へいくと、少尉がやや緊張
した表情で、
「明日午前中には、敵は現在地を突破するやも知れぬゆえ、その準備をするように……」
と指示をした。
時は昭和十九年六月二十一日、小雨けむる午前十一時ごろ、ところは、インド領内アッサ
ム州インパールの東北方、コヒマに通ずる街道のそばにある歩兵部隊の連絡所である。

このインパール街道は、むかしインパール〜コヒマ〜ディマプールを結ぶ細い駄馬道で、三千から四千フィートの峨々たる山々の横腹をぬっていたそうだが、その当時には、インパール〜ディマプール間百三十マイルにおよんで、十五〜二十メートル幅に完全舗装された軍用道路が完成されていた。

　野戦病院のあるミッション集落とは、十キロあまりしか離れていない地点である。わが部隊は、せっかくインパールを目前にしながら、敵の戦力増強のため二週間ほど前から撤退のやむなきにいたり、現在は数キロ前方の山中に陣地をしいている。

　患者中間護送の命令をうけた私は、四、五日前に山を下り、現在地でさきの少尉の指揮下に入っていたのである。事態の急迫を直感した私は、患者のたまり場に引き返し、伝令に命じて二人三食分の飯をガソリンで炊かせ、ひとり歩きの可能な患者八名には三十分後、野戦病院に向かって出発するよう命じた。

　ところが、事態は予想を上まわるはやさで悪化し、飯盒がまだたき上がらぬうちに二、三百メートル前方に少数の敵兵が現われ、軽機関銃の音がしきりに起こった。さいわい三十分ほどで敵は退却したが、われわれは数名の負傷者を出した。

　戦々恐々たるうちに日没となり、きょうも山の陣地からの戦傷者がぞくぞくと運ばれてきた。部隊から坂井中尉がやってきて患者輸送の任に当たり、重傷者より順に後送することにした。

病院に着いてみると、ハチの巣をつついたような混乱ぶりである。きけば、烈兵団がコヒマを退却してきたのだという。いよいよ私たちは腹背に、つまりインパールとコヒマの敵兵にはさまれてしまったのである。

「患者は明朝三時までに、ミッション東側の頂上集落に集結すべし」

との命令で、患者と戦闘部隊とが同時撤退という事態となった。夜にはいって雨はしきりに降りだし、タイマツの光にそげた頰が映え、目は血走り、凄惨たる将兵の形相は、まさに地獄絵図そのものであった。

任務を終えた中尉、私、伝令二名、運転手と助手の一行は、夜明けを待つことにした。しばらくしてようやく空が白むころ、幅二十メートルほどの川を腰までつかって渡り、頂上の集落に向かうことになった。

頂上への道は二つあった。近道の方はけわしいがジャングルにおおわれた直線コース。まわり道は遮蔽物（しゃへい）とてほとんどなく、歩きやすいが迂回路で時間がかかる。

坂井中尉が近道をえらんだので、私はつよく反対した。すると中尉は逆上し、

「おまえは勝手にせい！」

と、どなった。私は、これはいかんと気をしずめて一応あやまり、あらためて意見具申した。

「中尉殿、夜が明けたら、ただちに敵の戦車が進撃してくるでしょう。空襲も予期せねばなりません。数時間前までミッション周辺にいた日本兵が、雲がくれするわけはない。敵はどこをねらうか、おそらく近道のジャングルと頂上の部隊をねらうでしょう。いま近道は日本

兵がアリの堂まいりのようにつづいています。

私たちは任務を終えたので、是が非でも本隊に帰り、任務終了の報告をせねばなりません。身命が大切です。中尉殿も遠いほうの道を登ったほうがよいと思いますが……」

するとを中尉は、

「そうだな、遠い道を登ろう」

といって、機嫌をとりなおしてくれた。私たちが登る道は空からは丸見えで、百メートル間隔ほどに二人、三人とまばらな人影があった。

一時間もたたぬうちに、敵の偵察機がミッション集落を低空で飛び去っていった。それから二十分ほどのちには敵戦車がコヒマよりインパールに向かって驀進し、すこしおくれて歩兵が散兵線隊形ですすんでくる。さらに二百メートルほど後方から敵の患者車がつづく。赤十字マークがはっきりと見えている。

コヒマ～インパール街道の要衝は完全に敵の手中に帰してしまったのである。のちに聞いたことだが、この日のコヒマからなだれをうってインパールに突入した敵の戦車や重砲、工作自動車などは一千両以上にたっしていたそうである。

まもなく敵の患者車が、動けない日本患者数名を乗せてインパールの方向へ去った。一日前まで私たちがいたあの連絡所まえを通って行くことだろうと思うと、一瞬ひやりとした。

私は携帯重量をへらし、つかれをすくなくするために携帯毛布の半分を切りすてた。しかし、米だけはすてるわけにはいかない。昨夜の混雑ですてられたのか、その米まですくいとって身につけ、一週間分の食糧にはこと欠かない自信があった。

いよいよ戦車砲がほえはじめた。私たちは遮蔽地にはいつくばり、間隙を利用して登りをいそぎ、さいわいに一発の敵弾もうけずに正午寸前には、頂上集落の本隊に到着することができた。

敵弾は私が予想したとおり、近道のジャングルに集中し、味方の戦死者はおどろくほどの数にのぼったという。

6　伝令兵と二人行

頂上の陣地についてみて私はおどろいた。びっしりと見渡すかぎりに日本兵が、一寸のすきまないほどたむろしている。見たところ、やせてもかれても、さすがは歩兵だ、きわめて士気旺盛である。闘志というより、むしろ殺気立ってさえいる。

それに反して、かわいそうなのは患者たちだった。やせおとろえて、話す声も地の底に沈んでいくように弱々しい。新しい仮包帯には、まだ生々しい血のりがにじんでいる。なかには、

「班長殿、そのせつはお世話になりました」

と、声かける者もいる。私は涙がでてしようがなかったが、

「おい、元気をだせ、あくまで生きぬくんだぞ」

と激励した。また、米一つぶ持たぬ患者二、三名には、すこしずつわけてやると、彼らは地にふせんばかりにしてよろこんだ。しかし、彼らの多くはすでに、きたるべき運命を覚悟しているようすだった。じつに痛々しい光景だった。

昼食をとって一ねむりし、目をさますと事態は急変していた。今夜一晩はここにいるものと思っていたのに、敵はすでに歩哨線まで接近しているとのこと。時計は三時をすこしすぎていた。

連隊本部は三十分後に出発とのことである。私も出発準備をしようと思ったが、なぜか伝令がいない。二百メートルほどはなれた集落までさがしに行ったが、杳として彼の姿は見えない。やむなく引き返してきたが、いぜん見当たらず、念のためもう一度集落に行くことにした。

途中、迫撃砲弾が飛んできた。その一弾で五メートルほど前方にいた三人の兵が負傷した。一人は足、一人は大腿部、一人は臀部に破片創をうけた。私は思わず立ちすくんでいた。

そのとき、第二の発射音が聞こえた。迫撃砲弾は、発射音と破裂音との間に若干の余裕がある。私ははじかれたように三、四十メートルの谷間にわざとすべり込んで着弾点をさけた。しばらくたって、砲弾の音がやんだので登りきってみると、こんどは五人の兵が虫の息であった。

このあといそぎ集落に行ってみたが、やはり伝令の姿は見当たらず、やむなく断念してもとの位置に引き返してみると、背嚢がだれかによって開かれ、米はぜんぶ盗まれていた。愕然としてあたりを見れば、全員が出発準備にいまや大いそがしである。

まもなく連隊本部は、軍旗を奉持して出発していった。私は本部よりおくれ、第二大隊と行動をともにすべく決意した。伝令をおき去りにすることは絶対にできなかったからである。

あせりを感じつつ私は、もういちど集落に向かうことにした。はらわたがにえくりかえるように腹立たしい。

「いったい、どこまで、オレに世話をやかせるつもりか、あのボサ助が……。見つけたらただではおかんぞ」

と、はく息もあらく七、八十メートル行ったところ、飯盒とツボを手にしてニコニコ顔でやってくる伝令を見つけた。私はいきなり大声で彼をしかりとばした。彼はおそるおそる近づいてくると、けんめいにあやまった。そして、だいじそうに持っているツボをさしだした。なかを見るとドブロクである。それに黒砂糖とタバコもある。彼は私をよろこばせるために仮眠もせず、危険をおかして集落に徴発に行ったのだ。私の怒りは一時に消えうせた。

日が暮れるにつれ、敵の攻撃はいよいよはげしくなり、軽機関銃の音もかなり接近してきた。雨もますますひどくなった。動けない患者はすでにはらをきめたのか、大声で談じ合い、裸火を燃やして暖をとっているありさまだ。これでは敵に弾着点を標示しているようなものだ。

まもなく夕闇に稲妻（いなづま）のような閃光がはしり、迫撃砲弾の集中攻撃が開始された。さきほど連隊本部が後退していったウクルルに通じる間道は、すでに遮断されたらしい。のこされた唯一の道は、頂上をこえて、迂回して間道に出るほかはない。そのためには、現在、集中攻撃をあびている地点をなんとしても突破しなければならない。

いよいよ出発だ。私は第二大隊の後尾についた。無我夢中の突進である。二、三度頭をたたきつけられたような衝撃に鈍痛を感じながら、私はかろうじて山をこえることができた。

ところがその直後、大変なことが起こった。昨夜からの疲労と、山をこえた安心とで、足が動かぬようになったうえに、ついさきほど谷間にすべりこんだときに無意識につかんだ毒草（イチゴの葉のようなもの）のようなもののためか、右手が完全にしびれてしまったのだ。

伝令がはげましてくれるが、どうにもならない。私はついにすわりこんでしまった。

伝令はくるったように、私の頰に平手打ちをくわせたが、ぜんぜん効果はない。心は矢竹にはやれども、足腰に力が入らないのだ。伝令は私の背囊をとって背負い、片手で私をひきずりながら歩きはじめた。あたりは道とてないハゲ山である。

夕闇のなかに雨はとめどなく降りそそいだ。一難はどうやら切り抜けたものの、はるかな道程にどれほどの苦難が待ちうけているのだろうか。まことに血の涙がにじむ地獄の道行きの第一歩がはじまったのである。

しばらくするうちに、高さ四、五メートルのガケにさしかかった。兵隊たちはつぎつぎと飛び降りている。間道に通ずる道があるらしい。

伝令は背囊二つをさきに落とし、私を背負った。と、私の手に思わず力が入った。

「班長殿、しっかりつかまっていてください。一、二の三……」

二人とも必死であった。痛いほどシリモチをついたが、けがはなかった。それにふしぎなことには、シリモチをついたショックで、いままで動かなかった足腰に力がついた。二人はともによろこび合い、そうそうにみなの後につづいた。

しかし、踏みわけ道で隊列も一列になってしか進めない険阻さで、前進も一寸にじりである。百人百語の雑音も夜のふけるにつれてへり、はては夢遊病患者のように一晩中、うつらうつらで押しつ押されつすすんだ。

その翌朝、はっとして目をさますと、三十度ぐらい傾斜している坂道にはいつくばって眠っていた。一晩じゅう降りつづいた雨で全身がずぶぬれである。となりの西川上等兵が私の背嚢を背負ったまま、死んだように眠りつづけ、腰のあたりまで泥水が流れている。

やがて私の体は悪感を感じはじめた。マラリア発作の前兆であろう。私はさっそく上等兵を起こすと背嚢を受け取り、硫規錠を服用するとぬれた服をぬいで全身をまさつし、手足を屈伸、回転して五体に熱をもとめたあと、毛布で身体をつつみこんだ。

まもなく不規則な隊列はつぎつぎと目をさまし、夜が明けるにつれて前方から動きはじめ、四十分ほどすすんだところで自由に行動できる間道にでた。この間、私は気力のつづくかぎりけんめいに走りつづけた。いつか砲声はだんだんと遠のいて行くようだった。

三時間ほどすすむうち、草原の高地に着いて、思わず後方をふりかえっておどろいた。もうもうと天をおおう黒煙と、地上をひとのみにせんばかりの炎の海である。ああ、南無三

——何百か何千かの傷ついて動きのとれない同胞が、いま終天の怨（うら）みをのこしつつ、アラカンの露と消えていく。無情、惨絶の情景であった。

昨夕、耳についた彼らの悲痛なあの声は、まだ私の耳底にのこっている。なんと悲惨なことだろう。明日はわが身かと思わず武者ぶるい（?）をする。そして、悪夢からさめたように、私は走り出していた。

夕方ちかくやっと本隊に追いつき、連隊本部の指揮下に入った。

7　敗軍の悲しみ

頂上の集落を出てから二日目で、はやくも食糧は底をつき、やむなく飯盒の底にのこっていたわずかな米でカユをたいて飢えをしのぎ、つぎの日は水牛の生肉をかじって生命をつないだ。

三日目の夕方、敵の迫撃砲弾が飛んできた。ミッション東側高地よりウクルルに通ずる道が遮断されたため、またも後退路を変更しなければならなくなった。それは道とてないジャングルのなかで、しかもほとんど断崖にちかく、そぎ立った山また山のなかである。

五日目だったか、これまでにないけわしい谷間を横切らねばならなくなった。それでも川幅六メートルほどの深い渓流には、先発の工兵隊がつくってくれたのか、一本の丸太橋ができていた。みなはそれぞれに丸太にまたがり、腹ばいになって両手で抱き、尺取りムシさながらに渡るのである。せっかくここまで後退しながら、手足を痛めている者にはとうていむりだ。数名が顔色もなく立ちすくんでいた。

河を渡りきっても、さらに五十メートルほどの高さの断崖がまっていた。それも灌木(かんぼく)のはいもつれた難所で、たとえ丸太橋を渡れたとしても、手の不自由な者には登るのは不可能にちかい。さいわい私は、西川上等兵とたがいに助け合って、小一時間ほどかけてようやくよじ登り、小さな松林にそった山道に出た。

そこは小学生のころ、野に牛をつれながら歌をうたって楽しく通った故郷の山道そっくりだった。私はにわかに故郷が無性になつかしくなった。すでに母は亡くなっていたが、あれやこれやを思い出しているうち、いままで張りつめていた心がゆるんで、わけもなく感傷的に涙ぐんでいた。

そして、運命の苛酷さ、生きるためのかぎりない辛苦を痛感し、敗残兵の悲哀をしみじみとなげいていた。まだ渓流や断崖を通れずもがいている者は、いずれ白骨となるであろう——と思えば思うほど不憫さをおぼえて情けなく、戦争そのものがいやになった。

父は日清戦争で腕に銃弾をうけたが、生命に別状はなかった。私はまだ負傷こそしていないが、明日の生命も保証できない死地をさまよいつづけている。〈戦争はオレだけでたくさんだ。子々孫々にいたるまで、けっして兵隊にはやりたくない〉と思った。

私は、生きているという気合いだけでふたたび立ち上がると、また黙々と歩きつづけた。

夕方ちかくに静かな集落に着いた。そこには木造の家があり、食糧もいくらか見つけることができ、ヤギ肉なども入手できた。

ところが、翌日の行軍ではおおいに閉口させられた。数分おきにおこる放屁の連発である。高音、低音、二連発、三連発と交互にかさなり合って、泣き笑い交響楽を演じた。前夜飲んだ徴発ドブロクのたたりであろうか。

それから二日ほど行軍してやっとまともな間道にでて、それ以後は順調に後退することができた。ウクルルに近づいたころ、軽機関銃の射撃をうけ、ふたたび敵に先手をとられたかと緊張したが、じつはウクルル警備中の友軍の弾丸だった。その夜は徹夜の行軍で、七月二日の朝が白々と明けるころ、目的地ウクルルに到着したのだった。

ここで私は、沖縄出身の若い志良堂上等兵と出会った。彼は武昌にいたおり私が引率した一人で、石投げの名人だった。その石投げで捕獲したというニワトリを二羽もらい、私のよろこびはたとえようもなかった。

この地点において、部隊落伍者は四百名以上にのぼることが判明した。

ウクルルには、私たちとおなじ第十五師団の歩兵六十七連隊の一個大隊が警備にあたっていたので、私たちも思わずほっとしたものである。しかしながら、二、三日待機しているうちに、わが師団の戦闘司令所が危険だということで、わが部隊にその援護救出命令がでた。

「援護救出隊は今夕にも出発し、ただちに落伍者収容班を編成して未到着の者を収容し、後方の野戦病院へ後送せよ」

というものであった。しかも、その命令のひとつである落伍者収容班の任務は過日、インパール街道で患者後送にあたった坂井中尉と私にくだったが、坂井中尉は未到着だったために結局、私が責任をもたねばならなくなった。

私はその要員として兵十名と、食糧二日分をもらったものの、そのうち役に立つ兵はわずかに三人のみで、あとは足手まといの弱兵にしかすぎず、やむなく私以下五名でその任に当たることになった。

連隊主力の援護部隊は予定よりはやく出発した。あとにのこった私たちは親舟をはなれ、しかも兵器は歩兵銃四梃という心細さだったが、事態が事態だけに勇気をふるいおこし、四名にも訓示激励して現在地にのこることにした。

木の枝葉で急造した連隊長の寝所に陣どった私は、まず、『松村部隊連絡所百メートル先、気合いを出せ』の立て札を百メートル後方に立てた。そして、タバコのくずを手巻きにしたものを心ゆくまですいながら、ロビンソン・クルーソーの漂流記などを追想して、〈いまからがオレの運だめしだ、なるようになれ〉と心の底でさけんでいた。

私にはまだまだ幸運の女神がついていたようであった。一時間ほどして部隊の主計少尉が、二俵の米をゾウに乗せて到着した。さっそく部隊の伝令をとばしたところ、適当に処分せよとのことで、これさいわいと私は、つぎつぎと通過する兵隊に分配することにした。ところが、わずか飯盒一杯の米を手にするのがやっとという体力しかのこっていない者もいた。

その翌日の日没後になって、烈師団へ連絡に行った部隊伝令の生き残りという軍曹以下六名が帰ってきた。彼らはいまとなっては数すくない軽機関銃を装備した精兵だった。

私は勇気百倍し、軍刀をつよくにぎりしめた。そして、〈武運がつよいことよ、胸にかけた摩利支天（まりしてん）のお守りもダテじゃない〉と、お守りを贈ってくれた父に感謝せずにはおられなかった。

ところが翌朝、敵の落下傘部隊がちかくに降下して戦況は急変し、日没とともにふたたび後退のやむなきにいたった。このときまでの収容落伍者はおよそ二百名ぐらいにしかすぎず、命令責任者の坂井中尉さえついに到着しなかった。

一度はインパールを目前にしながら、同行した将兵の大半の屍を野ざらしにしたまま、退却せねばならなかった私たちの心境は筆舌につくせぬ悲壮なものだったが、それにもまして、のこされた霊魂はいずれの辺にさまよい、なにをさけんでいるのであろうか。二度と訪れることのないインパールの山野に、ただみたま安かれと祈るのみであった。

任務を終え、十日ぶりに師団連絡所に到着した私たちは、こんどは連絡所長の命令で、傷病兵三十名ほどを護送してチンドウィン河ふきんまで後退することになった。

この行程は、これまで以上に苦労させられた。ときに河面を泳ぎジャングルを横ぎり、空襲をさけながら、ややもすれば落伍せんとする兵の脈搏をはかり、カンフルを打って叱咤（しった）激励し、あるときは他部隊の上官と意見衝突したり、インド国民軍兵士の胸元に拳銃を突きつけるなど、一行の生命を守るために必死であった。また後方糧秣補給所の倉庫から、牛の太股をうばって飢えをしのいだこともあった。

行軍また行軍のはてに軍服はほころび、軍靴はやぶれ、体力のおとろえからぬかるみに足をとられて転倒する者、はうようにして歩く者、千辛万苦にたえねばならなかった。とうぜんのように一食ごとに米はへり、タケノコをかじったり川ガニを食したりして、細く長く一命をのばす以外にその手だてはない。空からの絶え間ない機銃掃射に神経はとがり、のどは糖分不足とニコチンにかわき、夜には蚊とブヨになやまされる日夜であった。

道ばたのすでに息たえた生なましい屍体には、ハエがたかり、臭気をはなつ腐乱屍体には、ハゲタカがあらそって人肉をつついていた。

雨と飢えと病苦にやつれはて、血色もなく目玉だけギョロギョロした日本兵が、そこここにもだえ苦しみ、手まねきで最後の水をもとめている者もいるが、だれひとり世話する者もいない。ただ自分の生命のみをささえつづけるのが精一杯だ。

なかには死を寸前にひかえた兵の、背嚢をねらう横着者もいる。ひとたび呼吸がとまってぐったりすると、やつはその兵の軍服をさぐり背嚢を開けて、米や財布や時計などを盗む。いやしくも帝国軍人の風上にもおけぬ卑劣漢である。肌身はなさず身につけている、わが刃わたり二尺三寸の備前長船（おさふね）の業物（わざもの）が、サヤにかくれて泣いているがどうしようもない。まさに生き血でいろどられた戦場の地獄絵図であった。

私はみずからを激励し、体力と気力をしぼりつくして六十余日間の撤退をつづけとおした。シッタン渡河点十数キロ手前で、マラリアでよわりきっている第四中隊長の佐藤中尉と遭遇してシッタンまで同行し、ようやくたどりついたとき、一行は二十三名にへっていた。

8　転属また転属

昭和十九年九月のある日の昼下がり、私は体力のつかれを感じながらも一行の先頭に立って、目的地シッタンに到着した。生ぬるい河風は無情に私の頬をなでる。難行苦行幾百里の逃避行であった。

流れる汗をふくひまもなく、野戦倉庫の出張所をさがしだし、二十三名の四日分（三分の二定量）の米と塩を受領し、とくに事情をうったえて一人一つぶの梅干しを特配してもらった。梅干しはきわめて貴重品だったのだ。

任務を終え、食米にもありついたので患者たちも、ようやく安堵したのか、落ちつきの色を見せはじめ、やがて濃霧にけむる異国の地シッタンの日は暮れた。そっと天幕の仮舎を出てあたりを散歩すると、ひさしぶりに胃袋に米がはいったせいか気分は上々、歌さえ口ずさみたくなった。

そして、いつしか幼少のころを思い出し、暗くて景色こそ見えなかったが、つかれだけは充分にいやされたようだ。軍衣のポケットから現地タバコのシェレーをとり出して火をつけた。

それにしても、なんと不細工なタバコだろう。直立不動の猫のクソみたいだ。火をつけるとドス黒い煙が立つ。それもあと二本しかのこっていないが、一本も持たない兵を思うとせめてものしあわせか。

ローソクの光が仮舎よりあわくもれている。そこには背嚢を枕に横たわる敗残の将兵が百人百想、妻子を、そして故国をしのんでいることだろう。私も父や兄姉のことに思いをはせる。きびしい反面のんきな父、生一本の兄、そして、身を粉にしても人の世話ばかりする姉、いまごろどうしているだろうか。

そのとき一発の銃声がひびきわたった。三百メートルほどの距離だ。さては自決か、と直感する。病苦にあえぐ同胞が小さな希望さえすてて今宵もまたひとり散ってゆく。感傷の夜にこだました銃声は、シッタンの無情の河風にながされ、いずこともなく消え去って行った。

やがて涙をさそうかのように、大つぶの雨が降りだし、思わず身ぶるいをする。不吉な予感を意識しながら、私は幕舎に帰ると横になった。

その夜の豪雨は意外にはげしく、わずか十数分で幕舎を浸透して私たちの五体をぬらした。その一滴ごとに心身の疲労を感じつつ、いつしか睡魔におそわれていった。

ふと夜中に目がさめると悪寒戦慄、四十度以上の高熱で一晩じゅう苦しまされる。マラリアが再発したのである。こうなっては寝ても起きてもいられない。全身が倦怠(けんたい)感におそわれ、まったく体の自由を失ってしまった。あと三日ももつまい。ただ精神力だけで、かろうじて一命を維持しているにすぎないのだ。こんな日が十日間ぐらいもつづいただろうか。

同行の第四中隊長佐藤中尉が、ここから約一キロはなれた兵站病院に入院するようすすめてくれた。一方、伝令の西川上等兵（京都出身）は小声で入院はしないように、といってくれる。もともと私には入院する気持などまったくなかった。

なぜならば、きのうは東きょうは西と移動する病院には、休養する幕舎はもちろん、薬も米もなく、ときと場合によっては患者はヤッカイ者にされていたからである。

といって、病院にしてみれば、やむをえない状況だったのだろう。物資補給は断絶し、糧秣も医薬品もすでにまったくつきているのが現況だからだ。

そもそもこのインパール作戦そのものが無謀だったのだ。将棋にたとえると飛車、角おとしで、歩にたよりすぎ、持ち駒もないありさまだ。友軍機は一機も飛ばず、みなは大和魂のみで進軍し、敵からの徴発物資でまかなう計算だったのである。

歩兵一個中隊の九十五パーセントが敵戦車に蹂躙されても、野砲一発、発射できない。もし撃てば、数十発のお返しがくるという戦況なのである。私は最高指揮官をうらんだ。だれが病院をこうまでさせたのかと。

こんな病院に入れられると、最悪のときは単独行動にされるのは必定で、骨をひろってくれる者もいない。だからこそ私は、つれてきた傷病兵も入院させず、私が手段をこうじてかならず治癒（ちゆ）させ、ふたたびりっぱな戦闘員にしたて上げたいとがんばってきたのだ。

ああ、それなのにいまやみずからたおれ、明日さえわからぬ身になりはてているのだ。まさに断腸の思いである。一つぶの硫酸キニーネもなく、一本のカンフルもバグノン液もない。その間にも私の身体は一秒ごとに衰弱し、死出の路をたどるばかりである。

このへんの事情をくわしく話して、入院しない理由をのべたところ、中尉もうなずいて、

「けっして死んでくれるな」と力づけてくれる。

しばらくして伝令に、医療の七ツ道具（刀刃・千枚通し・のこぎり・抜栓子・罐切り・ドライバー・栓抜き）を取り出させると、私はそのうちのナイフを手にした。このナイフも幾十、幾百の遺骨をわけるためにつかったものだ。私は大きく深呼吸してから、伝令に話しだした。

「西川上等兵、オレの死は目前にせまった。ずいぶんと長い間むりをいって苦労をかけてすまん。わがままなオレによくつとめてくれてありがとう。君の兵長進級の日を見ずに死ぬのは心苦しいがやむをえない。

ここに連隊本部の斉能少佐殿と、高級軍医の井上少佐殿（久留米出身）あてに封書を各一通書いてあるから、後日わたしてくれ」

その内容は、
一、インパール撤退時における部隊落伍者の収容および患者後送業務報告
一、任務終了後の行動報告
一、師団司令部〇〇班と同一行動による患者護送業務報告
などであった。そして、私はさらに言葉をついだ。

「つぎにオレが死んだら、この左の小指を切り落とし、なんとかして故郷のオヤジにわたしてくれ。これが最後のたのみだ。なァ、西川上等兵……」

といって、ナイフをわたそうとしたが、受け取らないばかりか、かつていちども見せたこ

とのない形相で、言葉もあらあらしくいいはなった。

「よしてください班長殿。九州男子ってそんな弱虫ですか。口ぐせの熱と誠はどうしました。大和魂が泣きますよ。これくらいで死んでたまるものか。班長殿には私がついています。移動のときは背負って、五里でも十里でも行軍しますぞ。班長殿らしくもない。気合いを出して、気合いを……」

そして、私の手をかたくにぎりしめた。

その西川上等兵もつかれはて、五体はやせ頬をくぼませ、目玉だけギョロギョロの体で私を背負っての行軍は、五里はおろか一里も不可能だったろう。ただ勇気づけるための最後のさけびであったのだろう。

しばらくすると彼は、私がときおり口ずさむ『忠治の子守歌』をうたいだした。

〽人の落ち目と　木の葉の露は　風の吹きよじゃ　流れ旅
泣くな勘太よ　やくざの果ては　生まれ故郷じゃ　死ねぬもの

じつにおそまつな音声だが、なぐさめるためにむりをして唄っている。やるせない彼の心根がいじらしい。

この歌こそ、私の現況をそのままにかなでる悲哀の調べであろうか。なぜならば、入隊いらい五年間、部隊から部隊へと追われて現在の歩兵部隊へ転属したのは、一年五ヵ月前のことだった。それは四回目の転属であり、あげくのはてこの玉砕部隊の要員となったのだ。中支の武昌からインド・ビルマ国境くんだりまで、苦難の道をあゆみつづける放浪流転の生活は、義侠一代の男・国定忠治の末路に通ずるように感じ、思わず眼頭が熱くなった。「西川上等兵、ありがとうよ」の言葉が終わらぬうちに、涙が両頬を流れおちる。母を失った十一歳のときに泣いたほかは泣くことを知らない男を、人情がうるおす感激の涙である。『弱き者よなげくなかれ、汝の名は一銭五厘の消耗品なり』——これが兵隊どうしの合言葉だったはずだ。ただおそいか早いかの問題で、いま私を見守っている者もいつかはオレの現在の心境を意識するであろう。

戦陣に屍をさらすのは武人のつね、最後のときは手榴弾で一気に散ったほうがましだ、とひそかに決意し静かにまぶたをとじてみた。すると、ままてと私を制する者がいる。それはおぼろげな十五年前のやさしい母の面影であった。

今生の別れに、思い切りあまえてみたい気もするし、「バカな」と打ちけしたい気もするが、二重にも三重にも浮かんでくるのは母の姿だった。

このオレも二十五歳の若さで、日遠からずして散ってゆくのか。これが「やくざ軍曹」のなれのはてか。将校と兵との中間にあって弱い者の味方となり、ときには上官にさからい、はては転属要員となり、部隊から部隊への流転五ヵ年の歳月は、長いようなみじかいような戦陣生活だった。しかし、やりたいことをやり、いいたいことはいってきた後味は、なんともいえぬ爽快さである。

ローソクはおのれを燃やして他を照らすのたとえもあり、それでよいのだ、本望だ。しょせんはこうした運命の星の下に生まれたオレだったのだ、とあきらめる間もなく、いつか深い眠りに入っていった。

9　沈みゆくドロ地獄

その翌日のたそがれどき、にわかにさわがしい人声や兵器のすれ合う音に、びっくりして目をさました。なんと十ヵ月ほど前に離隊したばかりの、なつかしい第一大隊の到来である。

しかし、さすがに精鋭をほこった吉岡大隊も、大多数は敵弾にたおれ、傷つき、あるいは病魔におかされて行方不明となり、一千三百余名の隊員もわずか百五十名にへって見るかげもなかった。

将校は大隊長、副官、歩兵砲小隊長の三人のみで、ほかはみな戦死したとかで、戦死者のなかには真崎甚三郎大将の子息で機関銃中隊長の真崎中尉もかぞえられていた。さきの大隊副官は戦死し、教育終了してまもない少尉が副官だった。衛生部員も軍医以下十九名が戦死していた。

さいわいに、中支より転属のさいに私が引率した鹿児島出身の冨尾一己兵長が元気いっぱいの顔を見せてくれた。大西郷のように鼻先の赤いニキビ顔に厚い唇、大きな目玉の彼は、

「班長殿、会いたかったですよ。だいぶやせましたなぁ」

といってそばに近寄り、グローブのような手で握手をした。一瞬、関節が脱臼する思いだ

った。

私の胸に希望の灯がともったのもこのころで、冨尾兵長の包帯嚢の底に残されてあった強心利尿剤アンナカ注射液が、どうやら私の一命をとりとめてくれ、その後は勇気百倍、みるみるうちに健康をとりもどしていった。

半死半生の身体から、いくらか生気をとりもどした私は、大隊が到着した翌日、希望にみちてチンドウィン河を渡った。そして四、五日間も行軍するうちにどうやら元どおりの身体になった。

生まれてはじめて通る道、しかも戦いに敗れて後退する道は、じつに悲惨だった。それでもいつかは、ふたたび進撃する日もあろうとの期待を確信し、士気を鼓舞して日に夜をついで歩きつづけた。このころになると後退する部隊も数がすくなく、ほとんどが小部隊ばかりだった。

こわれかかった吊り橋を渡るときなどは、空腹もわすれてヒヤヒヤしながら渡ったこともある。どんよりとにごった河は上流から押し流された土砂やヘドロでうまり、もしふみ込んだりしたら最後、一歩も動けぬ結果となることうけあいである。

渡河してから六、七日ぶりに小さな集落で豚肉を手に入れ、その夜は満腹して安眠したのだったが、さて、その翌朝のこと、出発まぎわに便通をもよおして道路横にしゃがんだところ、どこからともなく集まった十数匹の黒ブタに包囲され、あわてて近くの大木によじ登って用をたしたが、かんじんのチリ紙を落としたため、フンドシで間に合わせて洗い替えがなくなったこともあった。

さらに後方に退くにつれて、かなりおおきい集落も目につくようになり物資も手に入りやすくなった。ブタとの出合いから数日後のことである。二時間ほどの大休止で兵隊も大満腹になった。「やせのバカぐい」が私の悪癖で、この日もすこし食いすぎたなあと悪い予感がした。

出発後一時間もすると、常習の便意をもよおし、四、五分間はがまんをしていたが、ついにたまりかねて隊列をはなれ、竹やぶに入って用をたした。

ところが、ほんのわずかの時間と思ったのに、出てみたら大隊は見あたらず、ハゲ山のなかを曲がりくねったせまい山道は静寂そのものだ。大隊にはぐれては一大事とあわてて歩を早めたが、急げど急げど大隊の姿は見えない。

一時間ちかくも歩いたかと思うころ、幅十メートルほどの川に人が歩けるように大きい石がならべてあり、川の向こう岸にはいまきた道につながる道が見えたので、これを渡ることにした。

ところが、途中で足をすべらせて川床土にはまりこんでしまった。しまったと思ったがあとのまつり。いかにもがいても自力ではい上がることはできない。しかも、この二、三日、道づれ部隊がめっきりへったと思っていたやさきである。

もしも、あとの部隊がこないとなると、立ち往生で餓死するほかはない。いや、そのまえに敵がくるかも知れない。そのときは手榴弾で自決しよう。さいわいに信管をうちつける石もあり、それには手がとどく。頭は混乱して狂いそうだが、どんなにあせってもいまはむりだ、後続部隊をまつよりしかたがない。こまったときの神だのみでけんめいに祈ってみたが、いぜん人影は見えない。運のわるいことに天気までくずれてきて、小雨が降り出してきた。防雨外套も天幕もドブのなか、もとより断念せざるをえなかった。

二時間ほどたったころ、人声がしてまもなく姿が見えてきた。私はこれで助かったと思ったが、現実はそんなにあまいものではなかった。

部隊は曹長が指揮する十七、八名だった。彼らも私がしたように渡ろうとして、このときはまり込んでいる私を発見した。ところが、

「この道はだめだ、引き返せ」

といってきびすを返しはじめた。

「曹長殿、助けてください」

私があわててたのんだところ、

「冗談じゃない、おまえを助けるひまなどあるか」

と情け無用の投げ言葉である。私にしてみれば、おなじ日本兵同士で、おなじ軍隊仲間として戦ってきた者同士じゃないかと悲嘆の底にしずむ思いだった。

曹長たちは川ぞいに川上へ迂回していったが、やがて二十分ほどしてふたたび私の前方に姿を現わした。私はこのチャンスをのがしたら死をまつも同然と思い、

「オレは六十連隊の衛生下士官春本軍曹という者だ、一生恩にきるから助けてくれ！」

と絶叫した。すると先頭の曹長が立ちどまってふり返り、兵も全員がふり返った。そして後尾のヒゲを生やした上等兵の、

「衛生下士官なら助けよう、オレたちも助けてもらうことがあるぞ」

という声が聞こえた。

こうして全員が帯剣で木を切り足場をつくって、約一時間後に四人がかりでやっと助け上げてくれた。私はあつく礼をのべ、部隊名を聞いたところ、「弓（三十三師団）の野砲隊員」ということだった。

私を助けてくれた曹長以下の隊員は、思わぬ道草をくったとばかり先を急いだ。一人とり残された私は心身ともにつかれはてていたが、安閑としている場合ではないので、その一行の後を追うように足をはやめた。

道はいくらか広くなった一本道である。一キロほど行ったところにちょっとした小川があったので、ドブネズミのようになった身体や被服、装具をぜんぶ洗った。雨は相変わらず小雨もようだったので大助かりだった。しかし、もう曹長一行の姿は目に入らなかった。私はえものを追っているかのように無我夢中で歩きつづけた。

日没時にようやく小さな集落にたどり着き、やっと大隊本部の宿泊所をさがし当てた。みなは心配してくれてはいたものの、私がこれほどの災難に遭遇していたと無想だにしておらず、あらためて経過を説明したところ、だれかが、

「小便一町、糞八町というからな」

といって、それに合わせてみながどっと笑った。まさに名言である。小便する間に一町、大便する間に八町ほど歩くという意味である。一里は三十六町というから、換算すると一町は百十一メートル、八町で八百九十メートルとすると、腹ごしらえも充分な大隊の出発まもなくであれば足も早いし、およそ一キロちかくも引きはなされていたにちがいない。

そんなことがあってから、さきの曹長らの一行はわが大隊本部と後になったり先になったりして、ともに後退をつづけたが、私が彼らに助けてもらった日から一週間ほどがすぎたある日のこと、曹長一行の兵がマラリアでぜんぜん歩けなくなり、薬もないことを知った。

そこで私は、冨尾兵長がバグノン液をすこし持っていることを知っていたので、貴重品だったがむりに所望して、その兵に注射をしてやり、恩返しのマネごとをしたところ、曹長たちに大いによろこばれるという一幕があった。

こうして冨尾兵長と西川上等兵と三人で、軍医不在の衛生業務を一手にあずかり、精励すること約二ヵ月後にようやく松添軍医をむかえたのだった。

そうこうするうち、しだいに連隊は集結し、新しい息吹きがウントウの丘に吹きそよぐころ、大隊は新しい任務をおびてふたたび前線へ出動することとなった。

ここで話は「糞八町」にもどるが、後日、野戦病院に転属勤務していたとき、背中をケサ斬りにされた負傷兵を治療したことがあり、私が、「どこでやられたのか」と聞いたところ、「夜間徴発に行って、住民から不意打ちにダア（刀）でやられた」と答えながら、私の顔をしげしげと見つめ、ややあって、

「班長殿は去年の九月、シッタンから後退するとき、川床土にはまったことはありませんか」

　といわれてハッとした。毎日いそがしい戦陣生活のこととて、遠い夢のようにその一事はわすれていたところだった。

「まさしくオレは川床土にすべり込み、弓の野砲隊の者に助けてもらったことがある」

　と答えたのだったが、事実を知っておどろいた。彼はあのときのヒゲの上等兵で、私を助けようと言い出したのも彼であり、その救助作業中にさんざん私をしかったのも彼であるが、そのヒゲをそり落としていたので私はまったく気づかなかったのだ。

　さてもふしぎなめぐり合いよと、しばらくは感無量であった。あらためて礼をいうとさらに、

「あのとき後退した道は自分たちが最後だったそうです。班長殿は運がよかったですね」

　といわれて、思わずギョッとしたしだいである。

10　オレは連隊長代理

　昭和十九年の暮れ、第六十連隊は三個大隊が集結して警備にあたるとともに、次期作戦にそなえていた。わが第一大隊は、連隊本部より三キロほどはなれたジャングルちかくの集落

に駐屯していた。

二十四、五戸をかぞえるにすぎないこの貧しい集落の家いえは、地上一・五メートルほどのところに床板が張ってあり、原住民はハダシで、家の入口に水をためてある容器で足を洗って出入りしていた。食事は餅米を主食とし、一日二回、のんびりと暮らしていた。私たちが同居していた家は五人家族で、とても人のよい一家だった。

ある朝、はやくからコトコト音がするので目をさまし、ソーッと居間をのぞいたら、主婦が化粧をしているところだった。カンコロ餅にモチトリ粉をつけたような顔は、口だけがベニで真っ赤になっていた。

あとで聞いたら、輪番で僧侶の食事をお寺に持って行く慣習があり、お供え物が美味で量が多いほどご利益があるとのことだった。その朝、ご馳走の残り物を食べさせてもらったが、見かけによらぬ風味があり、おいしかった。日本で俗にいう和(あ)えモノで、やわらかい若芽をトマトやマンゴーで味つけしたものらしい。

そんなことがあってから一週間後に、敵機による大大的な爆撃があり、周辺の民家はほとんど焼きつくされてしまった。大隊は遺骨収集と敵の追撃をくいとめるため、いよいよ反撃行動に出ることになった。

ちょうどそのころ、連隊本部に一大事が起こった。連隊長補佐役の作戦主任西尾少佐が、マラリアと胸部疾患のため喀血し、身の自由を失ったのである。いまのだいじなときにこの少佐を失うことは、連隊にとって大打撃であり、一兵の論功行賞にも影響する。

連隊は、最悪の事態を憂慮し、野戦病院ではなく何百キロも後方の兵站病院に入院させるべく苦慮した。しかし、それは原則として許されないことであった。なぜならば、第一線将兵の傷病はまず野戦病院で治療し、第一線に復帰不可能の者のみが、兵站病院に後送される規定になっていたからである。

そこで連隊は、兵站病院に入院患者調査員を派遣し、

一、すでに治癒し、原隊復帰をサボっている者は即刻復帰させる。

二、現在のこっている衛生材料の調査。

三、不足衛生材料の現地調弁。

という命令を出し、その調査員に少佐を護送させ、兵站病院に入院させる、という手段をとらざるをえなかった。

しかし、連隊ではその人選にだいぶ苦慮したらしい。患者は重症であり、途中、最悪の事態がおこるかもしれなかったからである。とにかく、最終的に少佐護送の命令は私に下ったのであった。

連隊副官の斉能龍雄少佐は、『部隊将兵は傷病治癒せば即刻原隊復帰すべし』という連隊長の命令書を私に手渡していった。

「おまえは軍曹だが、じつは連隊長代理だから、マゴマゴしている者は少尉だろうと中尉だろうとドシドシ前線へ追い返せ！」

こうなってはまさに督戦員である。しかし、考えてみると重大任務を引き受けてしまった

ものだ。

いよいよ護送出発のときがきた。雑木をきり、天幕と巻脚絆で担架を急造し、少佐には二名、私に一名の伝令がつき、駅まで十二、三キロの道のりを四人で担架輸送することになった。全財産を入れた背囊に飯盒や水筒をつけての担送は、なまやさしいものではなかった。

二キロほどいったところで小休止をした。タバコに火をつけながら考えるに、十二、三キロも担送したのではわれわれ四人もばててしまい、患者も護送者も共だおれしかないと思い、少佐殿にうかがったら、「万事おまえにまかせる」とのことで、牛車を一台見つけて全員乗って行くことにした。

駅の三キロほど手前まできたところで、少佐の脈搏がおかしくなったので、いそぎビタカンフル液を注射する。

さらに一キロほど行くと、前方から兵がつぎつぎと引き返してくるのに出会った。聞けば、つぎの駅との中間にかかる鉄橋が爆破されて汽車は不通とのこと。やむなくいまきた道を三キロほど引き返し、道をかえてつぎの駅へ向かうことにする。すでに日はとっぷりと暮れ、南方とはいえ夜風ははだ寒かった。

午前三時ごろ、ようやく連絡所らしいところに着いた。それは師団の野戦倉庫だった。やれやれと思い、とりあえず朝まで睡眠をとらせてもらおうと近づくと、一人の上等兵が、「班長殿」といって近寄ってきた。

私はぜんぜん見おぼえがなかったが、彼は上海時代におなじ隊にいたそうで、現在は二中隊から倉庫番に派遣されているとのことだった。とにかく私は事情を話し、倉庫のすみにでも寝かせてくれとたのんだ。

するともなく、倉庫責任者の准尉が飛んできて、「少佐殿、ひさしぶりであります」と挙手の礼をする。少佐はなにごとかと一時は呆然としていたが、この准尉は、少佐がかつて中隊長時代の当番兵だったとのことで、「さあさ、どうぞどうぞ」の特別待遇となった。そのうえ、その身体での行動はむりだからといって、二、三日の静養をすすめられ、被服も新品と交換し、栄養もたっぷりとらせてもらった。

ここからは貨車に便乗し、途中、数回爆撃をうけたが、後方に退くにつれ空襲もすくなくなり、少佐もしだいに元気をとりもどしていった。元気になったせいか、入院はやめて原隊へ帰ろうといい出して私をこまらせる。そこでつぎのような意見具申をした。

「少佐殿の体調がよくなったのは、栄養がとれるとともに精神的疲労がすくなくなったためでしょう。しかし、また奥地に帰ったら再発のおそれがあります。少佐殿は、いま死んではならない連隊の宝です。自分一人の身体ではありません。連隊のことを思えばぜひ入院してください。入院するまでは私にまかせられたはずです」

すると少佐は涙を流して、「わかったわかった、おまえのいうとおりに入院する。おまえは大隊の宝だ」といってくれた。おせじとは思いながらも、私はその最後の言葉が無上にうれしく、ますます連隊のためにつくさねばと思った。

部隊を出発してから二週間ほどにして、ようやくサガインの兵站病院に入院させ、伝令一名をつけて安堵の胸をなでおろし、のこり二名の伝令とともに私は第二の任務にとりかかった。

サガイン〜マンダレー〜メイミョウとしらみつぶしに病院を調べてまわり、あんのんとしている患者、少尉以下およそ五百名を退院させ、前線へ復帰させた。こうして部隊出発後、約一ヵ月で全任務を終了し、帰隊した。

おなじ昭和十九年の暮れごろ、後方における陣地構築先発隊にくわわり、強行軍のすえやっと目的地に到着し、大隊主力の到来を待っているやさき、アキレス腱のところがはれて、私はまったく歩行不能となってしまった。さあ一大事である。

その翌日、大隊は到着したが、敵の攻撃にたえかねて、さらに後退をよぎなくさせられた。このようなときに一番みじめなのは歩行不能者である。私のほかにも十名あまりおり、とうぜん大隊からとり残されるものと観念していた。ところが夜が明けてみると、なんと牛車が用意されてあり、大隊と行動をともにすることができたが、心の底からうれしくてならなかった。

二日後に牛車からおろされ、五、六十名の患者や負傷者とともに、マンダレーちかくの中洲に舟で渡された。歩行可能な者は対岸に下船し、野戦病院へ向かったが、そのなかに私の知った兵長もいて、私が話しかけようとすると、彼はつめたくあっさりと去って行ってしまった。

戦場とはこんなものか、自分につごうのよいときだけちかより、見込みないと見たら敬遠する人の心のあさましさに、いっそうの悲哀を感ぜずにはおれなかったが、いつしか私は疲労のため眠ってしまっていた。

人の叫び声にふと目をさますと、あたりは真っ暗、マッチをすってみたら十時すぎで、冷たい川風が肌をなでていた。急に元気づいた私は、その叫び声の方へ動かぬ足をひきずって行ってみた。そのうちすこしずつ歩けるようになり、一時間ほどして大木にくくりつけられている男のところにたどりついた。男は頭が狂っていた。

二百メートルほどはなれたところの小屋に灯が見える。かならず人がいるにちがいないと思ったので、それをひきよせるため私は、男といっしょになって大声でさわぎたてた。はたせるかな三つの影がちかづいてきた。

きけば師団司令部の下士官と兵で、明朝、彼を野戦病院につれていくとのこと。私が事情を話したところ、それならいっしょにつれて行こうということになり、二人の肩をかりてやっと小屋にたどりつき、半夜の夜露をしのぐことができた。

その翌日、精神病の男とふたり牛車に乗せられ、ようやくのこと野戦病院に入院することができた。くしくも昭和二十年元旦のことであった。

南方とはいえ、さすがに肌寒かった。ここまでくると物資はやや豊富と思っていたが、患者への加給品はものさびしかった。さいわいに私の足はすぐよくなり、五日後にははやくも退院することができた。

さっそく師団の連絡所に行ったところ、私の部隊は対岸で激戦中だから、現在地で待機せよ、師団の野戦倉庫に下士官が欠員中だから、しばらくそこに勤務するように、といわれた。野戦倉庫や炊事勤務は、私たち軍曹族の羨望(せんぼう)のまとだったので、たとえ二、三日のあいだでも張り合いがある。私は正月のやりなおしをやろうと、現地人よりモチ米をもとめ、一斗入りの漬物オケでモチをついた。四、五日たったある日、私の倉庫勤務をかぎつけてニコニコ顔でやってきたのは、歩けぬ私を見すてて冷たく去った、かの兵長だった。とたんにカンの虫が怒り、彼の卑劣さをののしり、「顔を洗って出なおしてこい!」といって追い返した。

11 マンダレー王城へ

退院して二十日ほどあとに、第一大隊が渡河してきたので原隊に復帰したが、それからは激戦また激戦の明け暮れがつづいた。

わが大隊は、連隊主力より六キロほどはなれた地点に陣どっていたが、敵は追撃の手をゆるめず王手、王手の戦法でせまってきた。いわゆる「イラワジ河畔の激戦」である。わがほうでも夜間攻撃、斬り込み隊をくり出し、連日の苦闘がつづいた。

二月十一日の紀元節に、心ばかりの祝賀の加給品をよろこんでいるさいちゅうの午前十一時ごろ、敵の戦車が数百メートル前方まで進撃してきた。

さいわいに味方の十五センチ榴弾が命中して、敵の前進を阻止したものの、私たちは気が気ではなかった。動かなくなった戦車をけんめいに修理している敵のハンマーの音が、手にとるように近くに聞こえるほどだったからだ。

その夜も斬り込み隊がこころみられたが、しょせん撤退せざるをえず、夜半すぎより大隊本部を中心につぎつぎと後退したのだが、翌朝、陽が上がっても最後尾の三中隊は到着せず、昼ちかくになって両足を負傷した中隊長が、兵に背負われて追いついてきたが、中隊のほとんどは消息不明となってしまった。

そんなある日、またもや転属命令が出た。それはさきの少佐護送ならびに、そのほかの任務完了の労をねぎらうための情けの命令だった。

さて転属先は、後方の師団第一野戦病院だったが、じつは連隊本部の少佐のもとで半月ほど居候（いそうろう）させてもらうことだった。

三月一日の午後、イラワジ河畔のトンジーに梱包十四、五個の衛生材料が到着し、さっそく夕刻までかかって陣地まで輸送を完了し、やすむひまもなく三人が入れる壕を朝の三時ごろまでかかって掘った。そして、その夜は壕のなかで井上猛夫少佐と見習士官と三人で仮眠した。

夜が明けてあたりを見ると、対岸の敵との距離は数百メートルで、その行動も肉眼で見える地点であった。戦況はさらに悪化し、下流のほうでは敵が渡河したとの情報もはいる。

一刻をあらそう状態になったので、衛生梱包の移動さえ困難となり、とりあえず衛生兵のもつ包帯嚢の入替品を充塡させることが先決だと思い、二十人分ほどをつめこみ、壕からちょっと顔を出したとたん、ガーンという鈍痛とともに倒れてしまった。

鮮血が耳から流れ落ち、口中からあふれ出る。見習士官が包帯してくれたが、いぜん出血はとまらない。それでも私はいくらか気をとりなおし、止血剤のトロンボゲンを注射してくださいとたのんだが、そんなものはないという。いや、私の医療嚢の底にあるはずだ、といってさがしてもらい、それを注射してやっと血もとまった。

そのとき、中野敏郎兵長が血相をかえて駆け寄り、私の身体を抱きささえ、看護してくれた。

「傷はどうなんですか?」と私がきくと、「浅いから心配するな」という。どんな深い傷でもかならず浅いというのが常套語であることを知っているだけに、心配でならない。

私には傷口はまったく見えない。銃弾だろうが、貫通はしていないようだ。それなら盲管銃創だろうか、しかし、そのわりには痛みはない。オレはいったい死ぬのか、死なないのか。おそらく助からないのだろう。なんだか眠いようだが、眠ったらそのまま死んでしまうかも知れないと気をひきしめた。

混乱した頭にいろいろなことがつぎつぎに錯綜する。それが死を直前にした人間の心理だろうか。それは親のことでも、兄弟のことでもなく、ただおのれ一人のことだけである。

こんなことになるのだったら、背嚢に入れてあるよいほうの軍服を、ケチらずにはやく着ておけばよかった。湯のみ茶碗大の黒砂糖も、はやくなめておけばよかった……。おりから敵機が襲来し、機銃掃射や爆弾投下をさかんにやっているが、死んでいく身にはなんのこわさもなかった。

　対岸との戦闘はますます激烈となり、味方の負傷者はますばかりだ。中隊の衛生兵もつぎつぎと戦死し負傷していく。私もいっそのこと自決して、最後の死に花をさかせようとしたが、井上少佐につよく制止され、その願いはかなわなかった。

　しばらくして戦闘が一段落し、周辺が静かになったころ、にわかに空腹を感じはじめた。考えてみたら、まだ朝飯もとってないのだ。すると井上少佐が、

「ヨーシ、飯を食う気がでたら、もう大丈夫だ！」

といったので、私もようやく、「オレは死なないぞ、強い脳震盪だったのだろう」と生きる自信がついた。負傷して三時間ほど後のことである。

　その日の戦闘は午後四時ごろまでつづき、敵は上流のほうでも渡河したという情報も入った。

　ここで少佐が、突然にいいだした。

「おまえの交替下士官は、すでに後方部隊より到着している。もし、おまえが死んだら交替要員がふたり必要となり、結局ひとりの赤字だ。いまのうちに部隊を出てくれまいか」

　つまり、員数問題である。員数観念を無視しては軍隊生活はありえないことは百も承知しているが、物品だけでなく、一銭五厘のハガキ一枚で召集できる一兵までが、一員数としてとりあつかわれる世界なのである。

私はもうこれ以上、ここにいるわけにはいかないと思い、傷ついたまま日没時に部隊をはなれ、六十連隊最後の御奉公として、独歩できる負傷兵三十名ほどを引率して、十五キロほど後方の連隊医務室へと向かった。

敵の迫撃砲弾をさけ、せまい山道を通り、マンダレーへ通ずる本道へと歩くうち、やがてとっぷり日は暮れたが、道すがらの山々は敵の煙弾や火焰弾によって、蜿蜒十余キロにわたって火の海となり、真昼のような明るさだった。

一晩じゅう歩きつづけて午前三時ちかく、やっと目的地から二、三キロ手前の地点に到達した。見ると前方が集中砲撃をうけていたので足をとめ、私どもはちかくのジャングルで仮眠し、ようやく難をまぬがれた。

さいわいに連隊の医務室がちかくのジャングルにあったので負傷兵をわたし、いよいよ転属独り旅の軍靴のひもをしめなおした。しかし、転属先の部隊は、ただマンダレー周辺というだけで、くわしいことは判明していなかった。

二日後の夕方に五台のトラックがきたが、患者車ではなく、輜重隊の物品輸送車によって負傷兵を護送中とのことで、護送者は衛生隊の下士官二名と兵三名だった。野戦病院へ行くというので、私も便乗することにした。

と、そのとき、私が知っている将校と曹長が現われ、小声で私にいった。

「この車は野戦病院に行くというけれど、じつはマンダレー王城に立てこもって玉砕する予定なんだ。王城には四個師団の三ヵ年分の弾薬、食糧、衛生材料などがあるそうだが、自分たちはそこには行かないことにした。貴官はどうするか、参考までに……」
とささやいたが、私のハラはすでにきまっていた。これらの負傷兵たちはみな六十連隊所属の者であり、王城行きもうすうす知っているらしく、それにさきのインパール撤退時の悲劇を知っているだけに、私たちのヒソヒソ話には耳をかたむけ、凝視していたし、私にはこれらの下士官や兵隊を見すてることは良心がゆるさないし、むしろ王城行きを誇りとさえ思えたのである。

将校と曹長の二人をのこし、私たちは車上の人となった。負傷者の顔面には紅がさし、「班長殿たのむ」といって包帯を巻いた手を上げる者もいて、あたりは活気づいた。これほど私をたよっているかと思ったら、涙がでるほどうれしかった。

車は一路、マンダレー王城へと向かった。ついてみるとすでに、街まちは二重三重に砲声がこだまして騒然としている。長い堀橋を通りぬけ、ものものしく警戒する衛兵所に行ってみると、ここには野戦病院はないからといって、城内へ入ることはゆるされなかった。師団の野戦病院の所在地は不明だが、四キロほどはなれたノーヨンに安師団の野戦病院があるということで、とりあえずそこに行くことにした。

しかし、ここでこまったことが起こった。護送してきた輜重隊の運転兵が、
「自分たちの任務は王城までで、はやく帰らないと原隊にはぐれて、大変なことになる」
といいだしたのだ。ここで患者をおき去りにされては一大事である。私は運転兵五名を拳銃でおどしあげ、ノーヨンにある野戦病院まで車で行くことにした。

午前一時ごろ、まさに後方へ移動しようとする野戦病院に到着し、負傷者全員を渡すことができたのであったが、思えばじつにめまぐるしい数時間であった。

私はひとりのこった。私のめざす目的地がメイミョウ付近とわかったからだ。水筒に水をいっぱい入れ、あらためて師団兵器廠の車に便乗した。午前三時ごろであった。

三月十四日の早朝、ようやく私はメイミョウにたどり着いた。ここは昨夜のマンダレーとはうってかわって平穏だった。三百人ほどの兵が朝の飯盒炊さんや洗濯で大いそがしのところだった。

私もさっそく一日分の飯たきにかかった。朝食を終えたところで急に眠気がさしてきた。考えてみれば、昨夜は一睡もしていないのだ。そこで私は二時間ほど眠った。

昼食が終わったところで、いろいろの情報をたよりに転属すべき第一野戦病院をさがしあるき、夕方ちかくにそれらしいところを見つけたが人影はなく、ただ『祭一はら』と書かれた立札だけが立っていた。『一はら』というのは暗号で、それはたぶん第一野戦病院のことだろうと判断した。

その夜、私は兵器廠の部隊員二十名ほどとともにねた。どこで手に入れたのか、豚肉を食器半分ほどご馳走になった。こんなときの単独行動は話し相手もなく、無情にさびしいものであるが、私は孤独に負けてなるものかと心にムチをうって、つとめて明朗にふるまったせいか、なにかと部隊員が好意をしめしてくれたのでうれしかった。

その夜おそく、先任曹長からつぎのようなたのみごとがあった。それは、

「事態が悪化したので明朝、全員出発するが、上等兵がひとり足を負傷しこまっているので、貴官が病院に行くのならつれて行ってもらいたい」

というものだった。この変転きわまりない戦況のなかで、足の不自由な者との道行きは、足手まといでまったく迷惑千万である。しかし、そのヤッカイ者あつかいされている兵もかわいそうである。それに私も話し相手ができるのだから、一人歩きよりよかろうと思い、ここは引き受けることにした。曹長も負傷兵も地獄にホトケとばかり涙を流してよろこんだ。

しかし、その翌日より、あの激烈なマンダレー市街戦がくりひろげられたのである。

それから約二十日後、やっと私はマンダレーよりトングー方面に後退する野戦病院にめぐりあい、編入することができたのであった。

12　雨下の発熱願望

ここで私には、外科勤務の命令がでた。

くる日もくる日も強行軍がつづき、二週間ほどしてシャン高原を通過し、トングーふきんに到着したが、この間にも落伍者は数多くでた。また、頭が狂ったり、マラリア熱発、栄養失調と、負けいくさの悲惨さをまざまざとみせつける地獄絵図が現出した。

食糧や衛生材料こそ豊富に蔵しながらも、わが野戦倉庫は友軍より見はなされ、しかも敵と十数キロの地点に宿営中だったのだ。そこで夜間に乗じて、この山積みされた衛生材料をさらに後方へ運ぶことになったが、予期した貧乏クジがみごとに的中し、敵の砲弾は容赦なくふり、倉庫をつきぬけて炸裂する状況下に私たち十六名のものが二組にわかれ、交替で運び出すことになった。

ある晩は状況がわるくそのまま一夜をつぶしたが、夜が明けても空襲がはげしく一歩も外に出られない。腹がへったが飯を炊くにも水はなく、煙を出すわけにもゆかず、リンゲル氏液で米を洗い、その液を水にかえ、脱脂綿に消毒用のアルコールをひたして飯盒炊さんをしたが、その日はまれにみる大爆撃で一日じゅうとじこもっていた。

そして、この日を最後に任務は解除されたが、三日後には、さらに新しい命令がでた。三百キロほど後方の兵站病院までの負傷者護送である。部隊は半月ちかくも駐屯しているのに、私だけが前に行ったり、後ろに行ったりしなければならない。これが転属者の宿命であろうか。

トラック四十両に米を満載し、その上に負傷者八十名をのせる。護送者は将校一、下士官二、兵五名で、先頭の一両だけは戦闘車とし、二両目から患者や護送者が分乗することになった。

やがて日没となり、出発時刻になったが、責任者の少尉も曹長も姿を見せない。二両目には責任者が乗ることになっていたので、やむなくに私が飛び乗った。

一時間も経過したころ、一人の兵がポツリと話しかけてきた。

「班長殿も貧乏クジでしたなぁ、これからトングーまでの道中、四ヵ所ほどでゲリラ隊が待ちうけており、少数兵力をみると襲撃するということで、患者たちもクジを引いて運のわるい者がこの二番車に乗ったのですよ」

そういえば出発前に、責任者の少尉と曹長が、なにやらヒソヒソ話をしていたのを思い出し、腹が立ったがあとのまつりだ。

私は鉄帽をかぶっていなかったので、とりあえず敵弾をさけるため米俵を高く積み、よぶんな米はどんどん路上に捨てた。さいわい食用油入りのドラム缶があったので、これを防弾壁にし、底にあった魚の干物や黒砂糖をしっかりと背嚢につめこんだ。

出発して五時間ほどたったころ、ゲリラ隊の機銃掃射をうけたが、一番車が抗戦し、擲弾筒の威嚇射撃で応戦したため一人の負傷者もださなかった。

行動は夜間だけだったが、途中、三回ほどゲリラ隊におびやかされながら四日目の未明、やっと目的地に着いた。

さっそく車両を調べてみたところ、車十両、患者十八名、護送者は上等兵と予備役召集の一等兵と計三名のみであり、このあとジャングル内で後続車を待ったが、三日たっても四日たってもついにくることはなかった。

そのうちに患者の傷がうみ、ウジがわきはじめたので、二キロほどはなれたところにある兵站病院にかけ合ったが、かんじんの書類（患者後送通報・病床日誌）がないため、けんもほろろにことわられてしまった。それで、軍司令部の高級軍医少佐に会って事情を話したところ、すぐに入院させてもらえたので一安心という一幕があった。

しかし、一難去ってまた一難、問題は任務終了後のわれら三人の身のふりかたである。部隊命令では、『任務終了後は即刻原隊に復帰すべし』であった。だが、兵器をもたぬ非戦闘員が、必死の思いで通過した危険な道をどうして帰ることができよう。私の心はちぢにみだれ、あげくは部隊をにくんだ。そして、部隊とは縁をきってしまおうと決心したのだ。

二人の兵が不安そうに、どうなるのかとたずねたので、「もちろん原隊復帰だ」というと、気の弱い二つ星は涙を流してうなだれた。一行は自然と無口になり、食欲もおとろえ、いたずらに五、六日がすぎていった。

そのうち、犬小屋にしてはちょっと気のきいた仮り家をつくり、天幕三枚を張って雨露をしのいでいたが、小屋をつくって三日目、その日は朝から雨となり、夕方からはいっそうはげしい大雨となった。

そこで私は、二人の兵にたいし、

「今夜は幕舎の外で夜を明かせ」

と命じた。するとそれまで無口だった二人は、

「班長殿も外に寝るのならいざ知らず、私たち二人だけが外に寝るとは合点がゆきません。どのような理由からですか！」

と、のど筋たててもってのほかの不服づらである。私は冷淡にいった。

「一晩じゅう雨にたたかれたら、明朝おまえたちはどうなるか、馬鹿野郎、わからんか！」

とどなると、

「それこそマラリア熱発です」と異口同音にこたえる。

「そのさきは？」

「………」

「しかし、やりたくなかったら中に入って寝ろ」といったら、ようやく私のハラがよめたらしく、

「班長殿、外へ寝ます」と飛び出した。

四十度の熱が出れば、入院は確実である。三人全員が発熱したら、それこそ共倒れで三人とも死んでしまう。

私はふたりを「まだ早い」と中に入れ、夜明け前三十分ほど雨にさらしたあと、小屋の中に寝かせた。はたせるかな二人とも四十度の発熱、さっそく入院させることにした。さて、ひとり残った私は、どうしたものかと思案していると、おりからの大空襲に見まわれ、心配ごとはどこへやら、みごとふっ飛んでしまった。

それから二日後の夕方、病院のあたりがなにやら騒然としている。話によると敵が沖縄に上陸したとか、それに今夜のうちにタイ国のチェンマイへむけ移動するという。あと半時間もしたら先発隊が出発するといって、二、三十名ずつの班をつくって行動開始中とのこと。

それにしても、私はどうすべきかと思案中、二人の人影がちかよってきた。先日、私が護送してきた患者の先任曹長と、入院時に私にニエ湯をのませた兵站病院の少尉である。

彼らは入院後、曹長が班長となり十八名で起居していたが、後方への大移動となって、衛生部員がたらずに困っているので、ぜひ私に護送員になってほしい、と相談をもちかけてきたのである。

これは、私はそくざにことわった。数日まえ私をこまらせた、こんな少尉のいうことなど聞くものか、江戸の仇は長崎だ、というわけである。

それでもなお、少尉は「祖国のためだ」といっておどす。これには私も、「先日、少尉は祖国のために傷ついた者をなぜ入院させなかったか」と、なじり返した。どうせ部隊からすてられた犬は、すなおな心にはなれなかったのだ。

13　チェンマイの涙

兵站病院の少尉のことは腹立たしかったが、うなだれている曹長の姿を見ては、同情せざるをえなかった。また私もこのまま、ここに居残るわけにはいかない。そこで少尉にいった。

「私は野戦病院に復帰しなければならぬ身である。しかし、緊迫した状況下で、兵站病院に勤務するとなると……その証明書をわたせば護送員になってやろう」

すると少尉は、「さっそく部隊長の証明書をとってやる」といったが、私は、「軍司令部高級軍医の証明でなければ動かぬ」といってやった。

ややあって彼は、私の要求どおりの証明書を持ってやってきた。そこで私は護送員をひきうけ、曹長以下三十名の班を編成し、夜半すぎにトングーの地を発った。

タイ・ビルマ国境は想像以上にけわしかった。患者たちは不自由な足をひきずり、マラリア熱にあえぎながら、険阻な山道や流れのはやい渓谷、雨季のためにあふれる河を腰までつかりながら、日に夜をついで歩きつづけ、昭和二十年六月半ばになって、やっとチェンマイにたどりついた。

身体に異常のない私は入院するわけにはゆかず、練成隊（退院した原隊復帰要員）に入隊させられた。第一日目は牛車で病院へ水を運搬する現地人の人夫監視だったが、その夜、練成隊長で気合いの入った曹長に呼び出され、なにやら不吉な予感をおぼえつつ隊長室に入ると、案に相違して、本日の運搬作業は予想以上の好成績だったので、明日からは本部付（指揮班）を命ずるとのことだった。

数日後、半年前に負傷した同隊の田村軍医中尉が退院したため、これまでなかった医務室がもうけられ、私はそこに勤務することになった。さきに入院させた二人の兵も退院して、私の下で勤務するようになった。練成隊員は当時、五百名ほどだった。

そんなある日のこと、敵機から紙片がふってきた。それには、「八月十五日に日本が全面降伏した」と記されてあった。あるいは敵の謀略宣伝かともうたがったが、将校たちの動揺ぶりから察しても、かならずしもそうとばかりはいえないものがあった。

もし、そうだとすれば、なんのためにこれまで辛酸をなめ、困苦にたえてきたのか。必勝を信じて滅私奉公、大君のため祖国日本のためにと、がむしゃらに戦ってきたはずであった。それが無条件降伏とは、いったいどういうことなのだろう。万感胸にせまり、涙があふれてできた。無念の涙である。

やがて各部隊は各所に集結して駐屯することになった。私たちは兵站病院に転属してもよく、また原隊復帰してもよいことになった。二人の兵は処罰をおそれて原隊に帰りたくない、というので兵站病院にのこした。

わが『祭一はら』(十五師団第一戦病院)はバンコク近くのノンブラドックというところに駐屯していることが判明し、ぜひ帰隊せよとの通報があったので、気はすすまなかったが復帰することにした。

途中、バンコクで武装は完全に解除され、メートル・ナイフまで没収された丸腰で、私はただひとり帰隊した。

十五師団関係者は三百人ほどおり、梯団長は第六十連隊の中隊長で、インパール時代の顔見知りであった。

帰隊してみると予想外に、部隊長以下の部隊員が好意をもって歓迎してくれておどろかされた。そのうえ、昭和二十年八月一日付の曹長進級と、数ヵ月分の俸給とが私を待っていた。しかもその夜は、将校、下士官による歓迎の会食がもよおされるなど、意外なことの連続だった。これまでの苦労をねぎらうためのものだったのであろう。私も患者護送のさいの不満など、のこらず部隊長にひにくまじりではきだし、いささか溜飲がさがる思いがした。

あのときの少尉も曹長も見当たらないのでたずねてみると、米と負傷者を運搬したトラックは私たちの十車両が最後で、のこり三十両は中絶し、患者は全員を八キロほど担送して、その後、少尉も曹長も斬り込み隊に参加して全員戦死したとのこと、結果からみれば私以上の貧乏クジをひいたわけである。ケガの功名というか、私ものこっていたらおそらく、この記録をつづることはできなかったであろう。

14 ヤミ米騒動

かくて戦争は終わった。それにしても、私たちはいったいどうなるのであろうか。いつになったら日本に帰れるのか、たとえ帰れたとしてもなにが待ちうけていて、どうして暮らせばよいのか。いままでひたすらに祖国のためにと、あたら青春の六年間を戦争に明け暮れた私たちは、なんの知恵もなく、ただ不安焦燥の日夜をおくるのみであった。

やがて私たちは投降兵としての身分待遇をうけ、イギリス軍の監視下におかれることになり、給与も英国の支配下でいっさいの自由はゆるされなくなった。

さて、どうなることやらと不安な毎日であるが、それをすこしでも緩和するため、部隊には自活班が組織され、トマト、カボチャ、イモづくりがはじまった。週に一度、菜園の清掃状況の検査があり、紙くずや草などが散乱していると、検査官から注意があった。農業未経験者ばかりなので、むりもない話である。

また、アヒルも五百羽ほど飼育し、その卵は食用にした。飼料は英軍より支給されるのだが、その配給量はアヒル一羽「五」にたいし、人間サマ一名「三」の割合で支配されていた。その量たるやおして知るべしである。そこで逆に兵が五、アヒルに三の割合であたえてやっと飢えをしのぎ、飢えて死んだアヒルは食卓にのぼった。

やがてノンブラドック周辺の部隊患者の療養のため、病院を開設することになり、部隊全員が出て、背丈以上もあるススキの荒野に敷地を造成し、クギ一本もつかわず、竹ばかりで家を建てた。もとより入院患者もかなり多く、通院患者もいた。

その間にも部隊の五割ちかくが毎日、英軍の労務にかり出された。私は部隊にのこって外科患者の治療責任者となり、多忙な毎日をおくった。

戦争から解放されたせいか、性病患者が多発した。もし祖国へ復員帰国するようになっても、なおりきらない者は帰国できないことになっていたので、彼らは助け神のように私にたよってきた。尿道洗滌、金属ブジーの挿入と薬液注入、摂護腺のマッサージ、静脈注射とネコの手もかりたいほどの大繁忙だった。

月日がたつにつれて患者もいくらかへり、将兵もおちつきを見せはじめ、勤務のひまをみては将棋、碁から花札、トランプまで娯楽で時間つぶしするようになった。

また、そのころ部隊でただひとり麻雀を知っている者がいて、これが大流行した。どこからか象牙のパイをもとめてきたが、これだけでは小人数しかできないので、チーク材でパイをつくるようになり、私もこの牌づくりにかり出されたものである。

たまたま分隊に、易学の心得がある兵がいたので、私も多少おしえてもらったりした。

ころころの部隊では三年兵、四年兵の伍長や軍曹も、一等兵や上等兵とともに食事当番をやっていた。私は六年兵の曹長だったが、週番副官として肩章をかけて点呼をとることもあれば、不寝番に立つこともあった。

ニガ手だったのは、七年兵でありながら進級のおくれた上等兵や兵長のとりあつかいであった。しかし、「ワレモノ注意」で心すれば、じつに貴重な存在で、なにくれと私に味方をしてくれた。ふしぎなことに進級がおくれている者は、概して頭脳がすぐれた者が多かった。

ある日、入院患者でちかくに駐屯している鉄道隊の下士官から、思いもよらぬ話を聞いた。

「あした原隊で経理検査があるが、米が帳簿より四、五俵多くてこまっている。今夜のうちにもらってくれないか」

というのである。さっそく暗くなるのを待ちかねて、田舎出身の屈強な兵を三、四人つれて行って三俵をもらいうけ、意気揚々と兵舎に運びこみ、内務班の床を掘って二俵をかくしこんだ。

その当時、私の班には二十五名が寝起きし、その半数が下士官だったが、のこり一俵は彼らの枕に入れさせ、なお点呼後に二升の飯をたかせてニギリ飯とし、塩をふりかけて夜食にした。

ゲンキンなもので、わが内務班はにわかに活気づき、笑声や鼻歌まで起こるようになった。

人間食うことがいかに大切かと、しみじみ考えさせられたしだいだ。

しかし、この隠匿物資も長くはたもてなかった。ある日のこと、加給品の酒を飲んだ古兵が、酒の勢いで他分隊の者にしゃべってしまったのだ。さっそく経理将校がふっとんできた。こうなってはしかたなく、不寝番の小夜食用としてのこし、一俵だけ経理におさめた。ところが、命がけで運搬に行った兵が承知せず、やむなくこの四名だけには、三ヵ月間の不寝番免除ということでコトは落着した。

15 感謝されたビンタ

昭和二十年の師走、私は新任務について二週間ほど、部隊をはなれることになった。戦時中、敵の捕虜や東南アジアの現地人をむりやりに徴用してつくった印緬鉄道で働いた現地人を、故郷へ帰すための護送隊が一個中隊編成され、その護送隊つき衛生班として、部隊より軍医以下七名が派遣されることになったためである。

この鉄道をつくるために酷使された俘虜や現地人の病死者は、この鉄道の枕木より多いとのうわさであり、軍の防疫管理がわるかったため、その責任者は戦犯にかかるということであった。

さて、労務から解放され、自由の身になった現地人は、妻子や親兄弟に会えるというよろこびに、瞳をかがやかせていた。停車する駅々で果物や菓子を買っては舌つづみを打っている。いままではたしえなかったぶんまで、食っているのかもしれない。

一方、私たちは通貨凍結のため、軍票も日本紙幣も使用できず、それらをただうらめしげにながめているよりしかたがなかった。ときたま果物や菓子などをもらったが、もし毒でも入れられていたらと警戒し、こっそりすてた。それに駅々ではたえず英軍巡察将校の目が光っていた。

任務が終わって帰隊してからは、ときおり英軍の糧秣倉庫の使役に行った。兵二十名ほどをつれての請負仕事で、英軍の監視はなく、それほどむりな仕事ではなかった。倉庫には小型のサソリがいたが猛毒はなく、日本のムカデにかまれたくらいだった。しかし、これにかまれて「痛い痛い」といえば、すぐに練兵休の診断が出るので、兵隊はむしろこれにやられることを望んでいた。

私は、この使役第一日の前後、ある計画をたくらんでいた。そして翌日の出発のとき、全員に水筒携行を命じた。ほとんどの兵が、めんどうくさいとしぶしぶ携行し、湯茶を入れる者はすくなかった。一日の労務が終わるころ、水筒に米をいっぱい入れて帰るよう命じたら、兵の瞳がにわかにかがやいた。

そしてその翌日は、なにもいわないのに全員が水筒を携行し、なかには二個もかけている者もいて、子供が遠足にでも出かけるときのように神妙だった。人間いつになっても、現金なものだと思った。

しかしその日は、米を盗んで帰ることを禁じた。兵たちが不服そうな顔をしたので、ここで一席ぶった。「人間飢えたときに盗むことが一、二度あっても、天のめぐみとしてやむをえない。弘法大師でさえ、飢えのために大根を盗んだそうだ。しかし、図に乗って欲を出しちゃいかん。ことに占領下におけるわれわれの行動は、慎重におこなわなければならぬのだ」

また、ある日こんなことがあった。日中、トラックに五、六人が乗って使役に行く途中、現地人の運転手が昼食をとるというので、ぼんやりと待機していたら、しばらくしてイギリス軍憲兵とタイ国の通訳とが通りかかったので敬礼をしたところ、一人の古兵上等兵がうっかりして欠礼したらしく、通訳がなにかささやいたとたんに、顔を紅潮させた憲兵が、「敬礼ナーイ」とさけびながらとんできて、その古兵を車からおろせとどなる。

私は、こりゃまずいことになったと思ったので、そくざに彼の両びんたを交互にたたいて大声でしかり、車からおりて、「帰隊したら彼を重罰に処するゆえ、この場はゆるして私にまかせてほしい。私は野戦病院の曹長である」とわび、憲兵に握手をもとめた。するとようやく機嫌をとりもどし、ことなきをえた。

当時は欠礼の罪は重く、本人は投降兵から俘虜の待遇にかえられて、英軍の監視下におかれるばかりか、部隊長も引率中の私も、連帯責任の罪にとわれるというのがならわしであった。

その七年兵の上等兵は、涙を流さんばかりによろこんで私に礼をいった。私はめったに兵

をたたいたことはなかったので、

「たたいてすまなかったなあ」

というと、

「いいえ、いいえ、すんでのところで俘虜になるところでしたが、おかげさまで助かりました。憲兵との交渉、じつにうまかったですね。ありがとさんでした」

といって、私の手をかたくにぎりしめたが、その後、古兵たちの態度は以前よりいっそう好意をみせるようになった。

16　燃えつきた祖国

昭和二十一年に入ると、私たちも環境になれ、自治班の農耕作業によって、モヤシや豆腐までつくれるようになった。

そのころ、師団では演芸班が結成され、野戦病院からも二名がえらばれて、ときどき上演されるようになり、仮の舞台小屋まえには約二千名の者が、昼の労務のつかれもわすれて観賞した。見ず知らずの同地区の諸部隊員と語り合う機会ができたわけである。

例によって私は、開演前の一、二時間を利用して手相判断の店をひらいた。私のそばには、その道の師匠である一等兵がついていて、頭をかいたりセキばらいをしたりのサインを流してくれながら、チョッピリとユーモアをまじえつつ、とくいの弁舌で他部隊の兵を魅了させた。

その内容は、家族は元気か、妻が浮気をしていないか、彼女はまだ結婚せずに待っているかなどの注文が多かったが、本人があまり気落ちしないように、希望が持てるように占うと、よろこんでつぎつぎと交替したものだ。

やがて幕が開くと、漫才、浪曲、歌謡曲、芝居と夜のふけるのもわすれてつづけられた。

四月中旬ごろ、タイ国駐留の日本兵はちかく内地へ帰還されるとのうわさが流れた。しかし、それはあまり信用できる情報ではなかった。

ところが、下旬になると、『旧日本軍内地帰還検問所設営要員』として、私以下十五名が派遣されることになった。

それは一日五百人の動員で十日間で完成するというもので、そのあと旧軍人全員が検問をうけ、白マルと黒マルに区別され、黒マルをつけられた者は戦争犯罪者として独房に入れられ、内地帰還はできないということだった。日本人が入れられる獄舎を、日本人の私たちがつくる、つまり自縄自縛の仕事であった。

設営地に行ってみると、えらい気合いの入った中尉の階級章をつけた設営隊長から、資材受領運搬係をいいわたされ、他部隊からきた十五名と、私たち十五名とで運搬の労務につくことになった。

予定どおりに完成して部隊に帰ってみると、すでに病院は閉鎖されていた。そして五月十日ごろから、内地帰還のため宿舎や病室の解体作業がはじまり、あとはめんどうくさいので焼いてしまつをした。

そのころには検問の話が話題となり、みなはいささか心配顔であったが、とくに部隊長らは神妙な顔つきだった。ある一日をさいてヘマな応答をせぬようにとの予行演習も行なわれたが、その一方で、兵隊たちはのんびりしていた。

こうして一次と二次の検問をうけたため、検問所には四日間ほど宿泊したのだったが、さすがに気持のよいものではなかった。さいわいに第一野戦病院関係者からは黒マルは出ず、全員が帰還できることになった。

防疫給水部隊、憲兵隊、特務機関の隊員はほとんどが黒マルのようであった。

その後、転々として宿泊所を移動し、五月二十日ごろだったろうか、その日の午前八時ごろ、私たちはバンコク国立倉庫まえから乗船し、やっと安堵の胸をなでおろしたのもつかのま、十分間もたたぬうちに全員が下船させられ、前夜の宿舎に帰れとのこと。コレラの流行地を通過したためということだった。船内は騒然となり、落胆しきりであったが、どうしようもない。

私たちと入れかわりに乗船する部隊は、すでに到着していた。このうえなくうらめしく、にくたらしかったが、宿舎に帰ってからわかったことは、その部隊は龍（五十六師団）歩兵第百四十六連隊だったことである。

それは、私が初年兵として入隊した郷土の部隊であり、そのなかには親戚の者や同級生もいたはずである。

もちろん、短時間の操作であり、やむをえなかったであろうが、人間のめぐり合わせというものはそうしたものであろう。

それから一週間ほどおくれて、私たちもバンコクを発ち、六月のはじめ、東京湾ちかく浦賀港に入港したが、ここでもまた検疫がきびしく、六月十四日になってやっと祖国の土をふんだ。じつに六年半ぶりで、感無量であった。

そして翌十五日には、完全に召集解除となり、全国各地に分散してゆく戦友と決別の握手をかわしながらも、心ははやくも遠く故郷にとんでいた。

十六日、横浜駅発の満員列車に乗り、立ちずくめで空襲に荒れはてた敗戦国日本の実態をながめつつ、祖国復興はいつの日ぞと憂う一方、肉親が待ちうけるわが家へ帰るよろこびで胸がいっぱいであった。父は一年前に病死し、兄は沖縄で戦死していることも知らずに——。

（昭和五十八年「丸」三月号収載。筆者は第十五師団第一野戦病院衛生曹長）

勇猛「烈」兵団ビルマ激闘記

堅陣に突入した勇者／サンジャックの苦い勝利——大江一郎

1　チンドウィンのかなた

昭和十九年三月十五日――。

その夜、工兵第三十一連隊第二中隊は、メザリを中心に、左突進隊の渡河作業に任じていた。

左突進隊は、烈兵団（第三十一師団）歩兵団長・宮崎繁三郎少将の指揮下にあった。歩兵第五十八連隊を主力に、山砲兵第三十一連隊第二大隊、工兵第三十一連隊第二中隊が配属された。

左突進隊はさらに三縦隊にわかれていた。右猛進隊、中猛進隊、左猛進隊である。編成は右猛進隊が森本徳治少佐の第一大隊、中猛進隊は長家義照大尉の第二大隊、歩兵団長と歩兵団司令部はこれに同行した。左猛進隊は連隊長・福永転大佐を長とした第三大隊で、第三大隊長は島之江又治郎大尉であった。

工兵隊の一個中隊は、器材分隊をふくむ指揮班と三個小隊で編成され、約二百五十名の兵員である。したがって第一、第二、第三の各小隊がそれぞれの猛進隊に配属され、中隊長・井汲政司大尉は指揮班とともに歩兵連隊本部に随行した。

第一小隊長・長島藤一少尉は、左猛進隊の渡河作業隊長であった。

作業は順調に進捗した。

前岸の敵は三日前に渡河した先遣中隊が追い払っており、上陸地点の一面のカヤは前夜のうちに刈り取ってあった。河の中央に設置した標識灯を中心に、折畳舟は軽快なエンジンのひびきをあげて往復した。

歩兵の乗船はじつに整々としていた。一隻の舟が乗船場をはなれてゆくと、つぎの舟が乗船場へ横づけされた。

標識灯を左手に見ながら対岸へ急ぐ舟からは、標識灯の下流を乗船場へ折り返してくる舟がのぞめた。

対岸から襲撃されるおそれのないことが、なによりも渡河作業を順調にした。

これでは演習よりもらくで、うまくいくと長島少尉は思った。ただ空襲だけが気がかりである。制空権は完全に敵の手中にあった。

兵員の渡河は、予定どおり第一夜で終わった。第二夜は歩兵砲や山砲を門橋で渡す作業である。門橋は折畳舟を連結して、そのうえに橋板を結束する。重い砲車をのせて河を渡るのであるから、門橋づくりには工兵隊正規の重材料をもちいる。それも敵の空襲をさけて薄暮とともに作業を開始、闇のなかで作業を営々とおこなわねばならない。

工兵の本分はいわゆる縁の下の力持ちで、犠牲的精神を操典は要求している。はなばなしい歩兵の突撃戦や砲兵の砲撃戦も、このかげの力がなければ不可能といえる。

重い砲車を積載渡河させることは、歩兵を渡河させるように楽ではない、わずかな手ちがいで、砲車を河底へ沈めかねないからである。

砲車には弾薬車、挽馬、小行李の駄馬なども付随している。文字どおり体力と精神力の緊張がもとめられ、それが作業の能率を決定する。

歩兵砲、山砲の渡河が終わっても、この夜はほっとしていられなかった。

問題は駄牛の渡河である。

もともと、このインパール作戦に駄牛を携行することをきめたのは、ひとつの思いつきではあった。

人跡未踏のアラカン山脈横断のため、糧秣、弾薬の搬送に車両をもちいることはのぞめなかった。輜重連隊の駄馬のほかは、人力搬送による方法以外になかった。

人力による搬送としては、最大限方法をとっている。二十日分の糧秣、資材をつめ込んだ兵隊の背嚢は優に六十キロになり、歩兵砲、山砲などの弾薬は、駄馬で運びきれぬぶんを兵隊が背嚢の上にのせて運んだ。駄牛を思いついたのは、結果はべつとしても、思いつきとしては成功しているはずである。

しかも、駄牛は生きた糧秣である。

補給物資を運んでコヒマへ到着したら、食糧にできる。

このため、烈兵団は約七千頭の牛を徴発して、各部隊に駄牛班を編成させた。歩兵には一個大隊につき約七百頭である。

ところで、ビルマの牛はもともと荷物を背にのせる習性を持っていなかった。首筋にラクダのようなコブがあって、牛車をひくことしか知らなかった。

駄牛班の苦労は、まずこの牛に荷物を背負わせる訓練からはじまった。木製の鞍を背にのせ、いわゆる駄牛にしあげることである。

これらの苦労は容易ではなかった。肋骨がかぞえられるほどやせているビルマ牛は、背骨がとがっているため、鞍が安定しなかった。おまけになれないことをやらせるから、牛は暴れまわって抵抗する。

鞍に物資を積み、どうにかこれを運搬できるようになると、こんどは渡河の訓練もさせなければならない。

駄牛の渡河は、乗馬のように泳いで渡らせるのである。まえもって選んだリーダー格の牛を先頭に立て、これを舟のうえからさばいて行きながら、背後の牛を誘導させる。訓練ではどうやらうまくいった。これなら大丈夫だと思ったが、さて、実際に渡河を開始すると、訓練どおりにはいかなかった。

いっせいに追い込んだものの、群れに混乱が起こった。けんめいに泳ぎきろうとする牛と、渡河をいやがる牛とがぶつかり合った。物悲しい声をあげてひしめき合いながら、やがて浮き沈みして流れて行く牛が見られた。

おりから中天には、おそい月の出があった。

舟のうえから、誘導牛の隊列を立てなおすのに駄牛班の兵隊はやっきになった。

「走(ツォウ)れ、走(ツォウ)れ！」

というかしましい叫びが悲壮であった。

駄牛の群れの渡河が終わったのは、すでに東の空が明るみそめるころであった。左猛進隊にかぎっていえば、約七百頭の駄牛のうち、渡渉に成功したのは三百頭で、あとのほとんどが流れて行ったのである。

しかも、渡河に成功した牛も、約百頭が疲労のためまったく動かなくなっていた。

左猛進隊七百頭の駄牛は、約二百頭に減じたのである。これは左猛進隊だけのことではなく、どこの渡河点でもほぼ同様であった。思いつきとしては成功しているはずの駄牛が、結果的には思いつきの甘さだけを知らせることになった。

あるいは、これはインパール作戦にたいする軍統率部の、そして指導層の幻想的な自信過剰に由来しているのではあるまいか。インパール作戦には、すでにこの時点から、暗雲がただよっていたのである。

2 〝敵は中国軍より弱い〟

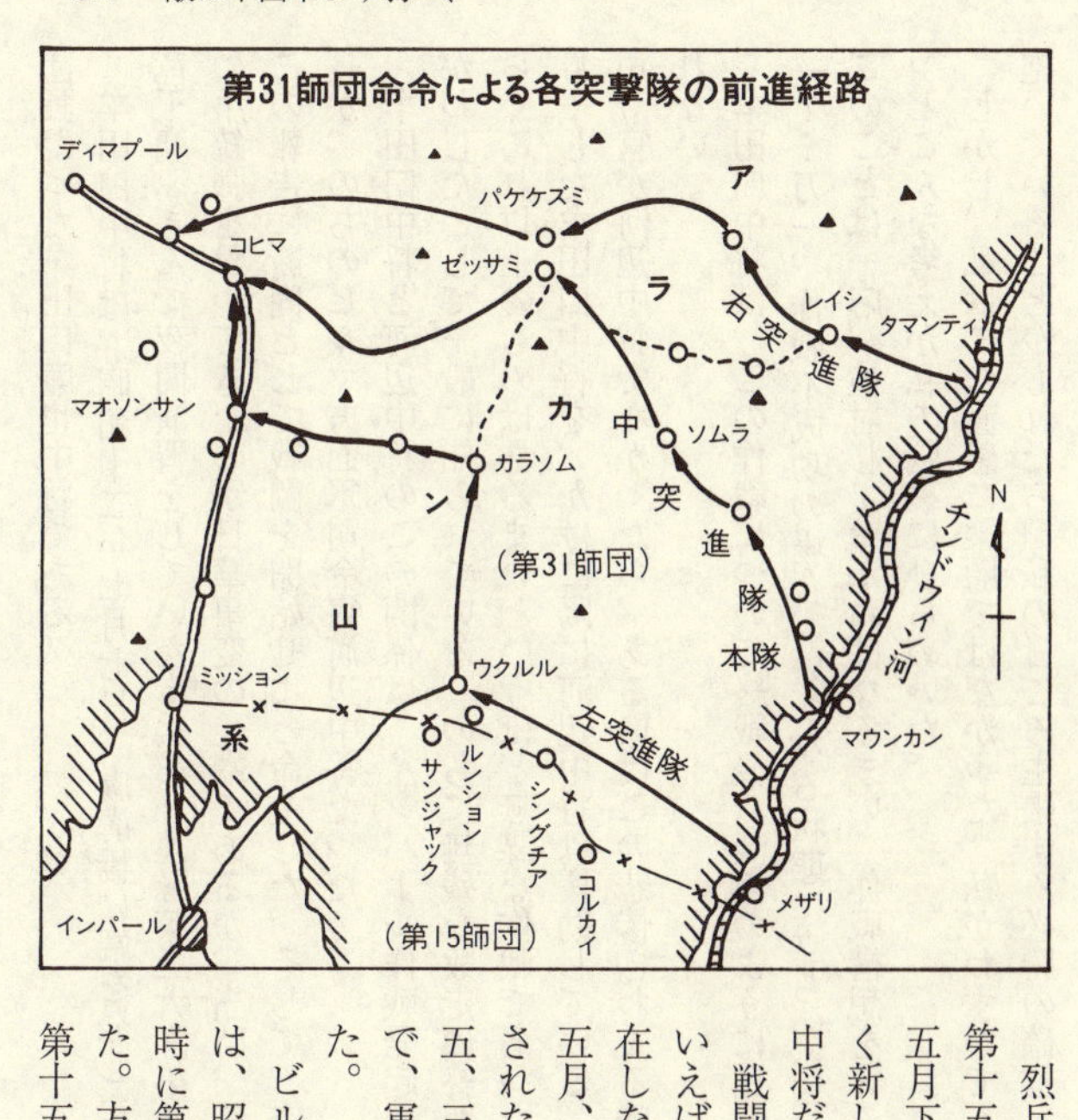

　烈兵団は昭和十八年三月二十二日、第十五軍戦闘序列編入が発令され、五月下旬に編成を完結した、まったく新しい師団で、師団長は佐藤幸徳中将だった。

　戦闘序列編入が発令された時点でいえば、ビルマにはまだ方面軍は存在しなかった。ビルマは昭和十七年五月、第十五軍によって全域が攻略された。当時の第十五軍は、第五十五、三十三、五十六、十八の各師団で、軍司令官は飯田祥二郎中将だった。

　ビルマ方面軍の新設命令がでたのは、昭和十八年三月二十七日で、同時に第十五軍の戦闘序列も更改された。方面軍司令官は河辺正三中将で、第十五軍司令官はそれまで第十八師団長だった牟田口廉也中将である。

牟田口中将は、昭和十二年七月七日、盧溝橋に端を発した日華事変の当の責任者である。竜王廟ふきんで夜間演習をしていた歩兵第一連隊第三大隊第八中隊にたいし、中国軍が数発の小銃弾を撃ってきたのが日華事変の発端であるが、当時、第一連隊長だった牟田口大佐は、この報告に断固として戦闘を開始せよと命令した。そして、奇しくもこのときの直属の旅団長が、のちのビルマ方面軍司令官河辺中将だった。

牟田口中将と河辺中将のこの関係は、インパール作戦発起にかんしても暗黙の了解をとりかわしたとして一般に知られている。のちに無残な敗走に終わったインパール作戦は、おそらくこれ以上のものはあるまいというほど無謀な作戦であったが、この作戦の実施に執念をもやした牟田口中将を、かげに陽に河辺中将は援助している。もしこのとき、ビルマ方面軍司令官が河辺中将でなかったら、あるいはこの悲惨きわまる戦争は実施されなかったかも知れない。

牟田口中将は、この作戦について終戦後、つぎのように述懐している。

「……万一、作戦不成功の場合、いかなる状態に立ちいたったならば作戦を断念すべきか。このことは一応、検討しておかねばなるまい。作戦構想をいろいろ考えているうちに、チラッとこんな考えが私の脳裏にひらめいた。

しかし、私はこの直感に柔順ではなかった。私がわずかでも本作戦の成功について疑念を抱いていることがもれたら、私の日ごろ主張する必勝の確信と矛盾することになり、隷下兵団に悪影響をおよぼすことをおそれたのである。

インパール作戦失敗の原因についていろいろ論ぜられているが、私はここに厳粛な意味で懺悔(ざんげ)する。

すなわち、牟田口の過誤の最大のものは、上司に対してあらかじめ作戦期間を明確に反映させ、しかるのち、本作戦を自由闊達ならしめる努力に欠けていたことであると。

もとより私は本作戦期間は三週間であるむねを報告してあったが、これは三週間にして勝利の栄冠われにありという期間であって、作戦不利の場合、三週間で作戦を打ち切るという意味ではなかった。しかも実情は食糧の事情においても、弾薬の準備においても、三週間の作戦期間を基準として立案しているにもかかわらず、私自身の覚悟もこれに徹底しておらず、またそれゆえに上司にたいしてこれを反映させる努力に欠けていた。

万一、三週間でインパールを攻略することができない戦局におちいったら、断固、作戦打ち切りの命令を出していただきたい。でなければ、あらかじめ後退作戦の権限を牟田口にあたえていただきたいと上司に申し出ていたら、インパール作戦の様相は一変し、あのような悲惨な結果を招かずにすんだであろう」

――文中にある上司とは、ビルマ方面軍司令官河辺中将のことである。つまり、牟田口中将としてもインパール作戦に「完全な」自信を持っておらず、そのことを直情的に方面軍司令官に申しのべるのをためらったため、あのような悲惨な敗戦を迎える結果になった、というのである。

もちろん、終戦後の述懐であるが、これほど無責任な述懐はあるまい。かりそめにも十万の将兵を死地に追いやる作戦に、直接の責任者である軍司令官と方面軍司令官が、完全なる同意に立っていなかったなど、どうして信じられようか。

そして、この述懐の端はしに感じられることは、河辺中将と牟田口中将の公私混同による、なれ合いのニュアンスである。

「インパール作戦は、私にやらせてください。きっと閣下のためにもなることです」

「よし、おまえのことだからやりとげるだろう。おたがいの功績であることをわすれんように、ひとつよろしくたのむぞ」

これは推測の域をでないかも知れぬが、ふたりの胸中には盧溝橋の関係がはっきり影を落としていたことはまちがいないのである。

インパール作戦は、盧溝橋事変を日華事変へ拡大した、ふたりの功名をいそぐ職業軍人の手によって実施され、当の英印軍を、そのときの中国軍とおなじように弱いと断じるという、思いあがった錯誤を犯している。

このことは、昭和十八年十二月二十二日から二十六日までの間、インパール作戦決行の可否を最終的に決定するための兵棋演習がメイミョウでおこなわれたが、そのあとで牟田口中将が隷下各師団の参謀にむかって語った、つぎのような訓示のなかに明瞭である。

「予は軍職にあることまさに三十年、各種の実戦を体験したが、今回の作戦ほど必勝の信念がおのずから胸中にわきあがる思いをしたことはなかった。インパール作戦の必成いまや疑いなし。諸官はいよいよ必勝の信念を堅くし、あらゆる困難を克服して、ひたすらその任務に邁進せよ。

……英印軍は中国軍より弱い。果敢な包囲、迂回をおこなえば、かならず退却する。補給を重視し、補給についてとやかく心配することは誤りである。マレー作戦の体験に徴しても、果敢な突進こそ戦捷の捷路である。諸君はなんら危惧することなく、ただ目標に向かって突進すればよい」

烈兵団の編成は、昭和十八年一月、中支からマレーに転進していた歩兵第二十八旅団と、サイゴンにあった歩兵第一二四連隊を基幹としていた。歩兵第二十八旅団は新潟方面出身者の多い歩兵第五十八連隊（高田）と、大阪方面出身者の同第一三八連隊（奈良）である。また、歩兵第一二四連隊は、太平洋の悲劇として知られるガダルカナル島から撤退した川口支隊で、サイゴンふきんで再建中のものであった。そして、これに南支編成の山砲第三十一連隊、北支編成の工兵第三十一連隊が編合された。

インパール作戦における烈兵団の使命は、インパール〜ディマプール間にある要衝コヒマを攻略し、英軍の補給を中断することであった。

昭和十九年三月十五日、烈兵団は、右突進隊、中突進隊、左突進隊の三縦隊となってアラカン山脈にいどみ、コヒマへの進撃の途についた。右突進隊は歩兵第一三八連隊第二大隊が主力で、中突進隊は同第一大隊を主力として師団司令部が同行し、後衛として歩兵第一二四連隊がつづいた。左突進隊はすでにのべたとおり、歩兵第五十八連隊主力の烈兵団である。

3　ビルマ山中の山桜

左突進隊の進撃は、各猛進隊ごとに一個中隊の先遣中隊を三日前に渡河進撃させていたこともあって、しごく順調であった。そのため、左猛進隊に配属された工兵隊は、前進部隊の追及に汗をかいた。

実戦部隊の渡河作業が終わると、後続する補給部隊の渡河は渡河材料第二十二中隊に引きついで、十七日の夜半すぎ、長島小隊は前進を開始した。

前方の河岸は一面のカヤの原で、ジャングルのようなカヤの林のなかにはすでに幾条もの進撃路ができていた。ただ野象の足跡には閉口した。

おそらく乾季の初期、まだこのカヤの原が湿気をおびているころやってきたのであろう。粘土質の土に深くきざまれた野象の足跡が、いまは岩のようにかたまっていて、よほど気をつけていても、すとんとその穴に足がはまってしまう。

長島たちは、渡河の準備作業中に聞いた野象の啼（な）き声を思い出しながら進んだ。ひっそり静まり返っているチンドウィン河をはさんで、野象の遠吠（とおぼ）えは毎晩のように聞こえた。煌々（こうこう）と河面に照り映える月明の下、墨絵のようにかすんでいる対岸から聞こえてくる野象の啼き声は、しみじみと胸にしみ入るようであった。

廃墟となっている集落にさしかかったころ、夜が明けた。地図ではちゃんとした集落であるが、かなり以前から無人になっているようである。大急ぎで朝食をとると、休むひまなく前進した。工兵小隊は急がねばならないのである。

渡河作業が終われば、すぐさま第一線に追及するよう命令されている。もちろん前進路の補修や構築という工兵本来の任務も、必要に応じて果たさねばならないが、それ以上にいまは、第一線に出て歩兵とともに敵を攻撃することが任務となっている。

灌木（かんぼく）や喬木（きょうぼく）の類がしげっている草原をぬけ、山へさしかかったとき、ようやく前進部隊の後尾へ追いついた。山砲隊だった。

急坂を登りかねている駄馬の尻を、兵隊が二人がかりで押し上げている。前からはひとりの兵隊が手綱をひいている。カッカッとひづめを鳴らしながら、のけぞるようになって急坂を登る馬は、あわをふいて、全身が汗にぬれている。

砲車の推進になると、さらに容易でない。気負いたった挽馬（ひき）は、前肢で虚空（こくう）をけりながら後肢をふんばり、たてがみをふるわせ、死に物狂いで伸びあがって行こうとする。兵隊が車輪に群がって押しあげる。馬蹄（ばてい）のひびきと禦兵（ぎょへい）の叫びと車輪を押す兵隊たちのかけ声とが荒々しくひとつになって、砲車はにじるように土砂をかんではいずりあがって行く。

しかし、これも最初のころだけである。やがて急坂がいっそうけわしくなり、砲車を進める路がなくなってくると、砲車は分解搬送される。車輪は馬の背に、砲身は数人の兵隊がかついで行くのである。

山はどこまでもつづく。山砲隊を追いこして一日じゅう登りつづける。うねうね蛇行した山道は、しだいに密林の下をくぐるようになる。

尾根に立って後方をふり返ると、すばらしいながめである。

いくえにも深いひだをきざんだ山なみが、渦巻き立つばかりの濃緑の樹海におおわれ、そのところどころの谷間に、今を盛りと仄白い花片が群がり咲いている。山桜だった。

その山桜を木の間がくれにはじめて見たとき、ふしぎな花が咲いていると思った。山桜だとわかったとき、兵隊たちは驚嘆の声をあげた。

第十五軍司令部は、はるか後方のメイミョウにあるが、そのメイミョウでは一月に桜が咲くと聞いている。ビルマの高級避暑地であるメイミョウは、シャン高原に位置しているため、日本の気候に似ているということであったが、このアラカン山脈の山中に桜が咲くとは意外であった。

山はいっそう高く深く、夜の冷気は内地の晩秋を思わせるようにはだをふるわせた。寒いばかりでなく、その夜半には粉雪さえもちらついた。

三月十八日の夜、はじめて戦火の交錯するのを遠く望見した。

地図で見れば、七三七八高地であろう。機関銃と思われる激しい火箭が左右に飛び交っている。

しかし、音はまるで聞こえなかった。

設営を終わって、おそい夕食を終え、ほっとなったばかりの長島小隊は、全員が幕舎を飛び出してこれをながめた。

「やってる、やってる！」

音がないので凄烈な感じはなかった。遠い花火を見るように美しかった。それだけにべつな感動が全身を突きあげた。

「俺たちも急がねばならない」

だれもがそう思った。

わずかに弧を描いて交錯する遠い山の上の曳光弾の美しい流れが、いつまでも長島小隊をクギづけにしていた。

あくる朝は気合いがかかっていた。見ちがえるばかりにみんなの行動が活発だった。暗いうちに長島小隊は前進した。

4　恐怖のハチの巣陣地

左突進隊の左猛進隊主力が七三七八高地を完全に占領したのは、十九日昼ごろであった。

これよりさき、左猛進隊の先遣中隊（第十一中隊・西田将中尉）は、主力の一斉渡河の前日、四九二一高地の敵情報拠点を突破、さらに単独で前進を続行していた。十七日昼すぎ、後続した主力はマオコット北方でこの先遣中隊を掌握、日没とともに前進を起こし、十八日の朝、七三七八高地の稜線にたっしている。

ただちに攻撃が開始されたが、山頂に構築された敵陣はかんたんに抜くことができなかった。数次にわたる攻撃のすえ、夜襲が敢行された。この夜襲を工兵小隊はマオコット東南方の峠から見ていたのである。

夜襲にあたった第十中隊（枡谷太郎中尉＝昼間の攻撃で重傷、のちに死亡。八島規矩夫少尉が中隊長代理）は、敵の背面から突入したが、夜明けになっても完全に占領することができなかった。

しかし、サンジャックからかけつけた敵の増援部隊を第十一中隊が捕捉撃退させたとき、七三七八高地の戦闘は終わった。山頂の敵は両手をあげて山を下り、これを督戦指揮していた白人将校は自決して果てた。

長島小隊は、二十一日午後になってこの高地へたっした。すでに歩兵部隊はいなかったが、生なましい硝煙と血のにおいが激突のすさまじさを物語っていた。

山頂には十人ばかりのインド兵の死体が集められていた。爆破された陣地の土砂のなかにも血に染まった敵兵が埋もれていた。集められた死体のなかに、二人の白人将校の姿が見られた。

戦場の清掃もそこそこに、歩兵部隊は前進して行ったのであろう。はじめて敵兵の死体を目にした昂ぶりとともに、戦場はまさしく眼前にあることを長島少尉たちは感じた。

出発までのみじかい時間、長島は敵の構築陣地を見て歩いた。敵の構築法を知ることは、明日にもこれに攻撃をかけねばならない兵隊の習性であるとともに、工兵としての任務上の知識欲でもあった。

壕はひじょうに頑丈な掩体壕（えんたい）である。四、五人収容できるほどの広さで、掩体には直径三、四十センチの樹木を二段に敷いて厚い盛り土をしている。銃座や銃眼のつくりかたは日本軍と変わりなかったが、壕の深いこと、遮蔽が完全であること、壕と壕の連係がひじょうにうまくつくられていることに感心した。とくに連係がよいことは、陣前の死角を相互の位置関係でなくしているということである。死角がないことは、いうまでもなく、攻撃側にとっては最悪の条件である。

のちになって、日本軍は大きな犠牲をしいられた結果、この英印軍の陣地構築がハチの巣陣地であることを知った。サンジャックにしろ、コヒマにしろ、英印軍の陣地はすべてこの構築法をもちいていた。

つまり、ひとつの火点の死角が他の火点の視野に入っているという構築法で、それぞれの火点が相互の連係によって、陣地全体を一つのハチの巣状の大きな火点につくりあげているというものである。

したがって、日本軍唯一の攻撃法である突撃戦法が、ある一つの火点の死角を突いて敢行されても、陣前で他の火点からの射撃によって殲滅されるのである。この犠牲は大きかった。つぎつぎとくり出される突撃隊が、敵陣におどり込む寸前にたおれるのである。

後方から見ているかぎり、眼前の敵陣から射撃をうけてたおれるように見えたが、じつは他の火点からの援護射撃にたおれるのである。しかも、その援護火点は遮蔽が厳重なため発見がおくれ、しばしば日本軍の攻撃を頓挫させた。

しかし、いまは歩兵部隊のだれもがこれに気づいてはいなかった。

殷々とした敵の砲声がとどろいていた。

ウクルルと思われる方向に、黒煙が立ちのぼっている。

渡河開始五日ばかり前、左突進隊の各中隊長以上の将校がよばれ、宮崎少将から作戦展開についての説明を聞いた。長島少尉は小隊長だったが、渡河作業隊長ということで、とくによばれて行った。

宮崎少将の話は簡潔で自信にみちていた。進撃路についても、五万分の一の地図にのっていない道路のあることをしめし、地形の具体的な説明がおこなわれた。さらに、この地点ではこうした状態の戦闘がおこなわれるだろう、こうした命令が予定されていると、その命令の案文までが披露された。

ウクルル方面に立ちのぼる黒煙を見ながら、長島少尉は宮崎少将の説明を思い起こしていた。宮崎少将の自信のほどを、ウクルルの攻略に見た思いがした。

それにしても、宮崎少将の自信はどこから生まれたものであろう。たとえば、この作戦にもちいられる地図にしても、英印軍作製のものの複製である。それにもかかわらず、この地図にのらない道路のあることを、どうして宮崎少将は把握しているのであろう。宮崎少将の自信は、そこに根源しているもののようであった。

じつは、宮崎少将は歩兵団独自の情報班を編成して、進撃一ヵ月以前から、アラカン山系の進撃路を中心にした兵要地誌を調べあげさせていたのである。

烈兵団としては、方面軍に所属する光機関の手でこれをおこなったが、時期的にも量的にも、これは完全な情報の収集がおこなえなかったようである。

したがって、左突進隊にかぎっていえば、独自の収集活動によって、光機関からもたらされるもの以上の、精密な兵要地誌を把握していたことになり、それが計画的な作戦展開を容易にしたといえる。

当然のように、地図にものらない道路や村落を知っている宮崎少将には、敵の配置、兵力も知っていなければならない。ウクルルを経由してコヒマへたっするまでの地形、敵情を知っている宮崎少将にとって、この進撃作戦は掌中のものを見るほどに容易であったことはうたがいのないところである。

ところが、これほどまでに用意周到だった宮崎少将に、問題がなかったわけではない。いや、それだからこそ、宮崎少将の作戦指導がうたがわれることになる。

問題は、ウクルルを占領したのちに発生している。本来なら、ウクルルから西北方へ進んでインパール街道へ出、コヒマへ向かってまっしぐらに北上しなければならない突進隊が、ウクルルから西南方へ折れ、サンジャック攻撃をなぜ志向したかということである。

サンジャックは、烈兵団の作戦地境外である。隣接してインパール攻略に向かった祭兵団（第十五師団）の担当区域である。烈と祭の作戦地境は、メザリ下流からコルカイ北端、シングチア、ルンションン南部を経由、ウクルルとサンジャックの中間をインパール街道のミッションにたっする線である。

宮崎少将はなぜ、この作戦地境を無視してサンジャック攻撃を行なったのか？

その理由がどうであれ、自己の作戦地境内には特別の情報班を放って調べるほどの宮崎少将が、作戦地境外のサンジャックの情報収集まではおこなわなかったため、この攻撃によって大きな犠牲をはらわねばならなかったのではあるまいか。

宮崎少将は、戦後これを否定している。サンジャックの敵情は確実に把握していたと語っている。さらに、なぜ作戦地境外のサンジャックへ進撃したかについて、ウクルルを攻略したのちの士気がいやがうえにも高く、戦機はこのときにありと見たからであるとも語っている。

もちろん、作戦遂行上、戦機をとらえることがどれほど重要であるかはいうまでもない。また、戦争というものが相対的なものであるかぎり、不測の事態が生じることもありうることで、こうしたことのため、計画の変更をよぎなくするのはやむをえまい。

だが、もし宮崎少将が戦後いうように、サンジャックの敵情を完全に把握していたのが事実なら、これから見ることになる犠牲の大きさは、どう説明されるのであろう。

それはともかくとして、七三七八高地の工兵小隊は二十一日の午後に出発し、まだ燃えくすぶっているウクルルを抜け、二十四日の朝、左猛進隊の布陣するサンジャック第一線、司令部高地にようやく追及したのであった。

5　中隊長の男泣き

サンジャックは、インパールの東北方の喉口にあたる。

周辺を山でかこまれたインパール盆地には、北からディマプール、コヒマからの軍公路、西からシンチアールをへた自動車道、南からはカレワ、トルボン、ビシエンプールを経由した自動車道、東からはシッタン、タム、パレルをむすんだ急造ジープ道、そして東北方からはウクルル、サンジャックをむすんだ乾季自動車道の延長線が、それぞれ山稜を抜けてインパール盆地へ降り、中心点のインパールにたっしている。

インパール防衛は、したがって、これら路線を扼して、日本軍の進入をふせぐことが第一であり、日本軍はこれを突破しなければインパールへ突入することはできない。インパール～サンジャック間の距離は約五十キロであった。

東北方の拠点サンジャックには、ホープトンプソン准将指揮の第五十降下旅団約三千名が配備されていた。これは、インパール防衛とともに、コヒマ以南の北アラカン地区防衛を任務としていた。さきに左猛進隊に攻略された四九二一高地、七三七八高地、さらにはウクルルもこの防衛任務内のもので、とくに七三七八高地はサンジャックの前衛拠点であった。

宮崎支隊（すなわち歩兵第五十八連隊）がサンジャックに攻撃をかけたのは、三月二十一日である。

この日早朝、チャム～ロニ～ルシット道をすすんだ中猛進隊（歩兵団司令部同行）はシルヒに進出、ウクルルを指呼の間に見た。

ウクルルはこい霧のなかに眠っていた。ただちに第八中隊（伴正己中尉）を先頭にこれに突入した。眠りをやぶられた敵は周章狼狽、集積物資に火を放ってサンジャックへ後退した。濛々（もうもう）とした黒煙が天に冲した。

この狼狽した敵の敗走が宮崎支隊の運命を決した。じつは、これら英印軍は前衛拠点のための兵站（たん）部隊であったが、一矢も交えずに遁走したため、〝敵は弱し〟の感触を日本兵にあたえた。中猛進隊は、宮崎歩兵団長の命令で、燃えはじけるウクルルをぬけ、作戦地境外へ敵を急追した。

午後になって、約十六キロ西南方のサンジャック北方高地へ進出した。

北方高地の突端に立って山麓を見おろすと、インパールへ通じる稜線道ぞいに建っている数棟の倉庫から、おりから自動車が列をつくってサンジャック村落へあわただしげに移動しているところであった。

サンジャック村落は、北方高地の南方正面の稜線上にあった。この間は灌木と雑草の生いしげる窪地で、直線距離は約三キロと見られた。

村落の北方に小さな丘があり、その東北方に三つの高地が三角形の各頂点の位置にあった。この三つの高地が日本軍をくるしめた敵の主陣地であったが、まだ日本軍はその敵の配置を知らなかった。

ウクルル後退の狼狽ぶりといい、倉庫から移動する敵のあわただしさといい、中猛進隊将兵の士気をいやがうえにも高めた。

ただちに宮崎少将の命令によって、中猛進隊長・長家大尉は配下の第二大隊に倉庫を急襲させ、ひきつづいてサンジャック村落まで突破させた。敵の抵抗は、この間かぞえるほどのもので、二十一日夕刻、サンジャック村落はわが手におち、中猛進隊本部も村落へ入った。

ところが、村落へ入って見ると、敵の主陣地がここでないことがわかった。村落の東北方一帯の高地群がそれである。長家大尉は、そのとっつきの小高地をその夜のうちに占領させた。

このとき、中猛進隊に同行した歩兵団司令部は、すでに北方高地から窪地ひとつへだてた東方の小高地に進出していた。いらい、この高地を〝司令部高地〟とよんだ。

司令部高地の宮崎歩兵団長は、将兵の士気の高まりに信頼していた。ウクルルいらいの急追撃によって、中猛進隊の士気がいっそう旺盛になっていることを信じ、戦機はこのときにありと読んでいた。二十二日、中猛進隊主力に夜襲を命じた。

夜襲は二十三日午前三時を期して実施された。サンジャック村落北端の小高地を基地として、その北方に立ちはだかる高地に向かって、伴中隊長を先頭に第八中隊の全員が一丸となって突入した。

このとき、敵の反撃はがぜんとして起こった。

頂上越しに教会堂の屋根が望めるこの高地の背後から、間断なく砲火が撃ち込まれ、前面の高地陣地からはなぎふせるように機関銃がたたきつけてきた。息つくひまもないほどに手榴弾が投擲され、炸裂した。

勇気りんりんとして突撃にうつった第八中隊も、文字どおりの雨あられと飛びちる鉄量には抗するすべがなかった。突撃の叫喚と、苦悶の絶叫が銃砲火の炸裂とひとつになって、全山をゆるがした。まさしく山は鳴動した。

「中隊長につづけ！」

「中隊長を殺すな！」

その叫びとともに、「天皇陛下万歳！」の叫びもいくたびか起こった。兵隊はばたばた倒れた。屍をこえて突進する者が屍をこえた瞬間に屍になった。さらに後続する者が屍の上に積みかさねられて屍となった。

かろうじて伴中尉以下数名が敵陣の一角を突破して陣内に入ったが、敵の陣地は想像もできぬほど縦深が深く、堅固であった。突入した将兵のすべてが、またたくうちにたおれた。

玉砕にちかい犠牲をだして、突撃の意図はもろくもくずれた。

つづいて、長家大尉みずからが指揮をとって第二線部隊が突撃した。しかし、さらに敵の銃砲火は熾烈をきわめた。屍の累積のみである。敵陣の下の斜面は血の海となった。突撃するために駆け登ろうとしても、血にぬれた草が足をすべらせた。ついに薄明ちかく攻撃は中止された。長家大尉は左頸部から血をしたたらせながら、

「部下の骨がひろえなくて残念だ」
と、男泣きにないた。

6　地雷捜索命令

三月二十四日の朝、長島工兵小隊は左猛進隊主力を追及、サンジャックの戦場に到着した。司令部高地に前進すると、歩兵団司令部に配属されていた第三小隊（岡小隊）が合流してきた。歩兵第五十八連隊の連隊本部もここにあって、連隊本部と行動をともにしていた工兵中隊長・井汲政司大尉が、長島小隊と岡小隊を掌握した。

やすむひまもなく、司令部高地の前面に展開した。背たけをこすツル草や灌木が一面に生いしげった起伏のはげしい窪地である。

敵の砲撃は間断なくつづいていた。いずこから撃ち出すのか、見当がつかなかった。司令部高地の前面をたがやすように掘り起こしている。それにくわえて、無数の機関銃が遠くちかく寸秒のやすみもなく鳴りつづけている。

あたりの木々や草むらが、地面とともにふるえつづけている。炸裂した砲弾の破片が、するどい音をたてて飛んでくる。耳がじんじん痛くなってくる。まるで狂ったような銃砲火である。

事実、このときの英印軍は、百五十ミリ砲と三インチ迫撃砲を計四十六門持っており、それを一斉に日本軍に浴びせかけていたのである。

とくに二十三日早暁の攻撃をうけていらい、恐怖に打ちのめされたかのように、ありとあらゆる火砲を、日本軍にたたき込んでいたのである。

これにたいして、日本軍にはまだ一門の砲もなかった。砲はまだ前線に到着していなかったのである。歩兵砲中隊によって連隊砲一門が司令部高地へかけつけたのは二十五日の朝である。しかも、このとき持ってきた弾薬はわずかに十六発である。

午後になって山砲大隊の砲一門が到着したが、これとても弾薬は八発にすぎなかった。いずれも人力搬送によって運んできたものである。

司令部高地の前面に展開した工兵隊も安全ではなかった。周辺一帯にばらまくように砲弾が落ち、炸裂した破片がするどい音で飛び交い、まき上げられた土砂が砂嵐のように襲いかかった。展開と同時に数人が傷つき、はやくも一人が死んだ。

敵の主陣地は、南北にならんだ二つの高地である。中間が地隙（ちげき）のように落ち込んで、こちらへゆるい勾配（こうばい）を見せている。その地隙の奥の南の台地に教会が建っている。二つの高地のすそは、袖のように左右（北と南）へ張り出している。高地は北の方がやや高い。

全体が深い樹木と草むらにおおわれ、ところどころに赤茶けたガケがのぞいている。見るからに複雑な急斜面で、傾斜はところによるとまるで切り立つ断崖といえた。二つの高地の向こうには、密林におおわれた高い山なみが北から南へとつらなっている。

日本軍は、この南の高地を教会陣地、北の高地を北側陣地とよんだ。ところが、敵の主陣地はこの二つの高地だけでなく、北側陣地につらなる東側の高地があった。のちに東側陣地と名づけられたそれは、日本軍をもっとも苦しめた敵の援護陣地で、砲兵陣地のほとんどと旅団本部がここにあった。しかし、日本軍はまだそれの存在に気づいていない。

工兵隊は、湾のようにへこんだ教会のある台地正面やや北寄りに展開していた。歩兵第三大隊（左猛進隊）本部の前面である。

教会までの直線距離は約五百メートル。草むらごしに見ると、二つの高地のすそを横切って、北から南へせまい山道が見える。教会陣地の南のすそのやや小高いところに、二、三軒の原住民の家らしいものがあり、その背後は樹木におおわれた小高地と、小高地の向こうを南へ走ってインパールへつづくと思われる道路が隠見される。サンジャックの村落は、この道路ぞいにあるものと思われた。

この朝、左猛進隊（第三大隊）は歩兵団長の命令で、中猛進隊（第二大隊）の左側に展開して攻撃を開始していた。

まず、第十中隊が北側高地の北方正面から攻撃した。ところが、これは錯綜（さくそう）する急坂にさえぎられて、意のままに突入することができず、陣前に膠着（こうちゃく）してしまった。

連隊長・福永転大佐は、第十一中隊に第二大隊の第六中隊を合わせ、第二大隊機関銃中隊（飯吉正治中尉）の支援のもと、西側から薄暮攻撃の決行を命じた。

このとき、第二大隊の被害はすでに甚大だった。二十三日の早暁攻撃で第八中隊長・伴中尉が戦死したほか、中隊の兵員は三分の一に減じ、つづいておこなわれたその日の戦闘で、第五中隊は斉藤一夫中隊長以下、多くが死傷、第六中隊も中隊長渡辺一中尉が戦死、兵員も迫撃砲の集中砲火によって多くの犠牲をだしていた。

とくに、わが陣内の焼却を意図した火弾を撃ち込んだあげく、敵は数度にわたって日本軍の攻略陣地に逆襲をくわえてさえいる。

あくる二十四日黎明（れいめい）、長家大隊長は大隊本部と第六中隊（二宮斉少尉指揮）をひっさげて、教会高地の西側斜面陣地に突撃を敢行、壮絶な手榴弾戦のすえに一陣地を奪取したが、それ以上に戦果の拡大はゆるされず、戦線の収束をやむなくしていた。

こうして、第十一中隊を中心とした、第六中隊、第二大隊機関銃中隊の薄暮攻撃がきめられたのであるが、これと同時に工兵隊にたいし、陣前の地雷捜索が命令された。

井汲中隊長は、地雷捜索を長島に命じた。長島は、本田軍曹、根岸軍曹、青柳軍曹ら十名で二班の捜索班を編成、これを指揮して前進することになった。

しかし、戦線に到着したばかりのことで、敵の陣地配置はまるでわからなかった。深い樹木と草むらに遮蔽されているうえに、こちらが低地にいる関係から、全般的な敵情を見ることさえむりである。といって、これを見るためには後方の北方高地へでもさがらねば不可能であるが、それのできる時間的よゆうもなければ、盲撃の敵弾をぬっての行動の自由もない。前面の高地に潜入、当たって砕ける以外にないのである。

深い草むらにおおわれた窪地を地雷捜索班は、匍匐前進して高地のすそを走っている山道へと出た。とたんに銃火が殺到してきた。あわてて、十一名は草むらに飛び込んだ。

山道は高地のすそを南へのびて、教会陣地の南端ちかくで折れまがっている。おそらく教会高地のなかを教会へたっしているのであろう。山道の上も下も深い草むらの斜面で、とくに高地側の傾斜は四十五度以上はある。

山道が敵の死角に入っていることを知った長島は、一班を道路ぞいに、二班を高地側の斜面に潜入させて前進した。

前進といっても、匍匐前進以外に方法はない。深い草むらのなかをモグラか尺取り虫のようにもそもそと進む。すこしでも姿勢を大きくしたり草むらを動かすと、たちまち銃弾が集中してくる。

敵の陣地配置は巧妙をきわめているようである。防衛のための火網は正気のさたとは思えぬほどに激しい。よくも弾薬がつづくものである。

もっとも、敵はこの前日から弾薬糧秣の空中補給をおこなっている。一日に数回、数機の編隊で輸送機がやってきて補給して行く。インパール前衛としての重要さもあるが、戦闘開始三日か四日ですでに強力な補給をおこなっていることから見ても、敵がどれだけ弾薬を消耗しているかが想像できる。

また、このことが、烈兵団の運命を左右する重大な要因となるかも知れないのである。同時に、インパール攻略のために、コヒマで敵の補給を中断しようとする作戦構想そのものが、はたして正しかったか、ということにもなる。

それにしても、長島には当惑があった。前面高地西側の陣前における地雷捜索といっても、この状況ではとうてい正確な捜索などできる道理がない。ただやみくもに、高地のすそをはいずりまわる以外にないのである。

そのうえに、敵陣についての適切な指示はなにもなかった。ふつう陣前の行動を命令する場合、目標を指示して命令が出されるものであるが、歩兵連隊長の命令は、「高地西側の敵陣前を捜索せよ」という漠然としたものである。これは、連隊長にしても、的確な敵情把握ができていない証拠ではあるまいか。

敵陣前の地雷捜索は、歩兵の攻撃を容易にするためのものである。敵陣へ突入するための予備行動で、陣前に埋没された地雷を発見撤去することである。具体的に突入地点がしめされていないことは、工兵の捜索の結果、その突入地点をきめることであるかも知れないが、しかしこの場合、それにはそれなりの付帯命令が発令されていなければならない。

いずれにせよ、このくるうような火網のなかでは、自由闊達な捜索活動がおこなえるものではない。いくら地雷捜索が工兵の任務であるとしても、ただやみくもに草むらのなかをはいずるだけで、所期の目的がはたせるものではあるまい。

もし、これらのことを承知したうえで、なおも工兵には地雷捜索を……という用兵が必要であったなら、すくなくとも、敵の火点の所在だけでも明確にしめすという慎重さが、これは歩兵の行動をふくめて、必要だっただろう。

しかし、命令は命令である。

敵の撃ち出す機関銃音をたよりに、その方向へむかって、地雷捜索班はモグラのようにはいつづけた。教会陣地西側の斜面を南へ向かって、じりじりとはいずりつづける。

草むらを動かさないことに全神経を集中、クモの巣のように生えしげったツル草のなかに身体をおし進めて行くのである。はうという形容はどうやら不適当である。両ひじとすねをつかって、にじって行くのである。一度に十センチとは進めなかった。一呼吸入れて、目の前のツル草をかきわけ、そのなかへ鉄かぶとをかぶった頭を押し込んで行く。いばらやとげが顔をひっかき、流れる汗が目や口に泥といっしょに入ってくる。銃がじゃまになる。帯剣や袋具が草の根にからんでくる。

二時間ほど経過したとき、にわかに激しい機関銃音が正面頭上から鳴りはじめた。同時に、地雷捜索班は身動きとれなくなった。敵のねらい撃ちをまともにうけたからである。

7　長島小隊長の決意

掃くような機銃弾が、地面にはいつくばっている十一人のうえを、ピンピンするどい音を立てて走りつづけた。わずかに照準が遠いが、すれすれに草むらをなぎ伏せてくる銃弾のため、頭を上げることができない。

照準が遠いのは死角に入っているからに相違なかった。現状から離脱するには、死角を利用して敵の陣地の懐中深く入り込むよりほかはない。

長島少尉は背後を見た。いつのまにか兵隊たちは一団になって長島小隊長の指示を待っていた。長島少尉は前進の合図を送った。

長島少尉の判断はあたっていた。わずかな傾斜を十メートルほどはい上がっていくと、高さ三メートルばかりの突出陣地の壁に突き当たった。切り立った岩盤のような小さな崖のうえから、カナヅチをたたくようなけたたましい音とともに、光の矢がほとばしり出ている。崖の上部突端の草むらは一面に焼けて、崖全体がふるえている。

長島少尉は、機銃弾の飛び出ていない右手奥へ兵隊たちを誘導した。崖のすそに水流のあとが見える小さな地隙（ちげき）があった。そこへ一列になってすべり込んだ。

地隙は正面奥の密林のなかへつづいている。おそらくその奥は敵の陣内に相違ないだろう。そちらに注目しながらいざとなればそこを突破する以外に方法はないと長島少尉は思った。

そのとたん、右手から横なぐりの銃弾が赤い尾をひいて襲いかかった。崖のうえの陣地の連係陣地であろう。七三七八高地で見た、あの連係のよさである。とっさに長島少尉は背後へ、前進の合図を送って駆け出した。

やがて、長島少尉以下十一名の地雷捜索班は、教会陣地の内奥部へ突入していた。

突出陣地と突出陣地の中間を駆け登って、第二の突出陣地の背後へまわり込んでいたのである。さいわい密林に守られていたが、どこに敵がいるかわからなかった。とくに背後の陣地の敵はこちらの行動を知っているのである。

ほっと一息入れ、全員に異状のないのをたしかめると、前進をはじめた。

匍匐の必要はなかったが、ツル草を払いのけながらの前進は、ひどく手間がかかった。ツル草をふみしだいていく音が、実際以上に大きく聞こえてならない。五メートルほど行っては足をとめ、また五メートルほどで足をとめて周囲に神経をくばる。百メートルばかり進んだとき突然、間近に人声がすると、あわただしげに駆け出す靴音が聞こえてきた。呼吸をとめる思いで長島少尉たちは地面に伏せた。

靴音がとまると、こんどは自動車のエンジンが鳴りはじめた。自動車は左手へ向かって走って行き、まもなくもとの静けさにもどった。

ツル草の茂みの向こう五十メートルほどのところに幕舎が張られていた。インド兵の動いているのが見える。長島少尉は、右手へ進むことにした。下手をすると突出陣地の背後へ出るかも知れないが、そのときはいさぎよく突撃して、陣地を占領してやろうと思った。

息をつめて、にじるように右へ右へと移動していく。二十メートルもいくと、幕舎の姿が完全に見えなくなった。しかし、こんどは頭上をおおっていた樹木がまばらになって、草の茂みも背が低くなってきた。

電話線が架設されていた。樹木から樹木へ張られている電話線を見ると、

「小隊長殿」

と、青柳軍曹がいった。

「あいつを切っていきましょう」

「よし」

「自分がやります」

青柳軍曹が樹に飛びつくと、二、三人が下からおし上げた。登山用ナイフで電話線をすっぽりと切った。

「駆けろ！」

長島少尉の合図で、全員が駆けはじめた。

いっそう樹木がまばらになって、蹴落とされるような急坂にかかった。ころがるように駆け降りる十一名に突然、銃弾が襲いかかった。

足もとをすくわれたように、夢中で地面に重なり合った。幾人かが斜面を転がっていくと、小さな窪地へ落ち込んだ。全員がそこへ飛び込んだ。

密林から百メートルも下にある、小さな台地だった。右からも左からも銃弾が飛んでくる。全員は窪地にくい入るように伏せて動かなかった。三十分もすると、頭上に錯綜していた銃弾の音がまばらになってきた。

やがて銃弾の音がやんでしまうと、第三小隊第一分隊長の青柳軍曹に、ふきんの状況を見てくるように長島少尉はいった。

いぜんとして、匍匐以外に行動の手段はない。青柳軍曹が窪地をはいあがると、待っていたとばかりに銃弾が殺到した。青柳軍曹は敏捷に草むらのなかへ転がり込んだ。

いずれにしても、こちらが照準されていることはまちがいなかった。いざというときには突撃していくよりほかはない。姿勢を小さくしながら、全員にその態勢をとらせる。

一時間ほどして、青柳軍曹がひょっこりと顔をのぞかせた。

「よかった、ぶじだったか」

長島少尉の声に答えるように、青柳軍曹は窪地へ転がり込んでくると、

「小隊長殿、中隊長殿がこの下に……」

と、息をはずませながらいった。

8　軽機対自動小銃

まったくの偶然であった。

この窪地から左手五十メートルほどの土手下に井汲中隊長がいるというのである。長島少尉は捜索班の指揮を本田軍曹にまかせ、中隊長のそばへ行くことにした。

窪地をはいあがり、斜面を転がるように匍匐していくと、やがて青柳軍曹のいった土手にさしかかった。人工の土手ではなく、自然の地形が土手状をなしているところである。斜面の下に中隊長の姿を確認すると、長島少尉は土手の上に身体を横たえ、ころころと斜面を転がり落ちた。

井汲大尉は長島少尉の姿を見るや、

「おい、こっちはさんざんなめに合ったぞ、チクショウ！」

と、くやしさにじりじりしている。

中隊主力は、長島少尉の地雷捜索班が前進して三十分後にあとを追った。薄暮を期しておこなわれる総攻撃のための展開を命じられたからである。

しかし、この三十分は、敵の銃砲火を倍増させる三十分であった。長島少尉たちの前進で安全と見えた進路が逆に、たちまちのうちに火網のなかにとらえられた。

なにしろ敵は高地から俯瞰しているのである。いくら灌木や草むらに遮蔽させているつもりでも、高所から見おろす敵には一目瞭然というものであろう。すさまじい機関銃と迫撃砲の集中斉射である。

とくに左前方の火点が猛烈に撃ってきた。

遮蔽の地形地物がしだいに用をなさなくなってくると、前進も後退もならず、草むらの根にしがみつくようにしながら、兵隊たちはつぎつぎと傷つき、死んでいく。

えぐりあげる砲弾の炸裂音と、空を切って飛ぶ破片の音と、機銃弾のすさまじい音とが錯綜し、絶叫する兵隊の肉片を宙にとばし、血の雨をふらせる。中隊長は左前方の火点撲滅を第一小隊第四分隊の勝又伍長（静岡県出身）に命じた。

勝又分隊は巧妙に前進していった。歩兵の突撃とちがって、あくまでも敵の目をさけながら火点の死角に飛び込み、爆薬で敵陣を吹き飛ばすのが工兵の特火攻撃である。しかしいまは、その爆薬の準備がなかった。手榴弾を銃眼にたたき込むのである。

左方へ迂回していく勝又分隊八人の姿は、まもなく中隊長の視野から消えた。かと思うと、その進行方向に当たって数発の迫撃砲が撃ち込まれた。けたたましい炸裂音にまじって、だれかの悲鳴があがった。ふきあげる一瞬の土煙りがおさまらぬうちに、こんどは右前方から横なぐりの機銃弾が集中した。ざわめきゆれる草むらのなかを駆けていく数人の姿が浮いたが、その姿はすぐのめり込むように倒れた。

何十分経過したのか、中隊長にもわからなかった。身動きとれないまま、奇蹟にちかい僥倖を中隊長は待った。しかしむりであった。勝又分隊による手榴弾投擲のけはいはついに起こらなかった。

ところが、いぜんとして激しい敵の集中火が左前方へ移動しているのに、中隊長は気づいた。つまり、勝又分隊が集中火の照準になっているのである。

「勝又、よくやってくれた。すまん……」

中隊長は心のなかで手を合わせると、一気に火網を突破すべく前進を命令した。

のちに、戦場清掃のさい、勝又伍長が敵陣前二メートルのところに、また、鈴木上等兵（東京深川出身）ほか二名が四、五メートルのところに戦死しているのを長島少尉は確認した。四人ともハチの巣のように銃弾を浴び、手榴弾をにぎりしめたままであった。

前進をはじめても、統率のとれた進み方はむりであった。匍匐しながらの各個躍進はしだいに兵隊たちの間隔を開き、ばらばらの行動体形にしてしまう。

敵の目からはあまり役立たない草むらが、至近距離ではたがいの姿を遮蔽してしまう。進行方向を見失った兵隊は、敵陣のなかへまぎれ込んでいくこともある。早川上等兵（東京出身）がその例であった。

早川上等兵は軽機関銃手である。一一年式軽機を抱えながら進むうち、周囲にだれもいなくなってしまった。すこし急ぎすぎたくらいに考えて、早川上等兵はあわてなかった。肝ッ玉の太い男である。

なおも進むうち、銃砲火のぜんぜんとどかない場所へ出てしまった。さすがに不審に思った彼は、立ちあがって周辺を見まわした。すると、前方十数メートルのところをこちらへやってくる敵兵四、五名の姿が目についた。

さいわいなことに、敵兵は自動小銃を肩にかけていた。こちらは立ちあがるときから腰だめにしている。両者がたがいに気づいたとき、早川上等兵は軽機の引き鉄をひいた。あわてふためいた敵兵は二人が倒れた。二、三人が逃げながら背後へ盲撃をしてきた。

「畜生！」

早川上等兵は、うなりながら追いかけた。ふだんはあまり調子のよくない軽機が、このときばかりはウソのように調子がよかった。二連射を敵兵の背後へ浴びせかけると、また一人が倒れた。なにかを叫びながら逃げていく敵兵の姿が草むらにかくれたとき、一弾が早川上等兵の肩をつらぬいた。

いま中隊長が掌握している兵隊は七名にすぎなかった。三名は左前方の敵陣地にたいして警戒のため十メートルほど前へ出している。あとの一名は志村一等兵で、三十メートルほど離れたところで足をやられて倒れている。「痛いよう、痛いよう、水をくれ」と、思い出したように叫んでいるが、どうしてやることもできない。

このとき、井汲中隊長が指揮してきたのは、第一小隊、第三小隊のほとんどと指揮班をふくめて、約百余名であった。第三大隊本部に命令受領者と数名の指揮班をのこしてきたが、現在の中隊兵力は、これがすべてである。

その全兵力ともいえる百余名が、いま、ただの七名しか掌握できていないことに中隊長はいらだっていた。もちろん、爾余の者ぜんぶが死傷したとは考えられないが、被害の大きいことは覚悟しなければならないだろう。

長島少尉の地雷捜索班の報告を聞いた井汲中隊長は、ようやく落ちつきをとりもどしたようである。地雷捜索が完全に達成できたとはいえないが、この熾烈な銃砲火のなかでは全員ぶじであることがなによりである。

「いいか、総攻撃は十八時だ。それまでに捜索班をここまで移動させろ」

井汲中隊長はそういって、はじめてほっとため息をついた。

敵の銃火は、そうしている間も絶え間なく飛んできていた。井汲中隊長と長島少尉の伏せている二、三メートル横の土手っ腹にプスプス突きささっている。

激しい銃砲火のなかに、なにやら弱よわしげな声が切れ切れに聞こえてくる。

「志村だ……」

中隊長の面がまたしてもくもった。

長島少尉はじっと耳をすましながら、それがなにかの歌であるのに気づいた。そういえば志村一等兵は流行歌がとくいだった。

　烈兵団工兵連隊が編成される前、井汲大尉以下、この中隊は独立混成第八旅団工兵隊として北支の順徳にいた。昭和十八年五月、烈兵団が新編されるとき、独立混成第七、第九旅団工兵隊とともに、工兵第三十一連隊に編入されて戦闘序列にくわわった。

　その順徳で別れの演芸会が開かれたとき、志村一等兵は風貌に似合わない美しい声で流行歌をうたった。両手を胸のところで組んで、ゆらゆら上体をゆすりながら志村一等兵はうたった。そのときのことを思い出しながら、長島少尉はいま聞こえてくる歌が、そのときの『支那の夜』であるのを知った。志村一等兵の声は、すでに生気を失いつつあるようだった。

9　百余名が七名に

　銃弾はますます熾烈になっていた。捜索班をよびに伝令を走らせるどころか、身動きもとれない。伏せている身体のうえをすれすれに流れる弾が、いまにも突き刺さりそうである。兵隊たちはかろうじて、銃剣で掘ったあさい穴のなかに伏せていた。中隊長と長島少尉も、それにならって穴を掘ろうとするが、銃剣を動かすと肩やひじが高くなって、そのたびにヒヤリとする。せめて顔だけでもよいから、地面のなかにめり込ませていたいと思う。

やがて午後五時をすぎると、敵の火力もようやくおちてきた。六時を期しての総攻撃とあれば、まごまごしていられない。長島少尉は前面の敵陣地の偵察に出かけた。三十メートルばかり斜面をはい上がっていくと、高田、鈴木、高橋の三人の兵隊がいた。三人は長島少尉の姿を見ると、生き返ったように元気な顔をした。

しかし、当面の敵の陣地はかんたんに攻略できるとは思えなかった。約二十メートル前方に鹿砦（ろくさい）が構築されて、そこから屹立（きつりつ）した約五メートルの崖の上に陣地があるのだ。この崖をどうやって登っていくか。突入以前に鹿砦を破壊し、崖に足がかりをつけねばならない。

長島少尉は、いそいで捜索班をよびよせなければならないと思いながら、中隊長のもとへもどった。すると、中隊指揮班の矢野上等兵が、歩兵第三大隊長の命令をつたえにきていた。総攻撃は午後八時に延期されたという。

むりもないことであった。工兵中隊が移動してきた状況から考えても、歩兵の攻撃発起地点の展開がどれほど困難なものであるかが想像される。それに、歩兵の人員は工兵の数倍である。

いっときまばらになった敵の銃砲火が、ふたたび狂ったように鳴りはじめた。薄暮が近づくにつれて、敵は日本軍の夜襲にそなえ、先制攻撃をかけているのである。長島少尉たちの横手にも、まるで狙撃するように銃弾が飛んできて、一面に散っている灌木の落葉が、スズメでもおどっているようにぴょんぴょんはねる。

うす暗くなりかけた南の空に、編隊機の爆音がとどろいてきた。敵の輸送機である。ぐっと高度を下げてくると、教会陣地、北側陣地の上空をゆるく旋回しながら、パラシュートを投下しはじめる。どれも真っ赤なパラシュートである。

英印軍の空からの補給は、パラシュートの色で何が投下されているかがわかった。赤は弾薬、青は糧秣、白は飲料水である。しかし、はじめて敵の補給を目にする長島少尉たちには、まだその分類はわかっていなかった。

見るみるうちに空いっぱいに赤い花がさいた。おりから西へ沈んでいく太陽の余光をうけ、赤いパラシュートはいっそう赤く燃えた。いいようのない威圧感である。

のちになって、コヒマの戦場で幾十度となくこれを見て、これこそ日本軍と英印軍の根本的な相違であると長島少尉たちは知った。

そのとき長島少尉たちは飢えていた。食糧はとっくに底をついており、弾薬もなかった。砲弾はもちろん、手榴弾や小銃弾さえのこりすくなかった。そんなとき、英印軍の陣地のうえには毎日、赤、青、白のパラシュートが舞いおりた。それの分類をとっくに知っていた日本軍の兵隊は、青のパラシュートが降下するたびごとにかならず何人かが死んだ。パラシュートをうばいに出かけて撃たれるのである。

いまも、ゆっくり降下してくるパラシュートが、敵陣との境界を越えて、いくつもこちらへ落ちてくる。

敵の銃砲火はぴたりとやんでいた。

うそのような静けさのなかを、ひとつのパラシュートが長島少尉たちの目と鼻のさきにふ

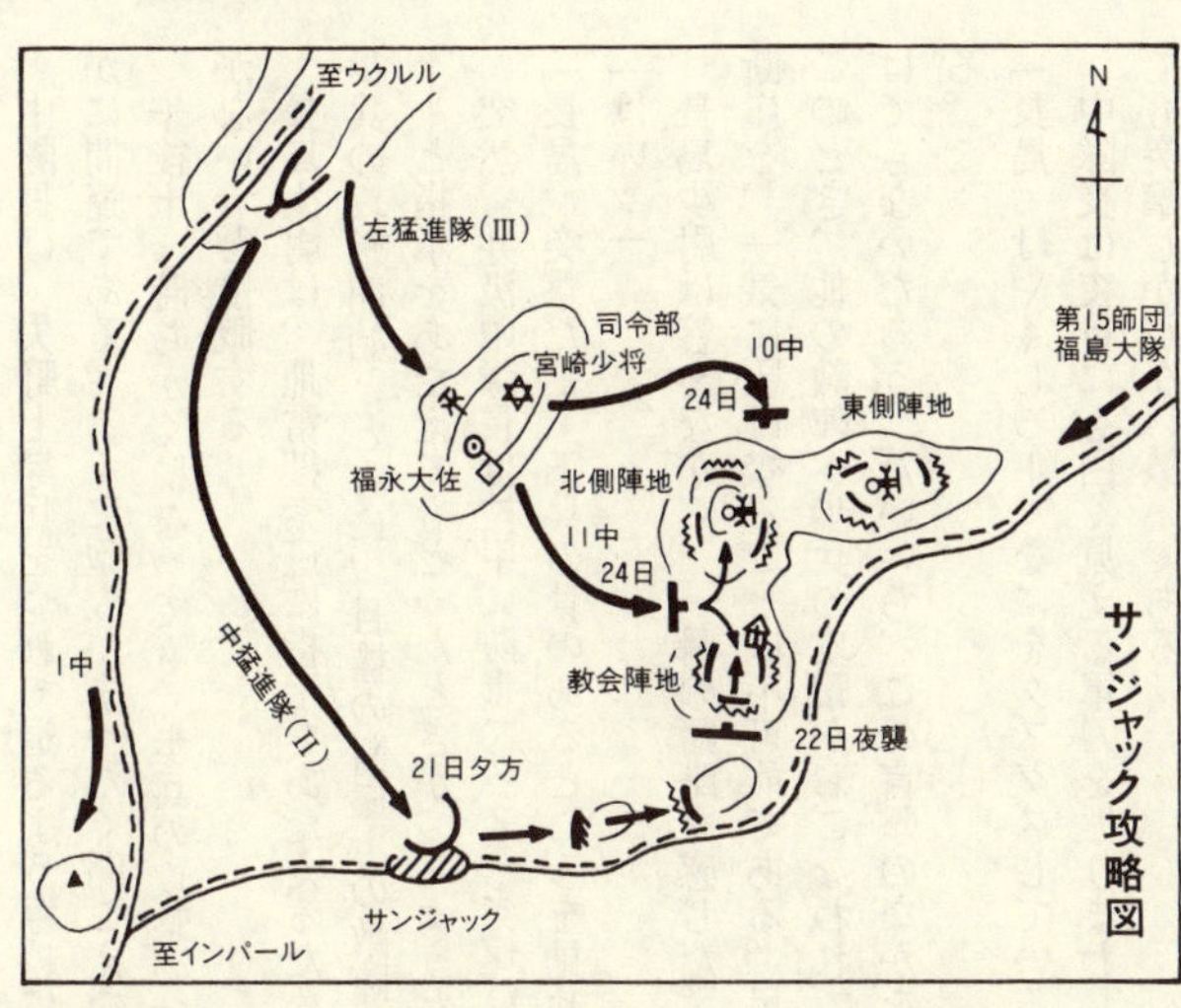

んわりと沈んだ。中隊長が、そのちかくにいる矢野上等兵に「取ってこい！」と声をかけた。矢野上等兵は「はい」と答えて匍匐前進した。矢野上等兵はパラシュートに手がとどいたと思った瞬間、パタッと突っ伏した。矢野のあごからは鮮血がふいていた。

ふたたび敵の銃砲火がとどろきはじめたのである。

午後八時になっても、歩兵の一斉攻撃ははじまらなかった。じりじりしているうち十時になると、第一小隊第三分隊長の塚越軍曹が、ふたたび総攻撃は十一時に延期されたと伝令にくる。

途中、方角にまよいながらさまよっているとき、低くうめく声を塚越軍曹は聞いた。声をたよりに近づいてみると、志村一等兵だった。志村一等兵は、塚越軍曹が声をかけると、まるで安心したようにこと切れた。

中隊長は、矢野上等兵をつれて退るよう塚越に命じた。真夜中のせいで、敵の銃火はさすがに間遠である。とくに砲火がまったく聞こえなくなっている。

午後十一時ちかくになっても、歩兵の攻撃のけはいは感じられない。中隊長は、「だらしがない」と憤慨する。

長島少尉は、地雷捜索班に指示をあたえるために出かけた。地形上、現在地点に待機し、歩兵の攻撃開始とともに、目標の断崖上の敵陣へ肉薄攻撃する。敵陣の状況はこうである――と指示をあたえてもどったときが、ちょうど午後十一時であった。

突然、井汲中隊長は被甲（防毒マスク）を投げ出すと、軍刀を抜いて立ち上がった。

「長島、突撃だ！　工兵の骨のあるところを見せてやるんだ！」

「はいッ」

長島少尉は答えながら、一瞬の躊躇を感じた。あの鹿砦の向こうに屹立する五メートルの断崖を、一気に駆け登ることは不可能である。足がかりをつけながら隠密に登る以外にない。このとき、他の敵陣へ歩兵の攻撃がおこなわれていなければ、断崖上の敵の意表をつくことはできないだろう。だいいち、この盲撃のなかをどうやって地雷捜索班をよびよせるかである。

「長島、はやくしろ！　なにをグズグズしている！」

中隊長は夜目にも白く見える軍刀を振りまわしながらどなりつけた。ほおっておけば一人でも突撃しかねない勢いである。

「しかし、中隊長殿……」

「なにがしかしだ！　歩兵の腰抜けどもに、鼻を明かしてやるんだ！」

その声が聞こえたのであろう、とたんに敵の機銃がこちらを見舞ってきた。

「畜生！」

ヒュウヒュウと風を切り、パチパチと草むらにはじける銃弾のなかで、中隊長はまるで狼のようにうなりつづけている。長島少尉が声をかけても返事をしない。怒鳴られるのを承知のうえで、単独の突撃は無謀であることを長島少尉がのべると、中隊長はがっくりしたふうに寝転がってしまった。

三時ちかく、ふたたび塚越軍曹が伝令にやってきて、攻撃中止の命令をつたえる。

そうなると、中隊の兵員を掌握することが緊急の問題になってくる。一応、指揮班の位置へ引きあげることにして、地雷捜索班と前面の警戒兵をよびよせる。敵の射撃が間遠になっている間を利用し、斜面を下りはじめる。

夜が明けきったころ、ようやく指揮班の定位置に帰った工兵中隊は、のこりの兵隊を呼び集めるのに苦労した。中隊長とともに前進した百余名が、最終的に展開したときにはわずかに七名になっていたのだからむりはない。その七名のうちの志村一等兵は死んでしまった。

六名と長島少尉以下一名が中隊長にしたがって定位置にもどると、指揮班長・吉川曹長の指揮によって、兵隊たちはさっそく隊員捜しに出かける。

これは容易でなかった。行動の自由のない敵の眼前での行動である。敵の銃砲火は夜明けとともにいっそう激しくなっている。どうやってよび集めるか、とほうにくれる思いであった。

が、どうやら、吉川曹長以下の必死の思いで、日の暮れまでには、戦死者以外の全員を集めることができた。

こうした状態は歩兵も同様だった。薄暮攻撃の命令がでたものの、十一中隊と六中隊の連絡がつかなかった。おたがいに所在すらたしかめられないのである。このため、ずるずると時間を延長、結局は攻撃を中止せざるをえなくなったのである。

日本軍は、わずか三キロ平方ばかりの草むらと、灌木におおわれた地域にとじこめられていたのである。敵はそれを俯瞰（ふかん）、完全に日本軍の動きを掌握していた。いってみれば、袋のなかのネズミでありながら、その袋の外のネコに向かって日本軍はかみつこうというのである。行動の自由どころか、身動きさえとれない窮地に立たされていた。

しかし、この夜、第六中隊は第十一中隊の掌握をまたず、第二大隊機関銃中隊の支援をうけ第二大隊長の判断によって突撃を敢行していた。

また、暁闇（ぎょうあん）の四時をきして、第五中隊も教会陣地に攻撃をかけていた。

一部は鹿砦を突破して敵陣内に突入したが、両中隊ともほとんど陣前で阻止され、集中火の犠牲になっている。とくに第五中隊の犠牲は多く、中隊長代理中村中尉以下、中隊主力のほとんどがたおれた。

工兵中隊のこの日の犠牲は戦死十八名、負傷二十名であった。第一線の戦線に投入されながら、ほとんどの兵隊が小銃一発撃つこともなく、わけもなく死んだり傷ついたりしたのである。

10　一時間一万発の砲撃

三月二十五日――。

この日は連隊砲と山砲が各一門、司令部高地に駆けつけた日である。歩兵第十一中隊長の西田中尉も第六中隊を掌握、砲の援護射撃によって薄暮攻撃が決行されることになった。砲の援護射撃があると聞いて兵隊の士気は高まった。まさかその砲が数発の砲弾しか持ってきていないとは、神ならぬ身の知るよしもなかった。砲の援護さえあれば、おめおめと陣前から引きさがることはないのだ。

いぜんとして激しい敵の銃砲火のなかで、突撃態勢がとられた。ところが、予定された薄暮になっても、味方の砲は火ぶたを切らなかった。じりじりする思いで夜をむかえてしまった。

「砲兵のやつ、なにをしてやがる！」

このままでは突撃の機を逸してしまうことになる。指揮官も兵隊も一様に歯ぎしりして、友軍の援護射撃をまった。

ところが、じつはすでに砲兵の援護射撃は終わっていたのである。まえにものべたとおり、山砲がこの日に携行した弾薬は、わずか八発にすぎなかった。その八発の弾薬を、山砲大隊は命令どおりの時間に発射していた。しかし、歩兵中隊長にしてみれば、援護射撃がまさか数発にすぎないとは考えられない。試射と錯覚した。

むりもない話である。間断なくたたき込んでくる敵の砲撃のすさまじさにくらべて、切歯扼腕している突撃隊にとって、友軍の砲撃が数発にすぎないなど、どうして考えられるだろう。

事実、その数発の砲弾がどれだけの効果を発揮するかを考えれば、自明の理といえる。歩兵の突撃部隊が試射と錯覚したのは当然で、砲兵の援護射撃などという付帯命令そのものが、現実を無視した形式的なものであった。だいいち、数発の援護射撃など、いくら精神主義万能の日本軍にとっても、あまりにもおそまつというものではあるまいか。

ところが、これはなにもサンジャックだけのことではなかった。烈兵団の攻略目標であったかんじんのコヒマでさえ、初期の攻撃をのぞくとほとんどこうした状態だった。わずか数発の援護射撃で、歩兵はやみくもに突撃していって死んだのである。

日本陸軍の総攻撃の伝統的パターンとして、歩工砲の連携ということがいわれていた。砲兵の援護射撃のもとで工兵が突撃路を開設、あるいは側防火点の制圧をおこなったのちに、歩兵が突撃を敢行することである。順序からいえば、「砲工歩」の連携であるが、じつはこれを「歩工砲」とよぶところに、日本陸軍の体質があった。

日本の陸軍では、歩兵が「本科」であり、工兵や砲兵は「特科」だった。兵科の特殊性からいえば、あるいはこれは、異とするにたりないことであったかも知れない。しかし、そういう基本的な問題が、意識的にか無意識的にか、「実戦兵科」と「補助的戦闘兵科」という認識によってランクづけされていたのである。

もちろん、最終的な敵陣の攻略の主体は歩兵にある。歩兵の犠牲の大きさや苦しみは、これに比例する功績として高く評価されねばなるまい。たしかに、つねに第一線に立って敵と殺し合いをするのは歩兵である。

ところが、それでは軍隊という機構は、歩兵だけで構成されればよいかというと、そういうわけにはいかない。いわゆる「特科」のすべてが、歩兵の戦闘をささえているのである。しかし、じつはこの歩兵を本科とよび、戦争は歩兵によって遂行されるという思想が、日本の軍隊を近代化させなかった理由の一つである。つねに日本の陸軍は、歩兵を肉弾として突撃させることだけを考えてきた。戦争はそれによって完遂されるものと信じてきた。

昭和時代になって、航空機の急速な発展から空軍も整備されたし、戦車が従来の騎兵にかわって戦場の花形になってきた。たしかにこれは軍備の近代的脱皮といえるが、ところが基本的な点で、これら近代装備と戦術との一致した作戦指導がおこなわれているとはいえない。

日本の陸軍の作戦指導は歩兵が中心である。空軍はつねに敵の後方攪乱であり、戦車や砲兵や歩兵以外の他の兵科はすべて補助的な用兵のしかたしかしようとしない。戦争は歩兵の突撃以外に方法がないとする、前近代的な軍隊が日本の陸軍である。明治三十八年制定のいわゆる三八式歩兵銃を至上最高の兵器として、日露戦争いらいの突撃の神話を信じ、渇仰してきたのである。

ところが、アメリカや英国の戦法はちがっていた。各兵科の連携ではなく、統合した作戦がとられていた。すべての兵科が目的に向かって統一されていた。力を一つにして、それぞれの機能に応じた戦闘を分担する。なにが優先するかではなく、優先することは全体として戦争に勝つことである。

したがって、彼らが総攻撃をかけてくるときの様相はすさまじい。まず、空陸の砲爆撃で徹底的にたたいたのちに、戦車を先頭にたて、その後方から歩兵が進撃する。歩兵は最後の占領掃討部隊である。

もちろん、こういう戦法をとるには、際限のないほどの兵器弾薬が必要となる。補給のための拠点や機動力も整備されなければならない。このため彼らは、まず後方拠点の充実と補給ルートを確保したのちでなければ、戦闘を開始しない。日本陸軍のように数発の砲弾をもって歩兵の援護射撃を命じるなど、とうてい考えおよばないだろう。

ところが、日本陸軍の伝統的な精神主義は、アメリカやイギリスのこうした合理的戦法を、卑劣な手段としか見ないのだからおそれ入る。飛行機や砲弾の力によって敵陣をうばい取るなど、まるで戦争の邪道のようにしか考えていない。

戦争が人間の殺し合いであり、その殺し合いのためにはどんな手段をとっても、勝利という立場に立てばそれが正当化されるものであることを歴史は証明している。戦争指導者が大義名分だとか名誉を口にするのは、戦争指導者自身の面子を守ろうとするだけのことである。

戦争における至上命令は勝つことである。勝ちさえすれば理屈はどうにでもつけられる。戦争にモラルなどありえない。だからこそ戦争は否定されねばならない。

しかし、だからといって、第一線に立った日本軍歩兵が不利な戦況をむかえたとき、なにを望むかといえば、友軍の飛行機と砲兵の強力な援護である。むりもない話である。一時間に数万発の砲弾をたたき込んでくる敵の戦力にたいして、いかに精神主義とはいえ、三八式歩兵銃と手榴弾だけでどんな戦争ができようか。

近代兵器の威力について第一線の将兵は、はやくから経験的に知っている。知らないのは、第一線の将兵を死地へ追いやることだけで戦争が完遂できると信じている指揮統率の上級機構と、そのうえにあぐらをかいている高級将校たちである。

いま、サンジャック攻撃に立ち向かっている歩兵第五十八連隊の場合もそれである。制空権は完全に敵の手中にあり、友軍の航空隊への期待は望むべくもなかった。せめてもの希望は砲兵であったが、これもすでに見たとおりである。

こころみに、烈兵団がコヒマ攻撃に携行した重火器をあげると、つぎのとおりである。

——歩兵連隊（五十八、一二四、一三八各連隊）の装備——一個大隊につき機関銃四、大隊砲二。したがって、一個連隊につき機関銃十二、大隊砲六、連隊砲二、速射砲六であり、これを師団合計すると、機関銃三十六、大隊砲十八、連隊砲六、速射砲六となる。

そして、これらの弾薬は、

大隊砲一門につき　二百発
連隊砲　　　　　　三百発
速射砲　　　　　　三百発
合計　七千二百発

一方、山砲三十一連隊の装備は、
第一大隊　九四式山砲六
第二大隊　　　　　　六
第三大隊　　　　　　五
合計　十七門

これらの弾薬は、
各一門につき　百五十発
合計　二千五百五十発

この数字を見て唖然となるのは、当時の戦争に参加した者だけではあるまい。（とくに戦争に参加した者にとっては、たったこれだけの重火器であれだけの戦争をしたのかという感慨がある）

このわずかな火器と弾薬で、そもそもコヒマを攻略できるなど、どうして考えられたのだろう。とくに山砲の場合、一門につき百五十発の弾薬しか携行していないのである。

これにたいして、英印軍の装備はどうであった。サンジャックの場合はさきにのべたとおり四十六門であるが、コヒマの場合は、ひとつの砲兵陣地に速射砲百門を持つところがあった。二十五門ずつ四列の縦深に配置し、これ見よがしに露呈していたのである。

しかも、砲兵陣地はこの一ヵ所だけではなく、すくなくとも三ヵ所にこれに匹敵する陣地があった。つまり、コヒマの英印軍の砲は、最低三百門はあったことになる。

その砲兵陣地が一斉に火をふくとなると、一発一発の発射音など聞きとることができなくなって、ただカネとタイコを打ち鳴らすようにガンガン鳴りつづけ、弾着地点では息つくひまもないほどに炸裂、草も木も岩石も土砂も、文字どおり猛然と舞い上がって、天も地も混迷の状態をつくりだす。

また、こうした一斉射撃でない場合でも、ふつう数十門の砲が連続発射をおこない、その発射音はさながらウチワダイコをたたくようなものである。

実際にその発射音をかぞえたところ、一分間に五百発ないし六百発まではかぞえられたが、それ以上はかぞえきれなかったと、のちに宮崎少将（歩兵団長）が語っている。

かりに一分間に六百発としたら、それを十分間連続すれば六千発である。烈兵団がコヒマへ運んだ弾薬は総数九千七百五十発であるから、約十七分間の発射弾数にしか該当しない。

しかも、戦争というものは、もっと非情である。

歩兵、工兵の総攻撃を援護して友軍の山砲が砲門を開くと、待っていましたとばかりに敵の報復がやってくる。こちらはたえず砲を守るために陣地を移動し、遮蔽を完全におこなっているが、発射とともにそれを発見されてしまう。敵はたえず上空に観測機を飛ばしているので、たとえ一発でも二発でも発射すれば、それで万事が終わりということになる。わずか数発の発射にたいして、敵は数百発、数千発の砲弾をたたき込んできて、友軍の虎の子の砲そのものも失うことになる。緒戦の数日をのぞいて、コヒマの戦闘はこのような戦いだった。

サンジャックの総攻撃は、薄暮攻撃から夜襲に切りかえられた。隠密に突入するわけであるが、これは成功した。結果から見ても、ただ喚声をあげて突進することだけが攻撃の方法でないことがわかる。

二十六日午前四時、歩兵第十一中隊と第六中隊は、北側陣地の突端と教会陣地の背面に進入していた。ところが、このときになって、東側陣地の強力な存在がはじめて明瞭になった。進入して拠点を占領したとはいえ、北側陣地、教会陣地ともに敵を追い散らしたわけではない。東側陣地からの猛烈な銃砲火のなかで、凄惨な陣内戦がくり返され、両中隊の損害は続出した。

東側陣地への攻撃は、二十六日の夜明けとともに開始されたが、敵の堅陣はびくともしなかった。狂気のように撃ち出す機関銃弾が両中隊の将兵をばたばたとなぎふせた。傷ついた者がまた傷つき、さらに傷ついて死んでゆく。

両中隊とも、中隊長、小隊長などの指揮官はほとんど戦死あるいは重傷で、兵隊も無傷のものはひとりもいなくなった。その日一日で、戦闘にたえられる者は、両中隊合わせて二十名にすぎなくなった。もはや敵陣内に孤立して、殲滅されるのを待つばかりとなった。

11　教会陣地占領す

この朝、工兵隊は教会陣地西側の窪地にいる第三大隊本部の前面に進んでいた。東側陣地から撃ち出す砲撃で被害が続出し、第三小隊の青柳軍曹以下七名がやられた。連絡のため、第三大隊本部へ出かけていた井汲中隊長からよばれ、長島少尉は大隊本部へ出かけていった。すべて匍匐行動である。

井汲中隊長は血に染まった腰をおさえて横たわっていた。顔面蒼白である。指揮班長・吉川曹長は上半身裸で血まみれになっている。中隊長当番の渡辺上等兵も酒呑童子のように顔を真っ赤に染めている。

雨のように降りそそいできた砲弾にやられたのである。井汲中隊長は蒼白な顔をゆがめながら、「すまん」と長島少尉にいった。

「すまんが、かわってたのむ……」

「はい！」

のちに、コマヒで壮烈な戦死をとげた井汲中隊長は、けっして気の弱い中隊長ではなかった。それが表情を失って後方へ退いていったのは、そのときの砲撃がよほど強烈であったからにちがいない。

事実、このときのすさまじさは、周辺の草木を根こそぎにしただけでなく、一瞬にして地に伏せていた兵隊たちの姿を消してしまったという。照準をさだめた集中砲火である。大隊副官の宮地中尉もこのとき戦死した一人である。

第三大隊長長島之江大尉は、長島少尉に向かってタコツボのなかから大声でどなった。

「工兵小隊は、教会の台地を占領すべし」

「はい、教会の台地を占領します!」

長島少尉は地面に伏せたままで、オウム返しに復誦した。キーンと背筋が硬直したような気がした。命令を下した大隊長は、すぐタコツボのなかへ姿を消した。落下する砲弾が命令を反芻している余裕をもたせなかった。長島少尉は転がりながら小隊の位置へとんで帰った。

教会のある台地は、この窪地から見上げる位置にある。直線で約五十メートルの距離だが、切り立つ断崖であること、敵の視野に入っているため、まっすぐ駆け登ることは不可能である。

じつはこの教会台地は前夜、六中隊の手でいちど占領されたものである。ところが、六中隊はその後、東側陣地の攻撃に向かい、兵員はみるみるうちに損傷し、後方の占領陣地に兵隊を残置しておくわけにはいかなくなった。全員をあげて東側陣地攻撃に立ち向かい、いまは北側陣地内で、十一中隊とともに陣内戦をおこなっている。

ところが、第三大隊本部はそれを知らず、十一中隊、六中隊の隠密の進入とともに、教会、北側両陣地の狭間にある断崖の下の窪地へ前進していた。

朝になると、占領したはずの教会台地とその近辺の陣地に敵兵が見え、第三大隊本部は狙い撃ちにさらされ、東側陣地からの敵の砲もこの狭間を狙い撃ちにしてきて、身動きとれなくなったのである。

長島小隊は、匍匐しながら大きく迂回して、右手の林の傾斜を登っていった。灌木の茂みは隙間もないほどに掘り起こされ、吹き飛ばされた樹木が鹿砦でもつくったように縦横にからみ合って、前進をさまたげる。

わずかに空をおおっている樹木から樹木をつたわって匍匐していく。落葉や倒木にふれて音を立てると、待っていたとばかりに銃弾が殺到してくる。

細い杣道があった。それを登っていけば楽にいけるようであるが、遮蔽が切れているので危険であると、長島少尉は判断した。

迫撃砲の砲弾がごろごろ転がっているところへ出た。不発弾にしては地上に転がっているのがおかしい。敵の砲陣地のあとであろうか。

ふと背後へ視線をやって長島少尉は、角田准尉が中腰になって杣道へ出ようとしているのを見た。「危ない！」と声をかけたが手おくれであった。角田准尉は肩を貫通されて、泳ぐようにのめり込んだ。

そのうち機関銃弾だけでなく、迫撃砲弾が集中してくるようになった。そのたびに匍匐している腹の下がずしりと蠢動する。えぐりあげられた土砂と、たたき切られた樹木が間断なく舞い上がり、舞い落ちるなかを、砲弾の破片がするどい金属音をたてて飛び交う。兵隊たちは、砲弾の落下、炸裂の間隙をぬって、右に左にバッタのように飛びまわらねばならなかった。

やがて、ふいに林が切れて、ジープ道へ出た。

道路上には無数の日本兵が死んでいた。右手の林にも死体が点在している。左手に視線をやった長島少尉は、一瞬はっとなって首をすくめた。木の間ごしに、くずれかけた教会がすぐ目と鼻のさきにあったからである。

教会は二、三メートルの台地上に東を向いて建っていた。道路はその手前で右へ曲がって、教会の玄関にたっしているようである。二階建ての屋根はほとんどくずれ落ちて、建物はすさまじい弾痕を浴びている。台地のすそまで約十メートルである。

その台地のすそ一面に、さらにおびただしい日本兵の死体が見える。しきならべたような日本兵の間にインド兵の姿もある。まだ死に切らぬ者がいるらしく、苦しげなうめき声が地の底からひびくようにつたわってくる。

教会の陣地は、建物を中心にして四方に構築されているようだが、さいわいなことに、こちら向きの陣地には敵兵が入っていないようである。建物のなかから、二人のインド兵が弾薬を運んで出てきて、第三大隊本部のいる西側の窪地を見おろす壕へ消えた。

さらに左手に視線をうつすと、教会から約五十メートルはなれた台地突端にも陣地が見える。どうやら長島小隊は、敵の陣地の中間へ背後からまわり込んできたようである。

瞬間的にこれらのことを見てとった長島少尉は、ボサのかげに身をにじらせて背後を見た。長島少尉の背後にぴったりついてきたのは本田軍曹ひとりで、すこし離れた木かげに三人の分隊長が見えるほか、兵隊の姿はひとりも見えない。

本田軍曹に、「兵隊たちをよんでこい」といいつけた長島少尉は、さらに安全と思える小さな窪地へ移動すると、拳銃の安全装置をはずして左手に持ち、右手に抜刀して万一にそなえた。

兵隊たちは、なかなかやってこない。

ふと左手の道路上に、物の動くけはいを感じた長島少尉は、拳銃をかまえながら道路わきまでにじり出て見た。本田軍曹である。たおれているインド兵の雑嚢からなにやらさがし出している。けはいにぎょっとなった本田軍曹は、相手が長島少尉であると知るとニヤリとして、雑嚢からとり出したものをこれ見よがしにかざしてから、林のなかへ駆け込んでいった。

本田軍曹の手にあったのはタバコだった。タバコ好きの本田軍曹であるが、わずか数メートルさきに敵がいるというのに図々しいやつである。もし、敵に発見されたらどうなるのだ。本田軍曹ひとりがやられるのはよいとしても、こちらの企図が暴露してはやりきれない。長島少尉はじりじりする思いで兵隊たちを待った。

まもなく、小隊の全員がそろうと、長島少尉は攻撃の部署を指示した。

時計を見ると、八時をすこしまわっている。

木の間をもれてくる陽光がようやく強くなろうとしており、その陽光のなかをはやくも死体に群がって銀バエが飛び交っている。

教会に面して横隊に散開すると、敷きつめたような死体の間を匍匐前進し、一斉に手榴弾をたたき込んで攻撃は開始された。

けたたましい炸裂音とともに、教会台地は厳然とした土煙りにつつまれる。

「突っ込めぇ！」

長島小隊長の号令とともに、全員が腸をえぐるような喚声をあげて突進した。わずか数発の銃弾が飛んできただけで、台地上の壕からはばらばらと敵兵が逃げていく。背面に警戒をおこたっている敵兵は、虚をつかれて応戦のいとまがなかったのであろう。どれもこれも、銃さえ持たないで逃げていく。

逃げる敵兵を見ると、工兵小隊の意気はあがった。台上におどりあがると、一斉に建物の周囲にある陣地へ突進する。逃げていくインド兵の背後へ追いすがって刺殺する。掩体壕のなかへ手榴弾をたたき込んで、炸裂するのを待って飛び込む。

どの壕にも逃げおくれたインド兵が血に染まってたおれていた。それを壕の外へ放り出すと、銃座のうえの水冷式機関銃を逃げていく敵兵の方向に向き変える。弾帯を装塡してボタンを押すだけでよいという機関銃である。

こころみに撃ってみると、おどろくほど調子がよい。それに銃弾は石油缶のような容器にいやというほどある。たちまちのうちに、あちこちの壕からこの機関銃が敵兵の背後へ向かってうなりはじめる。

敵兵のほとんどは、教会台地の北端から斜面を駆け降りて、その先の北側陣地へ向かって駆け上がっていこうとしている。灌木や草むらにかくれながら、ときとして脱兎のように走っていく敵兵が見えると、わっとばかりにそこへ銃火が集中する。これまでさんざんやられたことを、こんどはこちらがやっつけるのだ。一人、二人の敵兵を倒すごとに胸のつかえがおりるように痛快である。

「一人やったぞォ！」

「二人やったぞォ！」

西端の陣地の相川上等兵が、機関銃にしがみつきながら喚声をあげる。相川上等兵だけではない。だれもかれもが酔ったように上ずった声をあげている。撃って撃って撃ちまくった。

それにしても、北側陣地の斜面にたおれている日本軍の死体のおびただしさはどうであろう。木も草も押したおし、一面に死体が重なり合っている。死体の下は鮮血の川に洗われたように、いまは斜面全部がどす黒く染まっている。血にぬれているのは草木だけでなく、斜面の地肌まで赤黒くぬれている。

死体のほとんどが赤黒くはじけている。腕や足を飛ばし、内蔵がはみ出ている。斜面上端の敵陣地から手榴弾を転がされたにちがいない。つぎからつぎへと斜面を駆け登っていく日本兵が、やみくもに撃ちまくる機関銃にたおされ、あげくに手榴弾にはじき飛ばされたのであろう。文字どおりの血河が現出されたのである。

おそらく日露戦争における二〇三高地の攻略も、これほどの凄惨さはなかったのではあるまいか。のちに長島少尉は、この血にぬれた斜面を登っていくのに、いくども足をすべらせて転んだ。血はまだかわききっていなかったのである。

工兵小隊の応戦にたいして、敵も安閑としていたわけではなかった。たちまち反撃がやってきた。右から東側陣地へつづく台上の陣地、正面の北側陣地斜面上のいくつかの陣地、それに左端の台地突端の陣地からけたたましい火線が襲ってきた。距離はほとんどが約五十メートル。たがいの姿や叫び声が手にとるようにわかる対峙戦である。

しかし、敵の火力が増強されるようには見えなかった。なによりも砲撃がこちらを襲ってこないのがありがたかった。たがいの射撃戦は、こちらがやや高地にある関係から有利である。つぎつぎと敵兵のたおれるさまが目に入った。

じつはこのとき、北側陣地の台上ではさきにのべたとおり、凄絶な陣内戦がおこなわれていたのである。東側陣地からの敵の攻撃も、この台上を指向していた。したがって、教会陣地を占領した工兵小隊への反撃は前面のいくつかの陣地だけであった。

やがて、左端の敵陣は沈黙した。第二分隊が突入すると、鹵獲した機関銃をすべて北へ向けて撃ちまくる。まったく狂ったように撃ちまくるのである。こちらの危険がぜんぜんないというわけではないが、兵隊たちはもうとめようがないほどに姿勢を大きくして、撃ちまくることに熱中している。あるいはこのとき、兵隊たちは戦争に一種のスポーツの痛快さに似たものを感じていたかも知れない。

優秀な火器と、つきることを知らない弾薬によって、英印軍がどれだけ日本兵に犠牲をしいたかを、この陣地を占領した工兵小隊はいたいほどに知った。つまり、逆の立場に立ってみてはじめてわかるのである。

同時に、戦争は火器によって戦うものであることも知った。いかに大和魂という闘魂をもって肉薄攻撃しても、鉄の銃弾には勝てないのである。

網の目のように吐き出してくる銃弾をくぐり抜けることが、どれほど至難のわざであるか、前面の北側陣地斜面に見える日本兵の死体が、それを如実に物語っている。

やがて、前面の敵のすべてが沈黙した。斜面をこえて北側陣地へ進むべきかどうか、長島小隊長はまよった。

教会陣地占領と同時に第三大隊本部に報告したが、なぜか第三大隊本部からの指示はなかった。第三大隊本部の前進は、夜になったのである。

したがって長島少尉たちは、その日一日、ひさしぶりに手足をのばして交代でねむり、英軍給与の食糧を腹いっぱいつめ、あげくは尻から煙を出るほどにタバコをすいまくった。

12　烈と祭のサヤ当て

その夜——つまり三月二十六日の夜、歩兵五十八連隊は戦線の整理のため、重大な決意をせまられていた。

すでに第五、第六、第八、第十一中隊は、無惨なばかりに打ちのめされ、第九中隊の半数も二十五日夜半に北側陣地へ駆け登っており、第十中隊は北側陣地北方正面にクギづけにされている。

連隊の戦力としては第一大隊が無傷であったが、これの第一中隊が予備隊としてサンジャック戦線に投入され、インパール方向からの敵の増援にそなえているほかは、コヒマ～インパール街道のトヘマをめざして進撃中である。

また、他の中隊は駄牛中隊として後方にあり、急遽、前進してくるよう指示されていたが、この夜のための戦力に起用することは不可能である。

もし、敵の強力な逆襲がおこなわれたらどうであろう。日本軍サンジャック戦線は、もろくも崩壊するのではあるまいか。このことは、戦線の実勢から見て、その危険性は充分にありうるといえたのである。

福永連隊長は、軍旗を先頭に最後の総攻撃を決意した。

連隊本部直轄の軍旗小隊、通信中隊を投入、あくまでも敵を攻略する決心であったが、実際の戦力の相違は歴然としていないだろうか。はたして総攻撃が攻略に結びつくであろうか。もし、不成功の場合はどうなるのであろう。連隊長以下、全員戦死という状況が招来されないと、だれに保証できるのだろうか。

このことは、充分に考えねばならない重要な問題をふくんでいる。

まず第一に、この歩兵連隊に課せられた使命は、なんであったかということである。たしかに戦争美談的にいえば、軍旗を先頭に突入するということは勇壮、果敢であるが、あたえられた任務からは、大きく逸脱しているのである。なによりもこの連隊が守らなければならなかったのは、コヒマを南方から迅速に攻撃せよという命令である。

それにもかかわらず、なぜ連隊は、これほどまでにサンジャック攻撃に打ち込まねばならなかったのか。

もちろん、戦争というものが不測の状況を招致するものであることは理解される。その意味において、ウクルルを攻略した時点でサンジャックを指向せざるをえなかったとしても、軍旗を先頭に総攻撃するまでに没入してよいとはいえないはずである。結局は英印軍にたいする状況判断のあやまりであり、戦略指導のあまさではなかったのか。

軍旗を先頭に総攻撃するということは、この戦略指導のあまさを連隊長の責任において、糊塗する以外のなにものでもあるまい。実際の責任者は歩兵団長宮崎少将であったが、その下達した命令を実行できなかったことの、連隊長の責任である。

そして、日本軍の場合、通常こうしたときに真の責任者はのめのめと生き残り、命令をあたえられた者のみが死なねばならないのである。

つぎに、このサンジャックが烈兵団の戦闘地境外であることを、あらためて考えてみる必要がある。しかも三月二十六日現在、この地域を担当した祭兵団がサンジャック攻略に立ち向かっているにもかかわらず、宮崎少将はこれの共同作戦を拒否している。

祭兵団のサンジャック攻撃は、二十五日の午後、山砲二門によって開始された。東側陣地から谷ひとつへだてた東方稜線からである。

谷ひとつとはいえ、アラカン山系の複雑に入りくんだ谷はかんたんなものではなく、おまけに鬱蒼(うっそう)と生い茂った原生林が、その正体を秘匿している。

山の尾根に立って眼下を見おろすと、わき立つばかりに茂った樹海が、沢へ向かって自然の傾斜を見せている。当然、その樹海のとおりに、山の斜面もあるように感じられる。ところが、さて密林にふみ込んでいくと、これが予想したものとは大ちがいなのである。

谷間へ向かっているのであるから、急坂は当然ながら、それが突如として切り立つ断崖になっていたり、べつな谷間を思わせるような深い地隙があったりする。それに、尾根から見るかぎりでは想像もできぬほどに谷が深い。

密林はおもにチーク樹であるが、ひとかかえ以上もある巨木が枝をからみ合わせて、その下は日中でも薄暮のようにうす暗い。くわえてスネが没してしまうほど腐葉は、ものの四、五人も歩けばたちまち真っ黒な泥濘になる。

祭兵団歩兵第六十連隊第二大隊は、二十五日の朝、この谷ひとつへだてた山の尾根に立って、サンジャック主陣地のひとつ、東側陣地を東方からながめていた。

砲兵の砲撃で敵兵の狼狽するさまを目にした第二大隊長福島少佐は、翌二十六日未明の攻撃を命令した。

第二大隊は二十五日の夜、密林にのまれるように、谷間へ駆け降りていった。

難渋が待っていた。タカの知れた谷間ひとつ、という判断がまちがいであった。おまけに深夜のことで、文字どおり漆黒の木の下闇を方向を失ってさまようことになる。川のようになった泥濘に足をとられて地隙へ落ち込む。指揮統率は不可能で、中隊長、小隊長にしてから、夜光磁石でかろうじて方向を知るという状況であった。

すでに攻撃を開始していなければならない二十六日未明、ようやく谷に集合をはじめたとたん、いちはやく発見した敵が猛火を浴びせてきた。

前進はおろか身動きとれなくなったのである。

攻撃は一日延期された。この間に態勢をたてなおし、攻撃目標の確認がおこなわれた。二十六日夜、西方から攻撃している五十八連隊長に、福島少佐から連絡が出された。二十七日未明から攻撃するについては、同士討ちをさけるため五十八連隊の配置を知らせてほしい、というわけである。連絡に行ったのは浅井哲中尉だった。

ところが、これを宮崎少将は拒絶した。

浅井中尉がやっとの思いで五八の連隊本部をたずねあてたとき、福永連隊長は前線の視察に出かけて留守であった。やむをえず、宮崎歩兵団長に直接電話連絡をすることになった。

電話口に出た宮崎少将は、浅井中尉の連絡事項を聞き終わるや一喝した。

「貴様、武士の情けを知らんのか！」

つまり、歩兵五十八連隊が連隊の名誉にかけて戦っているところへ、よけいな手出しをするなということである。

つづけて宮崎少将はこうもいった。

「帰って松村大佐（第六十連隊長）につたえてもらいたい。今夜攻略すれば、戦利品は兵器でも糧秣でも好きなだけ献上する。ただし、明朝六時までに攻略できなかったら、五八（ごはち）は全滅したと思ってそちらで勝手にやってくれ」

もちろん、名誉を重んじる軍人としては、自分が手がけている作戦を完遂させたいのは当然である。たとえ死んでも放棄することはできない。恥辱である。とくにこちらが不利な状況に立っているだけに、宮崎少将の内心にはいい知れないいらだちがあっただろう。

しかし、おなじ日本軍同士で、これほど相手を侮辱したひとりよがりはあるまい。攻略した場合には戦利品を好きなだけくれてやるとか、こちらが全滅したら好きなようにやってくれ、など、すくなくとも数千人の兵隊の生死をにぎった将軍のいうことではあるまい。

たしかに、こちらの情勢はよくない。だからこそ、五十八連隊は全滅を覚悟で総攻撃を決意している。いまはすこしでも五十八連隊の負担を軽くしてやるべきではないか。日本軍として敵に勝つことが目的であるなら、もっとも効率的な戦略をとることこそ、指揮官の責任ではあるまいか。

第一線に立っていない宮崎少将には、そこでつぎつぎと死んでいく将兵の真の願いがなんであるか、想像のほかであった。死んでいく将兵の真の願いは「勝利」であったはずだ。もちろん、祖国のために死ぬという信念があるとしても、現実の戦いを勝ちぬきたい、ということの方がさきである。

同時に、そうしてつぎつぎとたおされていく戦友を見、あまりにも強烈な敵の戦力に立ち向かっていかなければならない将兵は、その一瞬から一瞬を、絶望的な悲壮感にさいなまれながら戦っているはずである。

いくら五十八連隊が伝統をほこる優秀な部隊であっても、この悲壮感が戦力の低下をまねかないとはいえない。まして北側陣地の陣内戦にたえている者は二十名にすぎないのが実情である。

このとき、それら第一線の将兵にふるい立たせる勇気をあたえるには、増援兵力を送る以外に方法はあるまい。たんに兵隊を殺しさえすれば、戦争に勝てるということではないはずである。

また、宮崎少将は、松村連隊の申し入れにたいして、「武士の情けを知らぬか」と一喝しているが、これを逆に松村連隊の立場から考えると、武士の情けがあればこそ、共同の場に立って敵を殲滅すべきであって、それを宮崎少将が率直に受け入れてこそ、宮崎少将の武人としての情けに松村連隊が感奮できるのである。

なぜなら、ここはあくまでも祭兵団の作戦地境である。祭兵団の名誉と責任において、敵を攻略しなければならない地域である。

たしかに松村連隊の進撃はおそきに失した感はあるが、それで責任が解消されたことではない。逆に責任は倍加され、そのうえに宮崎歩兵団の独断的行動によって、祭兵団の名誉はいちじるしく傷つけられている。

宮崎少将が優秀な将軍であるかどうかはべつとしても、このサンジャック戦にかんするかぎり、自分の名誉のみに拘泥(こうでい)していることは明らかである。

そして、これはひとり宮崎少将だけでなく、ほとんどの日本帝国軍人の考え方がこれであり、また、戦争にたいする軍部指揮層の対処の方法が、すべてこうした発想からおこなわれていた、といえる。

それにしても、作戦開始一ヵ月前からアラカン山脈の兵要地誌を調べさせた宮崎少将にとって、サンジャックの戦闘は、意外な結末をまねきそうであった。

13 悲壮なり最後の突撃

その夜、サンジャックの日本軍戦線には、悲壮な緊張がみなぎっていた。夜のふけるにつれて、その緊張はいっそう高まった。

いぜんとして間断のない、敵の銃砲火のなかで、夜闇とともに突撃発起地点へ将兵は前進していった。

連隊本部も、軍旗の最後の処置についての手はずをきめて前進した。

軍旗は至上最高の連隊の権威である。天皇から下賜されたもので、天皇そのものの象徴でもあった。したがって、それを処分することは、連隊の全滅を意味している。最悪の場合の処置は、

「軍旗は焼却、旗竿の頭部についている菊花の紋章は手榴弾で爆破する」

ときめた。

総攻撃の目標は、北側陣地の頂上から東側陣地へととられた。

山腹は死屍累々としていた。

闇のなかに黒ぐろと立ちはだかり、あくまでも日本軍を拒否するかに見える高地の山腹を、兵隊たちはじりじりとはい上がっていった。

かさなり合う戦友と、敵兵の屍をかきわけながら、山頂の突撃発起地点へにじり上がるのである。

このとき、五十八連隊の将兵にとって、死はすでに恐怖ではなかった。死ぬことが必然なのである。死以外にいまは考えることはなかった。

事実、いったん戦場において敵と遭遇した以上、日本軍の将兵には、それ以外の方法はなかったのである。眼前の敵を放棄して去ることはゆるされなかった。どれほど強力な敵であっても、死を賭しての攻撃以外になかった。

ひとりの兵隊が敵陣内に一尺ふみ込んでたおれれば、つぎの兵隊がそれを乗りこえてさらに一尺の地点にたおれる。さらにその屍体を乗りこえてべつな兵隊が行き、またべつな兵隊がたおれるために突進する。

この場合、一尺の領地が一寸であり、一寸の領地が一分であるかも知れない。しかし、屍を乗りこえて行くことが突撃の力学であり、それ以外に敵を圧倒することの方策はなかった。

夕刻、長島少尉は第三大隊本部へ出かけ、現状の報告をおこない、爾後の行動についての指示をあおいだ。

しかし、どういうことであろうか、第三大隊長は、北側陣地陣前の地雷捜索を命じただけである。すでにその時点では、その夜の総攻撃が決定されていたはずである。それにもかかわらず、教会陣地を占領してほぼ一日、なんの手を打とうとしなかっただけでなく、また例によって陣前の地雷捜索である。

教会陣地の奪取を手柄顔でいいたくはなかったが、この陣地を拠点にすれば、北側、東側の敵陣地への展開が容易であると見ていただけに、長島少尉にとって、第三大隊長の命令はいささか不満であった。

だいいち、占領陣地の確認と敵情の偵察に、一人の将兵さえもよこしていないのである。

もちろん、そういう長島少尉に、全般的な戦況はなにひとつわかっていない。北側陣地から東側陣地への攻撃が、凄惨な陣内戦であることも知らない。連隊がすでに第二線部隊や、予備隊すら投入しなければならなくなった事実も知らない。

だからといって、この戦況下にあいも変わらぬ地雷捜索とはどういうことであろう。いくら工兵の任務であるからといって、そういう公式的な用兵だけでことたれりとする情勢ではあるまい、ということくらいはわかる。

また、たとえ地雷捜索が緊急を要する任務であるとしても、さきに見た長島少尉の経験からいって、どれだけの成果をあげることができるかは疑問である。

結局は、工兵隊にはそのくらいのことしかできないだろうという、歩兵指揮官の思いあがりとしか感じられない。長島工兵小隊はいま、敵との接点のひとつを占領しながら、完全に遊兵にちかい存在であった。

長島少尉が第三大隊本部をあとにしたのは、すでに夜に入っていた。日没とともに敵の射撃は強化される。日本軍の夜襲をおそれるがためである。この夜はいっそうそれが激しいようであった。

教会陣地の中腹にさしかかったとき、にわかに激しい機銃掃射が襲いかかってきた。文字どおりの盲撃である。

銃弾をさけてはいまわっているうち、長島少尉は方向感覚を失ってしまった。ようやく掃射の網からのがれ出たときには、かなり後方にさがっていたようである。ふと身近に日本兵の声を聞いて、長島少尉はいそいでその陣地へ飛びこんだ。

偶然にもそこは、第二大隊に配属された工兵第二小隊（村松小隊）の陣地であった。突然、飛び込んできた長島少尉に仰天した兵隊が、

「小隊長殿ォ！」

と、村松少尉をよんだ。

「しっ、大きな声をだすな！」

村松少尉はせまい壕のなかをはいずってくると、三十メートルばかり前方に敵の陣地があるのだと説明した。

「やけに迫撃砲を撃ち込んできやがる。いまも坂田兵長がやられたところだ」

「坂田が……」

中隊一のインテリ兵士で、どんな場合にも動揺を見せたことのない冷徹な風貌の坂田を思いうかべながら、長島少尉は、

「畜生！」

とくちびるをかんだ。

「いよいよ最後の晩になるかな」

「かも知れん……」

全面的な状況はわからなくても、共通した予感がふたりの胸にあった。

敵の銃砲火は、異様なばかりに、にわかに激しさをました。

ここ数日、よくも撃ちつづけるものと思われたが、このときの猛射は連日の比ではなかった。ありとあらゆる火器が寸秒のやすみもなくうなりはじめたのである。

暗い夜空に、灌木や密林の茂みに、黒ぐろとした山腹に、自動小銃、機関銃の曳光弾がさながら火の粉をまき散らすように乱れ飛び、迫撃砲、百五十ミリ砲が地鳴りをあげてとどろきつづける。まさに全山が鳴動をはじめたのである。

時刻は、午後八時であった。

長島少尉は教会陣地が気がかりでならなかったが、この狂うような銃砲火が多少でも間遠になるのを待つ以外になかった。

しかし、敵の猛射はいっこうにおとろえるようすがなかった。二十分、三十分、五十分……異様なほどに、全山をゆるがしている銃砲声は消えようとしなかった。しだいに不安がつのってくる。

敵はいよいよ反撃に起つにちがいないと思われた。徹底的な猛射を浴びせたのち、逆襲してくるのであろう。とすれば、まず教会陣地は第一の接点である。指揮官が陣地を外にして死んでよいものか。長島少尉の不安はいらだちに変わった。

この不安と、焦燥は長島少尉だけのものではなかった。五十八連隊全員のものであった。とくに夜半を期して総攻撃を決行しようとした矢先である。これを察知した敵の先制攻撃とうけとれた。

総攻撃を待たず、あわや連隊は壊滅するかに思われた。刻々としてその運命がちかづいているようであった。

五十八連隊の将兵はじっとたえていた。不安といらだちのなかで、黒ぐろとした山肌や岩石や樹木のかげの戦友の屍とともに、あるいはうばいとった敵の壕や砲陣地で敵兵の屍とともに、冷えびえとした、長い時間の流れにたえた。たえるよりほかはなかった。

冷たいといえば、この夜、サンジャックの戦場に粉雪が舞った。突撃へのあゆみを一歩一歩すすめているとき、はらはらと舞い落ちるものが将兵のえりもとに、肩に、白い花びらのように散った。

将兵は空をあおいだ。

暗い夜空にはなにも見えなかった。無限の闇がひろがっている。それでいて、頬をぬらしてくる一ひら一ひらは、ふしぎと白い花びらであった。

「最後だというので、越後から雪が会いにきたらしいな」

新潟出身者の多い第五十八連隊である。

はらはらと降りかかる粉雪を見上げながら、暗い夜空に越後の海や野が見えたといえばそうになるだろうか。暗い日本海の怒濤と、なにもかも押しつつんで吹き荒れる吹雪の原野。そのきびしい自然にきたえられた越後人の根強さにも、いまのいっそうのきびしさゆえに、ふっと故国へつながる想念が矢のように走りすぎたとしても責めることはできないだろう。そして、最後の夜の雪は、将兵の多くに一瞬の放心状態をよんで、はらはらと頬にこぼれ、心の中に音もなく降りつづけたにちがいないのである。

敵の一斉射撃は二時間つづいた。

その二時間のあいだに、長島少尉は死を覚悟して教会陣地へはいもどっていた。

教会陣地はめちゃくちゃに弾丸を浴びていた。迫撃砲がかぎりなく炸裂し、建物は無惨にくずれていた。

東側陣地へつづく台地の敵陣からは、ひっきりなしに、流れるように銃弾が飛んできている。壕のなかに窒息したように息をつめている小隊員に、長島少尉は場ちがいのような安堵をおぼえていた。さいわい犠牲者はいなかったからである。

長島少尉は連絡壕を走りまわって、敵の突撃にそなえる姿勢をとらせると、地雷捜索班を指名して、北側の斜面にすべり降りさせた。成果があるかどうかではなく、これは命令にたいする服従である。

東側陣地へつづく台地からの敵の射撃が不安定になってきたのは、このころからである。右へ左へと火線がゆれるばかりか、ときとして射撃がとぎれた。つぎの行動にうつる前兆のように思えた。

地雷捜索班が出発して二十分も経過したとき、突然、上空に一瞬の閃光が走った。ギラッとした光は宙につるされたまま、明々と燃えつづけた。照明弾である。

照明弾はつぎつぎと打ち上げられた。さながら真昼のような明るさである。

とたんに、機関銃が狂おしくに鳴りはじめた。敵陣のすべての機関銃が一斉に火をふいているにちがいなかった。サンジャックの丘と谷が小きざみに震動している。文字どおりの乱射に、長島少尉たちは思わず息をのむ思いであった。

「いよいよやってくるぞ！」

青白く照らし出された壕のなかは、息苦しいほどの緊張がみなぎった。姿勢を小さくしながら、長島少尉は抜刀してゆだんのない目を敵方にそそぎつづけた。兵隊たちもそれぞれが据（すえ）銃、あるいは機関銃にしがみついて長島小隊長の号令を待った。

しかし、突然、状況は変化した。

狂うように鳴りつづけていた敵の銃声が、まるで海鳴りがひいていくときのように、遠ざかっていったのである。

近くで散発的に聞こえていた銃声がとだえると、にわかに、ひきずりこまれるような静寂がやってきた。まるで信じられない静けさである。

不安と疑惑がわいてきた。

いったい敵は、どういう手を打ってくるのであろう。

壕にもたれて小銃をにぎりしめている兵隊も、機関銃におおいかぶさっている兵隊も、まるで塑像のように動かなかった。声を立てる者もいなかった。

このサンジャックの戦線に展開していらい、一瞬のやすみもなく鳴りつづけていた銃砲声が、ウソのように静まっている。逆に、静けさがじんじんと耳鳴りを起こすようである。

やがて、上空の照明弾がひとつひとつ消えていくと、はたとした闇がやってきた。

音をなくした闇は、いっそうぶきみであった。

しかし、じつはこのとき、敵はすでにサンジャック主陣地をあとに、五十八連隊の間隙を南へぬけて、インパールめざして潰走をはじめていたのである。

戦後、このときの英印軍の実態がつたえられたが、それによると、旅団長ホープトンプソン准将は、あまりにもすさまじい日本軍の突撃の様相と、凄惨な戦場の状況からノイローゼになっており、インパールからの撤退命令がくると、第五マラッタ騎歩兵連隊トリム中佐が指揮をとって、日本軍牽制の一斉射撃をおこなったのち、サンジャックを脱出したということである。

旅団長の性格にもよることであろうが、ノイローゼになるほどの日本軍の攻撃がおこなわれたのも事実で、また、それだからこそ、一瞬の休みもないほどに銃砲火を日本軍に浴びせかけたのであろう。

凄烈な、腸をしぼりあげるような日本軍の突撃の喚声を耳にした英印軍将兵は、このホープトンプソン准将ばかりではなく、実際に、恐怖におののいたということを、戦後、彼らの口から聞いている。

教会陣地の長島工兵小隊がわれに返ったのは、照明弾が消えてかなりあとのことだった。背後の林から、第三大隊本部が前進してきたのである。

第三大隊本部は、教会陣地を通過すると、北側陣地へ向かった。ようやくそのころになって、敵の陣地がもぬけのカラであるのに五十八連隊は気づいていた。五十八連隊は、最後のどたんばで勝ったのである。

14　地獄への道コヒマへ

あくる朝、サンジャックの丘と谷は深い霧につつまれていた。

東方の山なみの稜線に、陽光が射しはじめると、ゆらいでいる乳色のモヤのなかに、慄然とする光景がじょじょに展開されていった。

裸になって裂け、倒れている樹々。隙間もないばかりに掘り起こされている山肌。ところどころに、燃えくすぶる煙が地をはい、砕け散った壕舎、兵器、弾薬箱。血に染まった装具、吹きちぎられた衣類の断片。……そして、まき散らしたような人馬の死体——。

　五十八連隊は勝ったとはいいながら、それはあまりにも凄烈な勝利であった。

　見渡すかぎりにたおれている将兵の姿は、暗然たるものを生きている将兵にあたえた。おそらくこの朝、無惨にたおれた戦友の姿に泣かない者はいなかっただろう。とくに、五体完全な死者はまだしもで、頭部のない者、胸部や腹部をえぐりとられた者、片手片脚が吹き飛ばされた者、さらには全身を完全に失って、わずかな血塊となって地表を染めている者の姿には、声を失って凝然となるほかはなかったのである。

　多くの将兵が、戦友の死体をもとめて駆けめぐった。

　忽然と潰走するという敵の行動は、明らかにこちらの勝利を意味しているにもかかわらず、戦友の姿をもとめる将兵には、ただちに勝利の実感につながらなかった。

　長島少尉も、わずかに流れている深い霧のなかで、さまようように激戦の跡を歩いた。

　とある地点で、長島少尉の足はとまった。

　眼前に、信じられないような死者の様相があった。

　それは、ひとりの将校が、折れた小銃を杖に、がっきと敵陣の方向をにらんで、中腰のまま、こと切れていたのである。

　砲煙と土砂にまみれた顔は、すすにまみれたように真っ黒になっていたが、その下の皮膚はあきらかに死者の色であった。目の色も光を失っている。それでいて、その気魄は死んではいなかった。煌々（こうこう）とばかりに、色を失った目がきらめいているように思えた。

この日、サンジャックの将兵は多忙だった。いたるところ、まき散らしたように死んでいる戦友の姿をもとめて走りまわり、その姿を確認し、死をとむらってやらねばならない。死をとむらうのは友軍の将兵だけではなかった。敵の将兵の死体も集め、これを埋葬しなければならない。傷ついた敵兵の処置、捕虜のめんどうも見てやらなければならない。鹵獲した砲や銃の集積もおこなわねばならない。いわゆる戦場の清掃である。

長島少尉も、小隊を数班にわけてこれをおこなった。工兵隊の進んだ路をたどり、戦死者の姿をもとめ、それを集め、ねんごろに埋葬したのである。

夕刻、サンジャックの丘と谷のいたるところから白煙が立ちのぼった。戦死した将兵から切りとった小指を荼毘（だび）にふしているのだ。白骨となった遺骨は、分隊長や親しかった戦友の首につるされ、さらにコヒマへと進撃していくことになる。

めらめらと、戦友を焼く炎を見つめながら、いつまでも戦友を見送る儀式の捧げ銃や、挙手の礼をおこなっている姿が、あちらこちらに見受けられた。

峻烈きわまる、ひとつの戦いは終わった。敵を殲滅させることはできなかったが、無尽蔵とも見えた敵の銃砲弾の雨のなかに突入し、すくなくとも、敵の心胆をさむからしめたことはまちがいない。

五十八連隊は勝ったのである。

しかし、この勝利が、はたして真実の勝利へ結びつけられるものかどうか。真実の勝利としてもとめられたのは、いちはやくコヒマを攻略して敵の補給をたち、インパール攻略を容易にすることではなかったのか。

もちろん、終局的にインパールは攻略することができない。そのことを過去のものとして見るときには、五十八連隊の動きがどうあろうと、大局的には、おそらくなんの変化も見せなかっただろう。

しかし、局地的な戦闘経過となると、大きな差が生じることはまちがいない。とくに、その戦闘の経過とともに死んで行かねばならなかった将兵の運命には、大きな狂いが生じたことは事実である。

実際に、ウクルルを攻略した五十八連隊が、矛サンジャックに向けた三月二十一日からこの日（二十七日）までに受けた打撃は、将兵四百九十九名死傷という大きなものであった。しかも、中隊長、小隊長という中堅指揮官の大半を失うという犠牲をしいられている。

この一週間の行動が、本来のもとめられる方向に作用したらどうであろう。もちろん、サンジャックにかまえている敵を無視して北上はゆるされないため、なんらかの方策はこうじたとしても、コヒマ攻略に立ち向かう五十八連隊は、もっともっと強力な力で敵を圧迫し、爾後のインパール作戦に大きな変化をあたえていたことはまちがいない。

なぜなら、この連隊の先兵中隊がコヒマに攻撃侵入した四月五日の朝、敵の守備兵力はほんのひとにぎりのもので、烈兵団進攻を前にして、兵力増強に苦慮していたのである。

敵の兵力増強第一陣がコヒマへ到着したのは、四月七日であった。当然、その空白の時間帯が、コヒマ攻撃軍にとって有利に作用したであろうことはいうをまたないだろう。ここにコヒマ攻略の、戦略的な大きな戦機が存在している。

宮崎少将は、サンジャック攻撃を指向した時点で、戦機はこのときにありと読んだというが、それよりもさらに大きな戦機が、宮崎歩兵団の栄光の前にコヒマで待ち受けていたのである。

たとえ終局的に敗れたとしても、インパール作戦の経過に大きな変化をあたえずにはおかなかったはずの戦略指導を、みすみすと宮崎少将は放棄したことになる。

とくに、攻撃開始一ヵ月前から、アラカンの兵要地誌を調査させたという彼にしては、この結末への経緯(けいい)はいささか理解に苦しまざるをえない。結局は彼にしても、第十五司令官牟田口廉也中将が進攻以前に説いたとおり、「英印軍は中国軍より弱い」と断じていたのであろうか。

無慮、一日に数万発の砲弾を消耗し、それの補充には空中補給をおこなうという一事をとってみても、ただやみくもに突撃するという日本軍の戦法は、真に戦争に勝つという目的をわすれ、前近代的な戦闘遂行の悲壮感によいしれていたにすぎないのである。

三月二十八日——。

この日、サンジャックの日本軍は、鹵獲した敵の兵器弾薬によって装備を強化、食糧を補充することができた。

鹵獲した砲は迫撃砲をふくめて三十数門、ジープは四十数両、無線機は大小合わせて五十、馬は三十頭、自動車は五両――そして、さらに、直接戦闘力の強化に役立った鹵獲品は無数の自動小銃であった。

三八式歩兵銃では想像もできぬ優秀な機能をもつ自動小銃を、工兵中隊では各分隊に二梃ずつ割り当てた。機関銃や迫撃砲は歩兵連隊本部の処理班にわたし、食糧をたっぷりとちょうだいにおよんだ。

戦死傷者のために生じた分隊長や、兵隊の欠員をうめるため、若干の編成替えをおこなった。歩兵連隊本部からの命令で、第一小隊は連隊本部、第二小隊は第二大隊、第三小隊は第三大隊配属ときめられた。

夜になって、コヒマへの進撃体形がとられた。

黝々(くろぐろ)とした密林の下のせまい道いっぱいに、長い序列がのびた。工兵第三十一連隊第二中隊長代理長島少尉は、前進する歩兵連隊本部の後にしたがい、

「工兵隊前へ！」

と命令した。

この夜までの工兵中隊の戦死傷者は四十六名であった。その四十六名への思いがちらっと長島少尉の脳裏をかすめたが、さながら、そうした想念を消すかのように、整然とした高い軍靴のひびきが、長島少尉の背後から起こった。長島少尉はきっとなって前方の闇をにらみ、

「やるぞ！」

と、胸の中で力いっぱいに叫んだ。

〔資料〕防衛庁戦史室編・インパール作戦／歩兵第五十八連隊編・ビルマ戦線工兵第三十一連隊／長島藤一氏手記

（昭和五十三年「丸」七月号収載。筆者は「烈」兵団工兵第三十一連隊員）

地獄の戦場 コヒマに夕日沈むとき

精強なる「烈」兵団ビルマ戦線異状あり／血涙の手記――田川正雄

1 「大隊、前へ！」

歩兵部隊の私たちは、竹やぶの密生したゆるい傾斜をおりた小川のほとりで、やっと出発準備を完了していた。

ついさっきまで、この曲折した流れの周辺では飯盒炊（はんごうすい）さんや水筒の湯わかし、携行品の分配、装具の点検などで目まぐるしくごった返していた。それがいまはウソのように、あたりは静まりかえり、せせらぎの音が耳に残るばかりであった。

昭和十九年三月十五日――午後もおそく、五時ちかいころである。

ビルマ西北部のチンドウィン河上流にちかい、このマウヨヤインに、われわれはちょうど五ヵ月ほど駐屯していたのである。

思えば十八年一月の下旬のことであった。われわれは中支の浙贛（せっかん）作戦をおえたとたんに、蕪湖から乗船させられたのである。そして、せまくるしい船倉の鉄板かこいのなかに十日あまりも押しこめられたすえ、上陸したのはシンガポールの対岸、セントジョンス島の隔離兵舎だった。

ついで二月下旬、伝染病の隔離をとかれて、ようやくマレーのカジャンについた私たちは、そこで烈兵団鳥飼連隊の第三大隊に編入させられたのであった。

五月中旬の泰緬（タイ・ビルマ）国境はどしゃぶりの日がつづく雨季のさかりであった。

連日、泥濘と疫病にさいなまれつつ私たちは、からくも国境を踏破してビルマ国タンビザヤにたどりつくことができた。

モールメンからは有蓋の貨物列車につめこまれ、ペグー、サガインをへてはるばるビルマ中部のインドウにはこばれてきたのであった。

そして、わが柴崎大隊は、西方のチンドウィン河をめざして幾日も、炎暑の山野を行軍に明け暮れして、マウヨヤインに兵舎を設営したのは、秋の十月も半ばになっていた。

雑木林の台地に竹床を高くした、にわかづくりのニッパぶき小屋も朝夕住みなれてみると、さすがにいささかの愛惜ものこるようであった。

しいられた境涯へのあきらめと、その日ぐらしの才覚だけに追われていた、あわただしい日常ではあったが……。

しかし、ふたたび還ることのないすすけた屋内や、周囲の掃除を手ぎわよくすませることは、けっしてわすれてはいなかった。

指揮班の道上曹長の、もちまえのすこし鼻にかかるようなカン高い声が「前へ！」と号令する。表情をひきしめた私たちが、いっせいに肩に三八式小銃をになう。つづいての、「すすめ！」は、口のなかで半分とぎれてきこえた。

足場のわるいジグザグ道にめげず、できるだけ歩調をとるようにつとめるが、靴音はやはりばらばらに不ぞろいであった。

そのとき柴崎大尉が、愛馬「初音号」にゆうぜんとまたがって、隊長舎からおりてきた。陸軍士官学校出身のきたえぬかれた体軀に、ゆたかで端正な顔だちが、いくらかとりすましてみえた。

平穏な入海ぞいにある愛知県一色町の網元の長男として生まれた隊長は、半農半漁の町にあきたらず、将来の夢をふくらませて士官学校への道をえらんだようである。

二十九歳――もちろん、軍務ひとすじの独身の陸軍大尉であった。

「おい道上、このカメラを報道の藤田につかわせい！」

道上曹長が、馬上姿の隊長から黒皮ケース入りのライカをうけとると、小ばしりに指揮班の隊列にもどってくる。

「藤田、いいか、田川は作戦間の報道で、おまえは写真班だ。隊長のカメラはこれだ、しっかりはたらいてくれ、わかったな！」

大和国高市郡の農家出身で、上背もある、がっしりした骨格の道上曹長が、くちびるをすこしほころばせて命令をつたえた。

藤田兵長は、すこし顔色をかたくしたまま、簡潔に「はい」とのみ答える。それから、ゆっくりと振りむいたのだが、期せずして、歩をゆるめた私と視線がピタリとあった。しかし、藤田兵長と私は言葉をかわすこともなく、だまって歩きつづけた。

藤田兵長もまた大和八木町の旧家出身で、時計店のひとり息子だという。中支池州いらいの現役五年兵だが、上野美術学校出の画学生気質をどこかに残しているような、ひかえめがちの優（やさ）型であった。

かつてマレーで部隊が編成されたとき、九中隊から本部指揮班に転属してきたのであるが、それまではおなじ大隊でもぜんぜん行き会うこともなかった。

私もはじめは、現役兵にしてはへんに無口で、陰気なやつだ、ぐらいにおもっていたのだったが、実直で悪ずれのない、やや兵隊には不むきな人がらに、かえって好感をよせるようになったようだ――それからもう一年以上になっている。

大隊本部は、指揮班を先頭に行軍序列にしたがって、進発をつづけている。チンドウィン河の渡河点は、マウヨヤインの西南方七キロの距離に位置していた。

小川にそった林のなかをゆくと、まもなくひくい丘陵の雑草地帯にふみ入ったが、しばらくたって白いあぜ道が屈折して、そのままチンドウィン河の堤防につながっていた。すすむほどに、途中から十中隊と機関銃中隊が隊列にくわわって、さらに、いつのまにか山砲兵中隊、連隊速射砲分隊が、それぞれ後部につづいていた。十二中隊は駄牛（だぎゅう）中隊として、最後尾から主力に追及すべく命令をうけていたのである。

急行軍というものではなかった。しかし、歩きつづける私たちは、ときおりはげしく肩をゆすりあげる。背負袋の重みが、ずしりと両肩にくい入るからである。

二十日分の白米と乾パン、ひもの、罐詰などの携帯口糧のほかに、弾薬二百四十発、円匙と鉄帽、毛布、外被――それは四十キロをかるくこえる重量であった。そのうえに水筒、雑嚢、図嚢を両はすかいに肩からつり下げている。

また、ぶあついベルトには前盒、後盒の弾入れと、手榴弾の鉄製小筒がぐっと腰をしめつけており、右肩に三八式歩兵銃をかつぎあげていたのである。

重々しい隊伍はたてに長く、蜿蜒とつづいていた。

チンドウィン河のほとりにでると、ひくい堤防づたいの牛車道を南下していった。樹木はまばらで、空気はかわききっており、道はもうもうとまい上がる砂ぼこりにまみれて、口のなかでざらざらするくらいだった。

私たちは殉教者のような顔つきで、ひたすらもくもくと歩いた。上半身を前かがみにして、かかとをひきずりながら、ようやく堤防の渡河点についていた。

渡河点は、ホマリンの上流で、タマンティにちかいピンマとの中間地点であった。

2　恐るべき大河

陽はしだいに暮れはじめていた。

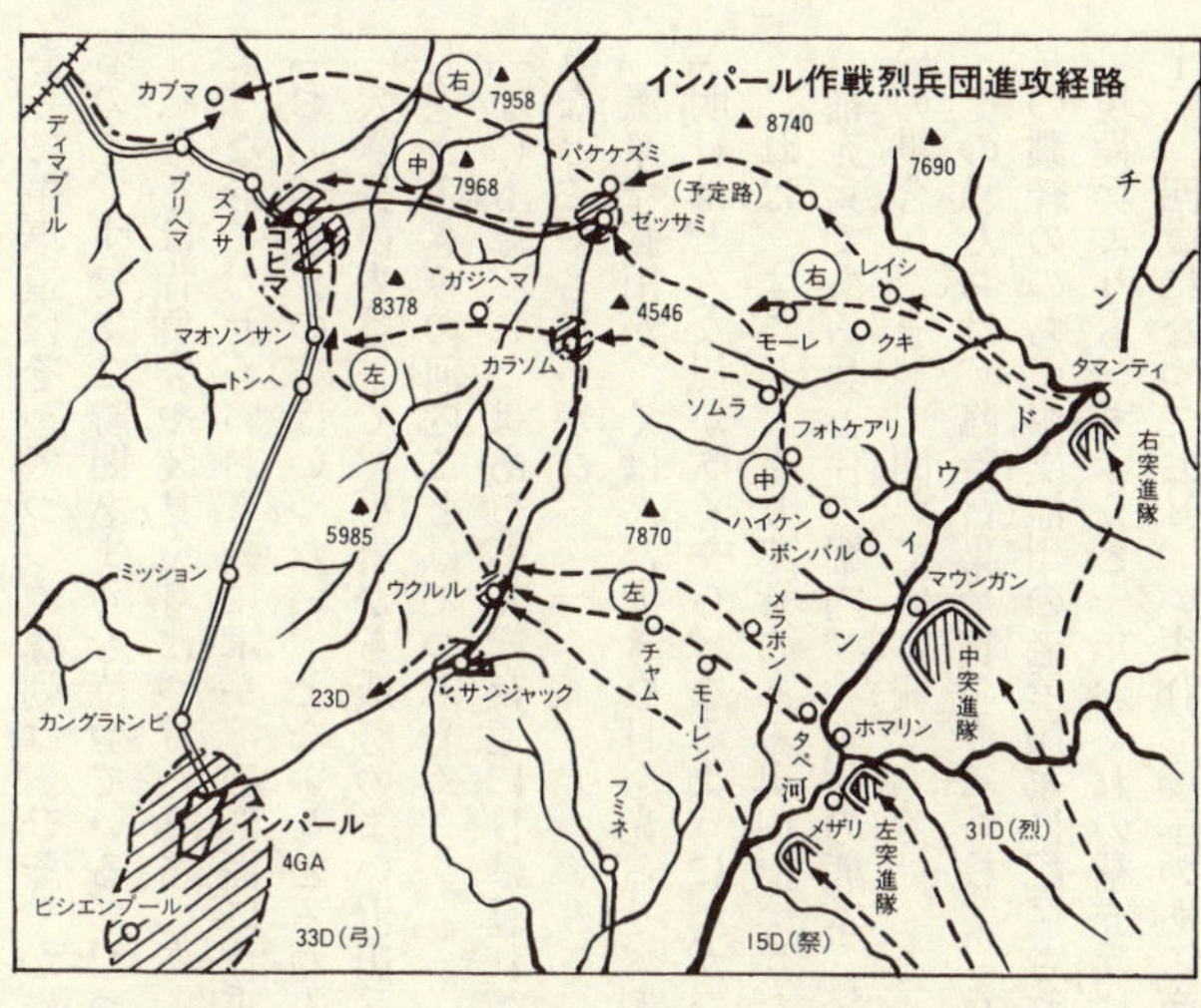

乾季の砂床ごしに見はるかすチンドウィン河は、音もなくゆうゆうと流れている。風さえもなかった。わずかに白い波頭が、ねずみ色のあつみのある水面に、ぶきみにほの見えるばかりで、すべては太古の静寂につつまれている、といった風情である。

河幅は、ゆうに二百メートルはあろうか。たそがれのなかに、白じらと浮かび上がる河床をおおうようにして、ひろい葉かげののびたヤシ樹がほの暗い空にそびえ立っているばかりで、土民の住むニッパぶきの小屋など、どこにも見当たらなかった。

対岸はるかに、立ちはだかる山なみの稜線が、かすかに空との境界をみせて、重くるしく眼前におしせまってくるようである。星があおく、また血のにじむような深紅の色に、遠くきらきらとまたたいている。

こうして河床の砂地から土堤の斜面へ、

さらに牛車道にそってつづく隊列は、ひそやかに緊迫したけはいのなかで、渡河命令のくだるのを、すでに二時間あまりも待っているのだった。

私たちは背負袋や装具を身につけたまま、あるいは肩さきから背負いひもをとりはずしたような形で、おもいおもいに木かげの斜面に体重をもたせかけている。

「おい、まえの方はいったい、どないしとるねん、居眠りでもしてんのとちゃうか?」

大隊長の当番長で、平素から威勢のよい沢田兵長が、ひろい肩はばをゆすりながら、すこし巻き舌ぎみの河内ことばでつぶやく。

「なにも急ぐことはあらへん、夜道に日は暮れへんやろうし、それにあわてて突っぱしるようなとこでもないがな……」

温厚な藤田が、くぼんだ大きな目を光らせ、例のひくい声でめずらしくやり返している。

「明日はどんな風が吹くやら、なるようにしかならん、さ」

これは、すこしどもりぐせのある奥田上等兵だ。

補充兵である兵器係の堀内、功績係の熊木、経理の小西、それに情報の私たちは、たいていの場合、だまって聞いている側である。

その私たちは、臨時召集令状の赤紙一枚で、京都師団管区の奈良連隊にかりだされ、三ヵ月の訓練ののち、中支池州の老屋鮑家に配属されたのが、昭和十五年十二月だった。

現役兵よりも、ちょうど一年おくれの補充兵にちがいないのであるが、年齢もいまでは三十三、四歳になっており、いずれも妻子のある商家、公務員、あるいは農業といった一家の大黒柱であった。

　そこで、当初の一年古参の現役兵にたいする多少の遠慮のほかに、地方人（軍隊以外の一般人）生活の苦労と年代の相違感が、単純に彼らの会話のなかにふみ入らせなかったのかもしれない。

　しかし、おしだまっている私たちにも、言葉にならない一種のくらい衝動が、脳裏をよぎっていたようである。

　中支でいくたびか経験した討伐や作戦などとはぜんぜんケタはずれにちがった異様な状況を、兵隊特有の予感がするどくかぎとっていたこともたしかだったのである。

　まず、チンドウィン河をわたる。すぐに、前人未跡のアラカン山系だ。峨々(がが)たる印緬（インド・ビルマ）国境がせまる。敵機の跳梁と、おびただしい物量の砲、戦車が容赦なく待ちかまえている。

　一方、われわれは駄牛と象にたよる心ぼそい補給路、とぼしい火器とわずかな弾薬――まもなく猛烈な雨季がやってくる。瘴癘(しょうれい)と悪疫がはびこる。

　この「ウ」号作戦の最北端をゆく右突進隊――柴崎大隊は、敵軍の退路を遮断すべく遠い敵陣地プリヘマとコヒマの間で、孤立無援の悲運にあうのではなかろうか……。

　複雑多様な幻覚がつぎつぎとおこり、心象のなかをひしめき合いながらふきあれる。

　だが、それらの思いも、やがて例の抑制しなれた日常の作法が、あるいは、あきらめやすい習性が、さりげなく唾液といっしょに奥ふかくのみ下していく。

ようやくにして午後九時三十分ごろ、右突進隊の渡河がいよいよ開始された。

さいわいに、敵機の飛来には出会わなかった。

下流はるかな対岸あたりに、かすかに銃声が数発きこえただけであった。

折りたたみ機舟のひくいエンジンの音が、わずかに河面をながれて、だれもが、さすがにこの一瞬だけは、真剣な顔つきになっている。

月の出が夜半すぎとおもわれる空は、ことさらに陰気にくらく、河の両岸さえも、ただ夜のとばりにつつまれて、さだかには見きわめがたいようである。

差板をわたって乗り込んだ舟のなかには二十人ばかり、みなかたくなに突っ立ったままであった。

河の中心にすすむほど、流れがはげしく、ウズをまいているさまが、背筋につきささるようなぶきみさでせまる。そこでみなはおのずと、かかとをふんばって力みこまざるをえない。そのおし殺したような緊張は、長くもあったがまたみじかい時間のようでもあった。

くろぐろと魔物めいた水面を脱し、やがて岸辺にどんとミヨシが突き当たったようだ。凝固した五体にほっと、とけだすような安堵感がわき上がってくる。

第一線部隊のほとんどが隠密渡河を終えたときは、すでに深更にちかかった。月が出てからも、月明下の渡河はやすみなくつづいた。

兵士や銃火器の渡河には、それほど混乱はなかったが、後尾の駄牛部隊（第十二中隊）になると、まったく様相を一変していた。

にわかじこみの〝牛使い兵〟のけんめいな努力にもかかわらず、ビルマ牛は暗黒の水面におどろき、水ぎわでうしろに引き返そうとして、反動でうちたおれもがいたり、イカダ上ではわめき暴れまわったすえ、水中に没しておし流されるなど、さんざんのていだった。

そして徴発した約二百五十頭のうち、半数ちかくはこの渡河点ではやくも失うはめに見まわれたのであった。

第十一中隊は、守備地域の上流タマンティ付近から、前後して渡河をはじめていた。

また第九中隊は、対岸の進路打開のため先遣隊となって、三日前にひそかに渡河し、先行していたのである。

おなじころ、チンドウィン河東岸下流のマウンカン、ホマリン付近の渡河点からは、中突進隊（第一三八連隊主力、第一二四連隊）、左突進隊（歩兵第四、第五十八連隊）の各部隊が、さきをきそうようにいっせいに渡河を開始していた。

そして中突進隊の後方を蜿蜒とつづく師団本隊、輜重兵連隊の渡河が予定どおりに完了したのは、三日後の三月十八日夜であった。

これら渡河のあいだ、いずれも敵機の来襲にまったく遭遇しなかったのは、むしろ奇蹟的だったといえよう。

それはのちに知ったことであるが、敵がわが十五軍の後方攪乱をはかるために、ウインゲート挺進隊六個旅団を、北ビルマのインドウ付近にむけて、グライダー輸送している時期にあたっていたのである。

しかも、すでに三月八日夜、チンドウィン河のカレワ付近を渡河した弓兵団の第一陣が、おびただしい爆音を聞きとっていたのであったが、まさかこのような大規模な部隊輸送作戦を敢行中であろうなどとは夢にも気づいていなかったのである。

また、第十五軍司令部も、この種の情報にたいしてきわめて安易な判断に終始していたようだった。

悲運の芽ばえは、このときにはじまっていたのである。

3　コヒマは陥ちず

十五日の真夜中ごろ、右突進隊の各中隊は前後して、ようやく渡河を完了していた。そのあいだ暗くせまい山道での前進と小休止をくりかえしながらの行動は、隊伍をととのえることさえ、かなりの時間を要した。

だが、とにかくこうしてインドアッサム州のプリヘマへむかっての、十日間にわたる峻険アラカン山系の踏破が、このときを期してはじまったのである。

先遣隊第九中隊の一部が、まず雑草のおいしげる叢林(そうりん)の細道を、こずえごしのわずかな星明かりをたよりにして、はやくも強行進撃にうつっていた。

そして、間隔をおいて本部、各中隊そのほかが、それぞれあとにつづいていった。

ゆるやかな傾斜はすぐにきれて、木の根っこと岩石の露出した小道が、しだいに曲がりくねって、しめったツル草に足をうばわれて、ともすればすべりがちの行軍がはてしなくつづいた。

前をすすむ鉄帽につけられた標識の白いちいさな垂れ布が、風にゆれてともすれば見うしないそうである。密生する樹林と暗闇が、冷然と視界をさえぎろうとする。方角を見うしなえば、ふたたびもどることもかなわない深い密林に、すでにふみ入っていたのである。

指揮班の沢田や奥田も、さすがに平素の駄じゃれをとばす元気もうしない、タカのような目つきをギラギラ光らして、もくもくと歩くばかりであった。

情報の藤田兵長は、柴崎大尉愛用のライカを、装具のうえから首にかけ、しっかと左脇につつみかくすようにして、ふうふういいながら足をはこんでいる。

夜明けにほどちかくなったのか、月影もなく、空ははてしない暗雲におおわれて、つめたい大気が汗ばむ皮膚にひしひしとさしこむようであったが、どこか空の一角にうす明るさがホッとにじみ出ているようにも感じられてくる。

ひくい尾根をこえて沢にくだる。と、つぎの尾根が、すぐ前に立ちはだかる。足もとにはわずかにせまい山道らしいあとが、雑草にかくれてうかがえるばかりである。

そのうちに夜が明けはなたれ、雑木林のなかで大休止の声がかかる。まちかねたように私たちはその場にたおれこみ、しばらくしてやっと、重い装具をはずしはじめるのであった。

幾人かは、疲労から立ちなおれないまま、身動きひとつしないで横になっている。靴ずれの手入れなどにけんめいの者もいる。装具をかるくするために私物の襦袢や、持ち物をなげすてる者さえいる。

山間を流れる小川の水は、こごえるくらいにつめたい。穴を掘り、ひそかに枯草をもやして水筒をあたためる。元気で器用な兵隊は、粉みそにジャングル草を浮かべた汁をつくったりしている。

飯のあとの、わずかな仮眠だけが、いまは精一ぱいの休養であった。

午後三時になると飯盒炊さんをはじめ、終わるころにはすぐに出発命令がつたわる。そして、夜の行軍がさらにつづくのである。

急坂をのぼるときは背をまげ、腰でバランスをかげんしながら徐々にすすめばよい。だが、下りの場合は、装具の重心がいきおい上背にかたよって、ふみしめる足もとも確実にきまらない。急斜面を転倒するものもすくなくなかった。

山砲、大隊砲など重火器の搬送も困難をきわめたが、とくに駄牛部隊の牛追い作業は、筆舌につくせない労苦の連続であった。

坂道によわいビルマ牛は、途中の峻路に突然へなへなとすわりこみ、いかにひっぱり、おしやり、けりつけようと微動さえしない。あげくのはて、しっぽに火をつけてもなんの反応すらない。

しばらくしてのっそりとおきあがり、よろよろと歩きだしたかとおもうと、ガケぎわで脚をすべらせて、千古の谷底へすいこまれるように、反転しながら落下していったりした。

部隊は、いくたびか小休止を発したが、数キロもいかないうちに、間隔はしだいにとぎれはじめ、まばらな隊形になってしまう。

その日も、明け方の気配がただよいはじめていた。

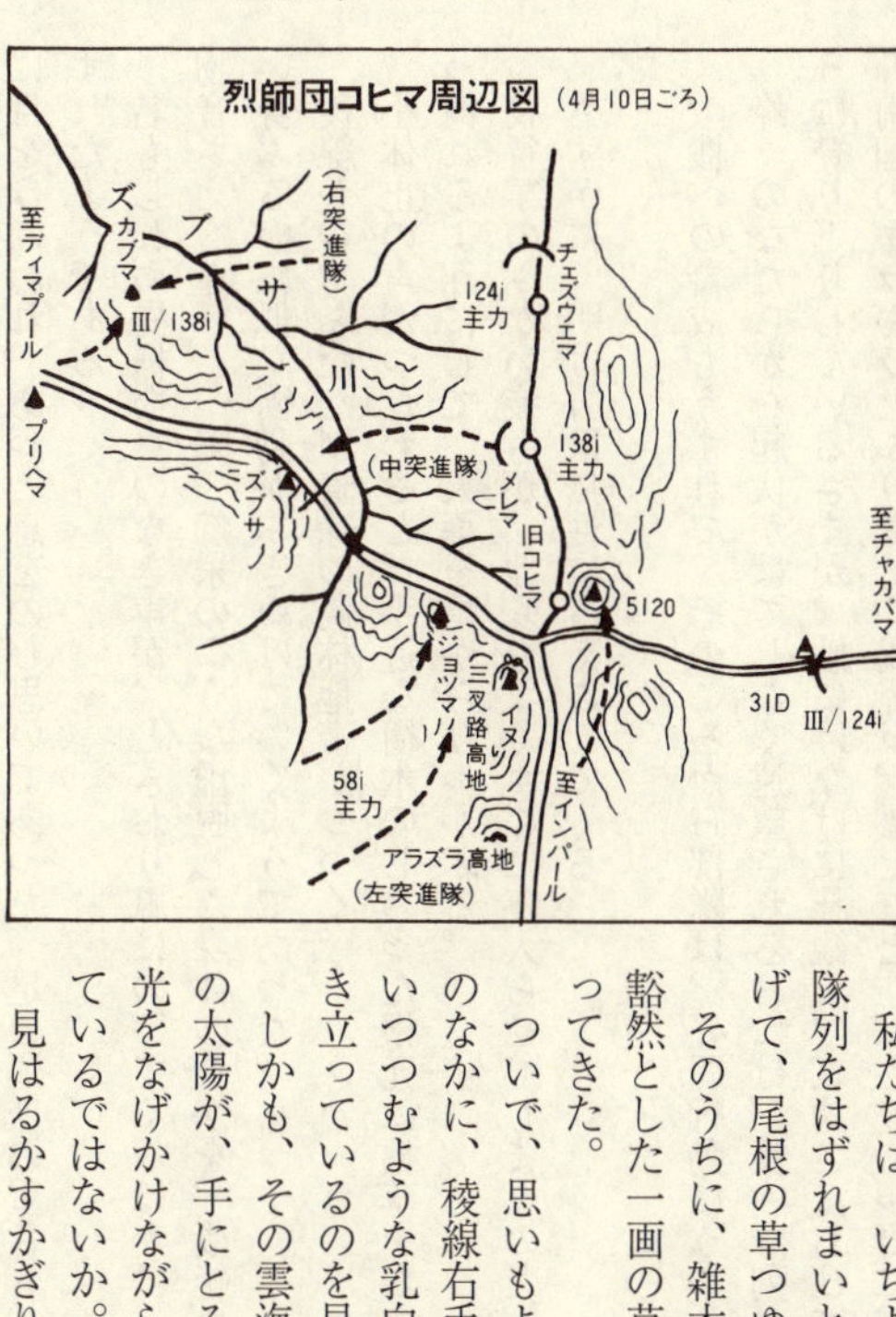

私たちは、いちようにおしだまったまま、隊列をはずれまいと、けんめいに背中をまげて、尾根の草つゆをふみつづけていた。

そのうちに、雑木林がにわかにとぎれて、豁然とした一画の草原地帯が眼前にひろがってきた。

ついで、思いもよらぬひろびろした視界のなかに、稜線右手のはるかな樹海をおおいつつむような乳白色の霧雲が、飄々とわき立っているのを見た。

しかも、その雲海の下方はずれから真紅の太陽が、手にとるようなちかさに荘厳な光をなげかけながら、しずかに昇りはじめているではないか。

見はるかすかぎりの、原始の雄大な絶景

に目をうばわれ、あっと息をのむ思いであった。足の運びの重さも、そのときだけはうちわすれたようである。

名もしれぬ異様な鳥のなき声が、ときおり風にのってくるほかは、しんかんとしてなんの物音さえもない。一瞬、痴呆のような虚脱した身体のなかを、凄絶な自然と生への、はげしい身ぶるいに似た衝動がふきぬけていくようであった。

稜線から、ふたたび暗緑の叢林地帯がつづく。

小休止の声がつたわると、手近な樹木のしめった根元に枯草をかきあつめ、そのうえにぶっ倒れるようにして、天幕を頭からひっかぶる。

夜行軍のふかい疲労が、他愛もなくすぐに寝入らせてしまうのだ。

さすがに、明け方は無性に冷えこんでくる。


敵機への警戒もうすれて、そのころから部隊は、昼間行動にうつっていた。

峰々のなだらかな起伏がはてしなく遠望される日には、長い隊列のはるかにアリのはうように登り下りしているさまが、妙にけなげに壮観で、哀調さえおびているように見えた。

南国のギラギラとふりそそぐ陽光は、雲と峰と空ばかりの視野に、いたいくらいの灼熱地獄を現出する。

コヒマはなお遠いかなたにあり、汗とほこりにまみれ、疲労困憊した身体と、靴ずれの足をひきずりながら、落伍のうきめだけにはあいたくないばかりに、だれもが必死の顔つきだった。

その日の午後おそく、台地をくだって隘路上をつぎの台地に近づいたとき、九中隊の尖兵が敵約五十と遭遇して最初の戦闘をまじえることとなった。そこは――レイシの敵拠点だったのである。

部隊は停止し、ただちに戦闘態勢がとられ、連絡兵がいくたびかあわただしく往き来した。そして数時間後に、三名の死傷者をだしたあげく、ようやくこれを撃退することができたようである。

敵分哨のそばを通過するとき、丘陵の中腹に大まかなサクがめぐらされ、掩蓋のなかにはわが銃弾にたおれたグルカ兵四名が、黒土のうえをはうような姿勢でこときれているのを見た。

銃火器はすでに、われわれ日本軍が押収したあとなのか、わずかに被服が散乱しているばかりで、陰惨なけはいがふっと鼻先をかすめる思いがした。

宮垣軍曹をはじめ、小松伍長以下の私たちも無言のうちに、これらの情景の真横をとおりすぎていったのであるが、奇妙なことには、哀憐とか憎悪といった、人間らしい感情はいっこうにわき上がってこなかった。

それは連日の疲労が思考力を停止させているのか、あるいはこのさき、生きるか死ぬかもわからない自分のことが意識の底にあって、感覚も空白状態だったからかもしれない。

このころわが右突進隊は、印緬国境に近づくとともに、地形いよいよ峻険をくわえて通過も困難になったため、所定のラリル――パケケズミ道にそいプリヘマにむかう進路を変更し、レイシ西方からクキをへて、国境モーレをめざして転進をはじめていた。

右突進隊であるわが柴崎大隊が、ようやくモーレに進出したとき、すでに前日の二十三日に中突進隊が、はやくもこれを奪取したあとであった。

さらに、その中突進隊は二十八日、コヒマにつうじる要衝ゼッサミの堅固な丘陵陣地にたてこもるアッサム第一連隊の敵約七百と激突していたのである。

おりから後続しつつあった右突進隊が、急進してこれに協力し、二十九日から三十一日にかけた昼夜にわたる戦闘の結果、三日目の夕方におよんで、ようやく陣地占領に成功したのであった。

このときの友軍の死傷は約二十名、ほかに敵の迫撃砲および弾薬、糧秣多数を押収したのであるが、しかし、この戦闘のため部隊は、コヒマ進攻の時期を三昼夜もおくらせられたことになった。これはむしろ、敵の戦略にあえなくのせられた、という観さえあった。

そのころ左突進隊は、ウクルルの敗敵を深追いして、隣接する祭兵団の戦闘区域であるサンジャック敵陣地にまで突進していたのである。

そして二十二日の夕方からクギづけされた四日間、連日、苦戦をくりかえしたのち、かろうじて敵を退却せしめたのであるが、損害は左突進隊三千二百名のうち、じつに死傷者四百九十九名（防研戦史室公刊）にもたっしたのであった。

このあと、左突進隊の一部は四月六日未明、旧コヒマの一角にあるナガ集落を急襲するとともに、機をいっせず東南の五一二〇高地を手中におさめることになった。それには第五十八連隊の第十一中隊があたったということである。

『わが新鋭部隊はインド国民軍とともに四月六日朝、インパール――ディマプール道上の要衝コヒマを攻略せり』

昭和十九年四月八日の大本営発表は、この一事をはなやかなマーチとともに報道したというが、事実は旧コヒマ集落の占拠にすぎなかったのである。かんじんのコヒマの敵拠点は、集落から、西南方のインパール街道三叉路の対角台上にあって、いままさに攻撃にうつるべく、左突進隊の一部がけんめいに攻撃準備に腐心しつつあった時期だったのである。

一方、コヒマ南方のヤギ陣地（ゼエイル丘）では、おなじ五十八連隊の第二大隊によって日夜、熾烈な攻撃が強行されつつあった。

さらにウマ陣地（DIS地区）、ウシ陣地（FSD稜線）の攻略に、そして戦力の半ばをうしないながらもなお最後の拠点イヌ陣地（ガソリン高地）に肉薄しつつ死闘をくりかえしたのは、それ以降の二ヵ月間にわたることだった。

4　三一式山砲どの

右突進隊柴崎大隊が、中突進隊に後続してゼッサミを発ったのは、四月一日のことであった。

隊列は、白くかわいた英軍のジープ道をさけて、灌木のあいだをぬいつつ右折していった。そして、北方にむけて迂回するあたりから、地形はふたたび複雑に変貌しはじめ、それは屈折した小道のあとがようやく見わけられるくらいのひどさだった。

生いしげる雑草は、萱（かや）に似て背丈よりも高く、陽光にむされた草いきれがむんむんと鼻をうち、からだをゆであげる。

うっそうとした叢林のあいだをすすんでゆくうちに、不意にかっと切り開かれたような草原に突き当たることもある。それは青空の下に、数百メートルも露出していて、とうぜん敵機の襲撃がけねんされる個所だった。

となれば、私たちは各個に枝葉で偽装し、分散して一気に走りぬけるほかなく、またどうにかやりすごすと、そこには陽もとどかぬ深い密林の湿地帯がまちうけている、といった具合である。そこはまた、おびただしいヒルの棲息地でもあった。

彼らはくさった落葉の悪臭の下から、いつのまにか巻脚絆の合わせ目に侵入してくる。頭上の交錯した小枝からねらいをつけたように、ぽとりと首すじに落ちてくる。

つきさすような痛みに気づいて、あわててこぶしを握り、手のひらをぶっつけてたたきまくる。生白いヒルは血をすってふくれ上がったまま、なおもけんめいに食いついて、皮膚からひきはがされるのを拒否する。

疲労と栄養失調にやせほそった身体を、気が狂ったようにふりうごかしながら、それでも兵は前進しなければならなかった。

パトカイ山系につらなる低い尾根をいくつかこえて、枯葉のたれさがる樹林の下をかいくぐるようにして歩きに歩く日々がつづく。

急坂を登るときには、すでに糧秣もほとんどカラになったはずの背負袋が、前にもまして肩につよく食いこみ、熱気が汗をふきだし、つかれきった身体に息切れさえがくわわってくる。

日の暮れるのが遅く、沢の近くにわずかな平地を見つけて、さらに幾夜か露営をくりかえした。

それは文字どおり、ガムシャラの急行軍であった。はるか南方にいんいんととどろく敵の砲声を聞きながら、ひたすらに西進していった。

苦心惨憺、ようやくカブマ集落の周辺にたどりついたのは、四月九日の午後であった。

カブマ集落は、めざすプリヘマへ西南六キロあまりという、ひなびた小集落であった。

集落の入口には、太い棒クイが数本うちたててあり、その先端に獣（けもの）の頭蓋骨が赤、緑、黄の原色にいろどられて突きさしてあった。

すいこまれそうな紺青の空を背景に、それはいいようのないぶきみさで、ナガ族の習性を暗示しているようであった。集落は森閑として、人影のけはいさえまったく見当たらなかった。

だが、尖兵の第十中隊主力が、村はずれの雑木群に見えかくれする鞍部を、注意ぶかく前進していったとき、たちまち切りさくようなはげしい銃声と同時に、いきなり前哨戦の火ぶたがきられたのだった。

敵弾は正面の小高いコブ山と、その左右の傾斜した森林地帯から撃ちこまれてくるようだ。あらかじめ照準をさだめているのか、きわめて正確な弾着だった。

ひくい雑木の群生した小道に、最初の銃弾が富田中尉をたおし、つづいてその前方の窪地をすすんでいた増井軍曹もほとんど同時にたおれてしまった。それは一瞬のうちのあえない最期だった。

中隊はいそいで死角にとりつくと、ただちに軽機が応射をはじめ、重機は陣地設定し、それにつづいて攻撃前進にうつってゆく。

そして、駄牛部隊の任務をとかれていた後続の第十二中隊が、迂回急進したころには、敵はいちはやく後方へと退却したあとだった。

急造の掩蓋は、よほどアワを食っていたのか、立木をならべただけの粗末なもので、散乱した壕内には、被服や弾薬、糧秣がわずかに残されているだけで、英兵をはじめ、グルカ兵は影もかたちも見えなかった。

敵は拠点にさそいよせたうえで、集中的な総反撃をあびせる、という戦法をとりはじめているようだ。

つぎに、右突進隊本部が行きついたプリヘマにほどちかい東北方四キロの九一八高地は、ややまばらな樹々と、すこし乾燥した空隙地をもっていた。

　午後もおそく、かなりよわまった陽ざしのなかで隊長の柴崎少佐（四月に昇進）は、遮蔽された台地に泰然とつっ立ち、冷厳にさえ見える面もちに双眼鏡をおしあてたまま、食い入るようにプリヘマ方向を凝視していた。

　敵の外郭陣地は、カブマ寄りの峨々たる峻畳を利用して、そこに豊富な資材物量をそそぎこみ、いくえにも堅固な防御施設をきずき上げているようであった。それは当然、わが軍の来攻を予想したうえでの、周到な準備だったであろう。

　おりから前面に陣地構築していた第九中隊が、敵陣地に肉薄攻撃を敢行すべく、はやくも前進をはじめていた。

　しばらくすると突然、急激な砲火と地ひびきがつたわってきた。と、低く山頂をかすめて機影が姿を見せ、同時にすさまじい銃撃をくわえて反転してゆく。

　中隊主力は、銃砲火にさらされながら、岩かげから中間の台上へ果敢な攻撃を続行したものの、敵陣地二百メートル手まえの急斜面で、ついに前進も後退もままならない窮地におちいってしまった。

　そして、わずかな間隙をぬって、肉薄攻撃班がさらに匍匐突進していった。しかし、それは敵のはげしい援護射撃のえじきになるばかりであった。

　敵陣地からの熾烈な砲火は、前面の渓谷越しに執拗につづいた。発射音のあと、ヒュルヒュルと空をきる音が聞こえて、つぎには着実に襲いかかってくる。たちまち陣地の掩蓋が吹き飛ばされて、山容もまたいちじるしく変形していく。

しかし、わがほうは配属の山砲一小隊に、三一式山砲（明治三十一年式、砲身後座式ではなく発射ごとに砲車全体が反動で後退する旧式のもの）がわずか一門あるだけで、一発撃ち込めば、間髪入れず三十発以上の野砲、迫撃砲弾が連続して撃ちかえされる。そのため発射すると同時に、全力で砲車を岩かげにひきずり、退避しなければならなかったのである。

その砲撃も、砲弾の補給がとだえたいまでは、一日に五発だけという使用制限つきであった。

この戦闘は、最初から不利のうちに展開していったのである。

あきらかにわがほうは、劣弱な装備にくわえて、攻略のチャンスさえも逸していた。しかも、敵の防御陣地は、予想の数倍を上まわる堅固さだった。

柴崎大隊本部は、九一八高地の西ふもとに膠着（こうちゃく）したきり、深い谷間につながる叢林のかげに、ひっそりと身動きもできぬまま、時のいたるのをいたずらに待つよりほかになかったのである。

5　柴崎少佐の心情

その日の昼ちかく、はるかなビルマの景勝地メイミョウにある第十五軍牟田口司令官は、

「烈」佐藤兵団長あてに作戦命令を下達している。

『第三十一師団長はコヒマを攻略後、二週間これを死守すべし。この間、軍は第三十三、十五師団の二個師団をもってインパールを攻略、爾後、予備隊によりディマプール方面へ敗敵を追撃捕捉、殲滅せんとす』

命令はきわめて高邁（こうまい）、かつ野心的な内容であったが、事態はかならずしもこれを裏書きできる状況ではなかったのである。

そのころ三十三師団（弓）は、インパールを眼前にした南のビシエンプール攻略をあきらかに失敗しており、北面からインパールを挟撃する十五師団（祭）は北方のカングラトンビ付近で、兵力も完全にととのわないうちに、いきなり苦戦にひきずりこまれていたのである。

また、三十一師団の宮崎歩兵団主力は、インパール街道の敵増援を遮断すべく、コヒマ南方二十キロあまりのトンへを急襲した後、ようやくコヒマにむかい北上しはじめている時期だった。

そして歩兵団五十八連隊の一部が、コヒマ外郭（がいかく）陣地のひとつであるゼエイル丘（ヤギ陣地）にとりついたものの、はじめ企画された作戦から、さらに飛躍したインド作戦のディマプール進撃など、いまとなってはたんなる幻覚的な野望にすぎないことがきわめて明白になっていた。

焦慮と不安にかられたのか牟田口司令官は、そこでやつぎばやに、「烈」師団あてに電信をうちつづける。

『ただちにディマプールに進攻して鉄道線路を遮断し、糧秣・弾薬を奪取確保すべし』

牟田口司令官の計算では、「烈」師団は三日間もあれば、インド・アッサム鉄道の起点であるディマプールに達するであろう。そうすれば、敵は後方補給基地を占領された動揺から、インパール戦局は一挙に有利に展開するものと見なしていたのである。事実、補給前の英印軍戦力であれば、あるいは可能だったかもしれない。

だがすでに、われわれにたいする数十倍の兵力と、おびただしい物量が急速に増強されるにいたった現在では、おのずから結果は目に見えるようである。

河辺正三方面軍司令官はさすがに、これには容易に首をたてにはふらなかった。河辺中将は、コヒマ周辺陣地攻略の彼我戦力の差異を冷静に観測し、実態をよみとっていたのであろう。

こうして「烈」兵団は、あらためてコヒマ周辺を限定して完全攻略を命ぜられることになったのであった。

「烈」兵団司令部はゼッサミ南東のカンジャックを進発して、コヒマ東方八キロのチャカバマに司令部を設営しおえていた。

師団直轄の第一二四連隊主力は、レド方面からの敵増援部隊を阻止すべく、コヒマ北方のチェズウエマにむかい急進していた。

また、中突進隊（第一三八連隊主力）は四月七日、コヒマ東側地区に進出していたのであるが、以後、コヒマ北方五キロのメレマをめざすことになったのは、左突進隊に呼応してコヒマ～プリヘマ間の頑強なズブサ陣地への攻撃が目標となったからであった。

中央突進隊・鳥飼連隊本部の位置は、深い渓谷の屈折したズブサ川をへだてて、右突進隊にかなり近接していた。

それはあたかも右突進隊に追随するかたちで、柴崎大隊の動静をしさいに監視するかっこうにもなっていたのである。

連隊本部からはとうぜん、柴崎大隊への状況諮問がひんぱんに数えられ、それは仮借ない作為のものともうけとれたのであった。

老練な戦術体験者である鳥飼連隊長の無言の叱咤が、督促が、齢わかく生一本の柴崎大隊長の追いこめられた心情を、ことさらに暗く、沈潜させていなかったとはいえないようであった。

6　大隊長の死

柴崎大隊は、プリヘマの前哨陣地に対峙(たいじ)したまま、総攻撃の機をとらえるのに苦慮しつづけていた。

薄暮に乗じて第十一中隊が陣地に接近、体当たり戦法を敢行したが、近距離の敵高地からふりそそぐはげしい銃撃と、手榴弾のまえにいたずらに犠牲をしいられるばかりであった。

この間にも第十中隊は、敵陣地の西北側面に迂回し、敵を挟撃(きょうげき)できる態勢に兵力配備をしていた。その付近は、天然の防壁のような崖が、谷間ごえにいくつもそびえ立っている難所だった。

きのうの夕方、四キロ西南のプリヘマ基地周辺の偵察斥候に出発した第十二中隊の一部からは、いまだに帰還の報告はなかった。

大隊の作戦行動はここにいたって、ようやく全般的に頓挫のきざしをみせていることは、もはやうたがいようもなかったのである。

九一八高地西ふもとの生いしげる大樹の根元で、柴崎大隊長は寡黙なうちにも、要所ごとの作戦指導に専念していた。

やや うすい口もとをきっとむすんだ、白皙の端正な風貌には、おもい疲労といちまつの憔悴のかげがにじみでていたことはいなめなかったようである。

後方にいちど反転して、進路をズブサ寄りの敵側面に有利な転換をはかり、一挙にプリヘマを強襲すべきではないか？　しかし、追随する連隊本部の位置が、そうなった場合、はなはだしく支障をきたすこともまた、たしかであった。

目的地プリヘマは、いくたの辛酸（しんさん）をへたいま、眼前にせまっている。わが方のあらゆる劣勢条件を無視して、膨大な鋼鉄づくりの前哨陣地正面を突破すべきなのか？　けれども、その時期すらすでにおそすぎていたことも、かくせない事実だった。そして、奇襲と肉薄攻撃のくりかえしによる戦力の消耗も、もはや限界にまできていたのであった。

こうして一週間の日数が、無情にもすぎていった。すでに食糧も五、六日まえから底をついていた。

経理班が、足を棒にして徴収したわずかなモミを、鉄帽のなかでつくことが、日課の一部にさえなっていたのである。

うす暗い雑木林のなかに、先をまるめた棒きれでけんめいにモミをついている音が、戦場のかたすみになんとも異様な、むなしさをつたえていた。そして、そのひびきはたえず、どこかで聞こえていたのであった。

四月十八日、昼下がりの三時すぎであった。

台地の樹林のあいだから、晴れわたった真っ青な空が、目に痛いくらいだった。気温こそかなりの高さだが、ときおり微風もわたり、むし暑さもそれほどではなかった。

はるかに、どおーん、どおーんと敵の砲声が、ひくい余韻でとどろいていた。と、しばらくして、ふしぎにその砲声がとだえた。

戦火の合い間に、しーんとぶきみなくらい静まりかえる空虚なひとときが、ひょっこりやってくることは、ままあることである。

このときである。柴崎大隊長が唐突に、「敵情視察をしてくる」と、しずかな声で道上曹長にいいおいて、本部の位置をはなれたのは……。

いつもと変わらない謹厳で、平静な面もちで、沢田当番長ひとりが、これにつづいた。

道上曹長は、このとき要図をひろげて、有線電話にかかっていたし、枡田副官は、連隊本部に出むいており、この場にはいなかった。

前線陣地の第十一中隊までは、距離にして七百メートルもあったであろうか。中隊と本部のあいだには、雑木を伐ったあとをふみならした、わずかに一人ずつが通れるくらいの道らしいものが草むらのかげにつづいている。

柴崎隊長は、おちついた歩幅の、いかにもしぜんな身のこなしをみせていた。そのとき、なんの懸念さえも感じられなかったのは、戦場なれもあって日常的な、ごく普通のことだったからなのであろう。

ところが、それからしばらくして奇妙な現実が、突如としてわき起こったのである。

思いもよらぬ迫撃砲の数発が不意に、急激な発射音とともに落下してきたのである。

やがて沢田兵長が、あわただしく足をもつらせて、低い坂道をころがるように駆けおりてきた。

息をきらした沢田は、指揮班の位置ちかくにたどりつくと同時に、もちまえのたくましい体軀をがっくりとおりまげると、ひざをつき、

「隊長どのが、隊長が……」

と、声をつまらせた。

――柴崎少佐が、戦死した？

だれもが一瞬、信じられない顔つきをした。そして、つぎの瞬間には騒然となった。片岡衛生軍曹などは軍刀を地面に突きたてて立ち上がった。

「山本、行くぞ！　沢田兵長もいっしょだ！」

片岡衛生軍曹は、色白のほそおもてを緊張にひきつらせて、傾斜路の雑草をふみつつ陣地にむかった。

沢田兵長が、そのすぐ後方につづいて山本衛生兵も駆けだしていった。

指揮班のなかにも、ようやく重くるしい空気がたちこめ、時刻は刻々とすぎていった。赤褐色の太陽はじょじょに樹間の西空にかたむきはじめ、すると一瞬、あたりの風物があかあかと映えてうき上がって見えた。

と、そのとき片岡軍曹が、柴崎少佐の遺骸を背負うようにして還ってきた。

沢田兵長は迫撃弾でたおれ、山本衛生兵も肩胛骨と上膊部に盲貫破片創をうけてしまったとのことで、夜にはいって、沢田兵長の遺骸を収容する作業がこころみられ、かろうじてそれは成功した。

そのあと柴崎少佐と沢田兵長の埋葬が、あわただしいなかにも、しめやかにおこなわれた。私たち指揮班の位置からすこしはなれた、そびえたつ古木の根もとにちかく、しめった黒土をふかく掘りさげて遺体を並べたのであった。じつにウソのように――ともにあっけない突然の戦死であった。

柴崎隊長が、第一線陣地偵察に出発するときのなにげない、青みをおびた冷厳な風貌が、しばらく私の目の底にやきついてはなれなかった。

きけば、第十一中隊の塹壕から前面の状況を視察するために、かがめていた姿勢をややのばした瞬間、身辺に敵弾が炸裂したとのことだったが、それは戦場のつねとはいえ、まこと無残な、突然の最期というほかはない。

前夜おそく柴崎隊長は、大隊本部将校を台地の鞍部に集合させて、ひそかに今日あるを期したかのような会食がささやかにいとなまれたことも、なにかしら少佐の決意と、不吉な前途をみせつけられたような気がしてならなかった。

そこには目をおおいたいくらいの生々しい悲痛な心情が去来し、ひしめいていたにちがいない。当初の作戦任務にくるいが生じ、進退きわまった戦況への重い責任感にうちひしがれていたのかもしれない。さらには連隊の追随による、見えざる督戦叱咤に、はげしい焦燥と苦悩がくすぶっていたに相違ないのである。

そしてだれもかれもが、心の奥底に、声にならないさけびをあげていたようでもあった。

この日、コヒマ西側周辺に構築せる「ジョツマ」「ネコ」「ズブサ」の英印軍陣地から撃ちだす砲撃音は、祭り太鼓のように連続して、地軸にぶきみにひびきわたっていたのであった。

7 無言の敗兵

四月二十日——コヒマ周辺の日本軍は、ガソリン高地（イヌ陣地）と三叉路高地の占拠をのこして、防勢に転移せざるをえなかった。

右地区隊（長・鳥飼連隊長、第一三八連隊の鷲田第二大隊および柴崎第三大隊）は師団長命令によって、一個大隊をもって二十日薄暮、プリヘマ攻撃の準備を完了していたが、状況不適とみてにわかに中止命令をうけることとなり、ディマプール道の交通攪乱とメレマ付近の確保が緊急任務たるべし、と改変されたのであった。

左地区隊（長・宮崎歩兵団長、第五十八連隊、山砲兵大隊、工兵隊主力）は、ガソリン高地および三叉路高地の攻略を目前にしていたが、しかし、ウシ、サル陣地にいたる十七日までに、優勢な敵増援部隊の反撃をうけて、損害はさらに続出しており、補給の途絶、食糧の欠乏は急速に戦力をおとろえさせていたのであった。

これらの苦境にある日本軍にたいして、英第三十三軍団は、ディマプールからあらたな英第二師団をぞくぞく投入し、英第一六一旅団主力は、砲兵、戦車、航空の支配下に、コヒマ三叉路南側を突破してガソリン高地守備隊との合流に、難なく成功していたのである。

さらにまた、アキャブ方面の第七インド師団の主力が、コヒマ増援のためアッサム鉄道をいそぎ北上中とのことであった。

四月二十三日、防勢への転換を不満とした宮崎左地区隊長は、最後ののぞみであるイヌ陣地をもうひとおし、猛攻をくわえれば攻略も可能であると速断し、夜陰に乗じての攻撃を命じたのであった。

すなわち、五十八連隊第二大隊は高地南正面から、おなじく第三大隊は東北方のテニスコート寄りから、同時に突入していった。

そして、突撃を支援すべき迫撃砲の弾薬もすでにつきはてているなかを、果敢なわが歩兵は、おりから敵砲弾をうけて燃えあがるドラム缶のはげしい火炎のなか、すさまじい肉弾戦を執拗に反復した結果、かろうじて敵陣地の一角にとりつくことに成功した。

ついで明け方ちかく、さらに頂上をめざして突撃にうつるころ、にわかに至近距離からの集中砲火をあびて、ようやく奪取した陣地からも、結局は撤退しなければならなくなってしまった。

こうして、またもむざむざと五個中隊があいついで全滅にちかい悲運にあったのである。

このためインパール方面の総攻撃は、四月二十九日の天長節の前に、宮崎歩兵団の北方からの増援とあいまって計画されはしたが、当然、これは実現にいたらなかった。

一方、わが第十五軍戦闘司令所はこのころ、やっと重い腰をあげて、一部が景勝地メイミヨウからインダンギー（カレワの西方八キロ）に指揮所をおしすすめていた。

軍主力の攻勢がはじまっていらい、じつに三十六日目のことであった。

四月二十六日――右地区隊の鳥飼連隊は、主力をあげてコヒマ三叉路高地にむかい、翌四月二十七日の未明、同連隊の第三大隊（第九中隊は師団予備隊に抽出された）は、柴崎少佐の戦死後、第十一中隊長の勝山大尉が大隊長代理となり、コヒマ東側より突入が予定されている第二大隊と相呼応して、ウクルル街道寄りの三叉路から、旧テニスコート付近の敵陣地をめがけて一斉に攻撃を開始したのであった。

その戦闘もまた、壮烈の一言につきるものであった。

英印軍の膨大な火力、豊富な機械力、物量にたいし、日本軍には兵隊の肉弾をもって鉄に当たる奇襲以外になにもなかったのである。

支援すべき機関銃も、もはや弾薬を撃ちつくしてしまっていたので、ゴボウ剣をふりかざしてまっしぐらに突っ込んでいくよりなかった。

第十中隊の分隊長が、先頭を駆けだしたとみるや、その影像はひくい丘陵から疎林のあいだを、ころがるような速度でながれすぎる。と、低地の茂みにひそんでいた敵の戦車砲がこつぜんと方向をかえると、猛烈ないきおいで火をふいた。

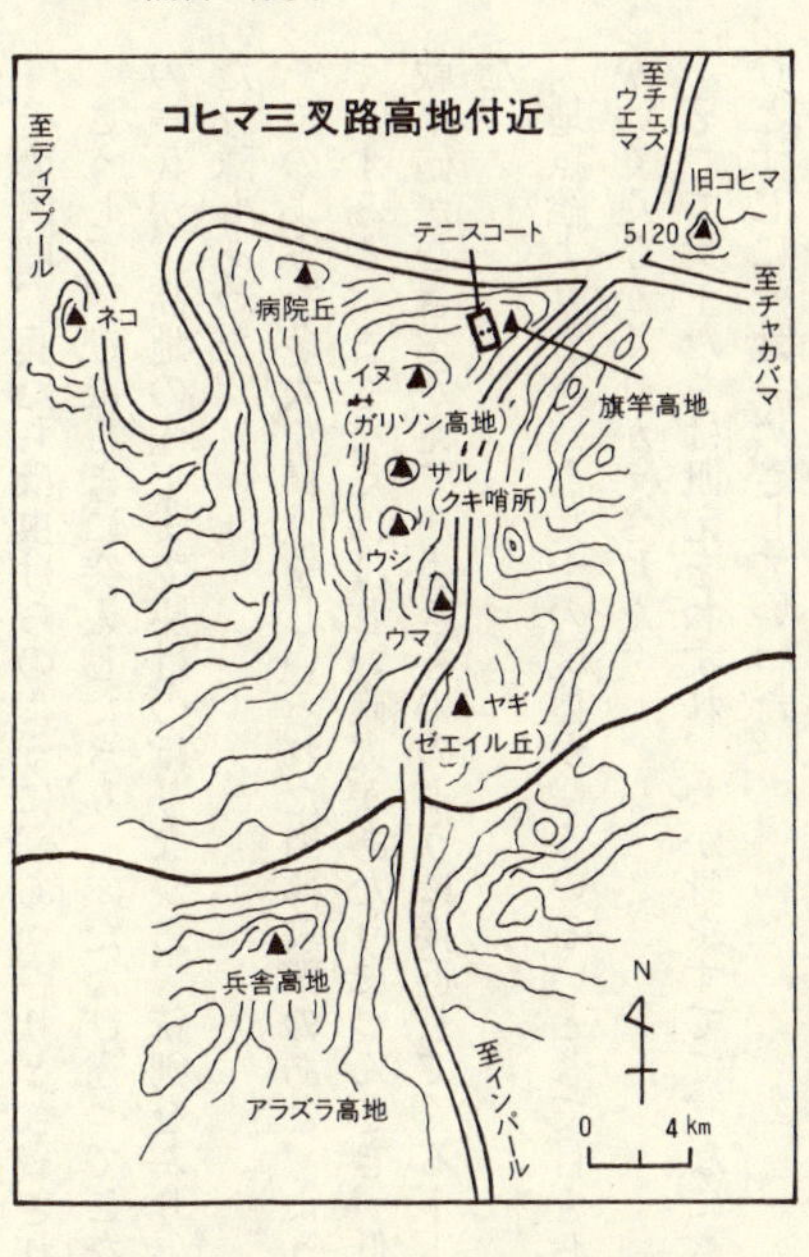

分隊長と、すぐあとにつづいた三、四名は、一人がはげしく前方にのめり込み、数メートルをふきとばされた姿が二つ、同時に消え去った。
さらに、間髪を入れず幾組かが、そのあとにつづいた。
と、高地左側の木かげからも敵の戦車が二台、岩のような姿を現わした。戦車砲のみょうに鈍重な、しかもするどい発射音がたてつづけに空気をさいた。

その瞬間、兵たちは虫けらのように、あっさりと殺戮(さつりく)された。

こうして、ひたむきに突入したきり、ふたたび還ってこない分隊が続出するなかで、最後の一兵が、高地の崖下まで駆けのぼりながら、銃剣をふり上げたまま横っとびになぎ倒された分隊もあった。

このような多大な犠牲をしいられた肉薄攻撃のあと、ようやくにして陣地の一端にとりつく。すると、まもなくはげしい砲火があたりにつんざき、低空飛行からの銃撃がくわわる。戦車砲がむきをかえて、生きもののように接近してくる――撤退する余裕などさらになかった。

地獄絵よりも無残な兵士の屍体が、るいるいとして目をおおうばかり、それでもなお突撃がいくたびかくりかえされた。

そして兵士たちは飢えをわすれ、わが身をすてて、なにものかにかりたてられるように、ひとすじに死地をめざしていった。

祖国のために、などとはとっさに思いつくことではない。眼前に敵がいる、突っこまなければ撃たれる、ただその衝動だけからであったか――はたしてそうだったろうか。無惨な死に追いやったのは敵の英印軍ではなく、敵はほかにいたのではなかったか！　多数の死んでいった戦友が身代わりをはたしてくれたから、たまたま幸運に生き残ったものは、まれな幸運に生き残れたにすぎない。

今日は、そして明日は、この自分がつぎの身代わりになるだけだったのである。

こい朝霧と、霞はいつしか消えうせ、陽が高くなっていた。そして、私たちは撤退の時期を見うしなっていた。

そのころ、さきほどまで斜面のくぼ地に身をふせ、頭を地面におしつけていた数名の兵たちが、さいわいに三叉路東側に通じる下水道をみつけてきた。

敵の戦車が四台ばかりあいかわらず、疎林のあいだや道路上をのろのろと横ぎり、突っ走り、急に停止したりして、ぶきみに光る砲身を、縦横自在に角度をかえては、えものを見つけだして撃ちまくっている。

そのたびに腹の底をえぐる衝撃が、全身をこおらせる。そして、何人かが目のまえでむごたらしく肉片となってとびちる。爆薬をかかえて戦車に肉薄攻撃した兵は、戦車を擱坐させるかわりにみずからをキャタピラのえじきにしてしまう。

そして、あとにのこった大隊主力は、道路ぎわからわずかな死角をぬうように匍匐しながら後退をつづける。

東南二キロほどのゆるい曲線をもつ高地の鞍部入口に退却してきたのは、すでにたそがれ時もすぎさった、夜陰のしのびよる時刻だった。

やがて、夜のとばりが谷底にいいようもなく暗く、悲痛なけはいでおしつつんでいった。

小さな崖にはさまれた細い川床を、精気もかれはてて敗兵たちは、無感動に、もくもくと歩いていった。そして、めざす高地のふもとにはかなりたってから、やっといきつくことができた。

しかし、そこでも休息など、もとよりあろうはずもなく、疲労しきった身体をものうく動かしながら、飯盒炊さんとタコツボ掘りに追われたのである。

8　一変した山容

五月四日——陽がしずみきってしまうには、まだいくらかの時間をのこしていたころ、私たち兵隊五名は、川床の砂地にゆっくりと足をふみ入れていた。

川幅は、せいぜい三メートルほどのものだったが、ところどころ岩の露出した、小さな水たまりをとびこえねばならなかった。ほそい、ゆるやかな流れにそって行くこともあった。

私たちはひたすらに、やぶれた靴底がサクサクとふみしめる砂床の感触をたしかめるようにして、上流にむかって歩いていった。

二キロさきの高地には、右地区隊のわが第三大隊が死守のかまえで、からくも一週間ちかくをたえつづけていた。

そして私たち五名は、たったいま川床分哨を交代したばかりであった。

分哨位置は、もともと第十二中隊の守備区域にぞくしていたが、この高地がインパールへの英印軍増援を阻止すべき地点であり、また、ウクルル街道寄りに敵が川床道路を侵入してくると予想されるために、とりあえず私たちが本部兵力から抽出されたのであった。

私たちと交代して分哨についたのは、第十二中隊の森島軍曹以下六名であった。

その乙幹候補あがりの森島軍曹と私は、かつての中支の老屋鮑家にいたころ、連絡にくるたびに出会っている仲であった。

角ばった顔だちの頑健な身体と、キビキビした明快なふるまい、ものごとにこだわらない率直さ——しかしながらいま、長い戦闘のあとではその印象もきえうせて、表情には生気さえもうかがわれなかった。疲れた身体の動きは、やや鈍重に見えるほどの変わりようであった。

私たちは帰隊すべく、本部の位置にむかって歩いていった。

本部をはなれた、わずか一週間の分哨任務であったが、緊迫した孤立状態のなかでは、さすがに重く疲労感がのしかかっていたようである。そしてつい先日、この川床を敗退してきたときのことが、ふっとよみがえってくるのであった。

三叉路西南側から英印軍の猛烈な戦車砲に追われて、必死に退却してきた日が、とおい夢のように思えてくる。それは無残にうちのめされ、たたきつけられ、目をおおうばかりの死傷者の続出したすぐあとのことだった。

くぼ地をうかがい、木かげにひそみ、溝をはいつくばってどうにかたどりついたのは、このせまい川床なのだった。思えば、生存していることがふしぎでさえある。

酷使しつくした身体のなかに、白い火花がはげしくひらめき、敏捷に敵前を駆けぬけ、突っぷしてはとび出した動作が、まるでウソのようである。

しずかな重い、五人の兵の砂地をふむ靴音がつづいた。

不意に、コヒマ方面からこずえごしに爆音が聞こえてきた。その音は、にぶい恐怖の記憶の底から、やがて胸底につきささるようなはげしさに変わる。

「ほい、きたぞ！」

だれともなく、しぜんに声がかかる。

あっというまもない、山頂をかすめる轟音に、私たちは瞬間、身についた機敏さで足をとめ、岩はだに身をよせる。黒ぐろとしめったような岩質の手ざわりである。

空をあおぐと、かさなりあったこずえのいただきに、雲ひとつない青い空が、ちかちかと目にいたいくらいであった。

英軍輸送機が一機、頭上をすこしはずれて、ガアッとはげしく耳をうって飛びさる。文字どおり一瞬のことで、機影さえ見えない。

いちばん若手の現役二年兵の榎本上等兵が、すこしカン高い声で、

「やれやれ、もう敵サンの配給時間か」

と、かる口をたたいてみせたが、だれもがむっつりして、すぐに応じそうにない。

やおら身体を起こして、それぞれ歩きはじめると、古参五年兵の奥田上等兵が、ときどきどもりながら、ひとりつぶやいた。

「しかし、きのうの定期便じゃ、そうとうドエライ音しよったからな、あるいは本部もペシ

ヤンコになってるのとちがうか？」

なんの感情もこもっていない顔つきで、いかにも無頓着な口ぶりでいう。

「うむ、あの方角はまったくピタリだったからな……」

と、年配の堀内がわずかにうけたばかりで、だれもあとをつづけそうにもない。みなはそれっきり、だまりこんだまま歩きだした。

せまい川床を、乾季のかれた水がほそく、ゆるやかに流れているところが多く見えはじめ、やがて曲折し、兵隊の色あせたシャツが、ちらほらと木かげに干されてあるのが目にとまってくる。

どうやら、機関銃隊指揮班の位置あたりにきたらしい。西側のけずりとったようなガケも、いつかしだいに形をかえて傾斜面にかわり、その右側斜面にはにわかづくりの掩蓋が点々と、木の間ごしにすかして見えてきた。

このあたりの水は褐色によどみ、砂地はさんざんにふみあらされている。川幅をおおうような枝葉の茂みもうすれて、きりとったような南国の空が、まっすぐにながめあげられる。

すでに宵闇が、しずかにしのびよっているようだ。

遠いかなたに砲声が単発的にきこえてくるほかは、きわめておだやかな山峡のひとときだった。

まもなく川水をつかう兵隊の姿も間近に見えて、飯盒のふれ合う金属性の音も、ときどき耳に入ってくる。

「田川兵長どの……」

背後の茂みから声をかけられた私は、ちょうど流れをひとまたぎして立ちどまった。

「碓井（うすい）はここで飯盒炊さんしてから陣地に上がります。水筒と飯盒をいただきます！」

今年の一月にマウヨヤインで補充になったばかりの、越後生まれの碓井のきまじめな声だった。どこか幼さをのこした面かげには、ひとすじのひたむきな眼光のみが、うすやみのなかに光っている。

そうか、もうこのあたりからのぼれば、本部位置に行きつけるわけか……。

「ああ、ご苦労さん、そいじゃ、ひとつたのんでおく。榎本と河口、碓井の三人で快々的（かいかいで）やってくれ」

そういいすてて、私たちは飯盒と水筒を碓井らに手わたした。

谷底のそここに、天幕のおおいでかくされたもれ灯が点々と、焚火がちょろちょろと赤く燃えている。

私たちは、ゆっくりと坂道にふみ入っていた。だが——数歩を行かなかった。

稜線の真上を突如として、はげしく空気をひきさく音がした。それはまさに痛烈で、するどい衝撃だった。

私たちが思わず身体をふせたとき、たてつづけに炸裂音が鼓膜をつきぬけた。弾着はちかいぞ——鼓動がはずんでいる。

と、まもなく砲声がやんだとたんに、あわただしい人声があたりに起こった。だれかが、やられたのだろう。

炊さんの時刻をねらって、敵は確実な弾着をこの谷間に撃ちこんでくる。夕暮れての一日一回の炊さんすら、生命（いのち）がけだったのである。

私たちは身体を起こすや、すすむ前方をじっとすかして見た。だが、瞳の片すみに、なまあたたかな夜空が星くずをばらまいているだけだった。

ややあってのぼる斜面の細道も、このまえとはすっかりようすがちがっている。山をくだる兵隊や、連絡にあがってくる兵隊たちのために、しぜんとふみならされた小径が、夜目にもほの白くうつる。

行くほどに、山容のいちじるしく変貌しているさまがわかり、胸がしめつけられるようである。

ここに撤退してきた日、陣地構築にとりくんだときの高地は、濃緑の叢林につつまれていたはずなのに、十日もたたないうちに樹々は吹き飛ばされ、へし折られて山肌もほとんど、まる裸にさらされているのだ。

高地の中ほどをすこしすぎたところに、大隊本部の将校、下士官兵がそれぞれ掩蓋をつくっているのを発見した。

みれば枡田副官は、さきほどの砲撃による損害を調べるため伝令をはしらせたものとみえ、壕入口にちかい偽装樹のそばに、道上曹長とならんで立っている。

茫（ぼう）――と、煙ったような夜気の下に、私たちは枡田副官と相対して靴のかかとを合わせた。

「田川兵長以下五名は、第十二中隊森島軍曹以下六名と分哨勤務を交代、ただいま復帰いたしました！」

枡田副官は、色白の柔和な顔をまっすぐにすえて、「うむ、うむ」とうなずく。

ひと息入れて、私はつづける。

「昨夜、第十二中隊潜伏斥候の報告によれば、英人将校を長とせる斥候三名が、東南台上七百メートルの地点に現われて友軍陣地の方向を偵察したのち、まもなく三叉路方面にひきかえしました。そのほか、異状ありません！」

ゆっくりと言葉をくぎって、語調はひくすぎるくらいだった。

「やあ、ご苦労、ごくろう……」

まだ三十歳には間のある幹部候補生上がりの枡田中尉は、おちついた動作でおもむろに挙手をかえすと、おりから帰ってきた伝令の報告にきき入っている。

至近弾をうけた本部直轄第十一中隊の小隊衛生兵一名戦死、擲弾兵二名の重傷、ということであった。

「明日から炊さん時刻をもう一時間おくらせろ！　さっそく、会報だ」

副官はいい終わると、隊長壕にむけてきびすをかえした。それは、きわめて緩慢な動きだった。

——さて、オレの今夜ねむる壕を、いまから掘り出すとするか。ごくろうさんである。生ぬるい風のそよぐなかに、しばらくはうんざりしてたたずんでいた。

するとそばにいた道上曹長が、

「田川兵長、情報班はこの左下手だ。藤田が二人壕をつかっとるはずだ、そこがいいだろう」

と、指示をしてくれたので、わたりに舟とばかり足さぐりに歩きだした。

暗い地面の起伏に、ぶかっこうな掩蓋らしい盛り土を三ヵ所ほどいきすぎたころ、

「藤田兵長、藤田兵長……」

声をおさえてよびかけると、意外と手ぢかの壕から、

「おう」

と、ものういような返事がかえってきた。私はその声をたよりに、近寄っていった。

「田川です、いま、帰ってきました」

「……ご苦労さん、ここです、こちらです」

しばらくぶりにきく、藤田兵長の余韻のある話しぶりであった。

9　壕内の語らい

その掩蓋は、敵陣地にたいして反対斜面にほそながく構築されていた。なかほどにやっと

人間ひとり出入りできるだけの空間が露出したままのもので、その上手と下手にどうにか、ひとりずつ手足をのばすことができるくらいのひろさになっていた。

きけば、それは四月六日の旧コヒマ集落を手中におさめた五十八連隊の兵士が、攻撃にさいして急造した散兵壕の一部を、にわかに補強したものということであった。

藤田兵長は、その斜面壕のなかの上手に、端然とあぐらを組んでいる。夜目にもほの白い顔色が、暗闇に浮かんで、いささかぶきみであった。

装具を入口の盛り土におき、両足をすべりこませて底の黒い土のうえに突っ立つと、穴はちょうど腹くらいの深さまであった。

壕のおくはただ、暗いばかりである。

しめった土のにおいが、かびたようにかすかにただよってくる。こずえの折れまがった、ぶかっこうな灌木が一本、壕のすぐそばにのびていた。

そのむこう側は、ふかい闇がつづいている、背のひくい雑木におおわれた鞍部なのだろうか、しかし、それはさだかではなかった。

藤田兵長は、腰をかがめてのっそり立ち上がると、頭を入口に突き出して、私の歩兵銃を壕の内部にならべてたてかけた。一方の銃には、カメラの皮袋がぶらさがっていたのである。

天幕を壕にかぶせるようにしき、装具を枕代わりにおしつめると、どっかと私は腰をおろした。さすがに連日の緊張と不眠から、いっとき放免されたような安堵感が、いつか私を支配していたようだ。

と、藤田兵長が、シマもようの小さな巾着袋をとり出していう。

「紅茶だけど、一服やらんですか」

「ありがとう、シェ・レはおろか、この紅茶が、じつはこの四、五日すえなかったからな」

彼はなれた手つきで、空間からはいってくる外気のほの明かりの下で、歩兵操典をひきさいた紙に褐色のあらい葉っぱを巻きつけている。

「分哨は気づかれが大変でしょう、こちらも山のかっこうがすっかり変わってしまった。銃撃と砲撃が、じつにしつこく、はげしい……」

表情のきわめてすくないたちの藤田兵長だった。そして、たんたんとつぶやくように、さりげない口調でいう。私は留守をしていたあいだの情報を知りたくて、きいてみる。

「師団の情報は、どういうんですか？」

紅茶の紙巻きに上体をおおいかぶせて火をつけると、彼はそれを掌でつつむようにして、うま味のない煙を息ふかくすいこんでいる。

「情報は、すこしもあてにならない。臼砲を増援したといっているが、かんじんの砲弾は五発しかとどかない。山砲も一日に三発だ、四発だと制限されたんじゃ、まるで戦さにもならんですね――今日は殺られるか、明日は吹っ飛ばされるか、死とむかい合わせがいつまでつづくか……」

藤田兵長は、自分も紅茶袋から紙にうつしながら、しずかに言葉をつづける。それは緩慢な、いくらかなげやりに似た、むなしいひびきをともなっていた。

「デマがね、しきりにとぶんです。北ビルマはミートキーナのウインゲート空挺部隊によって奪還されたし、サイパン、グアムもすでに敵が上陸占領している。コヒマを放棄して撤退することになっても、そのじぶんにはわれわれの還るべき土地も、そして祖国もなくなってるんじゃないか、そうとうにうがった説をはく兵隊もいますよ――無茶苦茶ですね、この作戦は……」

しばらくして、煙をふっとはき出した。煙は、ゆらゆら舞い上がっていたが、夜気にふれると、すうっと消えていった。

「師団は最初、この高地を固守せよ、といっていたが、きのうはさらに死守せよ、といってきた。牟田口の例の現地しらずのごうりいん一点ばりの命令ですよ……。『烈』はもとより、『祭』のせっかくの追及部隊も弾薬、糧秣のない自滅寸前の状態で、ただ悪あがきさせられているだけですよ。宮崎歩兵団の直轄する五十八連隊はとうとう五十名あまりになって、インパール街道のカングラオマールにたてこもっているらしい。しかも、どの友軍陣地も目にみえて兵力が減少していくのに、敵の膨大な輸送力と機械力は日に日に強化されるばかりだ。

定期便が旋回して、日本兵を一人でも発見すると、とたんにふしぎなくらい砲弾が集中してくる。どんな連携があるのか、一斉に撃ってくるばかりでいっこうに見当もつかない。鉄のかたまりで、陣地がふっ飛び、山がまる坊主に露出されることだけは、まちがいない事実なんですね」

藤田兵長は、そこでしばらくだまりこんだ。なにかべつのことを考えているふうでもあった。

そして私には、作戦発起ごろの神がかり的な作戦命令の一節が、ひにくにもしきりと思いうかんでならなかった。

「——敵を急襲占拠し、その兵器・糧秣を確保せよ、か。——航空隊の援護はチンドウィン河の渡河まででよい、われにまた神佑天助あり、四月二十九日の天長節にはインパール入城だ、などと報道員たちのまえで大見栄をきったのは、じつに軍司令官だったというからね。まるで心臓のこごえつくような話だ」

ここで藤田兵長は、がくんと顔をうつむけるようにして、言葉をはさんだ。

「……三叉路の戦闘も、ずいぶんひどい犠牲をだしただけだった。いままでのどんな戦闘にしろ、いつも多数の死傷者を続出させて陣地を占領する。

敵は逃げぎわにたいてい、糧秣を焼きはらうか、ガソリンをぶっかける。あげくには、占拠の直後に集中砲火をあびて全滅させられる。

インパールにしろ、これ以上、敵サンの作戦にふりまわされるなんて、愚の骨頂ですよ。けっきょくは、兵隊だけが、命令ひとつでやたらと死の代価をはらわされるということか。それに雨季もちかくなる。いよいよ弾薬も糧秣も、このアラカン山脈をこえては、補給ののぞみもまったくない。

アラカンをこえるものは、かならずアラカンに敗る、という古い土民のことわざは、やはり聞きすてにできない真実をもっていたわけですよ」

藤田兵長のおちついた言葉には、ほとんど抑揚がなかった。そして藤田兵長は、そっけなく漠とした夜空に見入っているだけだった。

誘われるように、私もおもわずおなじ方角に視線を追っていた。

わずかにのぞき見える星は、手にとるような近さに、しっとりと赤黄色に光っていた。壕の内側のしめった土は、生あたたかな感触であったし、せまい片すみからはいよってくる暗闇のなかに、うずくまるような姿勢で夜空の一角をじっとながめていると、なぜかあきなかった。

感傷のにおいさえもない、虚脱したような平静なたたずまいがそこにあった。

そのとき、暗い坂道をのぼってくる足音が、いりみだれて聞こえてきた。

炊さんをおえて、五百メートルあまりの山坂を帰ってくる班員たちだった。気狂いじみた敵の弾着をどうやらまぬがれてきた連中らしい。

それにしても、かなり陽気で、くったくなげな明るい話しぶりであるのは、いったい、なんとしたことなのだろうか。

「おそくなりました。バラバラッときやがって、また炊きなおしです」

「しかし、メシはうまくできていますよ、おカユめしがね、あはは、はは……」

榎本、碓井、川口たちのいずれも若わかしい素朴なざわめきに、夜の闇がすこしゆれうごいたようである。

「おう、けががなくてよかった。だが、炊さんもこうねらわれるんじゃ、これから大変だな」

手さぐるようにして壕に歩みよってくるのは、碓井一等兵であった。小腰をかがめて、黒いとばりをすかしているようにみえる。

「田川兵長どの、分哨の勤務ご苦労でした。連絡にいきたいと思っていましたが、いそがしくてとうとうダメでした」

「詳報なんかいそぐこともないよ、ぼつぼつ整理しておきゃいいさ」

私のことばに、大げさにこっくりとうなずいてみせた碓井一等兵は、二つの飯盒と水筒を壕の入口におくと、それぞれにゆるい足どりで一歩一歩のぼってゆく仲間たちのうしろ姿を追っていった。

やはり彼も両手に飯盒を五つ、六つさげ、両肩にもおなじ数ぐらいの水筒をつりさげ、めいりそうに鈍重な歩きかたであった。

水筒はまだ熱く、底がこげついたような手ざわりをのこしていた。センをぬいて口にふくむと、なにやらあまいような熱い湯が、かわききった舌さきにむやみとうまかった。飲みくだすにはおしく、しばらくためらったのち、ぐっとのどに送りこんだ。食道をとおってゆくあたたかな液体が、かなしいまでにありありと身内にしみ入るようであった。

水筒一本が、明日をささえる唯一の飲み料であってみれば、気まえよく飲みつづけるわけにもいかない。

「飯にしますか……」

藤田兵長があぐらをかきなおして、飯盒を手もとにひきよせた。まだこげススのよくとれていない飯盒のふたを、私は貴重品をあつかうようにゆっくりと、ていねいな手つきでひらいた。

玄米を一合、ながい時間にえたたせてネバっこいカユにしたあと、小麦粉一合をねってだんごに丸めたのが、上っつらに浮いている。

だんごめし、またはカユめしとも呼び合っている。これを晩、朝、昼と三回にわけて食う。空腹のうえに、おかずも粉ミソか塩をなめるぐらいがセキの山なので、飯盒半分まで食いすごしたり、あるいは底が見えるまで食ってしまうのもまたたく間のことであり、よほど慎重に加減しなければならない。

「けっこう、これでも生きておれるわけですね、内地へ還れてもあまりゼイタクはいえないや」

藤田兵長は、だんごをほおばりながらなにげなしにつぶやいたが、そして私も、

「まったくだね」

とかんたんに相槌をうってみたものの、ついながくわすれさっていた『内地』という言葉が、異様なひびきを胸底におとしているのに、がくぜんとしていた。

「内地、内地か……」

小声でくりかえしてみるが、あまりにながい年月を隔絶されつづけた境涯のゆえか、しら

じらとして内地への郷愁もいっこうにわきたってはこない。

そのくせ、妙に砂をかむような自虐的な無関心に似た感情だけが、ちらっと身内をよぎっていくような気がした。

「やっ、定量を超過したらしい……」

飯盒を両手にさざげてすかしみながら、私は声のない笑いを浮かべていた。

インパール街道にあたる方角から、おもおもしい砲声がときたまひびいてきたが、それっきり、ふたたび静かにしずまりかえった。

大隊長代理や副官のいる掩蓋壕からは、ローソクの小さな明かりがかぼそくもれて、戦術にふけるらしい話し声もかすかに聞こえてくるようだったが、しばらくすると明かりも消え、漆黒の夜がさらに深くなっていった。

10　敵の置きみやげ

夜が明けたのか、まだ暁闇がつづいているのか判然としなかった。

私はごそごそと、あまりの窮屈さに身体をよじらせると、入口にたらした外被の片端をはね上げていた。外界は一面に、乳色のふかい霧がたちこめているばかりだった。

夜の闇は、凹地の樹々のかげに、それでもすこしは残っているかに見える。だが、その周囲は海底をおもわせる静けさで、霧の流れる音さえ聞こえてきそうだった。

しばらくは身動きもしないで、私はぼんやりと、わき起こる外気の乳白色に見入っていた。それはなにひとつ事物も見えない、魔性にも似た奇怪な色合いであった。

このとき、ざわざわした人声だけがつたわってきて、やがて奥田上等兵と枠田上等兵の姿が、霧のなかにこつぜんと現われてきた。

奥田は腰に拳銃をつりさげ、枠田はむぞうさに三八銃の負い皮を肩にひっかけて、それがじつに思いもよらぬ喜色満面のかっこうなのである。

「やあ、収穫、収穫！」

それがいずれも両手に、紙製の箱をだいじそうにかかえこんでいる。

きけば奥田と枠田は、この底しれぬ濃霧の暁闇を利用して、敵陣地の前面隘路にある雑木林にひそかにおりていったという。

距離にして五百メートルちかくもあろうか。

前日の敵輸送機が投下していった物料のひとつが、中間の木枝にひっかかったままになっているのを、夕暮れどきに、彼らはぬけ目なく見とどけていたのである。そして、これこそ天のさずかりものとばかりに、彼らは部隊に内密で、単独行動をおかしたわけだった。

英印軍の歩哨は、陣地を二重にはりめぐらせた鉄条網のなかにいるので、この霧では容易に発見されそうにもないが、しかし、けはいをいささかでも感じとられれば、たちまち銃砲火の集中射撃を浴びることは必定である。

戦場なれした彼らの五体も、それらは痛いくらいに知りつくしていたであろうが、やはり糧食の窮迫と、戦況のむなしさが、彼らをこの冒険にかりたてたにちがいない。――そして作業は、うまいぐあいに効を奏した。

めざした樹木によじのぼって、えものを落下傘からとりはずし、ずっしりと手ごたえのある石油缶ぐらいの一個ずつを、めいめいがかつぎあげた。しかし、のこる二個は残念ながらどうするすべもない。

とにかく長居は無用と、低地に密生した木立と、背丈より高い雑草のなかを、かいくぐるようにして、一歩一歩、慎重に足をはこび、全身の神経を針のようにしての忍者さながらの行動には、距離も往きの倍も長かった、ということである。

それにしても、これはとほうもない豪華なプレゼントであった。

「おい、こんなにもらってもいいのか！」

英印軍のレーション（加給品）の八ポール入りから、四角な一ポールがいせいよく壕のなかに投げこまれ、私はおりから起きだしてきた藤田兵長と顔を見合わせて、その掌に小箱の重みをひそかに味わっていた。

「……いいですとも。将校はいまだってなんの不自由もないんだし、こんなときはわれわれ兵隊の配給ですワイ。天のめぐみちゅうもんですワ」

どもりぎみにしゃべりおえてから、あはは、あははと、奥田はこともなげに笑いあげている。

なんと淡白で、開けっぴろげな男たちであることか。こみあげてくるような、じーんとした感動につつかのまをたえていた私であった。

「さあ枠田、行こう……道上曹長にもひとつやるかな」

「ありがとう……」

霧のなかに、気ぜわしく消えて行く二人の背中にむけて、藤田兵長と私は同時に追いかけるように言葉をおくった。

しだいに、乳白色の気体がうすれはじめた。

逃げおくれて地面をはっていた霧が、ゆらゆらとゆれうごいて見える。

ボールのなかには、十本入りネヴィ・カットのタバコ、缶入りチーズ、コーヒーのセロハン包み、真っ白な角砂糖の小袋、ぶあつい乾パン四枚、塩、マッチと、いかにも親近の感情がこめられた数かずの品——であるというほかはない。

どれひとつとり上げても、困窮のはてにあるいまでは、とびつきたいような切実さをもったものばかりであった。

英印軍のこれが一回分の配給であり、さらに弾薬（パラシュートの赤い標識）はもちろん、飲料水（青い標識）、糧秣（緑の標識）にいたるまで定期的に空中投下されるにいたっては——藤田兵長と私は、しばらくおしだまったきり、複雑な思いでただ乾パンをかじっていた。

大隊本部は、コヒマ三叉路に近接したこの高地の、南側斜面にはりついた掩蓋のなかで、その日も、むかえようとしていた。

太陽はまたいつものように、容赦なくぎらぎら照りつけながらのぼりはじめた。砲爆撃にさらされる一日が、またはじまろうとしていたのである。

英軍は、午前十一時と午後七時の二回に、爆撃機か輸送機の編隊を発進させる。

そして、昼すぎと夕暮れには、これもきまって要点陣地の砲門を一斉にひらき、地軸をゆすりつづける。その砲弾の乱発ぶりは、一日何千発にもおよぶであろう。

そのたびにどこかの陣地では、のこりすくない兵力から幾人かが、無惨な殺戮にあい、日ごとに戦力は衰退の一途をたどるばかりなのであった。

功績係の熊木や、情報の藤田兵長と私たちの任務は、各隊の戦闘詳報を収集し、正確に記録することにあったので、砲撃と爆撃のきわどい間隙をねらっては、ねずみのようにたちまわることが多かった。

そして、がんがんひびく砲弾のうなりぐあいに、思わず手近の穴壕に身をふせて、山肌の黒土をにぎりしめることも再三のことであった。

プリヘマの英印軍の退路遮断に齟齬(そご)をきたしたカブマ周辺以後の各隊の行動状況が、まだ確実に資料まとめができていなかったし、ズブサ陣地の数回にわたる殴り込み、ついで右地区隊としての転進、三叉路高地のテニスコート付近における戦闘、それに退却から現在位置の高地への防備にいたる経過――と、かたづけなければならない仕事は山積みしていたのである。

さらに五月はじめ、行李班が夜間に糧秣輸送の途中、三叉路北方地点でグルカ兵の襲撃をうけたが、そのさいの七名の行方不明者が、いぜん消息を絶ったままであった。敵陣地にもっとも近接した竹山台地の第十二中隊が、執拗な銃爆撃をあびてまたたくまに、十四名の死傷者を生じたのは、つい三日前のことだった。

これらの行動概要や配備要図を収録し、詳報にくみこむ作業がうんざりするほど残っていたが、実際には手をつけるどころではなかったのである。

いずれにしても、今日か、明日の生命でしかないのだという非情な現実が、胸の底に根づよくうごめいているのは、だれもが消し去ることはできない事実であった。

はてしない暗澹とした悲しいまでのけはいは、私たち兵隊の心情にひしひしとおしせまっていた。それも憤りをこえた、救いがたい空しさと諦めが、奥深くひめられていたのである。また、雨季が近づきさえすれば、彼我ともに連日底ぬけの豪雨にたたかれ、戦闘に倦み、あるいは万が一にも、生きのびるまわり合わせに行き当たるのではないか、というはかない希求が心の片隅にひそんでいなかった、とはいいきれない面もあったことはたしかだった。

それでも真昼の太陽は、あやしいまでに白熱にかがやいていた。精気をうしなった疎林の灌木が、ぐったりとしたかげを地面におとしている。

藤田兵長と私は、壕のなかにうずくまるような姿勢で、しめりけのなかにいくらか乾いた土質のにおいをかぎながら、じっと動かなかった。

やがて昼をすぎたころ、予期したように活発な、はげしい砲撃が空気をきりさいた。

と、まもなく大隊本部の右側、北寄りの台地の機関銃中隊付近に集中弾が炸裂した。

弾道が着実にきまって、樹々が吹っ飛び、弾道が山頂をおおう。

壕のなかにいる藤田兵長と私は、たがいに顔を見合わせて、なにか思い当たるような眼くばせをかわしていた――高地ぜんたいが、ゆれる地軸とともにすっかり動転している――私たちはとっさにみじかい言葉をかわし合った。

「藤田兵長、この掩蓋もあぶなくなった」

「うむ……」

「そろそろ位置を転換しなきゃまずいようだ」

「まあ、いいでしょう。いまさら、急にどこにうつったって、けっきょくはおなじことさ」

「…………」

「どうせ命は天に在り、なるようにしかならんです。それに、このへんで情報も一段落だし、まずは悠々自適か……」

藤田兵長は上体をうしろにたおして、背負袋に頭をもたせかけた。その動作には平静で、なんのてらいもないしんのつよさを感じさせた。

それ以上、おしきることが是か非かは、もとより私に察知できようはずもなかったのである。

「…………」

なるほど、これじゃしかたないな、といったふうなかっこうで私も、運を天にまかせて腰をすえることにしたのであった。

11　十センチ差の地獄

その翌日、たそがれちかい陽光が、いつものように山のいただきから斜面にふりそそいでいた。

落日は、ときに光をつよめてやきつくすかとおもわれたが、また急に角度をくわえはじめては、しだいによわまってゆくようだった。

陽のあるあいだは油断もならないし、いつ砲弾のあられがふるか知れたものではなかった。だが、さすがに夜ともなればわがもので、まず砲爆撃の脅威もうすらいで、とにかく一夜は生きのびられるだろうとの心だのみから、夜のくるのがしきりにまたれた。どの顔も一刻もはやく夜の到来をいのるような顔つきになっている。

二人でわけた五本ずつのネヴィ・カットをなんべんにも吸い消し吸い消しした後、いまはたがいに一本を残していたのだが、その最後の一本もいい合わせたように前後して、口にくわえていた。

そして、燐の色をまじえた赤くまるい、太い軸木のめらめら燃えあがるマッチをすると、藤田兵長と私は意味のない微笑をかわした。

明日は明日の風が吹くさ――そのような言葉が、声にならないまでも自然と心のなかを往来していたようである。

「尾張町のかどのビヤホール、田川さん、あそこを知っていますか?」

藤田兵長は上半身を背負袋にもたせかけながら、タバコを味わっているふうに、おだやかな眼もとを細めていた彼は、急におもいだしたような口調になっていた。白い指さきから煙がゆったりと流れ出て、斜光のなかにとけこんでいく。

「服部時計店のすじむかいの、サッポロですね。じぶんも貨物船の事務長をしていたころ、芝浦から新橋に出て『デュエット』にいったり、銀座裏のどじょう鍋をついたり……いや、あちこち歩いたですなあ」

壕の入り口にむけてあぐらをくんだ私は、携帯燃料のあき缶にタバコの灰をぽんとおとし入れる。

見れば藤田兵長は、どこか遠いところを見るような眼つきになっている。

「……あの時分はよかった。見るもの、聞くものが新鮮だったし、銀座を歩くだけでもみょうに夢がふくらむようだった。絵のほかにはなにも考えなかった。絵だけで明け暮れしているみたいだった……あれが本当の生き甲斐というものだったんですかね」

懐旧的な調子だったが、ひかえめなひびきも感じとれて、すこしもイヤ味はなかった。

「あれから五年――兵隊の神様ですか、いまの自分は……」

みょうにきまじめな、そして、いささか自虐的な言葉じりになっている。『兵隊の神様』とは、平常つかいなれた兵隊用語の譬喩(ひゆ)であったが、私もこのときは、それほど気にとめていなかった。

藤田兵長は、相手の存在も一瞬わすれさったように、なんとなく陶然としたようすで眼をとじている。

ところが突然、不意をついて炸裂音が、ふたたびあたりをひきさいた。至近弾だ。しかも、本部がねらわれている！

とっさに電流のごとき直感が背筋をつらぬいたせつな、私の身体は、発作的にぴたりと壕の奥のすみにつっぷしていた。

どおん、があっ！

やすみなしのはげしい迫撃砲の轟音に、空気がぴりぴりと震動し、十メートル横手の斜面を右に、左に砲煙がむらがり立っている。

ものいうすきもない、それはほんの一瞬間のことだったが、いぜん藤田兵長は身動きひとつしようとしない。毅然として、姿勢さえくずそうとしない。

そのとき――腹の底をえぐる衝撃が頭上におこった。

左脚を、鉄棒でぐわっ！　となぐりつけられたような強烈な打撃に、私ははじめて「やられたな！」と直感した。――ひどい爆風だった。

それからまもなく、どよめかした砲音もはたとやんだ。ときたま、ひゅる、ひゅる、ひゅると、まのぬけた跳弾が一発、高い夕空を流れたあと、あたりはぶきみに森閑としずまりかえった。

ながい眠りからふと目がさめた心地がして、私がふきんに目をはしらせたとき、思わず愕然とした。藤田兵長が忽然と姿をけしているのだ。

もうもうたる砲煙のなかに、私は、

「藤田兵長、藤田兵長！」

やや声をうわずらせて叫びつづけたが、なんのこたえるけはいさえもない。硝煙ののこりが、すうっと横にぬけて消え去るのが、視野のすみにわずかにのこっているばかりであった。

私はとっさに立ち上がろうとして左脚を無意識にながめやったが、奇妙に疼痛は感じられない。

藤田兵長の頭上の掩蓋は、無惨にくずれおちていたし、壕をうめた土砂のなかから、へしおれた松の幹が、にょきっと突き出ている。

壕のなかに端然と瞑目してゆるがなかったはずの藤田兵長の姿は、さらに見えそうにない。

心たかぶったまま私は、とっさに壕をはね上がると、われをわすれて数歩を駆けた。

「藤田、藤田兵長がやられたぞ！」

ややしばらく、コトリとも音をたてなかった周囲が、にわかによみがえったように騒然としはじめたようだ。

と、このとき私は、両脚をひきちぎられるような激痛におそわれ、ばったりとその場にたおれこんでいた。もう一歩も立つことはできなかった。

その直後、土砂をはね上げ、へし折れた木片をとりのぞいてから、奥田と川口が両手で藤田兵長の上体をひき起こす。

こころもち青ざめた端正な顔が、もみ上げのあたりにすこし粘土をつけているだけで、藤田兵長はしずかにこと切れていた。なんの狼狽も、驚愕も感じられない。自然な姿のままの最期といえた。それは、敗色こき戦局のゆくすえを見とおしているかのような、自若とした終焉でもあった。

居合わせただれもが、しばらくのあいだ、頭をひくくたれて目をとじていた。いいようもなく重くるしい沈黙が、私の胸をつよくしめつけてくる。

疼痛にたえながら、ふとあたりを見れば、いつまた砲撃をうけるかもしれない高地の頂上寄りに、いそがしく円匙(えんぴ)をつかう榎本、碓井たちの汗ばんだ横顔が、斜光をあびてあざやかにきわだって見えた。

やがて片岡衛生軍曹が、柔和な顔つきのわりに、気づよいテキパキした手つきで、藤田兵長の小指の根もとふかくを切りとったあと、みなの手で、遺骸がかつぎだされた。

見れば歩兵銃は二梃とも、木皮のまんなかからたたきおられ、つりさげた柴崎少佐のカメラも消えうせて、近辺には見当たりそうもなかった。

新しい土のまわりを、道上曹長ら六、七人がとりまいてふたたびもとの盛り土をかぶせ、白い木はただのクイがうちこまれた。

それは原始的で、素朴な埋葬であった。なみいるものの目に一瞬、放心したような色がただよっている。

このころ、追いたてられるように、斜陽が足をはやめていた。

12 殺したのはだれか

激痛にたえていた私は、そのあと山腹のくぼんだ地点にはこびこまれていた。

やがて、長身で強度の近視眼の梶谷軍医が、のっそりと現われ、左上腿部にかんたんなリバノール手当をほどこしてくれる。ただそれだけである。衛生材料も補給されないまま、ほとんどを一般中隊むけに使いはたしていたのである。

ときどき、とび上がるような痛みに身をさいなまれる私のせまい視野に、戦場の「夜」がうつる。

月が出てきたらしく、こずえの後方が、ぼうっと明るく見えてくる。

「盲貫破片創だ、担架兵をよべ、今夜すぐに四マイル道標に後送……」

衛生兵に、みじかい指図をあたえている梶谷軍医中尉の眼鏡のガラスが、きらりと光る。

私は臀部への注射がきいたのか、みょうに夢みるような浮揚したけはいのなかに、ふわりとかつぎ上げられていた。まもなく四人の担架兵が、木の間がくれに山を下りはじめたようである。

自分はいま、盲貫創のため後送されているんだ――にぶい感覚のなかから、ようやく現実の異常さを意識するのが、精一ぱいであった。

壮烈な散華をとげた藤田兵長の死にぎわをまぶたにえがいてみるが、なぜか急には哀惜も、痛恨も感じられそうにない。ただ水のように冷やかに、空しいものがよどんでいるばかりであった。

目前の無惨な現実が、あまりにあっけなく過ぎさったために、まだ心臓の深部にせまってこない、というのだろうか。

担架のうえで、断続的な激痛をたえながら、私は底しれぬ深淵をのぞき見る思いにとらえられていた。

藤田兵長がどうして、唐突に死なねばならなかったのか。そして、いったいだれのため、なんのために死なねばならなかったというのか。

命令された整備部署を、忠実に遵守してきた一庶民の藤田兵長を殺害したのは、はたしてだれなのか。ほんとうに英印軍のしわざであるといえるのだろうか。

無謀な作戦であることは、発起前からすでに周知の事実だった。それにもかかわらず、自己の功名心と野望から、強引に作戦発動にかりたてた司令官の独善的な思い上がりが、全軍を悲境のドン底につき落としている。

飢えと困憊に生気も枯渇しつくした兵隊を、なおも私兵化して、叱咤、督戦に血まなこで追いこみ、ついに鬼哭の惨状にまでひきずりこんだ軍司令官や参謀たちの残虐非道ぶりは、おそらくその責任も追及されないにちがいない。

弾着のわずか十センチ差のために藤田兵長は落命し、自分は生命をながらえている。この奇異な偶然の意味をおもうとき、なぜか眼頭が熱くなる。まぶたににじみ出てくるものを押し止めようとして、しきりに奥歯を食いしばっている。

藤田兵長が直撃弾でやられるにいたったのは、けっきょくオレ自身の不手際から生じたのではなかったか、それにしても自分のやましさ、うしろめたさが皆無だったといえるだろうか。あるいは藤田兵長は、オレの身代わりに死んでいった、とでもいうのか……。

藤田兵長の端麗なおもかげが浮かび上がると、ほとんど同時に、腰の帯革にゆわえつけた自爆用の手榴弾の存在が、ふっと脳裡をかすめてゆく。

それはしかし、四人の兵士にささえられて蛇行しつつある不自由な姿態のなかでは、手榴

作戦参加人員（軍直三六、〇〇〇および配属をのぞく）		戦死・傷病死	不明・後送者	残存兵力
第三十一師団（烈）	一六、六六六	五、七六四	四、五〇〇	約　六、四〇〇
第十五師団（祭）	一六、八〇四	五、五二一	四、四五〇	約　四、八〇〇
第三十三師団（弓）	一七、〇六八	五、八五五	七、八〇〇	約　三、四〇〇
合計	五〇、五三八	一七、三四〇	一六、七五〇	約一四、六〇〇

弾を手にとることさえ思いとどまらねばならなかった。そして——幻覚的なこれらの衝動は、私のうちよりいつか消え去っていた。

やがて激痛がキリをもみこむように、するどく全身をつらぬきはじめた。そして意識も、しだいにもうろうとなってくる。

かわいた夜空に、ぶきみなほどの赤い月のみが、ぼんやりと瞳のなかに流れこんでいる。

担架はまもなく、はげしいゆれ方で、山坂や谷岩をはい登っては、滑りおりて、意志や思考力のすべてを強引にふりきるもののように、ひたすら後方へとむかっていたようである。

「烈」師団長の独断による撤退開始は、二旬後の六月四日に決行された。インパール作戦の十五軍前面後退の命令下達は、七月七日である。

悲劇アラカンの白骨街道は、この前後の敗走から必然的に惹起された痛恨事なのである。


（昭和五十年「丸」六月号収載。筆者は「烈」兵団員）

解説

高野　弘〈雑誌「丸」編集長〉

『山岡　とにかくこの戦争は、大東亜戦争の中でも、とくに大きな悲劇になったことは事実なのですから、閣下としてはやり切れないものがあると思うし、それはよくわかるのですが、あのときビルマを防衛するためには、あの作戦をやるより他はなかったのでしょうか。あるいは今になってお考えになられて、こうすればもっとよかったということはありませんか。もうすこし兵力があったり、後方がうまくいっていれば文句はないのですが……。

牟田口　私としては非常に残念に思いますのは、せっかくコヒマをとってディマプールへ行けということを命令しているにかかわらず、河辺さんがとめた。撤回を命じた。その撤回を命じた時期は本当に唯一の戦機だったのです。それをやってディマプールをとっていれば……ディマプールは向こうの基地ですからね』

この冒頭の引用はかつて、『丸』誌で掲載中であった「山岡荘八連載対談・太平洋戦争／今だから話そう」の一節、過ぎしインパール戦線の実相にせまるくだりで、聞く人作家山岡荘八、答える人は戦後毀誉褒貶さだまらぬ元第十五軍司令官牟田口廉也陸軍中将。お二方とも今は鬼籍にいる人となったが、タイトルは「鬼将軍の涙」——ご老体とはいえ骨格あくまで逞しく、顔の造作も偉とするに足る大きさ、軍服をよそわせれば今にも全軍叱咤の大号令がほとばしるやもしれない厚い唇、さながら三国志の梟雄をほうふつさせる魁偉の将軍も、一度あの哭啾いまも漂うといわれるインパールの悲劇に話がおよぶと、死に行きし者の上に痛恨の思いをはしらせるのか眼をしばたき、はらはらと落涙される。まさにシリーズ中でも圧巻の場面であった。他面、楽屋裏をのぞけば足腰の衰えは如何ともなしがたく、小生など送迎のさいには禿頭にぴたり掌を当て、おつむの安全をはかりつつ車内に送り込んだもの。そのかすかな毛ざわりと頭皮のぬくもりは極めて印象的で、好々爺と化した日常的しぐさはいまだ網膜に焼きついて忘れられない。

「牟田口は、いまやインド進攻作戦の鬼と化していた。上官に対しては熱誠あふれる懇請をする一方、部下に対しては一言半句の反論も許さず、その余地すらあたえない度量狭小の唯我独尊の男であった」

とは同じく『丸』誌九一年七月号「日本陸軍の栄光と最後」に、作家佐藤和正氏が描写する猛将の姿。まさに時間の経過がしからしめる人間の多面性をみる思いがする。

〝日本軍のビルマ進攻作戦は、決して日本帝国の野望からのみではなかった。それはアジア解放につながる白人種との闘争だった〟

第二次大戦後に訪れたアジアの黎明を目の辺りにして、凄惨をきわめた千古斧を入れぬ酷熱の密林中の死闘、激突した北ビルマの戦場に思いをかえす、ときの東南アジア連合軍総司令官ルイ・マウントバッテン英海軍大将の述懐である。この同大将による戦後の『回顧録』と全ビルマ戦友団体連絡協議会編『勇士はここに眠れるか』より抜粋した日本側の記録をテキストとして、彼我対照的にビルマ（現在のミャンマー）の戦闘、それもインパール戦を主としてその経過を追ってみることにしよう。

そのまえに、あまり知られていないと思われるL・マウントバッテン伯のプロフィル。英ヴィクトリア女王の曾孫、十三歳で海軍に身を投じ、第一次大戦中に候補生より中尉となり、ジュットランド海戦に参加、その後大佐にすすみ一九三九年には空母イラストリアス艦長をつとめた。四二年三月連合作戦指揮官となり有名な奇襲部隊（コマンドス）を編成し、サン・ナゼール港に対する強襲および同年八月のディエップ奇襲戦で勇名をはせ、これらはその後の水陸両用作戦のテストとして大いに役立った。また、マダガスカル進攻作戦の計画者として知られる有為にして剛胆な典型的な海軍軍人。四二年には中将に昇進。

四三年八月、ビルマ反攻作戦のため東南アジア連合軍司令部が新設されるや海軍大将、名誉陸軍中将、名誉空軍中将として最高指揮官に任命される。情勢を把握し戦略戦術にも新しい活力を注入しうる唯一の人物と見込まれての任命だった。彼はスチルウェル将軍を副指揮官とし、兵力としては英軍のほかに米軍および中国軍を指揮したが、陸上兵力約十四万のほか航空兵力約八百機、海上兵力として戦艦三、空母その他をもっていた。マウントバッテンはこの兵力をもって四三年十月より行動を起こし、インド進攻を企図するほぼ同数の日本軍と約一年半にわたって、世界最悪の戦域において相見えたすえ、ついにビルマの再征服を完成しインド洋およびビルマから日本軍を決定的に駆逐することに成功した。これらは彼の非凡な軍事的才能にくわえて、ビルマが中国、タイ、インドシナおよびマレーの日本軍に対する重要な反攻拠点であることを知らしめることとなり、同時に並なみならぬ政治的手腕の持ち主であることも立証した。

ところで、かつての敵将はビルマ戦、なかでもインパール作戦をどのようにみているか、勝者の目からではあるが、日本軍に対してはなかなかの評価ぶりである。

——ひとたびは、かの悠久の流れチンドウィン河を渡り、ヒマラヤの屋根をよじ登った不敗の日本軍は、十二万以上の精兵だった。めざすインパールは目前に横たわり、街の灯は指呼の間にまたたいていたのだ。

しかし、その千辛万苦は報いられなかった。待ちかまえていたのは、ただ〝廃墟と沼沢と悪疫と死〟のみであった。敗れ去って、八ヵ月の後ふたたびチンドウィン河を渡った兵力はわずかに三分の一ばかり。まさにナポレオンのモスコー遠征さながらだった。

日本軍の雄図はむなしく挫折したとはいえ、その雄大な構想と超人的な作戦は、戦史上空前の偉業であったことは、何人も否定できまい。一方、ビルマ戦の性格はまことに複雑だった。東南アジアに関して、英米両国はそれぞれちがった目的のために二つの戦争を戦っていたのであり、蔣介石の中国軍はまたべつに自らの目的のために第三の戦争を戦っていた。ただ相手だけは同じ日本軍だった。

ビルマを取り返し、インドと中国大陸を陸路でつなぐための反攻基地インパールの争奪をめぐる彼我の死闘が、ビルマ戦のヤマであったことは明白である。「まずアラカン地区の攻撃にはじまり、さらにインパールおよびコヒマに大攻勢を行ない、そこからアッサムの交通線とヒマラヤ越えの飛行場を攻撃する。しかるのちチャンドラ・ボースの国民軍をしてインド東北部に独立の叛旗をひるがえさせよう」というのが日本の意図するところであったようだが、ビルマ戦がアジア解放（ビルマとインドの独立）のノロシとなったことは、この忘られた大戦争のかくれた真の性格であり、もっとも重大な歴史的事実であったのだ。

さて、この世紀の大決戦が発起されるまでの、この方面の概略についてかんたんにふれてみよう。

昭和十七年五月、緒戦の進攻作戦終了後のビルマは、およそ平穏にみえたが、インドおよび中国を基地とする米英空軍の飛躍的な増強、東部インドの航空基地の拡大、ビルマにたいする空襲の激化、援蔣空輸量の増大などにより、連合軍による反攻のけはいが次第に濃厚になってきた。

これよりさき第十五軍は、ようやく平定作戦が終末にちかづいたころ、作戦地域を北、中、西、東、南の五区に区分して、それぞれ「龍」（五十六師団）、「楯」（五十五師団）、「弓」（三十三師団）、「菊」（十八師団）の各兵団長らを管区の長に任じて占領地の治安に当たらせていたが、まず中国軍の動きが活発になったので十八年初め「龍」をもって雲南正面の敵勢力に対抗させ、「菊」を北部ビルマに配置して警備に任じさせていた。

インド洋に面する要地アキャブ地区にたいする英軍の反攻は、昭和十七年十一月末から開始された。この地区は「弓」が防衛に当たっていたが、急派された「楯」とともに敵の反攻を撃砕、英軍主力の退路を断ち、英軍旅団に大打撃をあたえ、さらに敗敵を北方に追撃し、五月上旬、ふたたび守備線を奪回した。

十八年二月中旬、ミイトキーナ鉄道沿線、シュエボ〜カレワ道地区の警備を担当していた「菊」「弓」の両兵団は突如、兵力不明の英軍部隊と衝突、また鉄道が数ヵ所において爆破されるなどの事件が続出した。英軍はウインゲート旅団で、チンドウィン河を渡り数縦隊となって北部山系を越えて進出してきた。その目的は、ちかき将来の北部ビルマへの反攻作戦に備えて、密林戦における編制、装備、戦法、補給、通信などの実戦研究、北部ビルマにおける日本軍の配備、地形の偵察、諜報網の設定などにあった。

第十五軍は「菊」主力、「弓」「龍」の有力な一部をもって北部ビルマの密林地帯において、約一ヵ月にわたって掃蕩作戦を行ない、これにたいしても壊滅的な打撃をあたえて駆逐した。

このころよりビルマ防衛の強力化は焦眉の急となり、十八年三月新たにビルマ方面軍（森）が新設され、第十五軍（林）の戦闘序列が更改された。

第十五軍司令官に就任した牟田口中将は、ウインゲート旅団掃蕩戦の経験から、広大なるビルマの防衛は、守勢をもってしてはとうてい、連合軍の反攻を阻止することはできないので、むしろ攻勢をとり、連合軍反攻の策源地であるインパールを覆滅するのが最良の方策である、と考えるようになった。

この作戦構想は、方面軍にたいする意見具申となり、南方軍、大本営などにおいていろいろ検討された結果、軍の補給、装備などに関する危惧をいだきつつも、ついに十九年一月七日、大本営はインパール作戦を認可した。

こうして十九年初頭いらい方面軍の編制も整備がすすめられ、インパール作戦発起時期には、つぎのように完成していた。

方面軍（森・軍司令官河辺正三中将）＝司令部直轄部隊、五十三師団「安」、独立混成第二十四旅団「厳」。

第十五軍（林・軍司令官牟田口廉也中将）＝十五師団（祭・兵力二万五百八名・戦没者一万五千二百七十三名・生還者五千二百三十五名）、三十一師団（烈・兵力二万三千五十九名・戦没者一万四千八百四十五名・生還者八千二百十四名）、三十三師団（弓・兵力二万二千三百十六名・戦没者一万五千二十二名・生還者七千二百四十九名）、司令部直轄部隊（兵力一万二千五百十三名・戦没者三千七百九十名・生還者八千七百二十三名）。

第二十八軍（策・軍司令官桜井省三中将）＝二師団（勇）、五十四師団（兵）、五十五師団（壮）、司令部直轄部隊。

第三十三軍（昆・軍司令官本多政材中将）＝十八師団（菊）、五十六師団（龍）、第五飛行師団（高）、司令部直轄部隊。以上総兵力三十二万八千四百九十八名（そのうち戦没者は十九万九百余名、生還者は十三万七千五百九十九名）。

一方、航空戦の状況はどうであったか。太平洋方面からの連合軍の反攻に応じて、ビルマ正面の敵の空軍は昭和十八年春いらい急増の一途をたどっていた。

十八年春・約四百機、十八年秋・約七百機、そして十九年春には在インド米英空軍は約一千機に達し、十九年秋になると約一千五百機を数える急増ぶりであった。その他在支米空軍も三千機になんなんとする勢いにあった。機種はP51、P47、P38、B25、B24といった戦闘機および爆撃機で、英空軍主体からしだいに米空軍主体へと変わりつつあった。

これらの敵空軍にたいし、ビルマ航空作戦を担当したのは第五飛行師団（飛行集団は飛行師団と改称された）で、昭和十八年十一月ごろ、その指揮下にあったのはつぎの部隊であった。

戦闘機隊＝飛行第二十一、三十三、五十、五十四、七十七、二百四戦隊。軽爆＝飛行第八、三十四戦隊。重爆＝飛行第十二、九十八戦隊。偵察＝飛行第八十一戦隊（司偵）。

これらの部隊は、戦力も充実しており、また基地の整備など作戦準備も完了していたので、第五飛行師団は優勢な敵空軍にも敢果な積極作戦を展開した。すなわち昭和十八年十二月中に敵の抵抗を撃破してカルカッタ、チッタゴンの敵海軍基地に攻撃をくわえ、またチンスキヤ、昆明、雲南飛行場を攻撃してインド・中国空輸ルートの遮断を行ない、さらにくわえてインパール、ミルチャなどの敵航空基地に進攻して、敵航空部隊をいくたびか制圧したのであった。

しかしながら、昭和十九年春をさかいとして戦勢は一変する。敵空軍の日ごとの増勢、わが方の兵力の転用がかさなり、ビルマ全域の制空権はしだいに連合軍側の手におちて、航空作戦担当の「高」（第五飛行師団）の苦悩はさらに大なるものがあった。

かくして方面軍はインパール作戦開始にさきだち、「壮」（五十五師、楯兵団を改称）をもってアラカン戦線に果敢な先制攻撃を行ない、英軍反攻の初動を封殺し、アキャブ方面への上陸企図をうち砕くとともに、わがインパール作戦の企図をも秘匿し、敵をこの方面に牽制しようとする陽動作戦にでた。

昭和十九年二月四日、第二十八軍（策）は「壮」をもってハ号作戦（第二次アキャブ作戦）を発動。歩兵団長・桜井少将の指揮する「壮」の主力はその日、ブチドン付近で英軍陣地の間隙を突破してマユ河左岸を北進し、翌五日には英軍の後方の要地であるトングバザーを攻略した。ついで反転して、シンゼイワ付近にて第七インド師団を包囲したが、英軍は戦車、砲兵を中核とする円形陣地を構築し、空中よりの補給をうけて頑強に抵抗（いわゆる円筒陣戦法）したので、わが方は意外な苦戦を強いられることとなり損害が続出した。

そこで二月二十六日になって、ついに包囲陣形をといてブチドン、モンドウ付近の旧陣地線に復帰し、いらい正面からの敵の猛攻と、カラダン河谷よりくわえられる側背からの脅威に抗して、それを撃退しつつ、戦線の錯綜するうちに、いよいよ雨季をむかえようとしていた。

ところが三月に入って五日、英ウィンゲート空挺旅団が飛行機の曳航するグライダー八十機に搭乗してハイラカンデーを出発、約六十機がバーモ、カーサ、シュエグ付近に降下してきた。

時あたかもインパール作戦発起の直前であり、第十五軍はとりあえず「菊」（十八師団）および「祭」（十五師団）の歩兵各一コ大隊をさいて、降下部隊の掃蕩に当たらせた。第五飛行師団もまた主力をもって、英空挺部隊の降下直後を攻撃し、飛行場設定を妨害しようとつとめたが、敵情不明のため成果をあげることはできなかった。

三月中旬、方面軍は独立混成第二十四旅団（厳―武兵団と呼称）、「勇」（第二師団）の一部を派遣し、四月上旬にはその兵力も約九大隊におよんだが、敵はモール付近に〝蜂の巣陣地〟を構成し、優勢な航空兵力の掩護のもと頑強に抵抗したため、火力装備におとり、かつ集成部隊である「武」兵団の攻勢は思うにまかせず、方面軍はついに「安」（五十三師団）主力を投入するとどうじに、同師団長に作戦の統一指揮をまかせることとなった。

ついで第三十三軍（昆）が北ビルマおよび雲南正面の作戦とともに、対空挺作戦も担当することとなり「菊」「龍」の一部をも投入し五月中旬、ようやくにして撃退することができた。

しかし、ウィンゲート空挺部隊のため「菊」への補給路は断たれ、その掃蕩のために十一コ大隊にのぼる兵力と、第五飛行師団の航空兵力の二十パーセントをさかれたことは、方面軍のビルマ防衛の命運をかけた、第十五軍によるインパール作戦に大きな影響をおよぼす結果となった。

かくして昭和十九年三月八日未明、第十五軍麾下の「弓」（三十三師団）は主力をもってカレミョウなどの線よりトンザン、ティディムなどの北方の要地をめざし、その一部である山本支隊（第三十三歩兵団長・山本少将の指揮する歩兵第二百十三連隊主力基幹）をもってユワ河々谷よりタム～パレルに向かい一斉に北進を開始した。

一方、第十五軍主力は三月十五日払暁を期して、一斉にチンドウィン河の奇襲渡河を敢行して、「烈」（三十一師団）はコヒマに、「祭」主力はインパールに向かい、それぞれ三縦隊となってアラカンの峻険を越え、突進を開始した。そして四月五日、「烈」は包囲ののちコヒマを占領し、ディマプール～インパール道を遮断するとどうじに、インパールを砲火の下におさめることに成功した。

「祭」（十五師団）は本多挺進隊をもって三月二十八日、ミッションを手中にし、主力は四月四日、めざすインパールの北側および東北側に進出したのであった。

南方から一路北進する「弓」主力は三月十五日から十八日にかけて、トンザン、シンゲル付近で英軍を包囲し、ついで逆襲してきた英軍と激戦を展開した。この間に軍司令部と師団司令部間に「統帥上のトラブル」があったが、退却する英軍を追尾しつつ四月十日、トルボンへ進出したのであった。

こうして英印第十四軍司令官スリム中将麾下の連合軍主力および増援部隊をコヒマ、インパール付近に捕捉する態勢がととのったのである。昭和十九年四月十五日のことであった。日本軍は牟田口中将指揮する第十五軍三コ師団「祭」「烈」「弓」および軍司令部直轄部隊など約九万を基幹とする精鋭であった。

この危機せまる当時の状況をマウントバッテンは、つぎのように記している。

――四月二十日に、英軍はコヒマ守備隊を救出するにはしたが、コヒマそのものはまだ日本軍の手中にあり、天険を利用して猛烈に射ちまくっていた。コヒマ〜インパール道はようやくにして切りひらいたものの、いぜん何ヵ所かは日本軍の手にあった。インパールの第四軍団はまだまだ空輸に依存していて、早々に囲みをとく見通しはついていない。インパール南方の日本師団は、わが第四軍団への包囲を完成させながら、いっこうに前進しようとはしない。そのうちに、日本軍は雨季に入るまえにインパールを手に入れようとしていることがはっきりしてきた。

日本軍の攻撃はいよいよ激しさをくわえる。四月から五月にかけては最大のヤマ場をむかえて死傷も急増した。また補給線も切断されたことと重なって、損害と補給の間に大きなひらきが生じてきた。

ついに日本軍は、インパールの二つの飛行場にしのびよった。小人数の挺進隊が飛行機を焼きはらう。飛行場の確保は死活問題だ。ついに飛行場は一つしか使えなくなった。

インパール周辺の情勢は、いぜんとして緊迫している。連合軍の空軍はまだ優位は保持しているが、モンスーンが空中補給をさまたげた。救援軍と包囲された四コ師団は連絡をとりつつあったが、それは「時間」との競争だった――と。

単行本　平成三年七月「密林の底に英霊の絶叫を聞いた」改題　光人社刊

NF文庫

勇猛「烈」兵団ビルマ激闘記

二〇一七年四月十七日 印刷
二〇一七年四月二十三日 発行
編 者 「丸」編集部
発行者 高城直一
発行所 株式会社潮書房光人社
〒102-0073 東京都千代田区九段北一-九-十一
振替/〇〇一七〇-六-五四六九三
電話/〇三-三二六五-一八六四代
印刷所 株式会社堀内印刷所
製本所 東京美術紙工
定価はカバーに表示してあります
乱丁・落丁のものはお取りかえ致します。本文は中性紙を使用
ISBN978-4-7698-3004-7 C0195
http://www.kojinsha.co.jp

NF文庫

刊行のことば

第二次世界大戦の戦火が熄(や)んで五〇年——その間、小社は夥しい数の戦争の記録を渉猟し、発掘し、常に公正なる立場を貫いて書誌とし、大方の絶讃を博して今日に及ぶが、その源は、散華された世代への熱き思い入れであり、同時に、その記録を誌して平和の礎とし、後世に伝えんとするにある。

小社の出版物は、戦記、伝記、文学、エッセイ、写真集、その他、すでに一、〇〇〇点を越え、加えて戦後五〇年になんなんとするを契機として、「光人社NF(ノンフィクション)文庫」を創刊して、読者諸賢の熱烈要望におこたえする次第である。人生のバイブルとして、心弱きときの活性の糧(かて)として、散華の世代からの感動の肉声に、あなたもぜひ、耳を傾けて下さい。